KB022035

인생 2막 길라잡이

중년을 살피다

중년을 살피다

펴 낸 날 2021년 2월 20일

지 은 이 김백기
펴 낸 이 이기성
편집팀장 이윤숙
기획편집 윤가영, 이지희, 서해주
표지디자인 윤가영
책임마케팅 강보현, 김성욱
펴 낸 곳 도서출판 생각나눔
출판등록 제 2018-000288호
주 소 서울 잔다리로7안길 22, 태성빌딩 3층
전 화 02-325-5100
팩 스 02-325-5101
홈페이지 www.생각나눔.kr
이 메 일 bookmain@think-book.com

• 책값은 표지 뒷면에 표기되어 있습니다.
ISBN 979-11-7048-205-5(03810)

• 이 도서의 국립중앙도서관 출판 시 도서목록(CIP)은 서지정보유통지원시스템 홈페이지(http://seoji.nl.go.kr)와 국가자료공동목록시스템(http://www.nl.go.kr/kolisnet)에서 이용하실 수 있습니다

나 이 듦 과 더 나 은 삶 을 위 한 성 찰

인생 2막 길라잡이

중년을 살피다

김백기 지음

생각나눔

|프롤로그|

누구나 처음 늙는다

더는 자명종이 필요 없어진 은퇴한 다음 날, 굳이 일찍 일어나야 할 이유 없이 눈을 떴고, 침대에서 나와 이런 글을 읽게 되지 않기를 바란다. “씻고 먹고 마시고 일하고 자는 일 외에 어떤 기대나 계산 없이 희망도 절망도 없이 자발적으로 매일 빠지지 않고 조금씩 하는 ‘그것’이 당신이 누구인지 말해 준다. 이자크 디네센.” 은퇴를 앞둔 어느 지인이 자신의 휴대폰 바탕 화면에 소개해둔 글이다. 이제 나는 누구인가. 아직은 은퇴를 앞두고 있어 다행이라면 다행이지만.

영원할 것 같던 중천中天의 해가 뉘엿뉘엿 기운다. 하늘은 불그스레하고 큰 산은 긴 그림자를 짙게 드리우고 있다. 조만간 찾아올 어둠을 예감한 순간 바빠지기 시작했다. 땀 닦으며 허리 곧추세워 주위를 둘러보고서는 소스라치게 놀랐다. ‘혼자’였다. 오랫동안 해왔던, 손에 익은 일임에도 낯설고 허둥대기 시작했다. 아무것도 손에 잡히지 않는 허공을 휘저으며 안간힘을 쓰지만, 제자리걸음만 하는 느낌. 퇴직을 가리키는 시곗바늘은 심장 박동을 앞서고, 초대받은 중요한 예식에 어울리지 않는 옷을 입은 것 같다. 앞서간 이들을 뒤따르면 다 될 줄 알았다. 어깨가 한쪽으로 처지고 불룩해진 배는 다 내 탓이겠거니 한다. 하지만 나이 들면 좀 더 느긋해질 줄 알았는데, 초조함은 오히려 더하다. 열심히 살면 지갑이 두툼하고 든든해지는 줄 알았다. 살림도 마음도 채워지지 않는다. 차곡차곡 쌓아온 나이가 이처럼 무색할 줄이야.

은퇴란 주된 일자리를 떠나 이제까지 줄곧 해 왔던 것들과의 관계에 변화가 생긴다는 뜻이리라. 오랫동안 많은 시간을 일에 쏟아부었다면 그 공백을 메우는 어려움은 있을 수밖에 없다. 현대인의 삶의 원천인 돈은 세상 모든 것을 누릴 수 있는 마법 같은 존재이지만, 은퇴한 사람에겐 생존이고 품위 그 자체다. 이뿐만이 아니다. 무엇을 해도 남는다는 무료한 시간이 있고, 뭘 해도 재미가 덜하다. 함께할 사람은 줄어들고 가까이에 없다. 더는 일상에서 의미를 찾기가 쉽지 않다. 갈수록 몸마저 무력해진다. 은퇴는 사람을 불안과 공허 사이를 헤매게 한다. 남들처럼 준비하고 살아야 하는데 그러지 못하면 불안하고, 남들만큼 살게 되더라도 만족감은 잠시이고 삶에 찾아오는 공허함을 피하기는 어렵다. 이럴 때 균형을 잡고 살아야 하는 것은 오로지 개인의 몫이다. 은퇴는 사회에서 직장에서 입었던 '갑옷을 벗는 시간', 본래의 자기 자신으로 돌아가는 사건이다.

중년은 참 무겁다

재치 있는 한 카피라이터는 '중년'을 이렇게 적었다. '가운데 중中이 아니라 무거울 중重. 안고 가야 할 것도 무겁고 짊어져야 할 것도 무거운 나이(정철, 『사람사전』).' 지금의 나이가 참 무겁다. 그런데 나이 오십이 되기까지 그 무거움을 제대로 살펴보지 못했다. 그 정체가 무엇인지, 은퇴와 그 이후의 삶은 어떠해야 하는지, 늘어난 수명은 도대체 어떤 의미를 지니는지……. 은퇴를 앞둔 중년의 삶 자체에 대한, 삶의 지향점이나 완성을 향한 고민은 늘 뭔가에 의해 미뤄졌다. 인제 와서 스스로 답을 구해 보지만, 잡히는 것 없으니 선배와 동년배를 둘러보기도 했다. 그들 또한 흔들리고 있고, 그 모습은 불안을 더욱 키울 뿐. 이 시대 중년은 역할 모델 없이 나이 들어가는 사람들이다.

삶은 그 단계마다 해결해야 할 과업을 가지는데, 중년의 과업은 특히 무겁다. 앞서 카피라이터가 중년을 무거울 중重자로 풀이한 것은 재치 만점이다. 부모와 배우자로서의 역할을 재정의하고 전환해야 한다. 자녀를 독립적으로 만들어 사회에 진출시켜야 하고, 저만치 멀어진 배우자를 가까이 보듬어야 하며, 노인이 되어 하루하루가 고단해진 부모의 삶을 돌보는 일도 주어진다. 점점 다가오는 신체적 노화에 대처하고 부모의 죽음을 수용해야 하는 일도 뒤따른다. 삶이 허전해지고 흔들리기 십상이다. 삶이 흔들린다는 것은 사회생활의 역할 변화에 따라 내면에 일어나는 동요다. 자신의 삶에 대한 확신이 부족해진다. 그동안 살아온 삶이나 미래의 삶에 대해 만족하지 못할 것이라는 불안과 불만이 엄습하기도 한다. 그래서 중년은 내적인 세계를 탐색하고 단단한 자아를 만들어가야 하는 어려운 과제에 직면하지 않을 수 없다. 어느 것 하나 가벼운 것이 없다. '중년의 위기*midlife crisis*'는 허구나 미신이 아니라 엄연한 '사실'이다.

살다 보면 부부 중 한 사람이 상대방을 잃는 것 또한 피할 수 없는 일이다. 헬렌 니어링은 그의 남편이 죽은 다음 이렇게 말했다. "나는 나보다 스물한 살이 많은 스콧이 먼저 갈 가능성이 크다고는 알고 있었지만, 거의 그 생각은 하지 못하고 살았다." (스콧은 사랑하는 아내와 53년을 함께 살았고, 100세 생일을 맞이한 지 3주일 뒤에 스스로 음식을 끊음으로써 존엄을 잃지 않은 채 삶을 마쳤다) 부부가 오래토록 지켜온 삶의 조화와 균형이 무너진다. 삶은 계속되어야 하고 대부분 그렇게 살다가 언젠가는 남은 삶을 마감한다. 헬렌이 남편의 죽음에 대해 구체적으로 대비하지 못한 것처럼, 우리 또한 은퇴 이후 노년에 대해, 이별에 대해 충분히 대비하지 못하고 있는 것은 아닐까.

이미 은퇴했거나 은퇴를 앞둔 분들과 이야기하면서 느끼는 공통점이 있다. 하나는, 화제가 옛날로 돌아가 그곳에만 머문다. 같이 공유했던 시간을 회고하는 것이니 자연스럽기도 하지만, 바쁘게 살아왔던 지난 세월이 삶을 지배하고 있다는 생각이 들 때 적잖이 두렵기도 하다. 인생은 어느 시점에서든 돌아보는 삶, 지금 딛고 서 있는 삶, 바라보는 삶이 공존하고 조화로워야 즐겁고 의미 있지 않을까. 또 하나는, 무력해진 현실의 삶 이야기이다. 예상치 못했던 많은 것들의 변화와 곳곳에 있는 어려움을 토로한다. 이러한 어려움은 지극히 개별적이다. 회복을 기대하기 어려운 만성 질환을 안고 사는 것, 혼자 시간을 보내고 혼자 밥 먹는 것, 요리하고 병시중 드는 것, 조금씩이나마 늘어가던 자산이 눈에 띄게 줄어드는 것을 보고 견뎌야 하는 것, 다른 사람의 도움을 받아 일상생활을 하는 것 등등. 인간이 성장하면서 거쳤던 '사회화'가 아니라 그 반대 방향의 '개별화'를 떠올리게 되는 순간이다.

우리는 생각보다 오래 산다

어쨌든 오래 살 수 있는 세상이 되었다. 노화는 자연스러운 것이고 운명이라 여기면 그 속도는 더해 간다. 이런 과정에서 '사회적 노년'의 선입견은 저절로 자란다. 어느 시기, 어떤 나이에는 무엇을 해야 하고 어떤 모습이어야 한다는 생각에 순응하게 된다. 그런데 나이를 먹는다는 것의 의미가 과거나 지금이나 같은 것일까?

지금의 인류는 10만 년 전 아프리카에서 살았던 사람들을 조상으로 여긴다. 우리는 이 지구에 존재할 수 있는 행운을 가졌고 인간으로 군림할 수 있는 특권을 누리고 있다. 그 끝이 어떻게 될지 모르지만, 과학을 동원하여 지속해서 유리한 환경을 만들었고, 노화를 지연시킬 수 있는 다양한 노력을 통해 인간의 몸을 개선해 왔다. 이 책에서 자세히 살펴볼 것이지만, 결과적으로 인간의 삶은 계속 길어지고 있다. 지금 전 세계는 '코로나 바이러스'라는 큰 도전에 직면해 있다. 다른 종과는 달리 인간은 다양한 방법으로 삶을 스스로 개선할 수 있는 능력을 갖췄다. 지금의 중년, 그들에겐 길어진 삶을 새롭게 디자인하라는 사명이 부여되었다.

어떤 특별한 노력을 하지 않아도 나이는 저절로 든다. 그러나 어떻게 잘 늙는가는 다른 차원의 문제다. 어떻게 늙어야 할지 아는 것은 삶의 기술에 있어 가장 어려운 숙제라지 않던가. 최근 은퇴와 노후를 준비하고 배우는 사람이 늘어나고 있는 것은 참으로 바람직한 현상이다. 은퇴 이후에 닥칠 어려움을 염두에 두고 그 해결 방안을 모색해가는 과정이 은퇴 설계이고 노후준비다. 은퇴 설계나 노후준비가 여러 시대적인 상황을 반영한 결과이겠지만, 중년엔 인간의 삶에 대한 보다 근본적인 탐구가 필요하다. 인간의 삶 특히, 중년 이후의 삶은 더욱 개별적이다. 보편적인 모형은 의미가 떨어진다. 중년이라는 삶의 단계는, 되돌아보기도 하고 지금 어느 지점에, 어떻게 서 있는지 점검하면서 앞으로의 다가올 삶을 탐색해 자신의 삶을 완성해야 할 과제를 지닌다. 은퇴는 더 이상 '물러남'의 의미가 아니다. 오래 사는 시대를 맞이한 지금, 은퇴는 '삶의 전환'이라는 관점을 유지해야 한다. 중년은 무겁고 우리는 생각보다 오래 산다. '여보시오, 어디로 어떻게 가려 하오?'라는 물음에 중년은 스스로 답할 수 있어야 한다.

어디로 어떻게 가려 하오?

나이 들면서 몸이 군데군데 예전 같지 않음을 느낀다. 중년의 몸은 마음으로 가는 통로인가 보다. 마음마저 이렇게 흔들릴 줄은 몰랐다. 몸은 그렇다 쳐도 호들갑 떨지 않고, 욕심은 줄어들고, 남모르게 품곤 했던 미움도 사라지고, 이런저런 가슴앓이도 사라지는 줄 알았다. 시시콜콜 애써 분별 짓던 일도 실은 '하나'라는 것을 알고, 내 생각이 옳다고 여기던 일들이 우스워지고, 죽음에 대해서도 조금씩 의연해지는 줄 알았다. 그런데 그게 아니다. 한시라도 방심하면 도사리고 있던 탐욕, 분노, 증오, 서운함이 불쑥불쑥 튀어나온다는 것이 앞서 은퇴하신 분들의 증언이다. 은퇴, 노후, 노년의 어려움이 어디 이뿐이겠는가.

정년 퇴임한 지 몇 개월 되지 않은 한 교수가 방송에 출연할 일이 생겨서 방송국에 갔다. 낯선 분위기에 눌려 두리번거리며, 경비 아저씨에게 다가갔더니 말도 꺼내기 전에 "어디서 왔어요"라고 묻더라는 것. 퇴직해서 소속이 없어진 그분은 당황한 나머지 "집에서 왔어요"라고 대답했다고 해서 한바탕 웃은 적이 있는데, 다른 한 교수도 방송국에서 똑같은 경우를 당한 모양이다. 그러나 성격이 대찬 그분은 이렇게 호통을 쳤다

고 한다. "여보시오. 어디서 왔냐고 묻지 말고, 어디로 갈 것인지 물어보시오. 나 ○○프로에서 출연해 달라고 해서 왔소."……. 〈이하 생략〉

작가 윤세영의 칼럼 일부를 옮겨온 글이다. 재미있기도 하지만, 가볍게 흘려듣기 어려웠다. 은퇴하면서 직면하게 되는 어려움이 잘 묘사되어 있기도 하지만, '어디서 왔냐고 묻지 말고 어디로 갈 것인지 물어보라'는 노 교수의 당당함에서는 은퇴 후 바람직한 삶의 자세가 은유적으로 느껴진다. 은퇴와 함께 버리라고 하는 것이 경력·학력·사회적 명성이라지만, 그렇게 간단치 않다. 자연스럽게 버려질 명함을 두고서도 여러 이야기가 있다. 소속과 직위가 적힌 명함에 의존해서 자신의 정체성을 형성해온 오랜 세월이 있는데, 그 흔적마저 쉽게 지울 수 있을까. 어느 은퇴하신 분은 딸의 결혼을 앞두고 사돈 간 인사하는 자리에 나갔을 때, 사돈이 건네는 명함을 받은 후 한참을 멍하게 서 있을 수밖에 없었다고 한다. 자신은 줄 명함이 없다는 것을 알면서 제대로 말도 못한 채 얼굴이 붉어질 정도로 당황했고 오랜 시간 괴로워했다고. 그래서 누군가에겐 자녀 결혼 때 당당하게 내밀 '명함' 만드는 것이 은퇴 이후 삶의 목표가 되기도 한다.

최근 들어 중년의 삶을 장밋빛처럼 묘사하는 이들이 많아졌다. 중년의 과중함은 분명하지만, 지금의 중년에게 주어진 '수명 보너스'와 선택권을 생각한다면 장밋빛으로 묘사할만하다. 중년기는 결혼생활과 일에 대한 만족감이 증가한다. 일에 있어 육체적 요구가 감소하고 흥미와 보상은 커진다. 그것보다 자녀가 커가면서 양육이나 결혼생활에 대한 부담이 감소함에 따라 내 삶을 돌볼 수 있는 여유가 생긴다. 여전히 직장에서 과중한 일이 있고 부모 역할이나 노년을 보내고 계시는 부모를 부양하는 것은 계속되어야 하지만, 과거보다 선택권은 넓어지고 덜 강압적이기 때문이다. 필자 역시 이미 중년에 들어선 사람으로서 이 부분에 전적으로 공감한다. 중년이 삶에서 갖게 되는 더 많은 선택권과 내적 성장, 변화의 가능성을 높이 산다. 여전히 유능하고 자율적이며 깊은 유대감을 즐긴다. 생물학적으로 보나 사회적으로 보나 지금의 중년은 최고의 시간이다.

어쩌면 오십 이전의 삶은 스스로 선택하지 않은 삶이었다. 부모나 배우자, 자녀 그리고 사회적 기대를 떨쳐 버릴 수 없었다. 하지만 오십 이후의 삶은 오로지 자신의 선택이 가능하다. 살아보니 알겠다. 50세 정도가 새로운 삶의 시작을 하기에 참 좋다는 것을. 여전히 가볍지 않은 짐이 있기는 하지만 의무와 책임의 끝이 보이기 시작하고, 앞으로 살아갈 세월도 결코 짧지 않다. 그렇다. 두 번째 삶을 발견할 시점이고 소중한 기회를 놓치고 싶지 않다. 중년의 과업과 노년에 대한 준비에 관심을 가지면서 스스로 해법을 찾기 위해 우선 시작한 것이 '노년학' 공부였고, 그 실천이 '은퇴 준비'였다. 처음엔 공적연금을 포함한 재무설계와 대인관계에 관한 공부를 시작해 영역을 확장해갔으나, 수단이나 기능적인 면에 머물러 있는 은퇴 설계나 노후준비 프로그램에서 부족한 것을 느꼈다. 중년 이후의 삶을 보다 통합적으로 접근하면서 삶의 근본적인 것을 찾아가는 시도가 필요해 보였다. 그래서 50대 중년의 삶에서 맞닥뜨리고 주변의 관찰에서 떠오르는 것들을 정리하기 시작했다. 평소 관심 있게 공부하던 노년학에서 다양한 지식을 인용하고, '노후준비지원법'에 따라 설립된 중앙노후준비지원센터의 노후준비 콘텐츠를 활용하기도 했다.

이 책은 노후 준비에 대해 강의를 하면서 고민했던 것으로부터 시작되었다. 중년에 들어서면 대개 지나온 삶을 되돌아볼 기회가 많아진다. 그러면서 중년의 '괜찮은 삶'이라고 생각하고 강의했던 다섯 가지 요소를 뼈대로 삼았다. 이 책의 관점과 글들의 출발점인 셈이다. 첫째는 '수명을 다하는 삶'이다. 이는 누가 뭐래도 원하는 삶을 영위할 수 있는 바탕이다. 현실적으로는 건강수명을 최대한 늘리려는 노력이 필요하다. 둘째는 '준비하는 삶'이다. 미래를 내다보고 체계적으로 준비하는 것은 인간만이 할 수 있는 일이고 특권이다. 셋째는 '성장 발달하는 삶'을 꼽았다. 발달심리학의 등장과 더불어 최근의 흐름이기도 하다. 인간은 나이가 들면 쇠퇴만 하는 것이 아니라, 계속 성장 발달할 수 있다는 것이고 우리 사회의 많은 이들이 이를 입증하고 있다. 넷째는 '목표가 있는 삶'이다. 은퇴 이후 15년 내외의 시간, '수명 보너스'는 진정 자신을 위해 원하는 삶을 살 수 있는 유일한 시간이다. 무엇을 위해 어떻게 살아야 하는지, 하고 싶고 좋아하는 것이 무엇인지 탐색하고 꿈과 목표가 있는 삶을 살아야 하는 이유다. 노년을 활기차게 사는 분들을 살펴보면, 대개 뚜렷한 목표가 있다는 공통점이 있다. 메모해둔 이런 글이 있다. "희망과 계획의 자리에 후회가 들어설 때 사람은 늙는다. 일과 가치 있는 것들에 관한 관심이 늙음을 막는 가장 훌륭한 처방이다." 마지막으로는, '관계가 든든한 삶'이다. 좋은 관계가 행복을 불러온다는 것은 상식 중의 상식이다. 노년을 정말 불행하게 하는 것은 경제적 빈곤이 아니라 사랑 즉, 관계의 빈곤이기 때문이다.

이 책은 이상의 다섯 가지 요소를 조합해 3부로 구성했다. 1부는 오래 사는 사회를 살피면서 인간 발달에 대한 현실과 문제 인식을 담았다. 위에서 언급한 첫 번째와 세 번째 사항이다. 2부에는 중년의 삶을 든든하게 할 수 있는 은퇴 준비와 관련된 내용으로 두 번째와 다섯 번째의 공적연금을 포함한 재무 관련 사항, 사회적 관계 그리고 여가에 관한 것을 담았다. 3부에서는 네 번째 '목표가 있는 삶'을 중점적으로 다룬다. 이는 가장 강조하고 싶은 부분이기도 하다. 이 책은 필요한 부분에 대해 찾아 읽기도 가능하다. 글쓰기의 경험이 적어 체계가 엉성하고 표현은 핵심에 가닿지 못한다. 어설프지만 50대에 발견한 이슈와 작은 지혜를 나누고, '수명 보너스'를 활용하여 원하는 삶을 찾아가고자 하는 많은 이들과 행운을 함께하고 싶다.

목차

1부 | 길어진 삶, 이대로 괜찮을까

2부 | 든든한 은퇴 준비, 바로 세우는 중년의 삶

3부 | 목표가 있는 삶이어야 한다

1부

길어진 삶,

이대로 괜찮을까

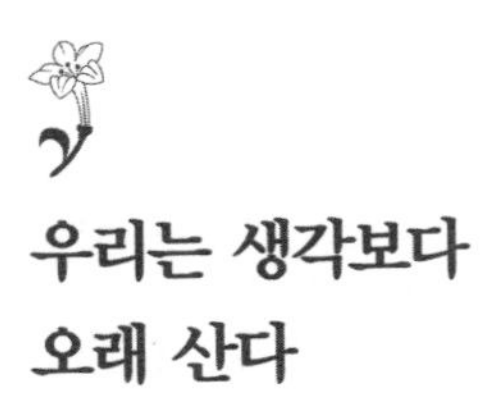

우리는 생각보다 오래 산다

영생永生에 대한 욕망, 질병과의 싸움. 그리고 죽음에 대한 두려움은 수천 년 동안 인류를 사로잡아왔다. 오랜 시간이 걸렸지만, 많은 것을 극복했고 오래 사는 시대가 되었다. 또, 건강하다. 우리나라도 100세 이상 인구가 2만 명에 가깝고, 사람들이 실제 가장 많이 사망하는 '최빈사망연령'이 곧 90세에 이를 전망이다. 과거의 선택된 또는 특별한 개인의 장수 시대에서, 이제는 일반적이고 보편적인 장수 시대가 되었다. 실제 생활에서 느끼는 그대로 고령인들의 건강상태는 영양, 의료, 사회 안전, 생활습관 개선 등으로 호전되고 있다. 다른 동물들은 어떨까. 포유류 중 장수하는 것으로 알려진 인도코끼리는 70년 정도 살고, 조류 중에서는 검독수리가 최장수 동물로 80년 정도 산다. 어류 중에서는 잉어와 철갑상어가 50년 정도 살고, 갈라파고스 땅거북은 200년까지 생존하는 것으로 알려져 있다. 반대로 짧게 사는 것으로는 하루살이가 있지만, 나비나 파리도 기껏 1개월 정도 산다고 한다. 늙는 것을 한탄만 할 일은 아니다. 사람도 그렇지만, 이 세상에는 늙어가는 특권조차 누리지 못하는 존재가 얼마나 많은가.

지금은 보편적인 장수長壽 시대

100세 시대가 현실이 되었다. 1970년 이후 50년 만에 20년 이상 더 살게 되어[1] '수명 보너스*life bonus*'를 받은 것이다. 같은 기간 경제협력개발기구(OECD) 평균은 절반 수준인 10.5년 늘었다.[2] 세계보건기구(WHO)가 발표한 기대수명 분석 결과를 보면 2030년 한국의 기대수명은 여성 90.82세, 남성 84.07세로 남녀 모두 세계 1위다. 이렇게 오래 사는 일이 어느 날 갑자기 생긴 일은 아니지만, 인류가 종種을 유지한다는 애초의 과제를 이미 이룬 후에도 너무나 오래 산다는 것이 생물학자들을 의아스럽게 할지도 모르겠다. 기대수명의 남녀 격차는 6년으로 1985년(8.6년)을 정점으로 감소하는 추세에 있다. 60세 기준 기대여명은 남자 22.8년, 여자 27.5년이다. 이 또한, OECD 평균과 비교하면 남자는 1.7년, 여자는 2.4년이 높다. 소득 수준에 따른 기대수명이나 건강수명의 차이는 어느 사회나 크게 나타나고 있다.[3]

100세인에 대해 연구하고 있는 박상철 교수는, 장수를 결정하는 요인으로 유전적 요인은 20~30%, 환경적 요인이 70% 이상 차지한다고 했다. 가장 중요한 예측 인자는 신체적 건강보다 인지 기능이 정상이어야 함을 강조한다. 초장수의 경우 유전적 성향이 더욱 높을 것으로 파악하면서 '100세인의 자녀들과 일반 노인층의 자녀들이 90대까지 생존할 확률을 비교해 보면 4배 정도 차이가 있다'고 했다. 한국의

---

1) 통계청 발표(2019. 12) 기대수명으로 1970년 62.3세이던 것이 현재 82.7세로 늘어났다.

2) 1970년 70.1세에서 2016년 80.1세로 우리나라의 절반 수준인 10.5년이 늘었다.

3) 우리 국민의 기대수명은 2015년 기준 소득 상위 20%는 85.1세, 하위 20%는 78.6세로 6.5년 차이가 나고, 건강수명은 각각 72.2세, 60.9세로 두 집단 간 차이가 더욱 크다.

100세인 연구에서 나온 몇 가지 중요한 결과는 이렇게 요약할 수 있다. 첫째, 우리나라의 100세인 수가 급증하고 있고 일반적인 고령화 속도도 빠르지만 초장수인의 증가는 더욱 빠르게 진행되고 있다. 둘째, 장수지역 또한 급속히 확대되고 있다. 종래 호남지방 남해안과 제주지역에 국한되어 있던 장수지역이 지리산을 중심으로 한 내륙지방으로 백두대간을 따라 확대되고 있다. 셋째, 남녀 장수 패턴이 지역별로 현저한 차이를 보인다. 호남, 제주지방은 여성 장수가 우월한 반면 강원, 경북지방은 상대적으로 남성 장수도가 높았다. 넷째, 100세인들의 과거 병력에서 생활습관병 질환의 이환율罹患率이 매우 낮았다. 다섯째, 장수인들은 식생활 또는 일상생활 패턴에서 규칙성과 절제성이 돋보이는 습관을 지니고 매우 적극적이며 사교적이었다.

남성보다 여성이 오래 사는 이유

앞서 통계청의 발표에서 나타난 것처럼 남녀의 수명 차이가 좁혀지고 있지만, 여성은 세상 어느 문화권에서나 남성보다 죽을 확률이 낮고 더 오래 산다. 왜 남성보다 여성이 오래 살까? 그런데 남성의 기대수명이 여성보다 짧음에도 건강수명을 보면 크게 차이가 없다. 이를 두고 '젠더 패러독스*gender paradox*' 또는 '성(性)과 건강의 패러독스'라고 하는데, 여성은 남성보다 오래 살지만, 건강 상태는 더 나쁘다는 것을 표현한 말이다. 여성이 남성보다 오래 사는 이유를 설명하는 근거로는 두 가지가 있다.

먼저, 여성에겐 '생물학적 완충장치'가 있다는 것이고, 또 하나는 사회 구조적인 '라이프 스타일'의 차이로 설명한다. 생물학적으로 보면 남성은 심장발작, 뇌졸중, 암 등 생명을 위협하는 치명적인 질환을 여성보다 더 많이 경험(조기 사망)하는 반면, 여성은 임신·출산과 관련된 호르몬과 생리학적 체계가 폐경기 이전 시기까지 관상동맥질환 위험을 낮추는 데 기여한다. 이를 여성에게 있는 '생물학적 완충장치 *biological buffer*'라고 한다. 여성의 생리 현상과 여성 호르몬이 생체를 보호하는 역할을 하고 있어 여성이 생물학적으로 강한 성이라는 것은 의심할 여지가 없다. 유아의 환경 적응력을 보더라도, 남아의 사망률이 여아의 사망률보다 높게 나타나고, 여아보다 남아를 임신했을 때 유산을 많이 하는 사실들이 이를 뒷받침하고 있다. 물과 식량이 떨어진 상황에서도 여자가 남자보다 더 오래 버틸 수 있다고 알려져 있다.

그다음은 사회 구조적인 '라이프 스타일'의 문제인데, 짐작하는 대로 남성은 생명의 위험에 더 많이 노출되는 것으로 알려져 있다. 남성은 과도한 흡연과 음주가 빈번하고 의료서비스 이용이 상대적으로 적지만, 여성들은 오히려 적극적인 예방 활동과 의료서비스를 자주 이용한다. 청소년기(사춘기) 시절 남성 사망률이 증가하는 것은 이와 관련이 있다. 이 기간에 남성 사망 원인의 3분의 2는 사고와 자살이다. 이 시기에 청년 남성은 여성보다 2배 이상 많이 죽는다. 아래 그래프에서 보는 것처럼 한국 남성의 경우는 사춘기뿐만 아니라 40~50대 사망률도 증가하는데, 이는 특이한 현상으로 가부장적 한국 중년 남성의 과도한 스트레스 등과 관련이 있을 것으로 분석되고 있다. 남성과 여성이 짝을 이루어 함께 살면 건강을 도모할 가능성이 커지지만, 상처喪妻했거나 이혼을 한 남자는 배우자와 함께 사는 남자보다 대체로 일찍 죽는다.

〈세계 각국의 남성/여성 사망률〉

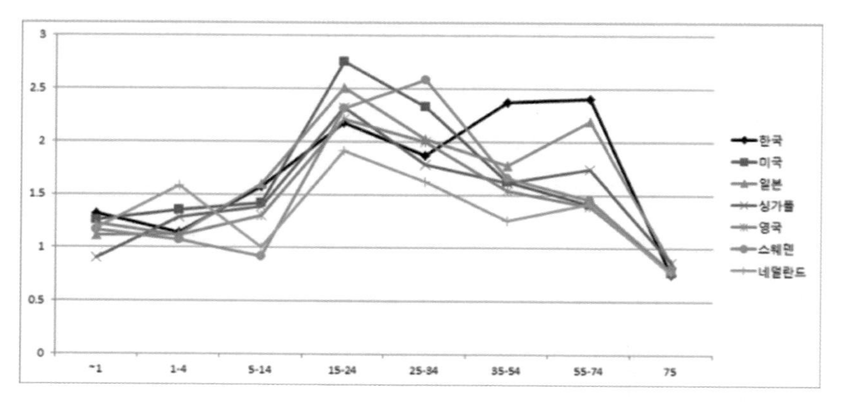

출처: 세계보건기구(WHO) 홈페이지(http://apps.who.int)

인간은 얼마나 오래 살 수 있을까?

인간의 평균수명은 급속도로 증가하여 왔으나, 아직도 최대 수명으로 대표되는 인간 수명이 과거로부터 현재에 이르기까지 증가하였다고 인정할 만한 직접적인 증거는 없다. 현재까지 공식적인 통계로는 프랑스 잔 칼망*Jeanne Calment*(1875~1997) 할머니가 세계 최장수 노인으로 122.5세까지 생존했다. 구약성서에는 900년 이상을 살았다는 기록들이 있지만, 고대 이스라엘 민족 조상들의 신화와 같은 이야기이고, 인간의 수명은 120년을 넘지 못한다는 성서의 기록이 있다.[4] 우리나라의 100세인의 수가 1990년대에 200여 명, 1995년대에 500여 명, 1998년에 1,000명 돌파, 2000년에 2,000명에 이르렀고 2019년

4) 구약성서에 따르면, 아담은 930년을 살았고 최장수자인 므두셀라는 969년, 노아는 950년을 살았다(창세기 5:21·27). 사람은 백이십 년밖에 살지 못하리라(창세기 6:3).

말 18,964명으로 집계되고 있다. 남성이 4,404명이고 여성이 14,560명으로 나타났다. 일본의 경우 2017년 기준 100세 이상 인구는 6만 7,000명에 이른다.

지난 2000년, 미국의 유명한 두 학자 간에 '인간의 수명'을 두고 논쟁이 벌어졌다. 생물학자인 스티븐 어스태드*Steven Austad* 교수는 인간은 머지않아 '150세'까지 살 것으로 주장했다. 몇십 년 안에 실제로 노화를 늦추는 약이 개발될 것으로 확신했다. 그는 가장 오래 생존할 사람이 일본 장수 집안의 여성으로 이미 태어났다고 주장했지만, 올샨스키*S. Jay Olshansky*라는 공공보건학자는 이미 수명은 늘어날 만큼 늘어났고, 최근 수명 증가율이 둔화하고 있음을 들어 '130세'가 한계라는 주장을 폈다. 급기야 두 학자는 재미난 내기를 걸었다. 각각 150달러씩 내서 펀드에 예치했고, 그로부터 150년 뒤 이기는 쪽 후손이 그 돈을 가져가는 것으로 약정한 것이다. 누가 이기든 그 후손은 약 5억 달러, 우리 화폐로 약 5,673억 원에 달하는 돈을 받게 될 것이라고 한다. 그런데 최근 영국 임페리얼 칼리지 연구팀에서는 세계 최장수 여성이 한국에서 나올 것이라는 발표를 했다. 인간의 수명이 얼마나 될지 지금으로서는 예측하기 어렵다. 두 학자의 주장을 들어보면 다 일리가 있어 보인다. 수명이 늘어가고는 있지만, 그 기울기는 차츰 완만해지고 있는데, 같은 속도로 늘어가지는 않는다는 뜻이다. 하지만 영국의 생물의학자 오브리 드 그레이*Aubrey de Grey*는 인간에게 '원하는 만큼' 오래 살겠다고 선택할 수 있는 자유가 있으며, 그것은 양보할 수 없는 권리라고 주장했다. 그의 주장과는 달리 정작 자신은 나이에 비해 훨씬 늙어 보이는 외모로 비웃음을 사기도 하지만, 배아 세포를 정기적으로 이식해서 재생되지 않는 세포를 재생시키거나 불필요한 세포를 제거하는 방법으로 인간의 수명은 조금씩 거의 무한대로 늘어날 수 있다고 해 수명에 관한 논쟁을 무색게 했다. 뒤에서 살펴볼 데이비드 A. 싱클레어 박사 연구팀의 주장과 전망도 인간 수명의 획기적인 연장 쪽을 지지한다. 장수는 우리가 살아가는 방식과 사랑하는 방식을 크게 변화시킬 것이다. 장수하기 위해 값비싼 대가를 마다치 않는 부자가 있는가 하면, 그럴 형편이 되지 않는 가난한 노인 간의 사회적 불평등도 생길 것이다. 더 나아가 사회자원의 배분을 둘러싸고 세대 간 갈등도 촉발될 가능성이 있다. 오래 살게 되면서 생기는 현상으로 약물 남용이나 반려동물에 대한 집착 등 불행한 사람들이 많아지는 징후 또한 없지 않다. 최근 코로나 19 바이러스 감염으로 전 세계적으로 엄청난 환자가 발생했고 수많은 사람이 희생되고 있다. 이 과정에서 희생된 사람들은 대부분 기저 질환이 있거나 노약자들이다. 아직도 수그러들지 않아 많은 국가가 방역에 골머리를 앓고 있는데, 장수를 꿈꾸는 인류에게 크나큰 도전이 아닐 수 없다.

인간의 수명을 비교하기 위해 일반적으로 사용하는 척도는 '평균수명'과 '건강수명'이다. 평균수명과 건강수명을 일치시키려는 노력을 통해 생애 중 아픈 시기를 최소화하는 것은 매우 중요한 일이다. 그러나 평균수명이나 건강수명 모두 인구 고령화의 영향을 받고 있으나, 실제로는 간접적일 수밖에 없는 지표이다. 고령사회에서 현실적으로 중요한 의미가 있는 지표는 사람들이 가장 높은 빈도로 실제 사망하는 연령이다. 이를 '최빈사망연령*Modal Length of Life Span*'이라고 한다. 선진국들의 최빈사망연령은 지난 2세기 동안 계속 증가하고 있고 90세에 이르고 있는데도, 아직 정점에 이르렀다고 보지 않는다. 우리나라도 2020년에 최빈사망연령이 90세에 이를 것으로 전망하고 있다. 이는 인간의 실제 수명이 계속 증가하고 있으며 초장수인 또한 계속 늘어날 것임을 뜻한다. 지인들의 장례식에 조문하면서 느끼는 현실 그대로다. 과거에는 특별한 사람만이 누리던 장수를 이제는 꽤 많은 사람이 누릴 수 있는 시대가 되었다.

성실한 사람이 더 오래 산다

장수에 대한 상식과 통념을 깬 연구가 있다. 1921년 스탠퍼드대 심리학 교수 루이스 터먼*Lewis M. Terman* 박사는 1910년 전후 태어난 소년·소녀 1,528명을 선발해 무려 80년 동안 이들의 삶을 총체적으로 추적 분석했다. 여기에서는 하워드 S. 프리드먼*Howard S. Friedman*과 레슬리 R. 마틴*Leslie R. Martin*이 정리한 내용을 소개한다. 놀라운 사실로, 참가자 중 장수한 사람들의 건강 비결은 흔히 알려진 비타민이나 채식, 건강검진, 조깅 따위가 아니라 그들의 성격, 직업, 사회생활이 장수와 밀접하게 연관되어 있음을 입증했다. 우리는 흔히, 결혼한 사람이 독신자보다 오래 살고, 유쾌한 생각을 많이 하면 스트레스가 줄어 오래 살 수 있고, 신앙심이 깊은 사람이 더 오래 살고, 걱정은 건강에 아주 해롭고, 착한 사람은 일찍 죽고 나쁜 사람은 늦게 죽는다는 등등의 통념 몇 가지를 지니고 산다. 이 연구는 대부분의 상식이나 통념들이 과학적 근거가 없다는 것을 주장하고 있다.

결론적으로, 유년기와 성년기 양쪽 모두에서 '성실성'이 성격 중에서 장수 여부를 예측하는 핵심변수로 나타났다. 그 이유는 성실한 사람들이 건강을 지키기 위한 행동을 더 많이 하고, 위험한 활동에는 될 수 있는 대로 관여하지 않는다는 점이다. 또 하나는 성격이 성실하면 더 건강한 환경과 관계를 형성한다는 것인데, 성실한 사람은 더 행복한 결혼생활, 더 좋은 친구 관계, 더 건강한 근무환경을 만들 줄 알기 때문이다. 수명에 대한 가장 강력한 예측변수는 성실성이지만, 성실성이 모든 것을 설명해주지는 않는다. 성실성을 고려하더라도 안정된 일을 갖고 성취감을 느끼는 것이 대체로 장수에 이르는 성공적인 길이라는 것이다. 그 외에도 안정된 가정과 사회적 지지 기반, 어울리는 집단이 어떤 유형의 사람들인지, 그들이 건강한 사람들인지 그 여부도 장수에 영향을 미치고 있었다. 그래서 어울리는 사람들을 신중하게 선택하라고 조언한다.

이 연구는 사교성 또한 건강한 삶에 유리한 것만이 아니라는 것을 지적한다. 사교성이 좋은 사람들은 아무래도 건강에 해로운 행동을 부추기는 환경에 놓이는 경우가 많아 순간적으로 위험에 처하거나 건강에 해로운 행동을 한다는 것이다. 대다수 현대인은 행복, 낙관주의, 명랑함과 활기가 건강의 비결이라고 여기지만 이것 또한 잘못된 통념이라 주장한다. 낙관주의가 가진 가장 나쁜 점은 실질적으로 건강을 위협하는 요소를 간과하거나 무시한다는 것이다. 그리고 건강한 사람은 행복하지만, 행복한 사람이 반드시 건강한 것은 아니다. 행복은 장수에 이르는 길에 부산물 같은 것이었다. 교육 수준에 대해서도 다른 결과가 나왔다. 학력이 더 높은 사람일수록 더 건강하고 좀 더 오래 사는 경향이 있긴 했지만, 건강과 장수에 관한 다른 개인적, 사회적 예측변수에 비하면 중요도가 떨어졌다. 어렸을 때 부모가 죽으면 어느 정도 어려움을 겪기는 해도 수명을 단축할 정도의 주목할 만한 위험은 아니었다. 오히려 부모의 이혼이 장기적으로 자녀의 건강에 미치는 영향이 크게 나타났다. 어렸을 때 부모의 이혼을 경험한 사람은 그 자신도 이혼할 가능성이 더 크다. 결혼한 '사람들'이 오래 사는 것은 아니지만, 결혼한 '남성들'이 더 오래 사는 것은 알려진 그대로다. 반대로 이혼한 여성은 오히려 오래오래 잘 산다. 가족력의 중요성을 과대평가하는 경향이 있으나, 본인의 인생 경로가 더 중요한 것으로 나타났다. 대부분은 '여성성'은 건강을 지켜주는 역할을 하고, '남성성'은 건강에 악영향을 미치는 편이었다.

인간 수명의 증가에 대해 여러 통계적 예측과 한계를 제시했던 스튜어트 올샨스키는 그의 책에서 이런 전망을 하였다. "수명의 증가는 무엇보다 환경적인 사망 요인을 관리하는 방식을 개선한 데 기인하며, 인간의 근본적인 생태 구조와는 거의 관련이 없다. 그 결과 이제 사망 요인은 환경적 요인에서 신체 내 생태적 과정의 결함, 파손, 기능 상실과 같은 것으로 전환되었다. 다시 말해 전통적인 치료 방식으로는 이러한 노화를 다스리기가 거의 불가능해진 것이다." 하지만 노화의 원인과 장수에 관한 연구를 지속하면서 최근 주목할 만한 새로운 주장이 제기되고 있다. 노화에 관해서는 따로 다룬다. 지금까지 보편적인 장수 시대를 운운하며 누구나 오래 살게 된다는 것을 강조한 것은 그 사실을 알리기 위함이 아니라, 은퇴와 더불어 생기는 '수명 보너스'를 어떻게 활용하면서 원하는 삶을 완성해 갈 것인가 하는 데 있다. 어떤 사람은 은퇴를 절망으로 받아들이지만, 누군가는 그날을 기다리며 새로운 삶에 대한 기대에 가슴 부푼다. 주된 직업 생활에서의 은퇴와 그 이후의 시간을 우리는 어떻게 바라보아야 할까. '우리는 생각보다 오래 산다'는 제목으로 시작한 글을 마무리하면서 드는 생각은, 우리는 생각보다 '훨씬 더' 오래 살지 모른다는 점이다.

절망과 희망
그 사이의 선택, 은퇴

은퇴는 누군가에겐 절망이고 또 다른 누군가에겐 희망이다. 대개는 절망과 희망 그 사이 어디쯤으로 여겨지겠다. 카피라이터 정철은 은퇴를 이렇게 묘사했다. “어느 날 내 자리에 내가 없음. 이 문장은 슬프다. 내 자리에 내가 없음. 이 문장은 그리 슬프지 않다. 은퇴가 슬픈 건 ‘어느 날’이라는 말 때문이다. 그 어느 날이 준비되지 않은 어느 날이기 때문이다.” 어느 정도 나이가 되어 주된 일자리에서 물러나더라도 시간제 일자리나 자원봉사 혹은 여가와 같은 새로운 흥미를 찾아 나서게 되어 일과 완전히 결별하는 것은 아니다. 은퇴는 언제나 자발적인 결정에 따라 이루어지는 것도 아니다. 흔한 경우가 ‘정년’과 ‘해고’다. 자발적인 은퇴라 하더라도 언제 은퇴할 것인지 결정하는 것은 복잡한 일이며, 여러 요인이 상호 작용한다. 첫째, 이는 공통적인 요인이라 할 수 있는 것으로, 일을 계속하면서 얻을 수 있는 금전적인 가치들과 은퇴를 하면서 생길 수 있는 가치를 비교하게 된다. 둘째, 본인이나 가족들의 건강도 은퇴 시기를 결정하는 데 중요한 요소가 된다. 셋째, 돌봐야 할 자녀나 가족 구성원이 있으면 은퇴 시기에 영향을 미치며 과거 여성의 은퇴 사유로 자주 언급되는 것 중의 하나였으나, 근래에는 남성의 은퇴 이유로도 거론된다. 넷째, 은퇴 이유가 항상 금전적인 것으로 환산될 수는 없다. 어떤 사람에게는 일 그 자체가 과도한 스트레스가 되어 은퇴를 앞당기는가 하면, 어떤 이들은 일 없는 자신을 상상할 수 없다며 가능한 한 오래 남아 있을 계획을 세운다. 다섯째, 취미나 활발한 사회적 활동 계획을 세운 사람들은 그렇지 않은 사람에 비해 서둘러 은퇴하는 경향이 있다. 이들은 그야말로 행복한 사람들이다.

은퇴 후에는 어떤 일이 일어날까. 삶이 통째로 바뀌는가. 건강이 나빠지는가. 대부분 은퇴자에게 은퇴는 불안감을 가져오지만, 그 자체로 생활방식이나 건강, 혹은 삶의 태도에 심각한 영향을 미치는 것은 아니다. 첫째, 당연한 이야기이지만 '소득의 변화'가 뒤따른다. 월급이나 연봉이 사라지면서 그만큼은 아니더라고 그 공백을 메울 것이 필요해진다. 흔히 공적연금을 떠올리지만, 은퇴 시기와 연금 수급 시기가 일치하는 것은 아니다. 이 공백기를 퇴직연금, 개인연금 등으로 잘 준비한 사람이라면 출발이 순조롭다. 자산을 헐어 생활비를 충당하는 경우라면 심리적 압박을 받을 수 있고 부부 갈등의 원인으로 작용할 수 있다. 은퇴자에 대한 소득보장제도가 잘 갖춰진 나라에서도 어느 정도의 노후 빈곤 문제는 있으며, 노년에 있어 여성은 남성보다 대체적으로 2배 이상 빈곤한 것으로 나타난다. 남성과 비교하면 상대적으로 경제활동 기간이 짧고 수명이 긴 여성은 남성보다 은퇴에 대해 더 많은 준비를 할 필요가 있다. 은퇴가 가져오는 변화 중 두 번째는 '거주지의 변화'다. 은퇴는 대다수 사람에게 어디에서 살 것인지에 관한 선택사항이 늘어난다. 더는 일에 매이지 않고 자녀가 성장해서 독립한 상황이라면 경제적인 이유나 취향에 따라 농어촌 지역이나 중소도시, 자녀와 가까운 곳 혹은 고향 등 살고 싶은 곳으로 거주지를 결정할 수 있다. 노인에게 있어 거주지 변경은 생애 사건이고 중요한 결정이다.

미국 사회는 은퇴자들의 20% 정도가 동절기에는 날씨가 따뜻한 곳으로 옮겨간다. 은퇴 후 주거와 관련한 사항은 나중에 다시 살펴볼 기회가 있다. 다음은, 낮시간을 채우는 '주된 활동에서의 변화'다. 전일제 근무에서 전일제 은퇴로 가는 대부분의 사람은 상당한 노력에도 불구하고 어려움을 겪는다.

은퇴와 노년기 적응 유형

여러 가지 변화와 과제에 적응하는 방식은 개인마다 다르지만, 이를 몇 가지 유형으로 나눌 수 있다. 널리 알려진 것으로, 뉴가튼*Neugarten*은 노년기 삶에 적응하는 방식의 4가지 유형을 이렇게 분류했다. 인생을 긍정적으로 수용하면서 노년기의 삶을 나름대로 적절하게 조절하며 만족스럽게 살아가는 '통합형', 노화에 대해 두려워하며 활동에 지나치게 집착하거나 사회적 접촉을 끊고 폐쇄적으로 살아가는 '무장방어형', 자녀나 친척에게 의존하여 무기력하고 수동적인 태도로 살아가는 '수동의존형', 감정조절의 어려움과 인지 기능의 퇴화로 인해 여러 가지 갈등을 초래하는 '해체형'이 있다.

베이비부머의 은퇴가 시작되면서 은퇴 생활은 훨씬 다양해지고 있다. 그들은 은퇴를 나름 준비할 수 있었던 첫 세대인 만큼 은퇴 생활에 뚜렷한 목표와 많은 의미를 부여하고자 한다. 스웨덴의 칼손 아그렌*M. Carlsson-Agren*과 그의 동료들은 다양해진 은퇴자들의 일상을 심층 분석해 여섯 가지 유형으로 구분했다. 첫째는 '자아실현형'인데, 읽고 생각하고 일하고 잘 놀고 남을 돕는 행위로 가득 찬 '멋진 시간표'

를 가지고 있는 매우 바람직한 유형이다. 둘째는 '성숙형'으로, 이들은 가족과 친구를 포함해 타인과의 상호작용이 빈번하며 서로 도움을 주고 받는다. 자신이 좋아하는 것에 몰두하고 사회에 관한 관심과 참여를 적절히 유지하는 일상생활을 영위한다. 셋째는 '적응형'으로, 중간 이상의 생활 만족도를 보이지만 활동성은 크지 않으며, 의미 있는 활동이 부족한 편이다. 날씨나 다른 사람의 상황 등 외부 조건의 영향을 많이 받는다. 넷째는 '의존형'으로, 정서적으로 자녀들에게 강하게 의존하는 유형이다. 자녀가 삶의 가치를 만들어준다고 믿고, 자녀의 전화나 방문을 기다리며 그런 만남을 통해서만 고독감을 줄일 수 있다. 이들의 일상의 행복은 타인에게 달려 있다. 다섯째는 '체념적 수용형'으로, 현재보다는 과거와 잃어버린 것에 대한 생각으로 가득 차 있다. 일상에 대해 소극적이고 체념하는 태도를 보인다. 마지막으로 '절망형'인데, 은퇴 후의 일상생활 적응에 어려움을 느끼며 무력감에 빠져 있다. 하루 시간표는 구조화되어 있지 않고 놀이 활동이 빈약하며 타인에게 비치는 자신의 부정적인 모습을 의식한다.

이러한 적응 유형은 실제 삶에서 다양한 형태로 나타난다. 먼저, 자신의 삶에서 은퇴를 고려하지 않는 경우다. 종종 자신의 전문적인 삶과 병합하여 노년을 보내는 사람들이 있다. 학술이나 예술과 같은 전문 분야에서 많은 교육과 훈련을 받은 사람들로서, 그들은 자기 일에 높게 동기화되어 있고 몰입한다. 가능한 한 오래 일하는 또 다른 그룹도 있다. 자영업 또는 농업에 종사하거나 특별한 손기술을 가진 장인들이다. 오래 사는 사회인 만큼 적절한 시기에 이들의 영역으로 삶의 전환을 도모할 필요가 있다. 저임금과 낮은 교육 수준으로 적은 소득에 의존하는 사람들도 은퇴를 결심할 여유가 없다. 주된 일자리에서 은퇴했지만 서둘러 일터로 다시 돌아가는 사람들도 적지 않다. 은퇴 후 특정 시점에 완전히 다른 직업을 갖거나 혹은 유사한 일이지만 다른 일터로 들어가 노동시장에 재진입한 사례를 보는 것은 어렵지 않다. 일정한 수입이 필요했거나, 마땅한 여가활동을 찾지 못해 외로웠거나 뭔가 쓸모 있다는 느낌이 들기 위한 경우가 많다. 점진적 은퇴를 준비한 사람들도 있다. 시간제 일자리나 스트레스가 적은 전일제 일 같은 '가교 직업*bridge job*'을 갖는 것은 지혜로운 대안이다. 또 다른 현명한 방안으로 자원봉사를 하는 경우다. 최근 우리 사회도 많은 변화가 감지되고 있다. 자원봉사는 여러 가지 측면에서 바람직하다. 특히 은퇴 후 자원봉사는 행복감, 생활 만족도, 자존감, 신체적 건강 등 모든 웰빙 지수가 높게 나타난다. 마지막으로 기업 차원에서 고용주가 고안한 방법들이 있다. 시니어 근로자에게 전일제 근무에서 단계적 은퇴를 선택안으로 제시하여 상호 만족할 수 있는 방안을 찾는 것이다. 성공적인 은퇴를 위해 가장 중요한 것이라면 바로 '충분한 준비'이다. 은퇴 시 삶의 질의 상당 부분은 미리 계획하는 것에 달려 있다.

노인에 대한 그릇된 신화

'노인' 하면 떠오르는 이미지나 생각들에 관한 이야기다. 긍정적인 것도 있지만, 부정적인 것도 많다. 노인에 대한 고정관념이나 편견은 노인에 대한 일종의 '연령 차별'을 만들어낸다. 하나는 노인에 대한 지나친 연민과 동정에서 비롯된다. 노인을 오로지 보호와 구제의 대상으로만 생각하는 경우다. 지나친 동정의 태도는 노인의 능력을 과소평가하는 데서 비롯된다. 또 다른 연령 차별은 노인에 대한 무관심과 소홀한 태도에서 비롯된다. 노인의 수많은 필요와 욕구가 무시되는 경우다. 노인에 대한 몇몇 그릇된 신화를 살펴보면 이런 것이다. 노인에 대한 첫 번째 그릇된 신화는 '동일성의 신화'를 꼽는다. 젊은 사람들을 볼 때와는 다르게, 노인의 고유하고도 개별적인 특성이 '노인'이라는 이름 아래 묻혀버릴 수 있다는 점을 지적하는 것이다. 노인들도 젊은이들과 같이 서로서로 다른 존재다. 능력이 다르고 성격이 다르며 건강과 재산, 가족관계 등 모든 것이 다르지만 이렇게 생각하지 않을 때가 많다. 두 번째 그릇된 신화는 '비생산성과 의존성에 대한 신화'이다. 이러한 신화의 결과로 역할의 상실이 일어나며 결국 자존감의 저하와 사회적 지위의 격하를 초래한다. 노인도 젊은이들과 함께 충분히 일할 수 있다. 세 번째 그릇된 신화는 노인에게 어떤 문제가 생기면 원인을 찾아보려고 하기보다는 모든 원인을 먼저 '노화로 돌리는 편견'이 있다. 노인의 병에도 원인이 있다. 스스로 이러한 편견에 사로잡혀 삶을 위축시키기도 한다. 네 번째 그릇된 신화는 '완고성의 신화'로, 노인들을 대하는데 많은 부정적 영향을 미친다. 노인은 생각이 완고하고 성격이 화석처럼 굳어져서 좀처럼 변하지 않는다고 생각하는 경향이 있다. 노인도 변화를 꾀하면 변화는 나타난다.

고령 시대 고용 연장 필요하다

통계청이 발표한 '2020년 5월 경제활동인구조사(고령층 부가조사) 결과'에 따르면, 55~79세 인구 중 장래 더 일하기를 원하는 비율은 67.4%로 지난해 같은 달에 비해 2.5% 포인트 올랐다. 평균적으로는 73세까지 일을 하고 싶어 했다. 그 이유는 '생활비에 보탬'이 58.5%로 가장 많았고 '일하는 즐거움(33.8%)', '무료해서(3.3%)', '사회가 필요로 해서(2.3%)' 등으로 이어졌다. 그러나 현실은 달랐다. 고령층 고용률은 전년보다 0.6% 포인트 하락한 55.3%에 그쳤다. 글로벌 금융위기 이후 가장 큰 낙폭이다. 이 문제를 어떻게 풀어가야 할까.

최근 우리 사회에서도 '정년 연장' 혹은 '고용 연장'에 대한 논의가 심심찮게 일어나고 있다. 들여다보면 참으로 난해한 '고차 방정식'이다. 정년 연장은 저출산·고령화, 노인 빈곤, 연금제도, 세대 간 일자리 갈등, 노사 갈등, 기업의 산업구조 변화 등과 얽히고 설켜 있다. 우리나라는 올해 출생 아동이 27만 명 대로, 합계출산율은 0.8명으로 떨어질 것이라는 전망이 저출산고령사회위원회에서 나왔다. 일찍이 인류 문명사에서 겪어보지 못한 인구 현상이 벌어지고 있다. 또한, 세계에서 가장 빨리 늙어가는 나라로서 2020년부터 10년 동안 65세 이상 노인이 매년 48만 명씩 증가할 것으로 전망된다. 2025년이면 노인 인구 비율이 20%가 넘는 '초고령사회'에 진입하고, 반대로 생산가능인구(15~65세)는 앞으로 10년 동안 매년 32만 명씩 줄어들 것으로 예상하고 있다. 혹자는 생산인구 감소 문제는 4차 산업혁명이 해결할 수 있을 것으로 낙관적인 전망을 하지만 지켜만 볼 수 없는 문제이다. 또, 연금이나 사회복지 등의 제도적 기반이 고령화 속도를 따라가지 못하고 있다. 실제 국민연금 수급 시기는 2023년 63세, 2028년 64세, 2033년 65세로 늘어난다. 지금의 정년을 유지한다면 연금을 받기까지 '소득 공백기'가 점차 늘어날 수밖에 없는 구조이다. 정년 연장이나 고용 연장을 고민하지 않을 수 없는 상황이 되었다. 그렇다고 2017년 만 58세에서 만 60세로 연장한 지 '3년' 만에 추가적인 정년 연장을 검토하기에는 쉽지 않아 보인다. 그래서 '고용 연장'이라는 이름의 카드를 꺼냈고 일본의 '계속 고용제도'를 모델로 삼았다.

일본은 '정년 이후 근로자 재고용', '65세로 정년 연장', '정년 폐지' 중 하나를 선택해 65세까지 고령 근로자를 계속 고용하도록 유도한다. 최근엔 연령 기준을 70세까지 단계적으로 높이는 방안을 검토 중이라고 하고, 80세 정년제를 채택한 회사가 소개되기도 했다(2020.7.23., 파이낸셜뉴스). 문제는 사실상 정년 연장에 따른 부작용이다. 가뜩이나 힘든 청년의 일자리가 축소될 것이라는 우려가 있다. 하지만 한국개발연구원(KDI)에 따르면, 정년 연장의 혜택을 받는 근로자가 5명 늘어날 때 청년층(15~29세) 일자리는 1개 줄었다. 전문가들은 우리나라 기업의 임금체계부터 바꿔야 한다고 주장한다. 정년을 연장하면 기업으로서는 부담을 줄이기 위해 신규 채용을 줄이는 선택을 할 수밖에 없기 때문이다. 나이가 들어서도 일하고 싶거나 일해야 하는 사람들은 더 늘어나고 있다. 기업이 60세 이후 고령 근로자를 더 고용할 수 있도록 효과적인 유인책을 늘려야 하는 이유이다. 최근 한국경제신문 칼럼(2020.9.8)에서는 고령의 '현역'이 많은 나라, 정년제도가 따로 없는 미국과 영국의 예를 해법으로 제시하기도 한다. '심각한 저출산 문제와 연결해 경제활동인구 확보 차원에서 정년 연장보다 정년제도 자체를 없애는 방안이 더욱 근본적인 해법이 아닐까' 라고.

은퇴 자체가 절망이 되기도 하지만 은퇴를 할 무렵이면 몸과 마음 곳곳에도 문제가 생긴다. 멋진 은퇴 생활을 꿈꾸며 준비했던 사람도 '건강 문제'에 직면하게 되면서 모든 꿈을 송두리째 접는 경우를 종종 접한다. 은퇴 생활 25년을 하신 분과 나눈 이야기가 있다. 그분은 오랜 기간 특별히 하는 일 없이 지병인 당뇨만 관리하면서 살아온 것을 후

회한다고 했다. 기억해보니 그분은 70대 중반부터 같은 말씀을 종종 하셨다. 10년이 또 그렇게 흘러간 셈이다. 누구도 은퇴 후 무료하게 지내고 싶어 하지는 않는다. 건강 문제가 생겨 심리적으로 위축된 상황에서 그만 모든 계획을 미루고 포기하고 만 것이다. 어차피 삶은 젊어지는 것이 아니라 늙어가는 것이다. 노화를 적절히 수용하면서 대응할 수 있을 때 계획했던 노년의 삶은 이어진다. 중년, 참 무겁다. 저만치 밀쳐둔 은퇴 이후의 삶을 가끔이라도 떠올린다면 우리는 주로 어떤 생각을 할까. 수많은 고민과 기대가 있겠지만, 그중의 하나, '잘 늙어가고 싶다'는 바람도 있을 것이다. 이어 '성공적 노화'라고 일컬어지는 것이 무엇인지 살핀다.

늦가을에 피는 꽃, 성공적 노화*successful aging*

사내 게시판에 후배가 쓴 글에서 이런 문장을 봤다. "삼월의 목련, 오월의 장미만큼이나 아름다운 늦가을의 국화." '늦가을에 피는 꽃'이라는 말에 '성공적 노화'를 떠올렸다. 집 정원에 국화가 있다. 어지간한 서리도 견디며 꽃을 피운다. 성공적 노화는 어떤 의미일까. 우선 성공적 노화라고 일컬을 만한 어느 어르신 이야기부터 시작한다.

1934년생, 경북 울진에서 태어나 농사일을 하면서 2남 1녀를 키웠다. 지금은 배우자와 함께 대구시에 거주한다. 도회지로 나와 손주의 양육을 도왔고 국민연금과 기초연금을 받고 있으며, 자녀들의 추가 지원이 있어 경제적 어려움은 없다. 하지만 초고령임에도 사회적 일자리(횡단보도 교통신호 도우미)를 통해 용돈을 벌면서 손주들과 좋은 관계를 유지하는데 보태고 있다. 자전거를 타고 다닐 정도로 건강이 좋다. 성격이 매우 긍정적이고 수용적 태도를 지녀 누구하고든 소통할 수 있고 주변 사람들과 많은 대화를 나누며 지낸다. 휴대폰 문자 서비스를 자유롭게 이용하기도 한다. 한때 사돈(사위의 부친)이 병원에 장기간 입원 생활을 하게 되었을 때 먼 길 마다치 않고 간병을 맡아서 하기도 했다. 자녀 셋이 있지만, 특히 딸과의 교류가 많다. 맞벌이하는 딸이 출근하면 매일 아침 그 아파트를 찾아가 설거지와 청소를 하고 나오는 모든 쓰레기의 분리수

거까지 하고 있다. 그만하시라는, 딸의 만류에도 불구하고 '좋아서 하는 일이니 할 수 있을 때까지 계속하겠다'고 한다. 추측하건대, 아들 둘을 대학에 보냈지만, 딸에게는 그렇게 하지 못했다는 미안함도 있는 듯하다. 또, 아들 둘의 학비 일부를 딸이 지원했고, 본인의 국민연금 보험료를 장기간 딸이 대납해서 연금을 받게 해준 것 등의 고마움도 함께 했을 것으로 짐작된다. 이분의 생활을 관찰해보면 충분히 장수할 수 있는 기반 즉, 육체적 건강과 인지능력 등 높은 수준의 '자기 통제력'을 지니고 있다. 경제적 안정과 함께 친밀한 대인관계, 능동적인 사회참여로 삶의 만족도가 매우 높다. 조화롭고 균형 잡힌 생활로 노년을 행복하게 보내고 있는 이분의 사례는 성공적 노화를 떠올리기에 충분하다. 우리가 노년층에게서 발견해 감탄할 것은 육체적 젊음의 유지가 아니라, 스스로 원하는 삶을 살면서 가지는 존재감과 품위가 아닐까?

사회적 유리遊離 vs 적극적 활동

노년을 어떻게 볼 것인가와 관련된 논의는 시대와 사회 그리고 개인이 처한 현실에 따라 다르다. 노년기에는 개인과 사회의 관계를 서서히 '유리遊離'시켜 나가는 것이 성공적인 적응방식이라고 보는 관점이 있다. 이를 '사회적 유리설*social disengagement theory*'이라고 한다. 수명이 길지 않았던 시대에 적당한 시기, 후세대에 역할을 물려주고 퇴진하는 것을 영예롭게 인식했던 것 같다. 여기에는 인간의 한계를 살피고 내면적인 통찰과 함께 삶을 완성한다는 의미가 내포된 것이다. 유리설은 후세대가 자신의 역할을 무리 없이 물려받을 수 있도록 사회라는 무대에서 서서히 품위 있게 퇴진하고 대신, 내면에 몰두하면서 인생을 조용히 정리하는 것이 성숙한 노년기 모습이라고 본 것이다. 과거 우리 사회나 힌두교 사회의 전통에서도 이를 지지하는 태도를 볼 수 있다. 심리학자이자 정신분석가인 볼프강 슈미트바우어*Wolfgang Schmidbauer*가 이르기를, 노년기의 핵심 과제는 '질서정연한 후퇴'라고 했다. 노년을 바라보는 또 다른 관점은 노년기에도 여전히 적극적인 활동을 유지하는 것이 바람직하고 성공적인 적응방식이라고 보는 견해인데, 이를 '활동설*activity theory*'이라고 한다. 생산활동을 최대한 지속하면서 사회참여와 대인관계를 확장해가는 것이 바람직하다고 보는 관점이다. 생산과 소비를 끊임없이 부추기는 자본의 개입을 문제로 지적하기도 하지만, 현대사회가 주류로 취하는 관점이다. 실제의 삶에 있어 사회적 유리와 활동, 어느 쪽이 바람직하다고 평가하기는 어렵고 가능하지도 않다. 개인의 성격, 인생관 그리고 가치관에 따라 성공적인 노년기의 모습이 다를 수 있으며 추구하는 방식이 달라진다. 노화의 정도나 사회 여건에 따라 어느 정도 절충된 삶의 양식이 결정될 것이고 나이가 많아지면서 서서히 사회적 유리설 쪽으로 이동해 가지 않을 수 없다.

성공적 노화의 요건

성공적 노화에 있어 구체적 요건을 살펴보기 전에 노화와 노년을 바라보는 관점이 중요하다는 이야기를 하고 싶다. 노년을 바라보는 개인의 시선이 긍정과 부정의 어느 지점에 머물러 있는가가 실제 생활에 미치는 영향은 훨씬 클 것이기 때문이다. 마빈 바렛*Marvin Barrett*(1920~2006)은 '깜깜한 터널 속에 갇힌 것처럼' 절망하고 있는 노년의 모습을 부정적으로 그리고 있다. "노년은 끝없이 아득하게 펼쳐진 평원에 서 있는 것과 같다. 눈앞에 보이는 거라고는 아무것도 없고, 걸어온 발자취마저 사라져 버렸다. 그저 그곳에 할 말을 잃고 놀란 채로 서 있을 뿐이다. 스무 살 이후로는 한 번도 느껴보지 못했던 그 막막함과 공포에 질린 채로 말이다." 반면에, 스콧 맥스웰*Scott Maxwell*(1883~1979)은 전혀 다른 시선을 가지고 있다. "노년은 매우 강렬하고 다양한 경험들로 가득 차 있다. 노년은 기나긴 패배인 동시에 승리다. 나의 70대는 매우 즐거웠고 평화로웠으며, 80대는 열정으로 가득 차 있다. 나의 열정은 나이가 들수록 점점 더 강렬해진다." 어느 쪽이 성공적 노화에 이를 것인지는 굳이 설명이 필요하지 않는다.

'성공적 노화'는 나이가 들어가도 신체와 정신적 기능이 일상생활을 영위하는 데 어려움이 없으며 안정적인 사회적 관계 유지, 여가를 즐길 수 있는 경제력, 주관적인 안녕감을 지닌 상태를 지칭하는 것으로 노화의 긍정적인 측면을 강조하기 위해 형성된 개념이다. 성공적 노화 모델을 주장한 대표적인 학자로서 미국의 노년학자 로우와 칸*Rowe & Khan*[5]은 신체적 지위, 인지적 지위, 생산적 참여를 그 구성 요소로 보고, 생산적 활동을 통한 적극적인 사회참여를 중요시했다. 일반적으로 나이가 적을수록, 교육 수준과 사회적 지위 그리고 경제적 수준이 높을수록, 종교적 신념이 있는 사람일수록, 자녀와의 긍정적인 관계와 주관적 건강 상태가 양호할수록, 우울감이 낮을수록, 긴밀하고 친숙한 대인관계의 사회적 지지체계나 사회 구조적 지원체계가 작동될수록 성공적 노화에 긍정적인 영향을 미친다고 보았다. 성공적인 노화의 일반적 기준을 정리해 보면 장수(수명), 생물학적 건강, 정신건강,

---

5) 1987년 당시 뉴욕 마운트 사나이 의과대학의 존 로우John Lowe 박사와 미시간대학교 심리학과 로버트 칸Robert Kahn 교수를 말함

인지적 기능의 유지, 사회적 능력과 생산성, 욕구·감정·행동을 조절하는 통제능력, 생활 만족도로 요약할 수 있다. 은퇴 후나 노년에 있어 삶의 질과 관련된 많은 부분은 미리 계획하고 준비하는 것에 달려 있다. 한국 노인의 '성공적 노후 척도' 개발에 관한 연구(김미혜, 신경림, 2005)에 따르면, 한국의 노인들은 4가지를 갖추었을 때 성공적 노화라고 받아들인다는 것이다. 그 첫째, 자기 효능감을 느끼는 삶으로서 일이나 사회봉사 등을 통해 사회적 역할을 가지는 것을 꼽았다. 둘째, 이는 특이한 것으로 자녀 성공을 통해 만족하는 삶을 들었다. 우리 사회의 쓸쓸한 자화상이라 여겨지는 부분이기도 하다. 셋째, 부부간의 동반자적인 삶이다. 배우자와 좋은 관계로 백년해로百年偕老하는 것이 얼마나 중요하고 의미 있는가를 나타내고 있다. 마지막으로는, 육체적으로나 정신적으로 자기 통제를 잘하는 삶을 꼽았다. 성공적 노화라는 것은 문화나 개인에 따라 다소 차이가 있을 수 있지만, 그 기본적인 요소를 추려보면 크게 세 가지다. 삶의 터전에서 상호작용을 통해 느끼는 '효능감*efficacy*이나 유능감*competence*'을 가질 수 있어야 한다. 또한, 자신이 취하고자 하는 행동을 스스로 선택할 수 있는 '자율성*autonomy*'이 필요하다. 삶의 조건이 타인의 규칙이나 기준을 반영한 것이 아니라, 진정한 내적 자기 결정이 반영되어야 한다. 아울러, 다른 사람들과 연결되고 보살핌을 받고 있으며, 자신의 삶에서 의미 있는 타인과 함께한다는 느낌이 들 수 있는 '유대감*relatedness*'이 그것이다.

성공적 노화를 위한 은퇴와 노년기의 적응 과제

은퇴와 노년기는 삶에 있어 새로운 도전이다. 수많은 변화를 얼마나 유연하게 받아들이고 지혜롭게 대처하느냐에 따라 은퇴와 노년기의 삶의 질은 결정된다. 많은 교과서에 소개된 심리학자 에릭슨*Erikson*의 이야기, 그때는 무슨 말인지 이해하기 어려웠던 그 이야기로 잠시 돌아가 보자. 에릭슨은 노년기의 발달과제를 '자아통합 대 절망'으로 보았다. '자아통합'은 자신이 살아온 인생을 긍정적으로 수용하고 회한과 공포 없이 죽음을 받아들이게 되는 심리적 상태를 의미한다. 이러한 자아통합의 상태는 수많은 인생 체험을 통합적으로 정리하여 나름대로 긍정적 의미를 발견하고 평생 경험한 갈등과 좌절까지도 자기 삶의 일부로 수용할 수 있어야 가능하다. 인생을 의미 있고 행복한 것으로 평가하며 지나간 모든 일을 편안하게 받아들일 때 만족스러운 노후를 맞게 된다. 성공적 노화를 에릭슨의 제안과 관련지어 볼 때, 생애 모든 단계를 잘 해결하고 최종 단계에서 있는 그대로의 자신을 수용하고 통합할 때 거둘 수 있는 '결실의 의미'를 갖는다. 이와 반대로 지나온 삶에 대해서 후회하고 상실한 기억에 몰두하여 절망하는 사람들도 있다. 자신의 인생은 실패작이고 회복하기에는 이미 너무 늦었다고 한탄한다. 이들은 다가올 죽음을 수용하는 것을 어려워하고 자신을 자책하고 타인을 원망하면서 노후의 불행한 시간을 맞게 된다. 은퇴나 노년기에 접한 대부분의 사람은 자아통합과 절망이라는 양극단 사이의 어느 한 지점에 있게 된다. 그래서 성공적 노화의 주요한 경로에 있는 중년의 삶을 유심히 살펴봐야 한다.

펙*Peck*이라는 학자는 에릭슨의 노년기 발달과제를 좀 더 깊이 있게 세분화하면서 의미를 더해 3가지 과제로 제시했다. 그 첫 번째 과제는 '자아 분화 대 직업 역할 몰두'라고 했다. 은퇴 이후에는 직업 역할에서 벗어나 자신의 인간적인 다양한 특성을 발견하고 계발할 때 노년기에도 활력과 자신감을 유지하며 살아갈 수 있다고 한다. 두 번째 과제는 '신체 초월 대 신체 몰두'로서, 노화로 인한 신체적 쇠퇴에 실망하고 걱정하기보다는 주변 사람들과의 관계를 중시하고 몰두할 수 있는 다른 활동을 찾아 시간을 할애해야만 노년기에 성공적으로 적응할 수 있게 된다는 것이다. 신체적 노화에 매달리고 벗어나지 못하는 사례는 우리 사회 은퇴자들에게서 흔히 볼 수 있는 일이다. 세 번째 과제는 '자아 초월 대 자아 몰두'다. 인간은 나이가 많아도 다가올 죽음을 받아들이지 못해 자기 자신에게 몰두해 있는 경향이 있다. 자아를 초월할 수 있는 좋은 방법은 다른 사람의 행복과 안녕에 기여하는 것이다. 죽음으로 인해 자신의 존재가 단절되는 것이 아니라 지속할 수 있음을 깨닫게 될 때 죽음을 받아들일 수 있게 된다.

어느 누구도 동일한 여정을 겪지는 않는다. 개인차가 분명히 존재하는 반면, 성인기에는 신체적·심리적 측면에서 공통적이고 기본적인 연속적 발달이 일어난다. 이는 대략적인 연령과 관련성이 높다. 성인 발달은 근본적으로 특정한 경로 혹은 궤도 안에서 일어나는데 교육, 가족 배경, 민족, 지능 그리고 성격의 강력한 영향을 받는다. 하지만, 나이 들어가면서 감각은 예민하고 인생의 소중함을 알고 있으며 관찰과 행동에 끈기가 생겨 사색할 수 있다는 것은 의문의 여지가 없다. 은퇴 후나 노년의 삶을 떠받치는 것은 그 앞의 시간 즉, 중년의 삶이다. 성공적 노화를 꿈꾼다면 지금의 삶을 살피고 바꿔나가야 한다. 길어진 삶, 중년은 자신의 삶을 돌아보고 뭔가 새롭게 시작할 수 있는 나이가 되기에 충분하다.

마흔 이후는 인생의 새로운 성장을 꾀할 때

오랜 시간 알고 지내던 직장 동료로부터 사내 통신망 메일을 받았다. 평소 메일을 거의 보내지 않던 사람이라, 하던 일을 멈추고 열어 보았다. 사연인즉슨, 개명改名을 했단다. 새로 지은 이름과 그 사연이 놀랍다. 그는 중년에 들어서면서 기타를 열심히 배웠고 지금은 동호회에 가입해 공연 무대에도 서는 것으로 알고 있다. 그래서 그런 걸까. 새로 지은 이름이 '조이造怡*Joy*'였다. 그의 이름 끝 자가 '종' 자라 흔히 끝 음을 '조이'로 발음하는 것을 힌트로 영문 'joy'를 떠올렸고, 그 뜻에 맞게 한자를 '만들 조와 기쁠 이'로 조합한 것이다. 장난스럽다는 생각이 잠시 들었지만, 은퇴를 앞두고 중년에 찾은 그의 삶의 지향점을 알기에 이내 축하의 답장을 썼다. 주도면밀한 성격의 그는 개명한 이름을 새로운 삶의 깃발처럼 여겼으리라.

지난 시간을 되돌아보면 진정 원하는 삶을 살지 못한 아쉬움이 있다. 우선 좋아하고 원하는 것에 대한 충분한 탐색이 부족했다. 사회적인 평가나 주변의 기대에 부응하는 것이 최선인 줄 알았다. 때로는 선택에서 좌절했고 어쩔 수 없이 다른 길을 택하기도 했다. 여러 현실적인 문제들은 종종 도전을 가로막는 걸림돌이 되었다. 하고 싶고 할 수 있는 것보다 '해야 하는 것'에 의무감을 가지며 열심히는 살았다. 꿈을 향한 도전을 내려놓은 순간, 시야는 좁을 대로 좁아졌고 생각은 그 지점에서 멈춰 섰다. 성공이라는 것을 '직업적인 성취'에 가두어 두었고, 행복하지 않은 이유를 제대로 설명하지 못했다. 결국, 생각한 대로 살지 못했으니 사는 대로 생각해온 것이고, 지금 중년기 삶에 대한 통속적인 관습의 포로가 되었다는 느낌이다. 지금의 청년 세대를 보면서, 자기중심적으로 진로를 선택하는 그들이 솔직히 부러울 때가 있다.

마흔 이후 30년을 발견하는 지혜

유럽에서는 인간의 삶을 4단계로 나누는 것에 익숙한데, 윌리엄 새들러*William A. Sadler* 또한 그의 책, 『서드 에이지*the third* age, 마흔 이후 30년』에서 생애주기를 네 단계로 재편하고 있다. 10대, 20대 청년기를 '제1 연령기*first* age'라고 하여 1차 성장이 이루어지는 배움의 단계로 규정했다. 그다음은 일과 가정을 이루는 단계로 가정과 직장, 지역사회에서 생산성을 왕성하게 발휘하는 시기인데, 이를 '제2 연령기*second age*'로 명명했다. 40대에서 70대 중후반까지 30여 년은 중년의 '2차 성장'을 통해 삶을 전환하고 자기실현을 추구할 수 있는 '제3 연령기*third age*'로 지칭했다. 여기에서 발견하게 된 '2차 성장'이라는 말은 중년의 삶을 다시 바라보는 계기를 갖게 했고, 이 책을 쓰는 동기가 되기도 했다. 마지막으로는 노화의 단계로 성공적인 나이듦을 실현해가는 '제4 연령기*fourth age*'이다. 이전 세대에게는 제3의 연령기라는 것이 없었다. 그는 수명 보너스로 인해 늘어난 마흔 이후 30년을 인생의 '2차 성장의 시기*third age*'로 강조하고 있다. 그의 표현을 옮겨보면 이렇다. "마흔 이후 우리 인생의 한복판에 있는 광활한 미개척지, 그

기나긴 30년의 세월을 우리는 '서드 에이지'라고 부른다." 청년기 때의 1차 성장과 달리, 중년기 때는 더욱 깊이 있는 다른 차원의 2차 성장을 할 수 있다는 것이다. 한 가지 더 눈여겨볼 점은 2차 성장이 삶을 '성공적 노화*successful aging*'로 이끈다는 것이다. 이는 축복이자 '도전'이다. 우리에겐 앞선 세대가 경험했던 것과는 완전히 다른 모습의 인생 후반기를 창조할 가능성이 열렸다는 것을 의미한다. 이 책이 핵심적으로 주목하는 부분이다. 하지만 현실에서는 제3 연령기 중간에 '은퇴'라는 생애 사건이 있어 2차 성장을 가로막고 있는 것처럼 보인다. 은퇴로 말미암아 제3 연령기가 양분되면서 그 의미를 살리지 못하고 있다. 수명 보너스로 늘어난 삶이 무기력하게 노년기에 편입되고 마는 것이다. 인생의 황금기인 마흔 이후 30년, 어떤 자세로 어떤 방식으로 보내느냐에 따라 삶의 최종 모습은 달라진다. 일반적인 통념과는 반대로 착륙이 아닌 새로운 이륙을 한다면 말이다.

서드 에이지가 가지는 또 다른 의미가 있다. 앞선 1, 2단계의 삶을 보완할 기회가 된다는 점이다. 삶을 회고하면서 후회스럽거나 치우친 것에 대해 균형을 찾아가는 것이다. 실패와 좌절로 굴곡진 삶이었다면 이를 수용하고 적극적으로 치유해야 할 것이다. 새로운 삶의 가치를 찾아 재기할 기회로 만들어야 한다. 새들러 박사는 사회적 상실감을 극복하고 정서적 성숙함과 심리적 안정감을 통해 2차 성장을 도모하기 위한 '균형과 조화의 원칙'을 제시하고 있다. 그 첫째가 앞서 강조한 바와 같이 '중년의 긍정적인 정체성'을 확립하는 것이다. 아울러, '일과 여가생활의 조화'를 꾀하면서, 직장과 가족을 책임지고 돌보느라 정작 자신을 배려하고 돌보는 일에 무관심했던 세대들에는 '자신에 대한 배려'를 강조하고 있다. 이는 중년의 2차 성장을 이루기 위해 '자신만의 자유', '타인과의 친밀한 관계'와 같은 역설적 요소 간의 '통합' 또는 '창조적 균형'을 유지하는 것이 먼저 요구된다. 의미 있는 중년의 성장에는 해방과 자유의 신장이 뒤따라야 한다. 여기에서 말하는 자유는, 마음 깊이 믿는 대로 행동하도록 스스로 허락해주는 것을 의미한다.

삶을 통찰하고 '후회를 줄일 수 있는' 용기 있는 선택도 필요하다. 죽을 때 하게 될 후회스러운 일의 목록 가운데 몇 가지를 미리 지울 수 있을지도 모른다. 활기찬 노년을 보내면서 자신의 삶을 친절하게 보여주고 있는 이근후 이화여대 명예교수(1935~)는 자신의 칼럼에서 브로니 웨어*Bronie ware*의 이야기, '죽기 전에 후회하는 다섯 가지'를 이렇게 소개했다. "첫째, 자신에게 정직하지 못했고 살고 싶은 삶을 사는 대신 주위 사람들이 원하는, 그들에게 보이기 위한 삶을 살았다. 둘째, 그렇게 열심히 일할 필요가 없었다. 대부분의 남성이 일 때문에 가족과 함께한 시간이 부족했던 것을 후회한다. 셋째, 내 감정을 주위에 솔직하게 표현하며 살지 못했다. 넷째, 친구들과 연락하며 살았어야 했다. 마지막으로, 행복은 결국 내 선택이었다." 하나같이 다 촌철寸鐵 같은 지혜로 뇌리에 꽂히는 말이다. 중년의 2차 성장은 이런 지혜를 바탕으로 후회를 줄이는 삶을 살 수 있는 출발점이 되어야 한다.

프랑수아 드 클로제*Francois de Closets*(1933~)는 인류는 사용 설명서를 조금 늦게 발견하는 경향이 있다며, '늘어난 수명의 사용법'을 자동차에 빗대어 멋지게 설명했다. 자동차를 발명하고 한참 후 모든 사람이 자동차 운전자가 되었을 때야 교통사고나 오염의 증가, 도시의 흐름 정체 등에 대해 교통법 제정 등 그 사용법을 마련한 것처럼, 늘어난 수명에 대해 우리는 아직 그 사용법을 모르고 있다고 했다. 참 멋진 비유이고 통찰이다. 우리는 늘어난 수명의 사용법을 아직 발견하지 못한 것이다. 60~70대를 젊은이 못지않게 건강하게 살아가는 사람들이 점점 늘어나고 있는데, 우리는 별다른 고민 없이 이 새로운 시간을 단순히 '은퇴'로 분류했다. 그는 이것은 사회를 대혼란에 빠트릴지도 모를 '실수'라고 했다. 우리 마음속에는, 일정 연령에서 기대되는 심신의 발달 수준을 의미하는 굳어진 '연령 기준'이라는 것이 있다. 전통적인 성 역할처럼 이것이 우리의 행동을 얼어붙게 하고, 어떻게 나이를 먹을 것인가에 대해 잘못된 정보를 제공하는 낡아빠진 지도나 각본이 된 것이다. 어쨌든 우리는 주어진 수명 보너스를 인습적인 방식으로 노년에 써버려서는 안 된다.

가장 좋을 때는 아직 오지 않았다

젊음을 우상으로 여기고, 나이가 들면 전성기가 지났다고 생각하는 사람들이 여전히 많다. 그런데 눈을 잠시만 돌려 찾아보면 다른 이야기들이 널려있다. 사람은 나이가 들면서 더 행복해진다. 먼저, 미국의 이야기다. 2차 세계대전과 한국전에 참전했던 건강한 2천 명을 대상으로 22년간 연구를 진행한 결과, 이들의 삶의 만족도는 점진적으로 증가하여 65세에 정점에 이르며 75세까지도 눈에 띄게 감소하지 않는 것으로 나타났다. 또 하나 소개할 것은, 국내 최장수 100세 철학자 김형석 교수의 이야기다(중앙일보, 2019.11). 그의 지론은 한 마디로 인생의 황금기는 60~75세라는 것이다. 물론, 누구나 그렇게 누릴 수 있는 것은 아니다. 이어지는 그의 말에 답이 있다.

"노력하니 75세까지는 계속 성장했다."

제일 좋은 글, 제일 좋은 책들이 이 시기에 나왔다."

"돌아보면 60~80세가 제일 행복했고, 생산적이고 좋은 나이였다."

그는 100세에도 현역이다. 강연, 출판, 글쓰기 등으로 젊은이 못지않게 바쁘다. 계속 성장하고 생산적이라는 것이 그를 행복하게 하고 있다. 이는 노년이 '그동안의 경험에서 나오는 느긋함과 여유, 평화 그리고 열정으로 가득 찬 곳'이라는 긍정적인 관점을 지녀야 가능한 일이다. 경남 고성에서 은퇴 생활을 하는 김열규 교수(85세)는 그의 책 『노년의 즐거움』에서 청춘보다 노년이 더 아름다운 이유를 이렇게 들었다. 노년의 목표가 되기에 손색이 없는 표현이다. "노년은 24시간 자유다. 웰빙의 시기다, 노년의 삶은 깊은 강물이 흐르듯 차분하며 생각이 달관하듯 관대하다." 그래서 '노년의 삶은 자연과 하나'라고 설파한다. 노년의 삶에 대한 찬사는 세상에 적지 않지만, 노년의 삶은 다 기록되지 않았다. 이들이 성공적인 노년을 보내고 있는 배경에는 그들이 보낸 중년 시절이 있다. 그들은 삶을 전 생애적으로 내다보고 준비하지 않았을까.

2차 성장을 위한 중년의 과제

하지만 중년의 2차 성장은 결코 쉬운 일이 아니다. 먼저, 인식의 전환이 요구된다. 노화가 가장 먼저 일어나는 곳은 우리의 머릿속이기 때문이다. 생각을 바꿔 노화를 늦추는 일이 가능하다면 그 일을 하자는 것이다. 수명 보너스를 인생의 말미가 아니라, 중년의 기간에 어떤 식으로든 끼워 넣어야 한다. 노년을 연장하는 것과 젊음을 연장하는 것은 하늘과 땅 차이이다. 삶 하나가 덤으로 주어진 셈이다. UN에서도 때늦지 않게 새로운 연령 구분을 발표해 나이에 대한 인식의 변화를 권고하고 나섰다.[6] 장수長壽는 인류 역사와 문명의 거대한 변화이고 삶을 변화시킬 수 있는 도전이자 혁명이다. 몸과 마음, 사고방식과 행동의 변화를 통해 결국 미래를 바꾸는 일이다. 지금의 중년은 미지의 세계를 개척하는 첫 세대다. 길어진 삶의 현장에 처음으로 들어선 만큼 자식들에게 변화된 삶을 보여줄 책무가 있다. 자식들의 미래와 그 이후까지 이어질 수 있는 변화이기에 이는 진정한 혁명이다. 생각을 바꾸고 모든 것을 새롭게 만들어내야 한다. 과거에는 소수에게 한정되었던 장수라는 현상이 이제는 점점 더 많은 사람에게 보편적으로 해당되고 있다. 장수는 우리가 제대로 인식하지 못하는 사이에 시작되었고 한 해 두 해 수명은 계속 늘어왔다. 이제는 장수가 가져온 변화의 의미를 제대로 인식할 때가 되었다. 수명이 늘어나고도 죽음을 늦추는 방법을 알아내는 데 여념이 없지만, 그것만으로는 부족하다. 사람들은 아무런 생각 없이 노년에 대한 지배적인 편견을 따라간다. 물러나고 무기력한 상태로 변할 수밖에 없다는 생각을 그냥 받아들인다. 그동안 다른 사람의 욕망을 욕망하면서 달려온 경쟁적인 삶보다는 다른 차원의 성장을 위한 삶의 양식으로 과감하게 전환할 수 있어야 한다. 인식의 전환에서 비롯되는 2차 성장을 위한 중년의 과제는 어떤 것일까?

---

6) UN에서는 2015년 0~17세를 미성년자underage, 18~65세를 청년youth/you people, 66~79세를 중년middle-aged, 80~99세를 노년elderly/senior, 100세 이상을 장수 노인long-lived elderly이라는 새로운 연령 구분에 대한 표준 규정을 발표했다.

중년의 정체성 확립하기

마흔 이후 인생의 2차 성장을 위해 새들러 박사가 첫 번째 원칙으로 제시한 것이 중년의 정체성을 확립하는 것이다. 정체성을 확립하는 것은 청년기의 과제로 알고 있었는데, 그는 젊은 시절 '사회와 타협했던' 자신의 정체성으로부터 우리 자신을 자유롭게 풀어줘야 한다다고 했다. 젊었을 때 주어진 사회적 역할을 초월한 '자율성'을 가져야 하고 동시에 '자아실현'을 꿈꿔야 한다. 과거의 성취가 정체성의 새로운 발전을 가로막기도 하지만, 자신을 끊임없이 다시 규정하는 것은 건강한 성인기 발달을 위해 필요한 것이다. 성공적인 삶을 살아온 성인들을 살펴보면, 정체성이 계속 진화하는 것을 어렵지 않게 볼 수 있다. 인생 후반기에는 외적인 성취가 아니라 우리가 어떤 사람이 되고 있는지 살피면서 그 내면의 부름에 부응해야 할 시기다. 칼 융*Carl (Gustav) Jung*(1875~1961)의 지적처럼, 우리 내면에 '숨어있는 어린아이'를 찾아 해방시켜야 한다.

새로운 정체성이 형성되는 과정에는 삶의 '가치관'을 새롭게 정립하는 것이 뒤따른다. 현대사회는 우리 안에 있는 마음의 정원을 가꿀 여유를 허락하지 않고, 주위 사람들이나 외부환경과 상호작용하는 것을 중요하게 여긴다. 중년이 되면 이제 바깥세상이 아니라 나 자신에게 시선을 돌려 내면의 가치를 기준으로 삶을 다시 정렬할 필요가 있다. 그동안 추구해왔던 경제적 활동 위주의 삶의 과정이 '사회화'라면, 이제 삶의 근원으로 되돌아가는 '개별화'의 과정을 포함해야 한다. 세상의 시간이 아니라 자신의 호흡과 속도로 사는 것이다. 머무는 것이 아니라 나아가는 것이고, 지키는 것이 아니라 베푸는 것이다. 자신의 경험에만 갇히는 것이 아니라, 세상의 다른 관점에 대해 관용과 부드러움을 갖는 것이다. 자신의 내면을 살펴 그곳에서 흔들리지 않는 삶의 원천을 찾으라는 것이다. 그것이 은퇴로부터 오게 될 혼란이나 역할 축소, 가족 내 갈등, 자존감 하락을 줄이는 길이지 않을까. 중년의 새로운 가치관은 성공적인 노년으로 여행하기 위한 준비물 같은 것이고 '참 자유'를 누리는 길이다.

먼저, '소유' 중심에서 '존재' 중심으로 조금씩 이동해 가는 노력이 필요하다. 현대사회는 소유 중심의 삶을 완전히 벗어나기는 어렵다. 그 욕망 없이 살아가는 것은 홀로 산속으로 들어가 살더라도 쉽지 않아 보인다. 기업에서나 쓸 목표인 수익성, 거래, 일상의 계산적인 행동들은 우리의 내밀한 삶에도 깊이 배어 있다. 흔히 연봉이 많으면 그 사람의 가치가 높은 것으로 인식되기도 한다. 이렇게 비인간화된 경제적 삶은 노동의 참된 의미를 빼앗았다. 요즘은 노동 없이 사는 삶을 꿈꾸는 풍조까지 생기고 있다. 어쨌든 그동안의 생산적인 활동을 통해 얻었던 경제적 가치로부터 벗어나 더욱 확장된 삶을 추구해야 한다. 돈과 완전히 결별하는 삶을 추구하라는 것이 아니다. 인간은 애초 돈을 위해 살지 않았고, 진정한 행복은 언제나 내면에서 잉태되지 않던가. 더욱 많이 갖고 싶다는 욕망은 내적 변화를 멀어지게 한다. 죽을 때까지 이 욕망에서 벗어나지 못한 삶은 최악이다. 죽음을 인식하는 것은 정체성을 새롭게 하는 과정에 중요한 요소다. 중년은 다른 사람과 비교되는 자신이 아니라 독립적인 개체로서 온전한 자신을 직면할 수 있어야 한다. 오직 자신의 삶 자체와 경쟁해야 할 때다. 권력과 명성에 대한 욕망과도 어느 정도 거리 두기가 필요하다. 언젠가는 사라질 물거품인 줄 알면서 매달리고, 바깥세상에 대한 충동을 제대로 제어하지 못할 때 삶의 전환은 어려워진다. 적절한 시점에서 양보하고 물러나는 것은 사회적으로도 유익하고 아름답다. 거리 두기를 해야 할 것은 돈과 권력, 명예만이 아니다. 자본이 개입한 경박한 유행에도 휘둘리거나 합류하지 않아야 한다. 피에로가 되어 얼굴에 분칠하고 어색한 옷을 따라 입을 일이 아니다. 이는 중년의 바람직한 정체성 형성을 그르칠 뿐이다.

돈이나 권력, 명성, 유행에 대한 지나친 욕망은 이것을 대체할 가치 있는 것을 찾지 못한 결과일 수도 있다. 삶이 허전하고 충동적인 것은 대체로 내적인 빈곤함을 반영한다. 바람직한 방법의 하나로, 그 자리를 '타인에 관한 관심'으로 채워 넣는 것이다. 공동체를 건강하게 하는 일은 지금 이 시대에 매우 필요해 보인다. 선지자들은 말한다. 세상의 모든 행복은 남을 위한 마음에서 오고 세상의 온갖 불행은 이기심에서 온다지 않는가. 그들은 또 말한다. 자신의 운명을 개선하는 최선의 방법은 타인의 운명에 관심을 두는 것이라고.

일과 사랑의 균형을 찾을 때

중년은 삶을 회고하면서 '일과 사랑의 균형'을 찾을 수 있고 찾아야 하는 시기다. 그동안 이루었던 일 중심의 성공과 그에 따른 습관, 역할들 속에 갇혀버린 삶을 확장해야 한다. 쉽지 않은 일이다. 과거의 오랜 사회화 과정에서의 성공은 다른 차원의 성장 가능성을 가로막는다. 패러다임의 전환이 필요하다. 자신을 배려하면서 중심에 두고 삶을 바라볼 줄 알아야 한다. 그래야 진정 타인도 배려할 수 있고 삶의 새로운 의미를 찾을 수 있다. 그동안 '일' 중심으로 살았다면, 이제 '사랑' 쪽으로 무게 중심을 옮겨 균형을 찾을 일이다. 중년에 한 번쯤 갖게 되는 죽음에 대한 인식은 성장에 많은 도움이 된다. 죽음에 직면하거나 큰 질병 또는 장애를 극복한 사람들은 안다. 삶의 종착역에서의 후회를 줄이기 위한 탐색을 하고, 무엇이 중요한 것인지 끊임없이 생각하며 용기 있는 선택을 하게 한다. 진실한 순간을 살고 싶어 하고 복잡한 상황에서 빠른 결단을 보인다. 어쩌면 중년은 고독해져야 마땅하고 그 고독 앞에 당당히 서야 한다. 후회가 없을수록 좋겠지만, 삶은 늘 '사랑'을 후회하게 한다. 이 과제는 2부에서 다시 다룬다.

일과 사랑이 균형을 이룰 때 온전한 삶이 된다. 삶의 온전함을 추구하고 길어진 수명을 잘 활용하기 위해서는 무엇보다 우리의 인생 목표를 새롭게 세워야 한다. 전 생애를 두고 새로운 '삶의 비전과 목표'가 필요하다. 이는 자신의 과거와 싸우는 일이기도 하다. 과거나 과거의 성공에 머물 것이 아니라, 그 성공의 의미를 잘 새겨 삶을 개선할 용기를 가져야 한다. 중년에 빛나는 사람들이 있다. 멋진 인생 선배들의 삶에는 늘 자신만의 새로운 목표가 함께했고, 그들은 흔들리지 않고 살았다. 이 부분은 3부에서 집중적으로 다룬다.

안코라 임파로 *Ancora imparo*

배움에 관한 이야기다. 경험으로부터 더는 배울 게 없다는 안이함은 성장과 변화로 가는 길을 막는다. 젊었을 때부터 굳어져 버린 노화에 대한 잘못된 인식들은 2차 성장을 가로막기에 충분하다. 나이듦에 대한 인습적인 패러다임과 전제들, 이미 인생의 전성기가 지났다는 생각을 과감히 떨쳐버리고 자기 쇄신을 할 때라야 가능하다. 중년의 성장은 나이 들수록 더 나은 사람이 되어 간다는 것이다. 배움은 지식을 얻는 것만을 의미하지 않는다. 뇌를 움직이고 자신이 살아있음을 스스로 증명할 때 그 과정에서 느끼는 즐거움과 자존감 향상은 삶에 활력을 더한다. 배움은 창조적인 활동을 가능하게 한다. 분자생물학자인 조엘 드 로스네*Joel de Rosnay*는 창조적인 활동이 수명에 미치는 영향에 대해 이렇게 말했다. "창조적인 활동을 계속하는 사람은 그렇지 않은 사람에 비해 노화의 속도도 느릴 뿐 아니라 더 나은 노후를 보낸다. 닐스 보어에서 라이너스 폴링, 피카소에서 샤갈에 이르기까지 과학자와 예술가의 수명은 평균수명보다 길다. 과학자나 예술가에게는 '은퇴'라는 것이 없다. 손과 눈, 머리가 있는 한 끝까지 창조적인 일을 할 테니까. 그렇게 뉴런이 활성화되면 노화 과정이 느려진다. 지적 활동과 창조적 활동은 창작의 기쁨을 느끼게 하는 엔도르핀뿐만 아니라, 몸의 균형을 유지해서 큰 병에 대한 면역력을 높이고 노화를 막아주는 유전자를 활성화하는 호르몬을 만들어낸다."

'안코라 임파로!*Ancora imparo!*' 르네상스 시대를 주도했던 미켈란젤로가 87세에 시스티나 성당의 벽화를 완성하고 나서 자신의 스케치북 한 편에 적었다는, '나는 아직 배우고 있다'는 말이다. 거장의 면모를 보여주는 대목이다. 81세에 그림을 시작한 해리 리버만*Harry Lieberman*(1880~1983)은 101살이 되던 해에 22번째 전시회를 하면서 자신의 삶을 이렇게 회고했다. "나는 젊지 않다는 걸 압니다. 그러나 나 자신이 늙었다고도 생각하지 않아요. 나는 다만 102년 동안 성숙했을 뿐입니다. 왜냐하면, 성숙이란 연륜과 함께 오는 것이기 때문입니다. 몇 년이나 더 살 수 있을까 생각하지 말고 내가 어떤 일을 더 할 수 있을까 생각하세요." 그에게 노년은 없었다. 어떤 위인도 삶을 마감하는 순간까지 제대로 사는 법을 다 배우지 못했다. 배우고자 하는 삶은 겸손하다. 지적 겸손을 잃어버리는 순간 삶도 멈춘다.

중년의 아름다운 모습들

중년의 2차 성장을 꾀하고 있는 사람들은 어떤 모습일까. 그들을 떠올리고 그려보자. 먼저, 그들은 삶에서 마주하는 모든 것을 좋아하면서 높은 수준의 호기심을 유지한다. 순간순간 창의적으로 대처하고 가진 능력을 마음껏 발휘하면서 생산적이고 생기 있게 살아간다. 모든 것을 '가식 없이' 좋아한다. 무슨 일을 해도 불평하거나 이미 지난 일에 매달리지 않으며, 삶에 대한 애정과 열정을 가지고 주어진 시간을 아끼며 즐긴다. 사람을 대할 때 출신이나 학력을 보지 않는다. 다만 그 사람의 삶 자체를 볼 뿐이다. 그들은 현재 지향적인 사람들로서 이리저리 주변을 기웃대지 않는다. 평범한 일상에 갖가지 즐거움과 의미를 더하는 재주를 가지고 있다. 현재에 살면서 미지의 것을 두려워하지 않고 낯선 경험을 찾아 나선다. 돈을 벌기도 하겠지만 추구하는 것은 돈이 아니다. 화를 내는 것이 자신을 낭비하는 것이라는 것을 알기에 좀처럼 화를 내지 않는다. 대신 거의 모든 상황에서 주눅 들지 않고 유머를 찾으며 웃어넘기려 한다. 어떤 관계에서도 의존하지 않고 타인의 기대에서 자유롭게 행동한다. 주변 사람들과 적정한 심리적 거리를 유지하면서 휘둘리지 않고, 그들의 자유를 허락하면서 자신의 자유를 누린다. 가끔은 냉정하게 보이기도 하고 너무 솔직해서 분위기를 어색하게 하지만, 본질을 꿰뚫어보는 혜안과 진실이 있다. 사랑이나 관계를 이유로 자신의 가치관을 강요하지 않는다. 삶에 정해진 길은 없다는 것을 알지만 삶에 대한 진중함을 잃지 않고 사랑에는 남다른 철학이 있다. 삶에서 사랑이 빠져 있을 때 생길 수 있는 황폐함을 잘 안다. 수많은 사람과 교류하지만, 그들과 경쟁을 하거나 결과에 대해 어느 사람도 비난하지 않는다. 이들도 실수하고 넘어지기도 한다. 실수보다 실수에 어떻게 대처하는가가 주된 관심사이며 넘어지더라도 '살다 보면 그럴 수 있지'라며 툭툭 털고 일어선다. 오직 주어진 삶을 묵묵히 자신만의 열매, 작품으로 만드는데 진력한다. 그들의 삶에는 가정이나 지역사회에 대한 각별한 애정과 헌신을 포함하고 있다.

우리나라의 중년, 얼마나 고단한가. '2차 성장'이라는 말에 대한 선입견으로 외면하고 싶을지도 모르겠다. 어디론가 숨어들어 아무런 생각 없이 '그냥' 살고 싶은 소망을 키우고 있거나, '성장'이라는 단어에 거부감과 회의적인 시선을 보내지 않을까. 하지만 여기서 하는 이야기는 바로 그 소망과 부정적 시선을 보살피고 다른 방향으로 실현할 기회를 말하는 것이다. 은퇴 후 15여 년은 자신이 진정 좋아하고 원하는 것을 할 수 있는 '유일한' 시기이다. 오래 산다지만 체력이 뒷받침되지 않는 후기 노년기는 상당 기간 누군가의 도움이 필요한 시기다. 그렇다면 은퇴 후 15년은 오로지 자신을 위해 살아볼 마지막 기회이다. 삶의 전성기는 그때 만들어진다. 그래서 중년의 2차 성장은 반드시 이룰 일이다. 개인에게 있어 보너스 삶은 아름다운 선물이다. 그것을 사용하고 즐기는 것은 오롯이 자신의 몫이지만, 수명 보너스를 인생 말미의 노후가 길어진 것으로 인식해서는 결코 안 될 일이다. 세상 모든 일이나 우리 삶이 그래 왔듯이 그 시작은 배움에서 비롯된다. 때마침 평생학습의 시대가 도래해 있다.

평생 배움을 지속하는 사람들

'평생교육*Life-long education*'은 학교 교육의 한계를 극복하고 사회의 급격한 변화에 대응하기 위해 1965년 유네스코에서 제창한 개념이다. 1980년대에 접어들면서 평생교육 이념에 대한 비판이 시작되었다. '강제된 교육' 개념에서 '주체적 학습'의 개념으로, '교육자 중심'에서 '학습자 중심'으로 관점의 전환이 일어나게 된 것이다. 이렇게 새로운 관점으로 전환한 것이 '평생학습*life-long learning*'이다. 교육학 용어사전에는 '평생학습론'을 이렇게 설명하고 있다. "가르치고 배우는 교육 활동에서 학습자를 수동적인 존재가 아니라 능동적이고 적극적인 존재로 인식하고, 학습자의 관점에서 평생에 걸친 교육의 문제를 다루려는 입장이며, 교육자 본위의 기존 교육학을 비판하고 학습자 본위의 새로운 교육학을 추구하는 대안적 이론이다." 인간은 누구나 평생에 걸쳐서 교육을 받는 것이 현대사회의 특징 중의 하나이고 모든 교육은 그 나름의 가치와 의미를 지니고 있다.

배움은 아동이나 청소년기의 전유물쯤으로 여기지만, 삶의 과정을 들여다보면 성인기 학습이야말로 인생의 질을 결정하는 핵심적인 활동이다. 사회에 진출하는 과정에서는 '사회적 존재'로 적응하기 위한 학습을 했다면, 중년에 접어드는 사람이라면 사회의 집단에서 벗어나 개인적인 삶의 의미를 복원하는데 그 의미가 있다. 기존의 사회에 적합한 인간을 길러내는 의미의 '적응'에서, 인간의 삶의 의미를 추구하는 '개별화' 개념이 학습의 중심이 된다. 이는 인간이 '경제적 존재'를 벗어나 존재론적으로 의미 충만하게 살아가기 위한 전략적 선택이다. 또한, 그동안 살아온 경험을 통합하고 거기에 새로운 의미를 부여하는 과정이다. 삶을 좀 더 풍요롭고 의미 있게 하려면 자신을 스스로 열고 배워 내면을 확장해야 한다. 자신에서 출발하지만, 자신을 넘어서기 위한 것으로, 이는 학습의 기쁨이고 존재의 확인이다. 삶에 대한 성찰과 인간으로서의 관계성을 들여다보게 하는 계기를 마련한다. 사회적 가면인 '페르소나'에서 벗어나 진정한 자아를 발견하는 일이기도 하다.

평생학습은 성인에 대한 고정관념을 해체하는 것이 그 시작이다. 성인을 '온전한 발달을 마친 완전한 존재'로 생각해서는 평생학습이 어렵다. 이는 평생학습으로 들어가기 위해 통과해야만 하는 1차 관문인 셈이다. 아동이나 청소년과 구분되는 성인이 아니라, 이들과 마찬가지로 여전히 발달 중인 존재, 완전성이 아니라 여러 어려움에 봉착하여 이를 해결하기 위해 부단히 노력하는 현실 속의 존재로 성인을 인식해야 한다. 그래서 평생학습은 성취를 위한 수단 또는 주입을 공부로 삼는 수동적인 과정으로 인식할 것이 아니라, 인간의 정체성 형성에 수반되는 능동적인 삶의 과정으로 이해되어야 한다. 사는 것 자체가 학습이라는 관념이 필요하다. 각종 모임이나 동호회, 영화, 유튜브, 인터넷 모두가 학습공간이 된다. 삶이 학습이고 학습이 생활이 되는 것이다. 평생학습을 국가 경쟁력의 원천으로 여기는 것, 각종 사회적 위기에 대응해가는 동력으로 삼는 것, 기업의 복잡한 환경에서 구성원을 기업의 주체로 변화시키는 고리로 활용하는 것 모두 평생학습의 능동적 개념이다. 여기에 보태져야 할 것이 학습을 통해 자신의 삶을 완성하는 과정으로 발전시키는 것이다.

평생 학습자가 되는 이유

성인들이 평생학습의 길로 들어서는 이유는 3가지 유형으로 설명된다. 첫째, '목표 지향적' 학습자로 명확하게 설정된 목표를 달성하기 위한 수단으로 학습을 이용하는 사람들이다. 뚜렷한 목표가 있고 추진력이 강하다. 둘째, '활동 지향적' 학습자로 이들은 정해진 활동의 목적과 연관성이 없더라도 학습하는 주변 분위기 자체에서 의미를 발견하기 때문에 학습에 참여하려는 사람들이다. 이들은 인간관계를 본질에서 추구하는 경향이 있다. 셋째, '학습 지향적' 학습자로 이들은 교육의 내재적 가치를 추구한다. 지식을 추구하는 사람들로서 독서를 많이 하면서 자기 성장 자체에 관심이 많다. 성인이 아동과 구분되는 가장 큰 특징은 '경험'이 많다는 점이다. 같은 내용을 배울 때도 단순 암기하는 아동에 비해 성인은 자신의 경험을 떠올려 이해하는 경향이 높다. 경험으로부터 학습하고, 삶을 의미 있는 경험으로 채우는 과정이 혼합된 것이 바로 성인의 평생학습이다. 지금까지 학습이 가지는 의미와 학습의 이유를 이야기했지만, 많은 성인의 머릿속을 맴도는 '자신 없는 기억력'에 관한 이야기를 잠시 하고 넘어가자.

지능과 관련한 항변

인간은 나이가 들면 퇴화하는 것인가? 절반은 그렇고 절반은 아니다. 신체의 기능이나 '유동성 지능*fluid intelligence*'은 나이가 들수록 쇠퇴한다. IQ에 의해 측정되는 유동성 지능은 타고난 지능으로 생물학적으로 결정되며 경험이나 학습과는 무관하다. 귀납적 추리력, 형태 지각의 융통성, 통합 능력 등으로 관계 속에서 추론을 이끌어내고 의미를 파악하는 능력으로서 사전 지식이나 학습이 필요하지 않는다. 우리는 습관적으로 나이가 들면 퇴화한다는 것을 당연한 것으로 받아들인다. 그러나 인간은 계속 발달하는 측면이 있다. 발달은 21세에 멈추지 않으며, 40세, 65세에도 멈추지 않는다. 교육, 경험, 의사소통 능력, 판단력, 합리적 사고 등에 의존하는 '결정성 지능*crystallized intelligence*'은 일반적인 신체의 노화와는 달리 상당 기간 더 높아지는 것으로 알려져 있다. 유동성 지능의 IQ 검사가 과연 인간의 능력 전반을 제대로 측정하는가에 많은 의문이 제기되는데, 이는 정신능력이 부족한 아이들을 추려내기 위한 검사일 뿐 인간의 정신능력 전반을 측정하기 위한 도구가 아니다.[7] 지능 검사가 가진 한계를 알기 전에 우리는 IQ 검사의 피해자가 된 듯하다. 어린 시절 자신의 IQ 검사 결과를 몰랐더라면 훨씬 더 많은 사회적 성취를 이룬 사람들이 생기지 않았을까.

'금방 들은 것도 잊어버린다'는 탄식으로 시작하는 나이 든 사람들의 사고의 특징은 이렇다. 단기 기억력의 쇠퇴는 생리적인 현상으로,

---

7) IQ검사Intelligence Quotient는 1905년 프랑스 심리학자 알프레드 비네Alfred Binet가 정상아, 지진아를 판별할 목적으로 고안했다.

대략 40세부터는 누구나 약간의 상실감을 느낀다. 중요한 것은 이런 상실 혹은 쇠퇴를 상쇄할 수 있는 다른 능력의 증대이다. 나이 든 사람들에게는 희망이고 용기를 가질 수 있는 것들이다. 문제해결능력이나 협상력, 상황 파악 능력 등 세상에 대한 이해와 지식은 60~70대까지 계속해서 증가한다. 문제를 해결함에 논리적 사고에 덜 의존하게 되고, 현실적인 면을 많이 고려한다. 흑백 논리나 이원론적 사고 *dualistic thinking*에서 벗어나 다원론적 사고*multiple thinking*로 옮겨간다. 진리 또는 진실이 주관적이고 상대적임을 이해한다. 지식의 단순 습득보다 일상생활에 적용할 수 있는 맥락적 지식을 중시한다. 의미 없는 일에 시간을 낭비하지 않는다. 서로 모순된 사고나 감정 또는 경험을 통합하는 능력이 있다. 현실은 항상 변하는 것이기 때문에 상황에 적합한 새로운 원리를 적용해 문제를 해결해간다. 직업과 경험을 기반으로 쌓이는 실용적 지능은 일상생활의 크고 작은 문제들을 해결하는 책략인 지혜를 갖게 한다. 이러한 능력은 생물학적 요인보다 문화적 요인의 영향이 크다. 피카소나 고야와 같은 화가, 버나드 쇼 같은 작가, 베르디 같은 작곡가는 모두 70~80대에 자신의 최고의 작품을 만들었다. 나이 들었다고 스스로 과소평가하거나 도전을 멈추어야 할 이유는 세상 어디에도 없다. 이제 학습과 관련한 심리학자들의 이야기를 들어보자.

성인 발달

'발달'이라는 말은 성장기에나 써왔던 말이다. 최근 성인뿐만 아니라 노년에도 '발달'이라는 용어가 자연스럽게 사용되고 있다. 평균수명이 90세에 다다른 오늘날, 50세부터 계산해도 40년의 세월이 남아 있는 셈이니 어쩌면 당연하다. '전 생애 발달'이라는 개념은 이런 사회변화에서 비롯되었다. 50대건 60대건, 누구나 그 나이 즈음이면 수행해야 할 어떤 과업이 있다는 '전 생애 발달과업'이 제시되었다. 개체의 변화가 인간의 삶 초기 20~30년에만 일어나는 것이 아니라, 전 생애에 걸쳐 일어난다는 것이다. 에릭슨은 삶을 여덟 단계로 구분하고 발달과업에 대한 적응과 부적응의 대립적인 양상을 정의했다. 첫째, '신뢰감 대 불신감'으로 출생에서 1세까지 유아와 엄마의 상호작용을 통한 사회적 관계는 유아가 세계를 신뢰하느냐 그렇지 않느냐를 결정하는 것으로 본다. 둘째, '자율성 대 회의감 및 수치심'으로 이는 2~3세에 자율 의지를 경험하는데, 이를 획득하지 못하면 타인과의 관계에서 수치심을 느끼거나 회의감을 발달시킨다. 셋째, '주도성 대 죄책감'으로 4~5세 무렵 행동의 주도성이 발달하게 되는데, 그렇지 못하면 죄책감이 생긴다. 넷째, '근면성 대 열등감'으로 6~11세에 집 밖으로 활동이 확장되면서 인정을 받으면 근면성이 길러지고 그렇지 않으면 열등의식을 발달시킨다. 다섯째, '정체감 대 역할 혼돈'으로 12~18세에 자신의 존재에 대한 새로운 탐색을 시작하면서 정체감을 형성시키는데, 순조롭지 않으면 정체감 위기를 겪는다. 여섯째, '친밀성 대 고립감'으로 19~35세 성인 초기에 직업과 배우자를 선택하고 성인의 역할을 시작하면서 자신의 정체감을 타인과 융화시키는 데, 성공하면 친밀감을 획득하지만 그렇지 못하면 고립감을 가진다. 일곱째, '생산성 대 침체감'으로 35~50세 중년기에 다음 세대를 가르치고 지도하는데 능동적이고 직접 관여하면서 다양한 분야에서 생산성을 나타내지만 실패할 경우 침체감에 빠진다. 마지막으로 '자아통합 대 절망'으로 노년기에 개인의 전 생애를 조망하면서 성취감이나 만족감으로 자아통합을 이루지만, 자신의 삶이 무의미한 것으로 느끼게 되면 절망하게 된다. 자신의 과거를 돌아보는 것은 자기 인생에 의미를 부여하는 과정이다.

발달심리학자들이 주장하는 주요한 발달이론의 원리는 이런 것이다. 발달에는 순서가 있으며 그 순서는 일정하다. 아이의 성장 과정을 살펴보면, 태어나서 앉을 수 있게 된 다음에야 비로소 설 수 있게 된다. 발달은 연속적인 과정이지만, 그 속도는 항상 일정하지 않다. 신체나 정신 기능에 따라 발달의 속도는 각각 다르다. 예를 들어, 신체의 발달은 아동기와 사춘기에 급격하게 증가하지만 다른 시기에는 신체 발달의 속도가 느려진다. 발달은 성숙과 학습에 의존한다. 발달과정에 있어 유전과 환경의 효과가 명확히 구분될 수는 없지만, 이 둘의 효과는 분명하다. 발달에는 개인차가 있다. 모든 사람이 보편적인 성장의 과정을 거치지만, 개개인을 살펴보면 분명 뚜렷한 개인차가 있음을 확인할 수 있다. 발달의 각 측면은 서로 밀접히 연관되어 있다. 신체적 발달과 지적 발달, 성격 발달이 독립적으로 이뤄진다고 볼 수는 없다.

평생 학습하는 인간, 배움의 본성을 타고난 인간을 우리는 '호모 에루디티오*Homo Eruditio*'라고 한다. OECD에서는 평생학습을 '불확실한 미래에 적응하기 위한 역량'으로 정의했고 전 세계적으로 평생학습에 관한 관심이 날로 커지고 있다. 대한민국은 고령화 속도가 가장 빠르다. 평생학습은 급변하는 사회환경에 적절히 대응해가기 위한 개인으로서의 대안이기도 하지만, 사회적으로도 초기 교육뿐만 아니라 평생학습에 대한 투자를 아끼지 말아야 한다. 96세로 삶을 마감할 때까지 학습을 멈추지 않고 노력했던 세계적인 석학 피터 드러커*Peter Drucker*

는 평생학습을 이렇게 강조했다. '변화에 뒤처지지 않으려면 평생 학습해야 한다. 따라서 사람들에게 학습하는 방법을 가르치는 것이 가장 중요하다'고 했다. 인간에게 있어 학습은 본능적이고 더 나은 삶과 행복의 조건이라는 점을 되새길 필요가 있다.

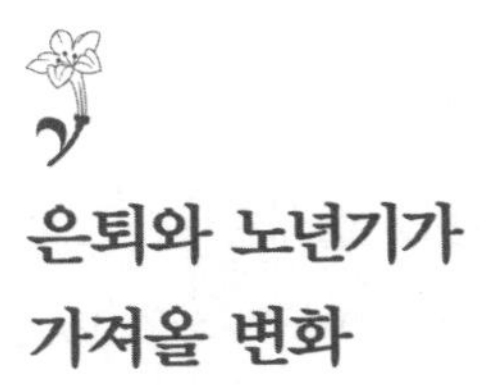

은퇴와 노년기가 가져올 변화

노화는 굳이 설명이 필요하지 않을 것이다. 어느 날 샤워를 하는데 손에 쥔 비누가 자꾸 도망간다. 너무 꽉 쥐어도 너무 헐겁게 쥐어도 안 되는 것이 물 묻은 비누다. 이러지 않았는데…. 손 감각이 예전만 못하다. 순간 '노화老化'를 떠올렸다. 약속한 시각보다 일찍 도착해서 집주인을 당황하게 하는 '손님'처럼 그렇게 노화가 찾아온 것이다. 이를 계기로 마트에서 비누를 살 때 둥근 모양보다는 될 수 있으면 사각형의 비누를 사게 되었고, 지금은 이런 각진 비누가 있다는 것을 고맙게 여긴다. 늙어 가고 있다. 노화는 지극히 자연스러운 현상이고, 우리가 힘들어하는 그 어떠한 '노력'도 필요로 하지도 않는다. 출처 모를 이런 말에 가끔 위안 삼는다. "60세 넘은 사람이 아침에 일어날 때 몸 어딘가 쑤시지 않으면 그건 죽었기 때문이다." 지구 상에 존재하는 생명의 역사에서 노화로 인해 자연적인 죽음을 맞는 것은 극히 드물게 일어나는 현상이라는 것을 우리는 종종 잊고 산다.

늙는다는 것, 노화

'노화'의 생리학적 의미를 찾아보면 이렇다. 나이가 들면서 신체의 구조와 기능이 점진적으로 저하되고, 질병과 사망에 대한 감수성이 급격히 증가하면서 쇠약해지는 과정을 말한다. 노화를 정의하는 데 있어 핵심적인 특징은 이런 것이다. 누구에게나 예외 없이 '보편적'으로 초래되는 현상이고 생체 내에서 '지속적'으로 진행되는 변화이다. 생명체 고유의 내재적 변화에 따른 '불가피한' 현상이며, 대부분 기능 저하를 동반하는 '비가역성非可逆性'을 가진다. 학자에 따라 차이가 있긴 하지만 스티븐 어스태드*Steven Austad*는 노화가 10~11세, 즉 사춘기에 접어들기 전에 시작된다고 한다. 대체로 사망률은 태어날 때 높았다가 점점 어느 정도 떨어진 다음 다시 차차 높아지기 시작한다. 나이가 들면서 사망률이 증가하는 속도는 우리가 얼마나 빨리 늙는지 알 수 있는 척도가 되고, 사망률이 최저일 때부터 노화가 시작된다는 말은 매우 과학적인 접근이다. '사망률 배가시간*mortality-boubling time*', 즉 사망률이 두 배로 늘어나는데 걸리는 시간의 변화로 노화를 설명하기도 한다. 산업사회에 사는 현대인은 사망률 배가시간이 8년 정도인데, 35세인 사람이 43세가 되면 사망률이 두 배가 되고, 51세가 되면 네 배가 되고 59세가 되면 여덟 배가 된다. 그래서 생명 보험사의 보험료는 거의 8년마다 두 배가 된다.

사람에 따라 또 연령에 따라 많은 차이가 있기는 하지만, 노화에 대해 남성은 후회와 걱정스러운 마음으로 바라보면서 운명으로 받아들이는 데 비해, 여성은 운명을 넘어 훨씬 고통스럽고 수치스러우며 치명적인 약점으로 받아들이는 경향이 있다고 한다. 노화에 관한 이론이나 원인을 규명하기 위한 연구가 활발하게 이루어지고 있지만, 이는 노화를 몸의 부정적 변화에만 국한해서 보는 시각일 뿐이다. 노화는 흔히 '생리적 노화'를 일컫지만, 이를 '심리적 노화'와 '사회적 노화'로 구분한다. 대부분의 경우 몸은 일찍이 노화가 시작되었지만, 심리적으로 전혀 그렇지 않은 때도 있고, 오랫동안 사회적 역할이나 활동을 지속하면서 의미 있게 지내는 분들도 많다. 노화를 쇠퇴, 상실, 물러남의 의미로만 받아들일 일은 아니다.

노후준비, 은퇴설계를 공부하다 보면 자연스럽게 노인, 노화, 노년이라는 주제와 마주하게 된다. 성인기를 겪으면서 대부분 사람에게 공통으로 일어나는 점진적 노화는 피할 수 없는 것으로 '1차적 노화*primary aging*'라고 한다. 흔히 노화라고 할 때 1차적 노화를 지칭하는데, 이는 질병과 구분되며 사람에 따라 그 정도는 다양하게 나타난다. 머리카락이 하얗게 세고 시력과 청력이 감퇴하는 것과 같이 이미 유전적으로 결정된 쇠퇴 현상이다. 반면, 질병이나 상해 혹은 환경적 사건의 결과로 갑작스럽게 발생하는 노화를 '2차적 노화*secondary aging*'라고 한다. 연령과 상관관계가 높아 1차적 노화로 오인될 수 있으나, 노화 과정을 정지시키거나 심지어 되돌릴 수 있어 구별할 필요가 있다. '3차적 노화*tertiary aging*'를 이야기하는 사람도 있다. 생의 마지막을 알리는 최후의 급속한 쇠퇴를 가리키는 말이다.

영화 〈은교〉의 주인공이 하는 이야기를 들어보자. "늙는다는 것은 한 번도 입어보지 않은 납으로 된 옷을 입는 것과 같다"고 했다. 젊음이 개인의 노력으로 받은 상賞이 아닌 것처럼 나이듦 역시 개인의 잘못으로 얻은 벌이 아닌, 그저 자연의 섭리이다. 의사의 위로나 건강기능식품 판매원의 확신에 찬 기대가 아무리 만족스럽게 들릴지라도, 젊은 시절의 건강 상태로는 회복되지 않는 것이 노화다. 당연한 이야기로 들리지만, 현실에서는 많이 다르다. 세월이 흘러 떨어진 기능과 불편해진 몸을 두고 흔히 원래대로 돌아갈 것이라는 간절한 기대와 실망을 반복하게 되니까 말이다. 노화는 기본적으로 비가역적非可逆的인 현상이다. 고장 난 기계를 수리해서 잘 작동되게 하는 것과는 다르다. 다만, 노화를 늦추기 위해 할 수 있는 것들은 적지 않다. 노화에 대한 종적 관찰 연구에서 보여주는 것처럼, 삶의 환경이 개선되고 개별적인 노력이 더해져 고령인들의 건강 상태가 크게 나아지고 있다. 신체적 노화를 잘 이해하고 받아들이는 것만큼 관리를 잘해서 불편을 줄여 나가는 노력도 함께해야 한다.

인간은 왜 늙는가?

시간은 쇳덩이도 녹인다. 모든 것은 결국 낡게 된다는 당연한 이야기를 하려 한다. 노화에 관한 넘쳐나는 이론들이 있지만, 상당수 과학자가 동의하는 주류 이론은 아직 없다. 노화의 원인을 밝히는 이론들을 크게 살펴보면, 인체의 세포나 조직의 손상이 노화로 나타난다고 하는 '손상설'이 있고, 세포의 분열 능력에 주목한 '노화 예정설', 그리고 '진화론적 관점'에서 노화를 다루는 이론이 있다.

첫째는, 손상설은 내적 혹은 외적인 유해인자들이 세포나 조직을 손상시켜서 신체 기능을 파괴하고 이를 스스로 수선할 수 있는 체계에 한계가 오기 때문에 노화가 일어난다고 보는 견해다. 예를 들면, 기계가 녹스는 것처럼 우리 몸도 삶을 유지하기 위하여 호흡할 때 발생하는 '유해 산소'가 바로 노화의 주범이라는 가설이다. 이는 호흡뿐만 아니라 음식 섭취, 태양광선, X-ray, 공기 오염 등 신체의 정상적인 신진대사 과정에서 생성되는 부산물에 의해서도 발생한다. 나이가 들수록 회복력과 저항력이 떨어져 생기는 '산화적 손상'이 노화를 일으키는 것으로 본다. 비타민 E와 C 등이 노화를 지연시키는 항산화제*antioxidants*라며 건강기능식품들의 광고에 활용되기도 한다. 둘째는 노화 예정설로서, '유전적 한계*genetic limit*'를 이야기하는 이론이다. 모든 종에게는 고유의 최대 수명 기간, '생명의 심지'가 있다는 관찰에 기초하고 있다. 세포가 분열할 때마다 '텔로미어*telomeres*'라고 하는 DNA 조각이 잘려나가는데, 그것이 모두 잘려나가면 세포는 더는 분열하지 않아 노화가 일어난다는 것이다. 나이가 들어갈수록 텔로미어의 길이는 짧아지고, 성인기의 여성이 남성보다 더 길게 나타나 남녀의 수명 차이로 설명되기도 한다. 셋째는, 진화론적 관점인데, 모든 생명체의 주된 기능은 자신이 지닌 유전적 정보를 보유할 자손을 낳아 기르는 일이고, 노화를 종족 보존의 기능을 마친 개체가 서서히 쇠퇴해가는 과정으로 본다. 극적인 예로 연어의 경우 강을 거슬러 올라와 알을 낳고 죽는 현상에서 보듯이 '생식'과 '생체 유지'는 서로 교환되어야 하는 것이 섭리라고 주장한다. 전원생활을 하면서 파종한 옥수수가 잘 자라 일부 수확을 하게 되었다. 열매를 수확했을 뿐인데 며칠 지나지 않아 옥수숫대가 마르며 죽어가는 모습을 보면서 멈칫, '연어의 운명'을 떠올렸다. 인간을 비롯한 애완동물, 동물원의 동물들은 생식 기간을 넘어 생존함으로써 노화로 인한 질병을 공통으로 앓고 있어 이 주장을 뒷받침하고 있다. 이외에도 섭취하는 칼로리와 노화의 상관관계를 규명하는 연구가 활발하다. 동물을 대상으로 한 실험에서 '칼로리 제한'이 노화에 긍정적인 역할을 하는 것으로 알려져 있다. 그러나 이를 사람에게 적용하기에는 추위 민감증, 스트레스, 성호르몬 감소 등으로 삶의 질을 떨어뜨리는 부작용의 문제가 있다. 과학자들은 정상적인 음식 섭취를 줄이지 않고 건강과 수명에 도움이 되는 물질을 찾는 방향으로 시선을 돌리고 있다. 그래도 적게 먹으라는 조언은 여전히 변함없는 건강수칙이다.

노화는 어디에서 어떻게 진행되는가?

노화는 신체 기능, 감각, 반응속도, 성 기능 등 전방위적으로 진행되지만, 개인차가 크게 나타난다. 노화는 외모를 통해 먼저 발견되기도 해서 젊게 보이기 위한 산업이 날로 번성하고 꽤 많은 중년이 여기에 올인한다. 적지 않은 노력에도 불구하고 피부에 주름살이 잡히고 처지고 검버섯이 생기기도 하고 머리카락이 가늘어지며 탈색이 되기도 한다. 신체 외모의 변화는 자아상과 자존감에 적지 않은 영향을 미친다. 뼈의 밀도가 떨어지고 근육량과 강도에서 점진적인 감소를 경험한다. 뼈의 밀도가 떨어지는 것은 여성이 더 일찍 경험한다. 근육량과 강도가 감소하는 것은 운동능력과 관련되며 많은 남성의 자신감을 떨어뜨린다. 나이가 들수록 뼈와 근육은 관절염을 일으켜 생활에 많은 영향을 미친다. 심혈관계와 호흡계에서도 기능이 약화되는데, 고혈압은 노인들에게 더 일반적으로 나타난다. 시력, 청력, 미각과 후각 같은 감각에도 많은 변화가 온다. 시력이 가장 먼저 저하되고 그다음으로 청력 그리고 미각과 후각이 좀 더 천천히 떨어진다. 중년의 눈 건강에 도움이 된다는 '루테인' 성분의 건강 보조제가 팔려나가는 데는 그만한 이유가 있다. 청력의 경우 높은 주파수의 소리를 식별하기 어려워진다. 귀가 어두워지신 분과 이야기해보면 낮은 톤의 목소리가 훨씬 효과적이라는 것을 쉽게 알 수 있다. 대뇌와 신경계에서도 상당한 변화가 있는데, 많은 사람이 노화는 '대뇌*brain*의 퇴화'를 의미한다고 믿고 있다. 그러나 최근의 연구는 인지 기능과 관련이 있는 뉴런*neuron*과 뇌세포의 상실이 우리가 한때 생각했던 것만큼 심하지 않음을 보여준다. 새로운 전염병과 맞서 싸우는 면역능력도 떨어진다. 남성과 여성 모두 이미 30세경부터 시작해서 성인기 전반에 걸쳐 호르몬 체계에서의 변화를 경험한다. 흔히 '갱년기*climacteric*'라는 이름으로 생식능력 이상의 변화들을 동반한다. 이러한 신체상의 변화들은 좀 더 복잡한 행동과 일상적인 활동들에서의 노화와 관련된 변화의 기초가 된다. 이뿐만 아니라 수면의 질에서도 변화가 있다. 잠자는 시간은 체력 회복과 에너지 보존 등 삶에 필수적인 것이다. 경험해본 사람은 불면증이 모든 일상을 파괴하는 주범이라는 것을 안다. 노화가 시작되는 지점을 이렇게 열거하고 보니 어떤가. 기능의 감퇴는 한두 가지 기능을 시작으로 전방위적으로 찾아올 것이다. 이러한 쇠퇴를 경험한다고 해서 의기소침해질 일은 아니고, 여기에서도 '선택과 집중'을 떠올려야 한다. 일상생활에 모두 중요하고 필요한 것이지만, 더욱 절대적인 요소를 가려내어 집중적으로 관리해 나가는 것이다. 이동 능력이나 수면, 뇌의 노화를 지연시키는 것이 특히 중요하다.

은퇴와 노화가 가져오는 심리적 변화

언젠가 전문직에 종사하는 60대 은퇴자와 나눈 일화가 있다. 그는 오랜 기간 전문직에 종사하면서 조금씩 자산을 축적해왔지만, 외환 위기 후 어려움을 겪으면서 생애 처음으로 자산의 감소를 경험하게 됐단다. 가장으로서 불안감이 심해 불면증에 시달리고, 매달 생활비를 조달해야 하는 고민을 함께할 사람이 없어 가족들 속에서도 이방인처럼 느껴졌다는 거다. 당장 생계에 어려움이 있는 것은 아니나, 자산의 축적 그래프가 정점을 지나 하향하면서 느끼게 된 위축감, 심리적 위기가 결코 적지 않았음을 토로했다. 두 자녀가 있지만, 아직 미혼이라는 것이 부담을 더 했을 것이다. 이는 보통의 은퇴자들이 겪는 어려움 중의 하나다. 어느 은퇴자는 은퇴 3개월 만에 생활비가 부족해지자, 아내로부터 '우리 뭐부터 허물어야 할까?'라는 말을 듣는 순간 뒤통수를 세게 맞은 것 같은 느낌이었다고 한다.

은퇴와 노년기에는 신체 기능 저하, 만성 질환 등의 신체적 변화뿐만 아니라, 기억력이나 학습능력, 문제해결능력 등의 인지적 기능 저하를 동반한다. 이외에도 잘 알려지지 않은 것으로 자기 유용감의 상실, 자존감의 상처, 우울해지는 경향*depression*, 과민한 건강염려, 내향성의 증가, 과거 지향적인 성향, 지나친 신중함, 분노를 호소하는 등 심리적 변화가 적지 않다. 사회적으로도 가족이나 친구의 죽음과 자녀의 출가 등을 경험하게 되고, 오랫동안 해오던 일에서도 벗어나 많은 역할 상실과 수입의 감소가 뒤따른다. 이러한 것들은 개별 요소로도 노년의 삶에 많은 영향을 미치지만, 여러 가지 요소가 복합적으로 영향을 미칠 때 삶이 크게 위축될 수 있다. 은퇴 준비는 노화로부터 올 수 있는 것들을 제대로 예견하는 것이 그 시작이다. 신체적인 것 못지않게 심리적인 것이 크고 많지만, 미리 제대로 이해하기는 결코 쉽지 않다. 노년기에는 심리적 변화가 삶에 미치는 영향이 더욱 크지만, 그 영향을 최대한 줄이고 예방할 수 있어야 삶의 질이 유지된다. 노년에는 신체 증상을 호소하지만, 의학적 검사에서는 뚜렷한 기질적 원인이 발견되지 않고, 주로 심리적 원인에 의한 것으로 추정되는 '심인성 정신장애'가 생기기도 한다. 여러 병원을 옮겨 다니며 진찰과 검사를 반복하는 '의료 쇼핑'을 하기도 한다. 신체 증상의 이면에 내재하는 우울, 불편, 대인 간 갈등이나 분노가 말로 표현되기보다는 신체적인 형태로 표현되는 경향이 있어 전문가의 진단이 필요하다. 은퇴는 자존감이 떨어질 수밖에 없는 인생의 큰 사건이다. 이런 경우 전문가들은 미리 가족 간의 친밀한 대화를 통해 이해의 폭을 넓히는 것이 필요하다고 조언한다. 특히, 부부간의 심리적 지지는 매우 중요하다. 지난날의 삶에 대해 서로 좋은 평가와 인정을 해주는 것이 좋겠다.

이러한 부정적인 변화만 있는 것은 아니다. 신체적 쇠퇴, 감각과 신경학적 손상, 사회적 스트레스의 누적 등으로 인해 노인이 다른 연령 집단보다 정신장애에 취약할 수 있지만, 삶의 지혜와 축적된 경험을 바탕으로 젊은이들보다 정신적으로 더 건강하고 성숙한 삶을 영위할 수도 있다. 노년에 더 멋진 삶을 살아가는 사람들이 많고 세상에 널리 알려졌지만, 둘러보면 주변에도 적지 않다. 이처럼 나이듦에 따라 더욱 성숙하고 발달하는 특성이 있기에 살만한 것이리라. 행복한 노년을 보내는 사람들의 삶은 참으로 아름답다. 엘리노어 루즈벨트*Eleanor Roosevelt*는 '젊음이 아름다운 것은 자연스러운 현상이지만, 아름다운 노년은 예술작품이라'고 했다. 잘 물든 가을 단풍은 봄꽃 못지않게 아름다운 법이다.

중년의 새로운 자아 인식, 개별화*individuation*

심리학자 칼 융*C. Jung*(1875~1961)은 인간의 삶 특히, 중년 이후의 삶을 두고 매우 의미 있는 말을 했다. "우리는 인생의 오후를 아침의 프로그램에 따라서 살 수는 없다. 왜냐하면, 아침에 위대했던 것이 밤에는 보잘것없어지고 아침에 진실이었던 것이 밤에는 거짓이 되기 때문이다." 인간은 태어나 부모로부터 또, 학교를 통해 끊임없이 뭔가를 배우고 익힌다. 사회에 나와 독립적인 생활을 하면서도 어떤 지향점을 가지고 삶을 영위한다. 그 배움과 활동을 한마디로 말하면 '사회화 과정'이라고 할 수 있을 것이다. 인류 공동체에서의 역할, 지켜야 할 준칙, 타인에 대한 배려, 사회적 성공에 이르기까지. 그런데 나이가 많아지면서 사회적 역할이 줄어들게 되면 그때부터 받아들여야 하고 은밀하게 강요받는 것이 '개별화*individuation*'이다. 살아온 삶을 회고하면서 원점으로 돌아가는 마무리를 염두에 두게 된다. 추구하는 가치가 다르고 삶의 프로그램이 달라지는 것은 당연하다. 이는 지극히 개별적이기도 하고, 진정한 성숙으로 가는 힘든 여정이다.

중년기에는 밖으로의 애착과 내면적인 세계로의 잠입의 균형이 필요한데 세상과의 분리에 점차 비중을 늘릴 필요가 있다. 흡사 바닷물을 마시는 것과 같은 외적인 세계에 대한 과도한 개입을 줄이고, 개별성을 높이는 일에 관심을 두는 것이 바람직하다. 과거를 재평가하고 삶을 통합해가기 위한 기반을 마련하는 것이다. 가끔 볼썽사나운 일이 벌어지곤 한다. 물러앉아도 될 시기가 한참 지났음에도 세상으로부터 자신을 적절히 분리하지 못하고 지나친 애착과 탐욕의 민낯을 드러내는 경우다. 이런 모습이 TV 뉴스로 등장할 때 많은 이들의 불편한 감정은 감춰지지 못한다. 우리의 선조들은 관계[官界]에 진출하여 일하다가 고령이 되거나 뜻이 맞지 않으면 고향으로 내려와 은거하기도 하고 후학을 양성했다. 우리가 모를 뿐 지금도 그런 분이 전혀 없지는 않다.

내적인 희열이 없는 중년의 삶은 탈출구를 찾지 못하고 어둠의 터널에 갇힌 것과 같다. 칼 융이 전하고 싶었던 이야기가 이런 것이라 이해하고 있다.

성격적 변화

성격의 변화를 이야기하는 부분에는 뒤따르는 논란이 없지 않다. 인생 초기에 형성된 성격은 중년기까지 큰 변화 없이 유지되다가 성인 후기에 이르면 변화된다는 주장을 받아들인다면, 노년기의 성격 변화가 양극단으로 나아간다는 것도 받아들일 만하다. 감정의 동요나 긴장의 완화로 더욱 여유롭고 조화로워지는 '성숙형'이 있는가 하면, 더욱 편협하고 완고해지며 의심이 많아지는 '미숙형'도 있다. 물론 성숙형과 미숙형의 중간 어느 지점에 해당하는 사람들이 많을 것이다. 대체로 노년기의 성격 변화로는 첫째, '내향성'의 증가를 꼽는다. 내면적 활동에 더욱 몰두하게 되고 주위 환경과의 관계에서 소극적인 대처 방식을 나타낸다. 둘째, '경직성'이 증가한다. 새로운 변화를 수용하기보다 자신의 사고방식을 고집하는 경향이 증가한다. 셋째, '조심성'이 증가한다. 감각기관의 퇴화와 함께 느리더라도 실수하지 않으려는 조심스러움이 증가한다. 넷째, '의존성'이 증가한다. 연령이 증가할수록 물질적인 도움뿐만 아니라 심리적으로 의존할 수 있는 대상을 찾는다. 다섯째, '우울장애' 경향이 높아진다는 주장이 있다. 노년기 신체능력의 쇠퇴, 배우자 사망, 경제적 어려움, 소외 등으로 우울 경향이 높아질 수 있다. 마지막으로 '양성화兩性化'된다. 남성은 젊은 시절 억압해왔던 내면의 여성성을 끌어내 순종적이고 감수성이 증가하며 부드러워지는 반면, 여성은 자기주장이 강해지고 독립적이며 공격성이 증가하는 경향이 있다. 가끔 이런 변화가 전혀 없다는 사람들을 만나는데, 이 경우 어떻게 설명해야 할까. 호르몬의 변화가 없는 것일까.

지혜의 발달, 선택과 집중

노화로 인해 감퇴하는 능력이 있지만, 노년은 인생의 경험과 연륜에서 오는 지혜가 샘솟는다. 지혜는 지능과는 다른 개념으로 삶의 양면을 이해하고 모순을 수용하며 타협할 줄 아는 능력을 말한다. 지적인 능력은 일을 어떻게 해야 하는지 방법을 일러준다면, 지혜가 있는 사람은 그 일을 왜 해야 하는지 한층 더 근원적인 질문을 스스로 던지고 답을 찾는다. 지혜로운 노인은 나이가 들어감에 따라 겪게 되는 손실과 보상을 알고 있다. 어려운 상황에서도 평온함을 잃지 않고 상황을 직면하면서 '선택과 집중'을 통해 해법을 찾는다. 삶에 대한 만족감이 높다. '어떻게 늙어가야 하는지 아는 것이야말로 가장 으뜸가는 지혜요. 삶이라는 위대한 예술에서 가장 어려운 장章이라'고 했던 스위스 철학자 앙리 아미엘*Henri Frederic Amiel*의 말이 제대로 이해되기 시작한다.

선택과 집중은 가용할 자원이 부족할 때 쓰는 전략이다. 나이가 들어가면서 신체적 에너지나 능력의 감퇴를 경험하게 된다. 이럴 때 자연스럽게 떠올릴 수 있는 것이 활동 범위를 줄이고 필요와 요구에 따라 시간과 에너지를 집중시키는 것이다. 버릴 것은 과감히 버리되 자신의 삶을 완성할 과제를 선별하는 과정이 뒤따라야 한다. 화려했던 젊은 시절과는 어느 정도 단절이 필요하다. 과욕은 자칫 더 많은 것을 잃기에 십상이다. 가족을 포함한 대인관계는 삶의 질을 좌우한다. 정신과 전문의 김혜남은 이렇게 조언한다. "배우자와의 관계에서 작은 변화나 갈등이라도 생기면 부러지고 마는 '폭풍우 속에서 휘어지지 않는 고목'이 되어서는 안 될 일이다. 또한, 놓치지 말아야 할 것은 일상의 활력을 높여줄 '호기심'이다. 정신이 늙어가고 있다는 가장 슬픈 현상은 기억력의 감퇴도, 인지 기능의 감퇴도 아닌 바로 호기심의 상실이다." 아울러, 개인과 가족, 지역사회를 위해 뭔가 기여하면서 가질 수 있는 자기 유용감, 생성감도 놓치지 말아야 한다. 어떤 분은 오랫동안 벽에 걸려있던 가족사진을 내려 먼지를 털어 걸고, 깊숙이 묻어두었던 족보를 꺼내 가족들과 함께 보면서 세대를 이어가는 자신의 과업을 떠올린다고 한다. 어른은 스스로 선택하고 결정하고 책임져야 하는 무거운 짐을 짊어진 사람들이다. 경험과 통찰을 통해 '잃는 것이 있으면 얻는 것도 있다'는 것을 알고 겸허히 받아들일 줄 알며, 좌절에서 희망을 발견하고 꿈과 현실 사이에서 균형을 이룬다. 노년의 선택과 집중은 지혜의 다른 이름이기도 하다.

화火를 조절하지 못하면 외로워진다.

흔히들 은퇴하고 나이가 지긋해지면 마음의 평정이 저절로 따라올 것으로 믿는다. 삶을 균형 있게 바라볼 수 있는 안목이 생기고 경험이라는 자산도 늘어나고 시야가 넓어지면서 인간과 사물에 대한 평가도 더욱 정확해지는 때이니 마음의 평정을 얻는다고 믿고 싶어 한다. 하지만 마음의 풍랑은 더 거세지고 소용돌이치는 것을 느낀다고 하는 분들이 많다. 가까이 있는 분들 노년의 삶을 들여다보면 의외로 자주 화를 내고 짜증스러워하는 모습을 볼 수 있다. 사회 풍조나 후세대 또는 자녀들에 대해 실망하고 분노를 격하게 표출한다. 정치의 계절에 광장에 모여든 분들이나 지하철을 타기 위해 함께 기다리는 일상에서도 어렵지 않게 볼 수 있다. 우리 사회를 지탱해왔던 책임감의 발로發露일 수도 있고, 예전 같지 않은 체력과 잦은 병치레, 사회적 역할 상실 등으로 예민해졌을 수도 있다. 노년의 실망과 분노는 예나 지금이나 대물림되고 있는 듯하다. 공자 시절에 정리했다는 서경書經의 한 구절을 옮긴다.

"그 부모는 힘써 일하고 농사짓건만(厥父母 勤勞稼穡), 그 자식들은 농사일의 어려움을 알지 못한 채 편안함을 취하고 함부로 지껄이며 방탕무례하다(厥子 乃不知稼穡之艱難 乃逸 乃諺 既誕). 그렇지 않으면 부모를 업신여겨 말하기를, 옛날 사람들은 아는 것이 없다고 한다(否則 侮厥父母曰 昔之人 無聞知)."

사람은 누구나 화가 나는 경험을 하지만 그때마다 적당히 조절하면서 산다. 하지만 사소한 일에도 욱하고, 말 한마디에 발끈하는 등 분노를 조절하지 못하는 심한 경우는 '질병'으로 본다. 전문가들은 '자신의 분노 패턴을 파악해 다스리지 않으면 부메랑이 되어 심신을 파괴한다'고 경고한다. 뇌세포 손상과 더불어 심장질환을 유발해 돌연사를 일으킬 수도 있기에 분노를 성인병처럼 관리해야 한다는 것이다. 특히, 우리나라 사람은 분노에 특히 신경 쓸 필요가 있다는 연구 결과도 있다. 분노는 스트레스 증상 중 하나인데, 외국의 경우는 스트레스에 대해 무력감·우울·불안의 반응을 보이지만, 우리나라는 뒷목이 당기는 등의 몸으로 나타나는 분노 반응이 많다고 알려져 있다. 화를 내지 않고 살 수 있으면 얼마나 좋을까. 분노를 효과적으로 조절할 수 있는 묘약은 없는 듯하다. 이럴 때 할 수 있는 조언은 대체로 이런 것이다. 첫째, 과거의 부정적인 감정들을 한꺼번에 되살려내 상대에게 퍼붓지 말자. 둘째, 먼저 상대의 언행이나 잘못을 지적하기보다 자신을 잘 살펴 감정을 솔직하게 표현하자. 이때 화 뒤에 숨은 감정은 없는지 살펴보라는 것이다. 자극에 대해 자동 반응하지 않고 '잠시 멈춤'을 통해 내면을 살피면서 '아무것도 아니고 화를 낼 만큼 중요하지도 않다'는 것을 알아차리라는 것이 선승禪僧들의 가르침이다. 셋째, 자기 몫의 책임은 없는지 살핀다. 그런 다음에도 화가 수그러들지 않으면 이러한 분노가 자신에게 어떠한 의미가 있는가를 생각한 다음 행동하라 한다. 사실 우리가 바꿀 수 있는 것은 자신뿐이다. 감사하는 마음이 화를 줄이고 노화를 막는다. 미국심리학회(APA)에 이런 캐치프레이즈가 있다. "당신이 분노를 조절하지 않으면 분노가 결국 당신을 삼켜버릴 것이다." 노년에 이르러 최고의 생존전략은 '용서'다. 용서하지 않으면 불편해지고 결국 내 삶이 쪼그라든다.

우리나라에만 있는 특이한 질병이 있다. 바로 '화병火病*hwa-byung*'이다. '억울한 일을 당했거나 한스러운 일을 겪으며 쌓인 화를 삭이지 못해 생긴 몸과 마음의 질병'을 일컫는다. 1996년 미국 정신의학회가 '화병'을 한국인의 특이한 정신 질환의 일종으로 질병 목록에 등재하면서 널리 쓰이기 시작했다. 환자의 90% 이상이 여성이고 남편의 외도나 고부간의 갈등이 주된 이유로 알려져 있으며, 강한 스트레스를 적절히 해소하지 못 할 때 발병한다. 가슴이 답답하고 치밀어 오름, 열감, 가슴 두근거림, 불면, 두통 등 다양한 증상이 생긴다. 심각한 것은 이러한 화병 환자의 절반이 우울증을 동반한다는 것이다. 일반적인 조언으로는 화 뒤에 숨은 감정을 찾고 자신의 반응을 자세히 살펴 이를 상대방에게 전하라 하지만, 전문가와의 상담과 진단을 통해 근본적인 치료를 해야 할 일이다.

바깥으로 내달리고 표출하는 삶

태극기를 휘날리며 서울 광화문 광장에 모여 정부를 규탄하는 어르신들, 이들은 이른 새벽 전국에서 모여들었고 그들의 분노와 외침을 보는 사람들이 의아해하는 것이 있다. 노년층이라 시간은 그렇다 치더라도 그런 에너지는 어디에서 나오는 걸까. 길거리 사상가로 알려진 에릭 호퍼*Eric Hoffer*는 『맹신자들』이란 그의 책에서 타인을 위한 일이거나 숭고한 대의에 대한 신념이 발휘하는 엄청난 힘에 대해 다음과 같이 말했다. "자신에게 타인을 위하여 행하여야 할 어떤 숭고한 의무가 있다는 뜨거운 확신은 때로 좌절된 자신을 흘러가는 뗏목에 붙들어 매기 위한 길이 되기도 한다. 숭고한 의무를 제거하면 보잘것없고 의미 없는 삶이 되고 만다. 자기만 알던 삶에서 자기를 버리는 삶으로 바꿀 때 엄청난 자존감을 얻으리라는 것은 재론의 여지가 없다."

분노와 증오의 내용이 무엇이고 어디에서 온 것인지를 말하고자 하는 것이 아니라, 분노와 증오가 사회적 대의를 만나 대중적인 활동으로 이어지는 그 메커니즘을 눈여겨볼 필요가 있다. 에릭 호퍼의 통찰은 깊고 예리하다. "강렬한 증오는 공허한 인생에 의미와 목적을 부여할 수 있다. 인생이 무의미하다는 생각에 사로잡힌 사람들은 새로운 의미를 찾기 위한 노력으로 어떤 숭고한 대의에 헌신할 뿐만이 아니라 열광적인 불평불만을 키워나간다. 대중운동은 그들에게 이 둘을 다 충족하는 무한한 기회다." 노년의 많은 경험을 바탕으로 사회문제를 해결하기 위한 지혜를 발휘하고 공동체를 복원하면서 사회의 균형을 찾아가는 노력과 역할은 매우 바람직하다. 다만 정치적인 이슈에 국한되어 극심한 이념 갈등으로 확산하는 점이 우려스러울 뿐이다.

자녀에게 생기는 불편한 양가감정兩價感情 *ambivalance*

나이 든 부모의 절반 내지 3분의 1 정도가 복잡하고 두 개의 다른 감정을 동시에 경험한다고 알려져 있다. 부모의 양가감정에 기여하는 요소로는 첫째, 독립적인 상태에 도달하지 못한 성인 자녀들 때문이다. 이들은 미혼이고 교육을 다 마치지 않아서 부모로부터 경제적 지원과 돌봄이 필요하다. 둘째, 심각한 문제를 겪는 성인 자녀들 때문인데 약물중독, 범죄, 직장 해고 등의 사례가 여기에 해당한다. 셋째, 성인 자녀가 나이 든 부모에게 주는 것보다 나이 든 부모가 성인 자녀에게 주는 것이 더 많고 지속할 때도 흔히 양가감정을 느끼게 된다. 최근 이와 같은 자녀와의 불균형 사례는 부쩍 증가하는 추세다. 더 일반적인 형태의 양가감정은 심리적 변화에서 오기도 한다. 노인에게 가족은 매우 중요하다. 관심을 가져달라는 요구가 점점 더 많아진다. 노년에 들면, 자녀들은 그들을 필요로 하는 다른 세계에 살고 있다는 것을 충분히 이해하기 어렵다. 최악은 사랑을 계산하면서 시작된다. 언제 찾아왔고 전화는 언제가 마지막이었는지, 이런 기억은 오히려 젊은 사람을 능가한다. 이런 계산을 하면서 양가감정에 휩싸이고 양심의

가책을 경험하기도 한다. 이는 정서적 자립심이 약해져서 생기는 일이다. 젊었을 때 한참 후에나 다가올 이런 심리적 변화를 다 이해하기는 절대 쉽지 않다.

노년기의 사회적 역할 변화

노년기에는 직업에서 은퇴라는 큰 사건이 있고, 자녀의 결혼을 통해 조부모의 역할과 집안의 어른으로서의 역할이 주어진다. 아울러, 배우자와의 사별이라는 아픔을 겪는다. 첫째, 은퇴는 직종에 따라 차이가 있기는 하지만, 55~60세 전후에 정년퇴직이 이루어지며 연령이 높아질수록 은퇴에 대한 의미 부여와 은퇴 이후의 삶을 준비하는 일은 매우 중요해진다. 근로 지향적인 현대사회에서 일과 직업 활동을 마감한다는 것은 개인에게 있어 '전환기적 사건'이다. 사회적 지위, 경제적 변화뿐만 아니라 자아 정체감에도 변화를 가져온다. 은퇴 이후의 적응은 은퇴에 대한 자신의 인식으로 크게 달라질 수 있다. 일과 사회적 지위가 정체감 형성에 절대적이었던 사람에게는 은퇴가 큰 절망감이지만, 직장의 굴레에서 벗어나 의미 있는 활동과 여가를 즐기려는 사람에게는 축복이기도 하다. 만나본 사람 중에는 계획하고 있는 새로운 삶에 한껏 기대를 안고 하루빨리 은퇴하기를 기다리는 사람들도 있다. 둘째, 노년기에는 조부모라는 새로운 역할을 맡게 된다. 손자녀 양육으로 늘어나는 부담과 보람이 교차하고 있지만, 손자녀와의 접촉을 통해 세대 변화를 인식하고 가문의 연속성을 확인할 수 있어 노년기에 매우 의미 있는 일로 인식된다. 셋째, 노후에 배우자와 사별하는 것은 결혼생활에서 피할 수 없는 운명이다. 남녀 간 수명 차이를 고려할 때 노년기 배우자의 사망은 특히 여성 노인에게 더 많은 영향을 미친다. 배우자 상실은 인간이 겪는 가장 심각한 스트레스 중의 하나이다. 배우자가 먼저 내 곁을 떠날 수 있고 그러한 이별이 불가피하다는 것을 자주 생각할 때 상대 배우자와 좀 더 깊은 정서적 유대감을 가질 수 있을 것이다. 사회적 역할 변화에 대해서는 다른 장에서 더욱 구체적으로 다루어진다.

노년기를 이해하는 데 있어 신체적, 정서적, 사회적 변화와 함께 갖게 되는 보편적인 욕구를 이해할 필요가 있다. 첫째, 장수에 대한 욕구이다. 생명을 가진 존재로서 당연하지만, 흔히 하는 표현이 진정한 의사가 아닐 수 있다는 점을 이해해야 한다. 둘째, 노년에는 누구나 여유를 가지고 여가를 즐기고 싶은 욕구가 있고, 일상에서 벗어나 해방감을 찾고자 한다. 셋째, 집단 내에서 적극적으로 활동하는 참여자로 계속 남아 노익장老益壯을 과시하고 싶은 욕구가 있다. 반면에 해왔던 활동에서 벗어나 편안하고 명예롭게 벗어나고 싶은 욕구도 있다. 이는 적절히 조절되지 못하면 세대교체를 가로막는 장애가 되기도 한다. 넷째, 자신의 삶을 조망하고자 하는 욕구와 후세대에 문화를 전수하고자 하는 욕구가 생긴다. 자서전 발간이나 저술에 노력을 기울이는 것이 그 예이다. 그 외에도 자신이 타인에게 수용되고 있음을 확인하고 싶은 욕구 등이 있다. 한편, 노년에 대한 불안감과 두려움 가운데 떨치기 어려운 것이 있는데, '인지능력 쇠퇴'와 '치매'가 바로 그것이다.

삶을 지키는 인지능력

노화에 대한 가장 보편적인 고정관념 중의 하나가 '인지적 쇠퇴'다. 이것은 심지어 노인들도 스스로에 대해 가지고 있는 고정관념이기도 하다. 30~40대에 차 키나 전화번호를 잊어버리는 것은 실수로 여기지만, 70~80대에는 치매 증상이라고 여긴다. 인지적 노화에 대한 보편적인 견해는 뇌의 퇴화에 매우 수동적이며, 이에 상응하여 사고와 행동이 저하될 수밖에 없다는 점에 머물러 있다. 대체로 성인은 인지적 저하가 50세 정도에 시작하며 자신의 실패와 실수를 연령 때문이라고 해석하기 시작한다. 연령 증가에 따라 인지적 저하가 일어나는 것이 사실이기는 하지만, 많은 경우의 노인에게서 정신 기능이 유지되거나 심지어 증가하기까지 한다. 앞에서 살펴본 바 있지만, 지능은 흔히 '결정성 지능*crystallized intelligence*'과 '유동성 지능*fluid intelligence*'으로 구분한다. 결정성 지능은 교육과 경험에 주로 의존하며 어휘나 언어 이해로 측정되고, 유동성 지능은 새로운 상황에 대한 적응이나 순발력을 요구한다. 비언어적, 유동성 지능은 언어적, 결정성 지능보다 더 일찍 쇠퇴한다. 유동성 지능은 60대에 감소하기 시작하고 결정성 지능은 70대 또는 80대에도 안정적으로 유지된다고 하는 것이 최근 학자들의 견해이다. 심리학자 스틸의 연령별 인간능력의 추이 연구에 따르면, 각 능력의 절정은 기억력은 10~23세, 상상력은 20~30세, 창조력은 30~55세, 기력技力은 33~43세, 인력忍力은 38~48세, 지력志力은 40~70세라고 한다. 어떤가. 인간의 많은 능력은 예상보다 늦게 발휘될 수 있다. 우리는 이미 알고 있다. 생각의 속도는 대부분 생각의 깊이만 못하다는 것을.

삶의 마지막 게임은 인지능력을 얼마나 잘 유지하는가에 귀결된다.

중요한 것은 '장수'가 아니라 '인지능력'이다. 지능이 건강과 장수를 예언한다는 말이 있다. 인지 기능의 급격한 쇠퇴는 사망 예측 요인이 되기도 한다. 반대로, 좋지 않은 건강도 인지능력에 영향을 미친다. 인지능력을 어떻게 유지할 수 있을까. 인지능력에 영향을 미치는 요인은 신체적 건강, 유전적인 요인, 사회적 개인 이력, 학교 교육, 지적 활동, 신체적 연습 등 광범위하다. 첫째, 건강과 관련된 요인으로 청각이나 시각 장애, 알츠하이머 등 만성 질환 그리고 약물 복용에 따른 부작용도 인지능력에 영향을 미친다. 둘째, 인지적 능력은 유전적 요인의 영향이 크게 나타나는데, 여러 쌍둥이에 관한 연구를 통해 지능의 50~60% 정도를 유전으로 설명할 수 있다고 본다. 셋째, 일생을 통해 경험하는 직업, 사회적 지위 등 사회적 개인 이력의 영향도 많이 받는 것으로 밝혀졌다. 훈련이나 군 복무가 인지적 웰빙에 어느 정도 장기적인 효과가 있음을 보여주기도 한다. 넷째, 학교 교육이나 지적 활동 역시 인지능력과의 상관관계가 큰 것은 충분히 예상할 수 있는 일이다. 마지막으로 신체적 훈련인데, 신체적으로 활동적인 노인은 주로 앉아 생활하는 노인과 비교할 때 정신적 수행능력이 일관성 있게 높다는 것은 널리 알려져 있다. 오래 살려면 '부지런히' 움직이고 '호기심'이 많아야 한다.

모두가 두려워하는 치매癡呆

음식을 태우고 그릇을 자주 깬다. 기억하지 못하고 같은 질문을 처음인 양 반복한다. 엉뚱한 말을 하기 시작한다. 가족들을 의심하고 차마 입에 담지 못할 욕을 하며 화를 낸다. 예뻐하던 손자들마저 기억하지 못하고 때로는 말도 없이 집 밖으로 나가 온 동네를 헤매고 다녀 가족들 간담을 서늘하게 만든다. 그토록 단정하고 깔끔하던 분이 대소변마저 가리지 못한다. 함께 사는 아들이 퇴근해서 '아들 왔어요'라고 말해 주지 않으면, 아들을 낯선 방문객으로 안다. 컨디션이 안 좋은 날엔 남편에게 '오빠'라고 하거나, 30년 전에 돌아가신 분이 어디에 살고 있는지 묻기도 한다. TV를 보면서 실제 상황과 착각해 소리를 지르고 화를 내기도 한다. 거울 속에 비친 자신의 모습을 알아보지 못하고 '어떤 할머니가 자꾸 날 따라다닌다'면서 두려워한다. 충동 억제를 못 해 지나치게 많이 먹거나 성적인 행동을 보이기도 한다. 이렇게 변해가는 모습을 가족들도 받아들이기가 쉽지 않다. 간병하는 것이 매우 고통스럽고, 이로 인해 가족 간의 갈등도 점점 커져만 간다.

치매 환자가 빠른 속도로 늘어나고 있다. 인지능력에 장애가 생겨 말을 할 수도 움직일 수도 없는 상태에서 수년간 누군가에 의지해서 살아야 하는 것은 크나큰 고통이다. 지인 한 분께서 어느 날 갑자기 인지능력의 쇠퇴를 보인 적이 있다. 기억력이 급격히 떨어지고 '전형적인' 치매 증상을 보였다. 앞으로 일어날 일들을 생각하니 몹시 우려스러웠고, 모든 상황이 절망적인 것처럼 보였다. 그런데 치매 초기라는 진단을 받고 약물을 복용하기 시작하자, 놀랍게도 상황은 금세 호전되었다. 긴장을 늦출 일은 아니지만, 진단을 받은 지 2년이 지난 지금까지 정상적인 생활을 하고 계신다. 인지능력의 쇠퇴는 모든 삶을 무력화시킨다. 뇌의 노화를 막기 위한 노력을 마지막까지 게을리해서는 안 되는 이유다.

노년에 들어선 사람이나 그 가족 모두 가장 두려워하는 것이 있다면 '치매*dementia*'다. 2013년부터 의학적으로는 '치매'라는 용어 대신 '신경인지장애'라는 용어가 사용되고 있다. 치매는 정상적으로 생활하던 사람이 점차 지적 기능이 현저하게 손상되어 일상적인 생활의 적응에 심각한 문제를 초래하는 정신장애다. 치매에 걸렸다는 것은 대체로 오래 사는 사람만이 누릴(?) 수 있다. 대체로 인생 후반기에 발병하며 85세 이상에서는 유병률이 급격하게 증가한다. 서서히 진행되기 때문에 삶을 정리할 시간이 주어진다. 불안 때문에 은행에 맡겨둔 돈을 죄다 현금으로 찾아 집안 곳곳 은밀한 곳에 보관하기도 한다. 심해질 경우 본능적 불안을 가져오는 죽음에 대한 두려움마저 없어진다. 그런데 왜 치매를 그토록 두려워할까. 치매가 일으키는 그 '파괴성' 때문이다. 먼저 환자의 존엄이 파괴되고 보호자 인격마저 크게 훼손당하는 일이 벌어진다. 내가 내 가족들을 괴롭히는 것이 치매이다. 치매를 '보호자 병'이라고도 하는 데 환자 본인은 병에 걸렸는지 잘 모르고 실제 고통은 보호자가 받기 때문이다. 남성보다 여성의 치매 환자가 많고 역학 연구에서도 여성의 유병률이 높은 것으로 나타나는데, 이는 여성이 남성보다 더 오래 사는 것과도 관련이 있어 보인다. 치매에는 크게 알츠하이머형*Alzheimer's disease* 치매와 혈관성 치매, 기타 치매로 구분한다. 알츠하이머병은 치매의 원인 질환 중 가장 흔한 병으로 그 비율이 60~70%를 차지한다. 뇌 속에 아밀로이드*amyloid*라는 잘못된 단백질이 침착하면서 뇌세포가 죽어가는 병이다. 알츠하이머병이라 하더라도 초기 단계에서 약물 요법은 병의 진행 속도를 늦추는 것을 가능케 한다. 혈관성 치매는 혈관 막힘(뇌경색)과 혈관 터짐(뇌출혈)의 뇌혈관 질환이 누적되면서 생기는 치매를 말한다. 대뇌에 충분한 산소와 영양 공급이 차단되면서 뇌세포에 손상이 생겨 발생하는 치매다. 이외에도 다양한 원인에 의해 치매가 발생할 수 있다. 파킨슨병이나 루이소체, 헌팅턴병이 있고 교통사고나 외부 충격으로 인해 치매 증상이 나타날 수도 있다.

대부분의 치매는 치료가 어려운 비가역성 치매다. 뇌에 독성 물질이 쌓이는 순서는 먼저 기억력을 좌우하는 해마로서, 여기에 독성 물질이 쌓이면 최근 기억이 나지 않게 된다. 이처럼 인지기능 장애를 보이다가 사고력 장애로 이어져 사소한 것도 혼자 결정하기가 어렵게 된다. 계속해서 우울증 등 정신행동 장애를 일으키면서 환각, 환청을 경험하기도 한다. 음식물을 씹고 삼키는 기능도 급격히 떨어지고 괄약근이 마비되어 대소변을 조절하지 못하게 된다. 결국, 다양한 합병증을 일으켜 사망에 이른다. 따라서 치매는 무엇보다도 예방이 중요하다.

치매 전문가 나덕렬 교수는 '예쁜 치매' 이야기를 하고 있다. 우리가 치매를 두려워하는 큰 이유는, 사랑하는 가족들을 괴롭히며 추하게 변해가는 것 때문이다. 여기에 대한 해결책이라면 치매를 최대한 예방하고 살다가 혹시 치매에 걸리더라도 '예쁜 치매'가 되면 된다. 우리는 가끔 누구에게나 항상 미소 지으며 허리 숙여 고맙다는 인사를 반복하는 할머니를 보게 된다. 항상 예쁜 말만 골라 쓰고 겸손, 예의와 품위를 유지하는 그런 치매를 가리키는 말이다. 예쁜 치매에 영향을 주는 요소 중에서 보호자(배우자)와의 관계의 질이 중요하게 작용한다. 대개는 예쁜 치매보다 나쁜 치매가 많다. 치매에 걸리면 긍정성은 감소하고 부정성은 증가하는 경향이 있다. 치매는 젊었을 때 우리가 어떻게 살았는지를 '행동 장애'를 통해 보여준다. 사실 노년은 모든 인생의 결산이다. 그는 책 말미를 의미심장한 말로 마무리하고 있다.

"당신의 부모가 치매에 걸렸다면 여러 판단을 하는 대신, '3년'을 보답해드리자. 우리는 부모로부터 태어나서 적어도 처음 '3년' 동안 정성 어린 보살핌을 받았으니 이제 그 '3년'을 돌려 드리자. 치매 보호자가 된 것은 재수 나쁜 것이 아니라 깨달음을 얻을 수 있는 가장 좋은 기회다. 커다란 깨달음을 얻으면 보너스로 치매 환자가 당신을 좋아하고 따르게 된다. 당신의 감정을 치매 환자는 꿰뚫고 있다. 치매 환자에 대한 당신의 마음을 환자에게 속일 수 없다. 강아지가 자신을 가장 예뻐하는 사람을 따르듯 환자는 누가 자신을 진심으로 대하는지 너무 잘 안다."

치매 환자의 간병은 매우 특별한 일이다. 간병하는 사람 10명 중 9명은 환자의 가족인데, 4명 중 3명은 심각한 정신적, 경제적 그리고 신체적 부담을 가지고 장기화할 경우 우울 증상을 보이는 경우가 많다. 환자로부터 빨리 해방되었으면 하는 생각을 하게 되는 한편, 이러한 생각으로 인해 죄책감을 느껴 심리적 갈등에 휩싸일 수 있다. 치매 환자는 이성적인 기억은 잃어도 '감정'에 대한 기억은 잃지 않는다. 학대나 부정적 감정을 느끼면 공격성이 높아지고 증상은 악화된다. 간병 과정에서 치매 환자에 대한 부정적인 감정만 키워나가고 가족 간의 갈등이 증폭되는 것보다는, 전문치료 시설에서 효과적인 간호와 치료를 받는 것이 환자와 가족을 위해서 현명한 선택일 수 있다고 전문가들은 조언한다.

치매 환자들을 위한 사회적 접근

호그벡*Hogeweyk*은 암스테르담 외곽에 있는, 치매 환자의 노멀 라이프*normal life*를 실현하는 '천국의 마을'이다. 2009년 비영리단체 비비움*Vivium*이 정부와 지방자치단체의 지원을 받아 운영하기 시작한 곳으로 1만 5,000㎡의 규모에 영화관, 카페, 마트, 헬스장, 레스토랑, 미용실 등 편의 시설을 갖춘 독특한 마을이다. 이곳에 사는 치매 환자는 텃밭에 채소를 키울 수도 있고 마트에서 물건을 직접 살 수도 있다. 물건값이 따로 없고 계산을 안 해도 되고 잘못 계산해도 문제가 되지 않는다. 사후 정산으로 정부가 보조하고 있다. 의료진과 요양 보호사 등 치매 환자의 2배에 가까운 인력이 상주하면서 도움을 주고 있다. 모든 것이 치매 환자들을 위해 설계되었다. 중증 치매 환자도 특별한 개입 없이 일상생활이 가능하도록 배려하고 있어 고령화에 직면한 나라들이 마주한 고민에 해답을 주고 있다. 벤치마킹 대상이 되어 미국, 영국, 프랑스, 일본, 뉴질랜드, 이탈리아 등으로 퍼지고 있고, 우리나라에서도 경기도의 '치매안심케어타운', 서울 용산구의 '치매환자 마을' 등의 조성 계획이 추진되고 있다.

독일 어느 마을의 다른 이야기다. 버스 정류장에 노인들이 앉아 있다. 한참이 지나도 버스가 오지 않는다. 요양원에 설치된 '가짜 정류장'이기 때문이다. 치매 환자들이 사라진 옛집이나 죽은 가족의 곁으로 돌아가려고 시설을 나오다 길을 잃는 경우가 많아지자 '벤라트 시니어센터'라는 요양 시설에서는 입소자들을 위해 가짜 버스 정류장을 설치했다. 노인들은 가족을 보고 싶은 마음에 또는 집으로 돌아가고 싶은 마음에 무작정 시설을 나오는데, 막상 나오면 뛰쳐나온 이유를 잊어버리고 길까지 잃어버린다. 고민 끝에 버스 정류장만큼은 잘 기억하는 것을 보고 '가짜 정류장'을 생각해낸 것이다. 버스를 기다리는 사람이 모이면 지켜보던 직원이 자연스럽게 다가가 커피 한잔하면서 기다리자는 제안을 해 시설로 돌아오도록 유도한다. 사려 깊은 착한 거짓말이고, 치매 환자를 보듬어주는 품격 있는 사회의 모습이다.

보건복지부 산하 중앙치매센터가 발표한 자료 '대한민국 치매 현황 2019'에 따르면, 우리나라 65세 이상 인구 중 치매 환자 수는 75만 명을 넘어섰고 현 정부에서는 '치매 국가책임제'를 선언했지만, 가족 간병 또는 장기요양보험제도 활용 정도가 우리의 현실이다. 치매 환자는 2025년 100만 명, 2030년 137만 명으로 늘어나 세계에서 가장 빠른 속도로 증가할 전망이다. 통계청의 2019년 사망원인 발표에서 치매는 한국인 사망원인으로 2018년 9위에서 7위로 올라섰다. 아주대 홍창형 교수는 〈명견만리〉라는 TV 프로그램(2016)을 통해 '치매 사회 생존법'을 제안했다. 치매 사회에서는 누구도 치매를 부끄러워하지 않고 두려워하지 않는 사회 분위기가 중요하다고 강조하면서, 앞서 소개한 네덜란드의 대안적 모습에 주목할 필요가 있다고 했다. 치매 대응의 핵심은 일상에서 삶을 지속하는 것이고, 치매에 걸렸다는 사실을 주변에 알리고 적극적으로 도움을 요청하는 치매 커밍아웃과 인식 개선이 그 시작이라고 했다. 부모가 치매일 경우 어디에서 모실 것인가 하는 문제는 논쟁거리이지만 어느 곳도 완전하지 못하다. 치매를 의료적 접근에서 사회적 접근으로 전환하는 것을 심각하게 고려할 때가 되었다.

지금까지 은퇴와 노년기가 가져올 변화 특히, 치매를 살펴보았던 터라 마음 무겁게 마무리하는 것이 몹시 저어되었다. 그러던 차에 일간지에 실린 희망적인 기사가 있어 소개한다. 아직 치매를 치료하는 완벽한 방법은 없지만, 치매나 노화에 대응해가는 노력에 주목할 만한 성과들이 이어지고 있다. 한국뇌연구원 주재열 선임 연구원이 기고한 내용(중앙일보, 2020.11.2.)을 보면, 뇌 유전자 지도에서 얻은 빅데이터와 의료·생명과학 기술이 융합하면서 다각적이고 정밀한 치매 진단·예방·치료법이 제시되고 있다고 한다. 2020년 노벨 화학상을 받은 '유전자 편집기술'도 치매 치료에 응용되고 있다. 치매를 일으키는 이상 유전자를 바로잡는 기술이다. 영국과 중국에서는 벌써 영장류에서 유전자 편집기술을 이용한 치료 실험을 허가했으며 효과를 나타냈다. 그러나 윤리 문제가 있어 아직 인간에게는 적용하지 못하고 있다. 아울러, 미국에서 '스팟'이라는 개 모양의 인공 지능 로봇이 시판되어 화제에 올랐다. 계단을 오르내리는 등 복잡한 지형지물 속에서도 문제없이 돌아다닌다. 프로그램을 입력하여 원하는 작업을 시킬 수 있는 수준이다. 치매 환자 돌봄에 널리 활용할 수 있는 길이 열리기를 기대한다. 또 있다. 노화 전반에 관한 희망적인 책 한 권이 발간되어 손에 들어왔다. 노화와 관련하여 지금까지 서술한 모든 것을 뒤엎을 수 있는 획기적인 일이지만, 아직 현실화되지는 않았다. 노화의 원인을 살펴보는 부분에 서술하지 아니하고 맨 뒤로 가져와 서술하는 이유이다.

노화에 대한 패러다임의 전환: 치료할 수 있는 '질병'으로 규정

노화에 대해 조금이라도 이해가 있는 사람이라면, 무슨 뚱딴지같은 소리냐고 할 것이다. 생물은 늙어야 하고 죽어야 한다. 우리는 이 말을 '자연의 법칙'으로 받아들인다. 그런데 이 말에 반기를 든 이들이 나타났다. 그들은 '노화는 질병이다. 질병일 뿐 아니라 만병의 어머니다. 우리 모두가 걸리는 질병이라'고 외친다. 하버드의대 수명혁명 프로젝트를 이끄는 연구팀이 바로 그들이다. 노화를 '질병'으로 분류한

예를 여태 본 적이 없고 출생, 짝짓기, 죽음으로 이어지는 생명의 본질과 상식에 반하는 것이기도 하다.

인류는 그동안 과학기술과 의학을 통해 삶의 질과 건강을 개선하는 데 성공했다. 그러나 최대 수명과 건강수명을 늘리는 데는 그다지 성과를 내지 못했다. 사는 햇수를 늘렸지만, 삶이라고 말할 수 있는 것은 그다지 늘어나지 않았다는 말이다. 여전히 나이가 들수록 쪼그라드는 삶을 살고 있고 힘겨운 시간을 보내고 있으니까. 삶의 후반부 아름답지 않은 모습들을 지켜보면서 우리의 삶 또한 그 길을 가야만 하는 운명으로 받아들이고 있다. 그런데 이들은 노화와 죽음이 너무나 강하게 연결되어 있어 죽음의 필연성이 우리가 노화를 정의하는 방식을 결정했다고 하면서, '본래 그런 것'이라는 노화의 개념을 통째로 바꾸라고 요구한다. 노화 연구의 최전선에 서 있는 데이비드 A. 싱클레어와 매슈 D. 러플랜트는 지난 100년 동안의 노화 연구의 역사와 함께 25년 장수 연구를 집대성한 결과물을 최근 『노화의 종말』이라는 책에 담았다. 그동안의 주장들을 뒤엎는 '혁명적인' 사실들을 숨 가쁘게 읽어야만 했다. 저자는 노화를 질병으로 보는 것 자체가 출발점이 되어야 한다고 주장한다. 그래야 노화와 죽음을 숙명으로 보지 않고 치료의 대상으로 보는 패러다임의 전환이 가능하기 때문이다. 상상 속에서나 가능한 이야기라 여길 수 있으나, 오랜 기간 해온 연구를 증거로 제시하면서 과학적 이론으로 주장을 펼치고 독자를 설득하고 있다. 최대 수명과 건강수명을 상당 기간 늘릴 수 있다는 기대를 하지 않을 수 없게 만들고 있다. 잘 알려지지 않았고 이 책에서 발견한 사실이지만, 2018년 6월 세계보건기구가 『국제질병분류』 11판을 내놓으면서 새로운 질병 코드(MG2A)로 '노년'을 처음으로 추가했다. 2022년부터 노화로 죽는 사람들에 대한 통계를 규정한 것이다.

노화는 정상이 아니라 '질병'이며 그 질병을 '치료'할 수 있다고 주장한 그들의 과학적 근거를 어렵지만, 대충이라도 들어보자. 그들의 주장은 40억 년 전 태초의 원시 생명체가 가혹한 지구 환경에서 살아남기 위해 갖추었던 것으로 거슬러 올라간다. 이후 진화과정에서 오늘날 인간을 비롯한 모든 생물에게 발전된 '판본'으로 유전되어 온 '생존회로'가 노화의 근본 원인일 수 있다고 했다. 모든 생물은 동일한 원시 생물에서 진화했으며, 우리 역시 마찬가지다. 모든 생물의 조상에게는 DNA 손상이 생겼을 때 이를 감지하면서 세포 성장을 멈추고 수선이 끝날 때까지는 DNA 수선 쪽으로 에너지를 돌리는 과정이 진화하였는데, 그 과정을 '생존 회로'라고 부른다. DNA 손상의 원인은 세월이다. 살면서 접하는 유해 화합물질, 방사선, 심지어 정상적인 DNA 복제조차 손상을 일으킨다. 저자는 이를 후성 유전적[8] 정보 상실, 즉 '노화의 정보 이론*Information Theory of Aging*'으로 정리해냈다. 이 이론은 우리를 늙게 만드는 모든 징표의 더 위쪽에 존재하는 노화의 '단일한' 원인이 있다고 본 것이다. 인간과 진화적으로 10억 년의 거리가 있는 '효모'를 노화를 이해하는 통로로 삼았고, 그 뒤로 10년에 걸쳐서 포유동물 세포를 탐구하고 조사해 나온 결과들은 노화를 이해하는 방식을 혁신시켰다. 결국 '후성 유전적 잡음'이 인간 노화의 촉매일 가능성이 크다는 확신에 이르렀다. 고통스러운 목숨의 연장이 아니라, 질병과 장애가 없는 건강수명의 획기적 연장이 가능함을 과학적으로 입증해 보인다. 그동안 의료기술을 통해 특정 질병의 진행을 중단시키면

8) DNA 부호에는 아무런 변화가 없는 상태에서 세포의 유전자 발현 양상에 일어나는 변화를 말한다.

다른 질병이 그 자리를 차지하면서 결국 실패할 때까지 우리는 이 과정을 되풀이한다. 하지만 노화에 대한 치료는 모든 증상을 한꺼번에 해결하는 것이다. 항노화제와 장수 약 그리고 건강수명 물질에서부터 노화 예방 백신, 세포 재프로그래밍과 맞춤 장기 생산, 생체표지 추적 등 획기적인 장수의 비법을 우리 앞에 펼친다. 아울러, 수명 연장에 효과가 있다는 연구 결과가 일관되게 나오는 화합물들을 소개하고 있다. 대표적인 것이 이스터 섬에서 발견한 장수 약 라파마이신, 프랑스 라일락에서 추출한 값싼 항노화제 메트포르핀 등이 있는데, 현재 임상시험 중에 있거나 일부 국가에서만 승인되고 있다. 앞으로 노화라는 질병에 대응한 많은 진전이 있을 것이지만, 현재로써는 엄격한 장기 임상시험을 거치고 당장 활용할 수 있는 노화 치료제나 요법이 있는 것은 아니다. 여기까지다. 위안과 기대가 되었으면 좋겠다. 인간과 모든 생물을 규정하는 패러다임 자체를 뿌리째 뒤집어버리는 새로운 진화의 시대가 열리기를 기대한다. 이어 길어진 수명과 관련하여 우리 사회는 어떤 대응 노력을 하고 있는지 간단히 살펴보자.

길어진 수명,
우리 사회가 기울이는 노력

우리 사회 조기 은퇴자의 삶과 현실을 빗대어 이렇게 표현했다(조선일보, 2010.1.9.). "기쁠 때도 있었지(내 집 마련). 가르치느라 다 팔고(자녀 교육에 올인) 목돈 쓸 일만 남았는데(자녀 결혼) 세상은 내게 내려가라 하네!(조기 퇴직, 은퇴)" 우리나라의 평균적인 은퇴 연령은 55세 전후다. 2019년 동아일보 조사에 따르면, 우리나라는 자녀 1인당 양육, 교육비로 대학 졸업 시까지 3억 8,198만 원이 들어간다고 한다. 자녀 2명이면 8억 원 가까운 돈이 들어가고 결혼 비용 또한 1인당 1억 원을 훨씬 넘어간다. 자녀 둘을 낳아 결혼까지 시킨 부모라면 대단한 능력자인 셈이다. 우리는 오래도록 일할 수밖에 없는 나라에 살고 있고, 63.9세까지는 일하고 싶다는 조사 결과가 있다.

노후 빈곤을 비롯한 사회적 고립, 무위 등 노인들의 삶을 괴롭히는 일들은 앞으로 증폭될 것으로 전망된다. 부끄럽게도 우리나라는 노인 자살률 1위 국가이기도 하다. 늘어난 수명을 어떻게 받아들여야 하는지, 어떤 대비를 해야 하는지 개인적으로나 사회적으로 고민하지 않으면 안 되는 시대가 되었다. 저출산 고령사회에 대응하기 위해 정부에서는 기본계획을 수립하고 맞춤형 정책을 추진하고 있다. '저출산 고령사회 기본계획'에 담긴 내용 중 고령사회를 지원하는 내용을 살펴보면 다음과 같다.

정부는 '함께 만들어가는 행복한 노후'를 모토로 5개의 정책 방향을 수립하고 있다. 첫째, 다층적 노후소득 보장체계를 내실화하겠다는 것으로, 기초연금의 단계적 인상을 포함한 공적연금의 역할을 강화하고, 주택연금·퇴직연금·농지연금 등 사적연금의 실효성을 높이는 방안과 기초생활보장제도의 부양의무자 기준 폐지 등을 담고 있다. 둘째, 신중년에 대한 새로운 인생 출발 지원을 위해 재직–전직–퇴직으로 세분화하여 신중년 일자리 기회를 확대하고, 모든 근로자 대상 생애경력 설계서비스 제공과 재취업의 촉진, 퇴직자에 대한 일자리 기회 확대 등을 포함하고 있다. 셋째, 고령자의 다양한 사회참여 기회를 확대하기 위해, 노인 일자리 확대와 전담기관 설치 등의 인프라 확충 그리고 여가와 교육 기회의 확대방안을 담고 있다. 넷째, 지역사회 중심의 건강·돌봄 환경을 조성하겠다는 것으로 건강보험의 보장성 강화, 치매 국가책임제 강화, 건강 노화*health ageing*를 위한 예방적 관리와 기존 요양병원 위주의 돌봄에서 '지역사회 통합 돌봄*community care*'으로 패러다임을 전환하는 내용을 포함하고 있다. 아울러, 임대주택 확대 등 고령자 주거환경 개선과 지역사회 교통 등 물리적 여건을 개선하여 사회적 약자의 이동성 보장을 추진한다. 마지막으로, 성숙한 노년기에 존엄하게 삶을 마무리할 수 있는 호스피스, 연명 의료, 웰다잉의 기반을 마련하고 노인 자살의 예방을 강화하는 내용이 담겨 있다. 여기에서는 중년에 들어선 이들이 관심 가지고 참고할 만한 '노후준비'와 '평생학습' 중심의 우리 사회의 노력을 살펴본다.

노후준비지원법 시행

정부는 2009년 5월 국민연금법을 개정하여 '노후설계 서비스'를 시행할 수 있는 근거를 만들었다. 국민연금이 안정적인 노후생활을 위한 가장 기본적인 것이니 제도 운영과 함께, 노후준비 전반에 대한 서비스를 병행해 보라는 취지로 이해할 수 있다. 물론, 국민연금공단에서는 그보다 일찍 국민의 연금 가입을 유도하기 위해 나름 '노후설계'라는 이름의 서비스를 활용하고 있었다. 공공 서비스로서 필요성을 인정한 정부는 2015년 12월 노후준비지원법을 제정, 시행하게 된다. 노후준비 지원에 관해 국가와 지방자치단체의 책무를 명시하고 있고, 노후준비를 체계적으로 지원하기 위해 국민연금공단으로 하여금 '노후준비지원센터'를 운영하도록 하고 있다. 이를 통해 노후준비에 대한 인식을 높이고, 국민의 은퇴 생활에 필요한 교육이나 종합진단과 상담서비스를 제공하는 내용을 담고 있다. 공단에서 운영하는 노후준비 전문사이트 '국민연금 노후준비서비스'(http://csa.nps.or.kr)에는 연간 300만 명이 방문하여 노후준비 관련 정보를 이용하고 있다. 우리 사회가 직면한 고령사회에 맞는 적절한 지원이라는 데 공감할 것이다.

국민연금공단에서는 전국 109개 지사에 '지역노후준비지원센터'를 운영하면서 노후준비에 대해 일반상담을 하고 있고, 16개 거점 지사를 통해서는 교육, 진단과 종합상담, 전문상담을 하고 있다. 재무·건강·여가·대인관계의 4대 영역에 대한 서비스가 시행되고 있다. 교육서비스는 전문강사를 양성하고 지역사회의 수요에 맞춰 그 활동이 활발한 데 비해, 상담분야는 아직 수요가 다소 부족해 활성화되지 않고 있다. 수요가 부족하다고 하기보다 잠재된 것으로 보인다. 적극적인 홍보도 필요하고, 재무상담의 경우 개인의 자산이나 부채 현황 제공이 필수적이라 이의 노출을 꺼리는 경향이 있어 이에 대한 보완책도 필요해 보인다. 전문인력 양성을 위한 지원체계도 더욱 강화되어야 한다. 노후준비에 관한 전문적인 상담과 교육을 위해서는 오랜 기간의 훈련과 경험이 요구된다.

현 정부 들어 신중년(50~60세대)을 대상으로 성공적인 인생 3모작을 위한 맞춤형 지원서비스를 시행하고 있는 것은 매우 의미 있는 일이다. 신중년 인생의 비전을 「활력 있는 신중년*active ageing*」으로 설정하고, 3모작의 주요 경로로 재취업, 창업, 귀농·귀어·귀촌, 사회공헌으로 제시하고 있는데, 그 경로가 신중년의 잠재된 욕구와 특성을 반영하여 더욱 폭넓게 검토할 필요가 있겠다.[9] 이러한 정부 정책에 따라 국민연금공단에서는 「작가탄생 프로젝트」, 「로컬여행 디자이너 양성과정」, 「유튜브 크리에이터 과정」 등을 운영하고 있으나, 그 규모가 시범운영 수준에 그치고 있다.

노후준비지원법 제정을 위한 정부의 초기 검토단계에 참여한 경험이 있어 이후 법 시행과정을 관심 있게 지켜보고 있다. '노후준비서비스'가 공공 서비스로서 몇 가지 아쉬운 점들이 보이기 시작했다. 먼저, 준비기간이 짧았다. 벤치마킹할 만한 선진국 사례가 없는 상황에서 노인복지를 연구하는 일부 소장학자들의 참여만 이루어져 충분한 검토가 이루어지지 못했다. 예를 들면, 노후준비지원법은 '노년기에 발생할 수 있

9) 신중년 인생 3모작 기반 구축계획(2017.8, 관계부처 합동)에 따르면, 55~64세 대상 62.4%가 평균 72세까지 일하기를 원한다는 것을 근거로 일자리 중심의 대책이 마련된 듯하다. 그 연령대의 사람 중에는 다른 대안을 찾기 어려워 일이라도 계속하기를 원하는 사람들이 있다는 점 등을 고려해 더욱 다양한 욕구를 심층적으로 조사하여 반영할 필요가 있다.

는 빈곤·질병·무위·고독 등에 대해 사전에 대처하는 것'을 노후준비로 정의(법 제2조 제1호)하고 있다. 이는 전통적인 노인복지나 노인관觀을 벗어나지 못한 매우 수동적인 관점이다. 노년에 대한 새로운 인식이나 능동적인 관점 등 최근 변화하는 트렌드를 제대로 담아내지 못한 것이다. 미래를 담지 못한 것이 결정적이다. 길어진 수명을 어떻게 볼 것인지, 은퇴를 앞둔 중년들이 어떤 욕구를 가졌는지, 새롭게 인식해야 할 사회적 역할은 없는지.

현대인들은 늙지 않는 것을 추구하는 듯하다. 하지만 이러한 지향은 행복한 삶과 멀어지기 쉽다. 불행하게도 누구나 늙지 않을 수 없으니 말이다. 그래서 나이가 많을수록 불행한 집단이 되는 것은 아닌지. 현대사회의 노인복지를 연구하는 홍승표 등은 이런 진단을 한다. 노동의 가치가 존중되는 현대사회에서 노동에서 소외되면 '쓸모없는 존재'로 간주하고, 젊음과 외모·돈·지위 등 욕망 충족적인 사회에서는 '무력한 존재'가 되며, 여기에 더해 죽음이 이 세상과의 '근원적인 분리'라고 받아들이게 되면, 자신의 존재가 점점 더 '무無'에 가까워지는 것을 뜻하게 된다는 것이다. 이런 이유로 나이가 들수록 필사적으로 젊음을 잃지 않으려 하고, 젊은 사람들보다 더욱 인색하고 욕심 많고 편협한 존재가 될 수밖에 없다고 진단한다. 그러면 자연히 젊은 사람들은 노인을 멀리하게 되고 노인들은 더욱 젊은이들에게서 멀어지게 되는 악순환에 빠진다.

현대사회의 이러한 현상을 치유하고 완화하기 위한 노력이 필요한 시점이다. 세대 간의 '연대'와 세대로서의 '책임'을 다할 수 있도록 사회적으로는 지원체계를 마련하고 구성원들의 인식 전환이 있어야 한다.

우선 노동을 자신의 존재가치로 삼아 온 예비 노인을 대상으로 노동을 대신하여 자신의 존재가치를 찾게 하는 다양한 지원체계 마련이 그것이다. 미래학자들은 향후 20년 이내에 현재 노동력의 20% 정도만 필요하다고 하지 않던가. 앞으로는 노동이 아니라, '여가'가 중심이 되는 사회가 된다는 말이다. 노후준비지원법을 통해 바람직한 미래 노인의 모습을 구체화해야 하고, 길어진 수명을 누리면서 어느 정도 준비할 여력을 처음으로 가졌던 베이비부머들의 노년은 과거와는 다른 접근을 해야 한다. 예를 들면, 후세대를 위해 보존해야 할 환경을 지키고 공동체를 복원하기 위한 다양한 역할과 활동들을 들 수 있다.

다시 노후준비 서비스 차원으로 돌아가면, 시급한 것이 재원의 확보 문제다. 정부의 재정이 투입되기 위해서는 법이 추구하는 지향점이나 정책 목표를 분명하게 할 필요가 있다. 여기에 정책 의지가 더해질 때 비로소 재정 지원이 이루어질 테니 이 문제는 법 개정과 함께 검토할 필요가 있다. 2015년 전 국민을 대상으로 서비스를 시행하는 법을 제정했으나 지금까지 개정된 바 없고, 정보시스템 구축이나 인력과 예산의 지원이 적어 국민이 체감할 수 있는 서비스로 성장하는 데 한계가 있다. '언 발에 오줌 누기' 격이랄까. 정부의 관심과 지원이 절실하다.

노후준비 종합진단과 상담

노후준비지원법에 따른 중앙센터 역할을 하는 국민연금공단에서 2011년 개발하여 활용하고 있는 노후준비 종합진단지의 36개 질문 문항을 살펴보면 다음과 같다.

먼저, 소득과 자산 관련한 11개 질문 문항이다. 소득에 관한 문항으로 현재 일을 하고 있는지 그 여부, 현재 재직하는 곳에서 일할 수 있을 것으로 예상하는 기간, 근로 및 사업 소득의 안정성(이상 3개 문항은 배우자도 질문), 현재의 소득활동이 중단된 이후 제2의 일을 하고 있는지 그 여부, 자산에 관한 문항으로 부부의 은퇴 후 예상 생활비, 노후대비를 위해 수입 대비 저축하는 비중(공적연금 제외), 부부의 공적연금 예상 수령액, 부부의 퇴직(연)금 예상 수령액, 부부의 개인연금 예상 수령액, 부부의 노후자금으로 활용할 수 있는 금융자산 규모, 부부 명의의 부동산 중 노후자금으로 활용할 수 있는 금액 수준 등이 있다. 둘째, 건강한 생활습관과 관련한 질문이 11개 있다. 동년배와 비교한 건강 상태, 3개월 이상 앓고 있는 만성 질환의 수, 평소 스트레스 느끼는 정도, BMI 지수(신장과 체중), 6개월간 규칙적인 운동 여부, 6개월간 건강 체중을 유지하기 위한 노력 여부, 수면 시간, 정기적인 건강검진 여부, 바람직한 식생활 준수 여부, 흡연, 음주량 등이 있다. 셋째, 여가활동과 관련한 5개의 질문 문항이 있다. 취미·여가활동의 유무 및 빈도, 취미·여가활동의 기간, 노후에 하게 될 취미·여가활동 고려 여부, 노후를 고려한 취미·여가활동의 시작 여부, 현재 취미·여가활동의 노후 지속가능 여부 등이 있다. 마지막으로, 사회적 관계에 관한 9개의 질문 문항이 있다. 배우자와의 대화 정도, 최근 1년 배우자와 동반 외출 빈도, 자녀들과의 대화 정도, 최근 1년 동안 형제자매와의 만남 횟수, 도움 요청 시 형제자매의 지원 정도, 최근 1년간 친구와의 교제 빈도, 마음을 털어놓을 수 있는 친구나 이웃 수, 갑자기 도움을 요청하면 친구나 이웃의 지원 정도, 1년 1회 이상 참석하는 모임 수 등이 있다.

이러한 종합진단과 함께 노후 재무설계를 무료로 해주는 곳이 국민연금공단이다. 노후소득을 확보하기 위해 마련된 다양한 연금의 활용 방법을 포함하여 가계의 현금흐름과 자산부채 상태에 대한 객관적 평가와 조언을 들을 수 있다. 공단의 종합 재무설계는 이뿐만 아니라 저축, 보험, 세금 등에 관한 상담을 포함하고 있고, 건강·여가·대인관계 영역에 대한 관련 기관의 서비스도 안내하고 있다. 전국 16개 거점 지사에서 서비스를 시행하고 있으며, 연간 2천 명 이상이 상담을 받고 있다. 상담을 받은 사람들을 대상으로 설문한 결과, 91.8%가 노후준비 필요성에 대한 인식의 변화를 경험했다고 답했다. 하지만 한국보건사회연구원에서 2019년 실시한 노후준비 실태조사 결과, 공단의 '노후준비 서비스'에 대해 알고 있는 비율은 3.4%에 불과해 국민이 서비스를 이용할 수 있도록 홍보를 강화할 필요가 있다. 서비스를 이용할 의향이 있는 사람은 42.7%로 나타났다.

평생학습 지원

우리나라 평생교육법에서 정의하고 있는 평생교육은 학교의 정규교육 과정을 제외한 학력보완 교육, 성인 기초·문자 해득 교육, 직업능력 향상 교육, 인문교양 교육, 문화예술 교육, 시민참여 교육 등을 망라하고 있다. 이를 위해 국가평생교육진흥원과 시·도 평생교육진흥원을 두고 있다. 시군구에는 평생학습관, 읍면동에는 평생학습센터를 설치 운영하고 있다.

정보통신과 AI 시대에 '학교'라는 물리적 공간의 중요성은 크게 줄어들고 있다. 교실의 경계가 흐려지고 전 세계가 반 친구가 되는 세상이 되었다. 유발 하라리*Yuval Harari*는 "지금 학교에서 배우는 것의 80~90%는 아이들이 40대가 되었을 때 별로 필요 없는 것일 가능성이 크다"고 했다. 학교 교육 대신 평생학습의 필요성이 강조되고 생존의 비결처럼 여겨지기도 한다. 어쨌든 지금 인터넷 검색을 해보면, 전국 평생학습관들의 프로그램 소개와 수강생 모집 기사가 실시간으로 올라오고 있는 것을 확인할 수 있다. 은퇴를 앞두고 있거나 평생학습에 관심이 있다면 우선 '국가평생학습포털'에 가보라고 권하고 싶다. '늘 배움'이라는 인터넷 종합 학습포털인데, 전국에 흩어져 있는 평생교육 정보, 학습 콘텐츠 등을 모아 모든 국민이 언제 어디서나 원하는 평생학습 기회를 누릴 수 있도록 지원하고 있다. 포털 내 'ON 배움터'에서는 평생학습 관련 다양한 콘텐츠의 동영상, YouTube, TED 강좌를 한 곳에서 볼 수 있다. '우리 동네 배움터'에서는 전국 17개 시도의 평생교육 프로그램 정보를 실시간으로 제공하고 있다. '늘 배움'의 동영상 콘텐츠 학습 결과에 대해서는 평생학습 계좌제와 연계를 통해 이용자 개인별 학습 이력을 체계적으로 누적 관리 및 인증 지원을 하고 있다. 포스트 코로나 시대에 이러한 온라인 콘텐츠를 활용하는 것은 매우 적절해 보인다. 이제 시작만 하면 된다.

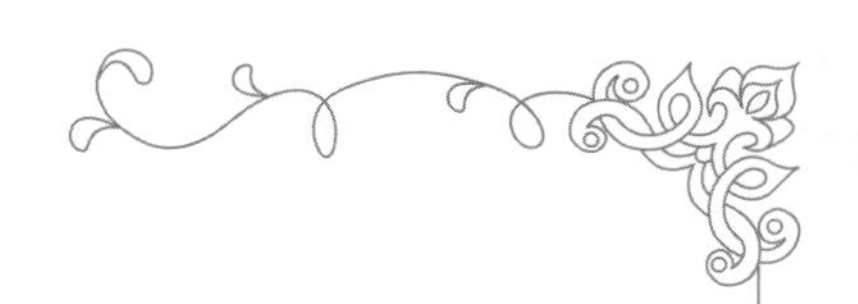

2부

든든한 은퇴 준비, 바로 세우는 중년의 삶

어디서부터 어떻게 시작해야 할까

노년이라고 해서 모두 똑같은 시간은 아니다. 전통적인 기준으로는 보통 3단계로 활동기, 회상기, 간호기로 구분하는데, 단계별 특징을 살펴보면 다음과 같다. '활동기*go-go year*'는 은퇴 후 10여 년으로 은퇴 전과 비교할 때 체력이나 소비 등에서 큰 차이가 없다. 준비하기에 따라 인생의 황금기로 만들 수 있다. 일반적으로는 여행이나 취미활동, 운동 등을 활발하게 할 수 있는 시기로 이를 위한 비용을 별도로 마련하는 것이 필요하다. 경제적으로 준비가 덜 된 경우라면 이 시기에 일하는 것이 가장 바람직하다. 앞에서 살펴본 것처럼 이런 분류가 늘어난 수명과 시대 상황을 적절히 반영하지 못한다. 노년에 편입하는 분류 자체를 재검토해볼 일이다. '회상기*reflective years*'는 70대 중반 이후로 바깥활동이 줄어들고 손자들의 성장 등을 지켜보면서 과거를 회상한다고 해서 회상기로 불린다. 활동이 줄어들면서 자금 소요도 감소하는 것이 일반적이다. 여가생활의 중요성이 커지고 신앙생활이나 사회봉사 등을 통해 적절한 수준의 사회교류가 필요하다. 마지막 단계로 '간호기*care years*'는 개인별로 차이가 크다. 노인성 질환으로 돌봄과 고액의 치료비가 필요하다. 사망 관련 의료비는 평생 지출 의료비의 20~30% 수준으로 알려져 있다. 삶을 마칠 때까지 참으로 고단한 시간일 수 있다. 가족 간의 든든한 사랑만이 위로가 될 수 있는 시기다.

노년의 삶을 이야기하는 것이 개인이 처한 상황에 따라 공감의 차이가 크겠지만, 언젠가는 맞닥뜨리게 될 '막막함'을 미리 접하는 것 자체가 노년에 대한 준비의 시작이다. 그렇다고 명쾌한 답을 찾을 수 있는 것은 아니다. 스스로 주도해서 탐구하고 준비할 수밖에 없는 일이고, 필요한 경우 은퇴나 노후준비 관련 기관을 찾아 진단과 상담을 받을 수 있다. 여기에서는 평소 노년학을 기반으로 노후준비에 대한 강의 활동을 하면서 개인적으로 정리한 것을 담았다. 긴밀한 연계 없이 다양한 영역을 병렬적으로 다루고 있어 필요한 부분 찾아 읽기가 가능하다.

모든 일에는 '순서'가 있다고들 하지만 삶을 대비하는 일이라 그 실마리를 찾기가 쉽지 않다. 생각건대, 중년이라면 지난 시간의 회고回顧를 통해 자신의 삶을 점검하는 것이 첫 순서가 아닐까 싶다. 인간 삶의 주제는 크게 보면, 프로이트*S. Freud*(1856~1939)가 지적한 대로 '일과 사랑'이다. 그는 성공적인 삶이란 '사랑하고 일하는 것*Lieben und Arbeiten*'이라 했다. 일과 사랑의 영역을 점검하고 이를 보완하는 것이 후회를 줄이고 '삶의 완성'에 다가가는 길이리라. 여기에 보탠다면, 은퇴 후에 생길 수 있는 심리적 현상을 이해할 필요가 있겠다. 지금의 몸이나 심리 상태로 노년을 보내는 것은 아니기 때문이다. 진행되는 육체적 노화뿐만 아니라, 역할과 책임이 줄어드는 상황과 함께 자존감이 떨어지는 문제, 가치관의 변화 등이 수반되는데 이 부분은 앞에서 미리 살펴보았다.

둘째, 부부 역동의 변화를 이해하고 친밀감을 다지는 것은 절대적이다. 기나긴 여정을 함께할 동반자를 살펴보는 일이기에 무엇보다 중요하다. 우리는 수명이 늘어난 만큼, 어쩌면 지금 예상하는 것보다 더 오랜 기간 부부로 살아가야 한다. 그래서 일에 파묻히고 자녀 양육 등으로 소홀해졌을 부부간의 관계를 바람직한 상태로 복원해야만 한다. 역할의 재구성이나 사별에 대한 대비도 필요하다. 돈독한 사랑을 더욱 키우며 인생의 황금기를 구가하는 부부가 있는가 하면, 위기를 맞이하고 파국으로 치닫는 부부들도 적지 않다. 상대를 바라보는 새로운 인식을 통해 상호 깊은 이해에 도달해야 하고 '절친'으로 거듭나는 노력이 뒤따라야 한다. 은퇴자들이 가장 어려움을 느끼는 것 중의 하나이지만, 사랑과 연민 그리고 인내심과 배려로써 삶의 지향점과 가치관을 맞춰가야만 한다.

셋째, 길어진 삶에 대비한 재무적인 준비와 안정적인 자산 관리에 관한 것이다. 우리 사회의 '다층 노후소득 보장체계'를 소개하면서 활용할 수 있는 퇴직급여, 주택연금 등 노후자금 마련을 위한 여러 가지 방안을 간략하게 살펴본다. 자산 관리와 관련해서는, 중년 이후 회복할 수 있는 충분한 시간이 없다는 점을 고려해서 무리한 투자는 금물이라는 강조와 함께, 재무설계의 기본적인 내용 정도만 다루었다. 은퇴하면 부담스럽고 더욱 중요해지는 것들이 있다. 제대로 정리되지 못하고 다소 무분별하게 관리된 보험이 그렇고, 은퇴자의 고정 지출 중 부담과 혜택이 동시에 큰 국민건강보험과 장기요양보험에 관한 내용도 일부 소개하고 있다. 세무 관리와 증여, 상속에 대한 기본 학습도 필요하나 지면상 생략할 수밖에 없었다. 이와 관련한 정보나 학습이 필요한 분들은 노후준비 지원업무를 하는 국민연금공단의 노후준비 상담서비스나 홈페이지를 통해 도움을 받을 수 있다.

넷째, 이미 수급자 500만 명을 돌파하면서 일반 국민의 기본적인 노후준비 수단으로 자리매김하고 있는 '국민연금'을 제대로 이해하고 활용을 도울 수 있는 장을 마련했다. 다소 딱딱하고 용어가 낯설기도 하지만 인내심을 가지고 끝까지 읽기를 권한다. 특히, '국민연금 제대로 활용하기' 부분은 실질적인 도움을 받을 수 있는 효과 만점의 정보가 될 수 있다. 국민연금에 대한 신뢰가 비교적 낮은 분들은 기금 고갈에 대한 불안을 그 이유로 꼽는다. 이 부분의 이해를 돕기 위해 기금 운용과 제도 개혁에 관한 이야기를 포함했고, 2008년 7월부터 시행하고 있는 기초연금제도에 대한 소개도 함께했다.

다섯째, 은퇴 준비나 노년을 위한 대비에 있어 빼놓을 수 없는 것이 건강과 관련한 것이다. 지나가는 사람 붙잡고 노년에 필요한 것을 물으면 '돈과 건강'을 꼽을 것이고, 건강은 행복한 삶의 첫 번째 요소라는 데 동의하지 않을 사람이 없을 것이다. 건강 습관을 되찾고 건강수명을 늘리는 일은 지금 당장 실천해야 할 것이다. 몸에 해로운 것을 줄이는 것부터 시작해야 하는데 건강에 치명적인 흡연이나 지나친 음주를 계속하면서 건강을 염려하는 것은 어불성설이다. 중년 이후에 깨닫게 되는 수면의 중요성, 약물 부작용, 각종 사고와 부상의 치명적인 영향 등을 포함한 일반적인 건강 상식을 담고 있다.

여섯째, 은퇴설계의 본질이라고 할 수 있는 '역할' 부분을 다루고 있다. 역할 없이 사회인으로 살아가기는 어려울 것이다. 은퇴하면 주로 해외여행을 꿈꾸기도 하지만, 여행만으로 은퇴 생활을 채우기는 어렵다. 현대사회의 늘어나는 여가와 일이 갖는 다양한 의미를 살펴보고 재취업과 창업, 자원봉사 등에 대해서도 살펴본다. 일을 계속하더라도 지나친 욕심은 금물이다. 보수를 많이 받는 자리는 그만한 책임이 뒤따른다. 적당한 보수에 그만큼의 역할과 책임이 있는 일자리가 바람직하다는 말이다. 만족감을 떨어뜨리지 않고 활력을 유지할 수 있는 삶을 찾아가는 것은 인류의 영원한 숙제가 아닐까.

일곱째, 노년의 삶을 든든하게 할 수 있는 자녀들과의 관계를 다루고 있다. 우리나라 부모라면, '부모는 자녀 중 가장 덜 행복한 자녀만큼 행복하다'는 말에 동의하지 않을까. 성공적인 노화의 요건을 묻는 설문에서도 자녀의 성공이나 자녀와의 관계가 종종 언급된다. 아들과 딸을 비교하기도 하고 아버지와 아들의 관계, 과거보다 아이를 적게 낳고 오래 사는 사회가 되어 달라진 조부모와 손주 관계를 다루기도 한다. 또, 자녀 독립과 관련한 부모의 역할까지 살펴보긴 했으나 미리 고백하자면, 해법까지 찾아가지는 못했다. 아울러, 중년에 들어선 자식이라면 고단한 노년을 보내고 있고 돌봄이 필요한 노부모가 있을 수 있다. 말미에 자화상처럼 여겨지는, 세상의 쓸쓸한 아버지 이야기를 포함했다.

여덟째, 사회적 관계를 다룬다. 사회와의 교류는 삶이 멈추는 순간까지 지속하니까 실제 삶의 기간과 크게 다르지 않다. 취향이고 선택이긴 하지만 은퇴 후 '은둔'을 고집하더라도 사회와의 교류가 없을 수 없다. 가까이는 형제자매가 있고 친구와 지역사회가 있다. 행복한 노년에는 화목한 형제자매가 있고 성인기 우정이 큰 몫을 차지한다. 노년을 준비하는 사람이라면 인간관계와 사회적 유대 망을 새롭게 구축할 수 있어야 한다. 고립되지 않도록 지역사회와의 관계도 새롭게 모색할 필요가 있다. 일부의 사례이긴 하지만, 은퇴 전 가졌던 지위나 관습을 지나치게 중시하는 경우 스스로 고립을 자초할 수 있다.

마지막으로는 은퇴 후 주거에 관한 것을 다룬다. 그동안 직장이나 자녀 양육을 중심으로 주거를 선택했다면, 지금부터는 다른 기준을 살펴볼 필요가 있다. 인간이 터를 찾아 건물을 짓지만, 주거는 인간의 삶에 많은 영향을 미친다. 삶에서 주거가 갖는 의미와 주로 남성들이 꿈꾸는 전원생활에 대해서도 살펴본다. 전원생활의 경험이 있기에 '무작정 전원으로 내달리지 말라'는 조언을 포함하고 있으나 선택은 역시 본인의 몫이다. 사전에 충분한 준비가 필요하다. 은퇴 후에는 경제적 상황이나 취향 등을 고려하여 주거 상의 변화를 꾀할 수 있는 시기다.

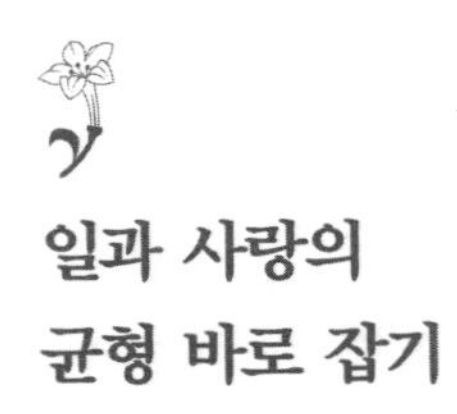

일과 사랑의 균형 바로 잡기

프로이트*Freud*는 인간의 삶을 '일과 사랑'으로 통찰했다. 삶을 딱 두 단어로 멋지게 축약한 것이다. 인간의 삶은 분명 '사랑'으로 채워져야 할 빈자리가 있다. 지금의 젊은이들이 '워라밸'을 최우선으로 일자리를 선택할 정도로 현대사회는 일이 사랑의 영역에 과도한 영향을 미치고 있다. 학업을 마치고 일을 가지면서 높은 수입을 갖는 것은, 사랑을 찾고 결혼에 이르는 중요한 조건이 된 지 오래다. 학업과 일, 소득, 결혼의 연결고리가 지나치게 견고하다. 적성이나 재능에 따라 대학이나 전공을 선택하지 못하는 것은 일에서도 마찬가지다. 그 사람 특히, 남성이 하는 일이나 소득은 사랑을 찾을 수 있는 중요한 조건이 되었다. 반대로 결혼이 일에 미치는 영향도 절대로 적지 않다. 결혼하게 되면 마음가짐이 달라지고, 미혼자보다 잠재적 수입에 더 많은 관심을 보이며 실제 높은 임금을 얻는다고 알려져 있다. '부양책임'이라는 것이 있기에 밤이나 휴일에 추가로 일하는 것을 마다치 않는다. 가족을 위해 이전보다 더 오래, 더 열심히 일해야 하므로 자연스레 가족과 함께하는 시간은 점점 줄어든다. 야간근무나 교대근무 등은 이혼이나 별거의 확률을 높이기도 한다. 맞벌이가 보편화하고 있는 상황에서 자녀가 생기면 가사 노동을 비롯한 양육이라는 새로운 어려움에 직면한다. 가족 내 남성의 역할은 전통적으로 '제공자'였다. 자녀가 생기면 남성은 자신이 하는 일에 더 많이 헌신하는 반면, 여성은 일하는 시간을 줄이고 자녀가 많을수록 시간은 더욱 줄어든다. 부부의 역할 분담이 적절히 이루어지지 않을 때 갈등을 빚기도 한다. 이뿐만이 아니다. 노년에 이른 부모의 부양 문제도 있다. 돌봄 비용의 문제와 함께 많은 에너지가 소모되는 일이다. 사랑으로 채워져야 할 삶의 곳곳에서 사랑이 싹트지 못하거나 상처 나기에 십상이다. 이 문제는 여기서 끝나지 않는다. 자녀와 가족의 문제로 직결되고 사회문제로 확대된다. 인간의 삶을 완성하는 것은 결국 '사랑'이다. 부부에서 시작하여 자녀, 가족 구성원에게로 사랑이 확대되지만, 자신에 대한 사랑도 빠뜨리지 말아야 한다. 그래야 삶이 흔들리지 않으니까.

줄어드는 일의 가치

혹자는 인류의 미래는 일없이 살아간다고 한다. 상상하기 어렵지만 받아들이면서 덧붙이자면, 일을 포함한 '다양한 형태의 활동'을 하면서 살아가게 되지 않을까 싶다. 과거 산업사회가 되면서 일과 개인, 일과 가정이 분리되기 시작했고 그러면서 여러 문제에 직면하게 되었다. 나이 든 사람들이 젊은 사람들에 비해 자기 일에 더 만족한다 해도, 모든 연령대의 근로자들은 직장의 버거운 요구를 경험해왔다. '직무소진*job burnout*'에 이를 정도의 과로나 일 중독 등으로 삶의 균형이 무너지는 어려움에 봉착하기도 한다. 어떤 이유로든 일터가 없어지는 것은 경제적인 문제뿐만 아니라 정신건강 문제를 일으킨다. 젊은 사람이 일을 갖지 못하는 경우 커리어를 쌓는 것이나 성인으로서 정체성을 형성해 가는데 심각한 장애를 일으키는 것으로 알려져 있다. 나이 든 사람들에게도 실직의 어려움은 마찬가지이다. 고용보험의 역할이 있긴 하지만, 새로운 일을 찾거나 다른 기능을 익혀야 하는 적응의 문제가 있어 조기 은퇴로 이어진다. 중년기 성인에게 있어 해고는 경제적 이유나 상실감 등으로 최악이다. 실직 사실을 가족에게 알리지 못하고 출근하는 것처럼 집을 나와 거리를 배회했던 과거 몇몇 지인들의 삶이 떠올라 '최악'이라 했다. 일한다는 것은 이처럼 개인의 삶에 지대한 영향을 미친다. 일터는 늘 몰입을 요구하면서 다른 생각을 할 여유를 갖지 못하게 한다. 또 다른 기회에 관한 관심이나 관여를 쉽게 허용하지도 않고, 은퇴 이후의 삶에 대해 꿈꾸는 것조차 방해한다. 일로부터 분리되는 불안을 안고 몰입 요구를 끝내 쫓아간다. 비교적 안정적인 일자리라 하더라도 당근과 채찍은 늘 뒤따른다. 시간을 잘게 나누어 버거운 목표를 부여하고 달성 정도에 따라 차등 보상을 하는가 하면, 심지어 성격이 다른 일터까지 사회적 경쟁의 틀로 묶어 무한 경쟁을 부추긴다. 이러한 과정에서 심각한 부작용이 나타나더라도 그 흐름은 쉽사리 바뀌지 않는다. 또 다른 진정한 몰입의 형태도 있다. 스스로 자신의 목표를 가지고 열정을 불태우거나 사회적으로 헌신하는 경우다. 모든 경우를 통틀어 일에 대한 과도한 몰입은 삶의 균형을 무너뜨린다. 그 이유나 책임을 따지는 것이 무색할 만큼 사회 구조적인 문제와 결부되어 복잡하기 그지없다. 문제는 일터에서 물러나게 되는 시점이 되어서야 무너진 균형을 심각하게 깨닫게 된다는 것이다.

정보통신이나 인공 지능 기술의 발전으로 일의 형태나 생산성에 많은 변화가 일어나고, 일을 대하는 태도 또한 많이 바뀌고 있다. 코로나-19 상황까지 더해지니 사실 일이라는 것이 어떤 형태로 변화해 갈지 예상하기도 어렵다. 하여튼 사무직으로 사회생활을 하면서 '제업수행諸業修行' 즉, '일은 곧 수행'이라는 생각으로 살아왔다. 그렇게 배웠고 애써 따랐다. 일을 기준으로 일하는 사람의 깊이와 넓이를 쟀다. 지금 그 생각에 조금씩 변화가 일고 있다. 일을 삶의 일부로 받아들이지 않는 사람들이 늘어나고 있기 때문이다. 그들은 일을 최대한 빨리 벗어나야 할 고역苦役쯤으로 여긴다. 행복은 일을 그만둘 때 시작된다고 생각하는 듯하다. 또 하나, 여러 신세대 후배와 일하게 되면서 그들을 일에 몰입하게 하고 책임감을 느끼게 하는 것이 점점 어렵게 느껴진다. 나이 들었음을 실감하는 순간이다. 그들은 일과 삶의 균형, 소위 '워라밸*work-life balance*'이라는 분명한 지향을 밝힌다. 일과 역할에 있어 분명한 경계선을 요구하고, 일하는 과정에서 재미와 의미를 느낄 수 있을 때라야 조금씩 몰입하는 모습을 보인다. 어쨌거나 우리는 삶에서 일이 점점 줄어드는 모습을 지켜봐야 한다.

흔들리는 사랑, 결혼 그리고 가족

최근 어느 여성 시인이 강의하면서 자신이 겪은 제자 이야기를 했다. 내용인즉슨, 제자가 초청하는 자리에 나갔더니 결혼을 포기한 제자의 비혼식非婚式이었고 결혼 포기를 선언하면서 축의금까지 받더라는, 씁쓸하고 불편했던 상황을 전했다. 그 시인은 안타까운 마음에 시간이 좀 지난 다음 제자를 따로 불러 왜 결혼을 포기했는지 그 이유를 물었더니, 결혼한 친구 중에 행복해하는 사람이 많지 않고 또 이혼을 많이 하더라는 것이었다. 우리 사회는 지금 새롭게 가족을 형성하는 것 즉, 결혼하는 것을 두려워하는 것 같다. 물론 일부의 이야기일 수 있다. 결혼한다고 해서 지금보다 생활이 더 좋아지지는 않을 것 같다는, 기성세대의 관점에서는 이유 같지 않은 이유를 들은 적이 있다. 솔직히 이해하기 쉽지 않은 부분이다. 하지만 관련 통계가 보여주는 것처럼, 가족의 가치는 세대를 불문하고 소중히 하는 것으로 나타난다. 이어령 박사께서 어느 연예인 부부의 결혼식 주례에서 한 이야기가 생각난다. "인간은 아들·딸로 3분의 1을 살고, 남편·아내로 3분의 1을 또 살고, 나머지 3분의 1은 아버지·어머니로 산다. 이 세 조각을 다 맞춰야 온전한 모양의 그림이 된다." 개인의 완전한 삶을 위해서나, 가족이 구성되고 사회가 이어지는 그 시작 지점이 바로 '결혼'이라는 것을 우리는 기억할 필요가 있다.

가족의 중요성을 이야기할 때 흔히 인용되는 오래된 이야기가 있다. 1846년 미국 돈너 계곡에서 벌어진 전설 같은 이야기가 그것이다. 대가족 여럿을 포함한 총 81명의 사람이 월동장비도 갖추지 못한 채 시에라 네바다의 눈 폭풍에 갇혀 고립과 희생, 가족 간의 사랑, 생존의 사투를 벌인 비극적인 사례로, 가족과 가족 내에서 여성의 역할을 알려주는 교훈적인 일화이다. 독일의 저널리스트 프랑크 쉬르마허*Frank Schirrmacher*는 이 끔찍한 이야기를 역사가 아니라 생물학적, 진화론적 관점으로 바라보면서 그의 책 『가족, 부활이냐 몰락이냐』를 썼다. 남자들이 여자들보다 여러 가지 요인으로 비자연적인 죽음을 맞이하는 가운데 생존할 수 있었던 결정적인 조건으로 '가족'을 꼽았다. 그러면서 가족과 함께 있었느냐, 혼자 있었느냐가 생존을 좌우한 '유일한' 이유라는 것을 강조했다. 돈너 계곡에서 남자들의 3분의 2가 죽었고, 여자들의 3분의 2가 살아남았다. 남자들은 여자들과 비교하면 2배의 사망 속도를 보였다. 여성은 생존의 기계였다. 우리의 짐작과 달리 생존의 이유에는 사람들의 윤리의식이나 성격은 아무런 영향을 주지 않았다. 그는 가족이 어떻게 어떤 이유로 형성되고 가족 내에서 작동하는 남성과 여성의 역할을 진화론적 관점에서 탐구했다. 특히, 가족의 중심에 존재해온 여성의 역할을 조명하면서 출산율 하락 등 최근 사회변화에 따른 우려를 담았으나, 주요 논지는 가족의 중요성을 설파하면서 낙관론을 펼쳤다. 우리 현실에서 비치는 '모성'과 여성의 강인한 '가족애'를 떠올리면 이해가 어렵지 않다.

가족은 인류가 존재해온 역사 내내 삶의 가장 기본적인 단위였다. 가족은 사랑이 만들어 낸 '원초적인' 힘이다. 가족의 출발은 부부가 만드는 것이고 많은 남성의 항변에도 불구하고 가족의 중심은 역시 '여성'이다. 가족 내에서 관계를 유지하는 여성의 역할은 가히 지배적이다. 가족과 개인을 중재할 힘은 여성에게 있고, 분배에 관한 한 여성이 해온 역할은 신뢰받을 만하다. 어머니는 누가 가족이고 누가 가족이 아닌지를 결정한다. 생물학적으로도 사회적으로도 그렇다. 가족은 다른 구성원이 지금 어디에 있는지 항상 알고 있다. 만약 그것을 모른다면 가족은 해체된다. 가족은 다른 구성원이 위험에 처하면 구조할 수 있도록 어디에 있는지 평생 알고 싶어 하는 유일한 집단이다. 그래서 그런 것일까. 우리 가족의 중심인 아내는 늘 전화 통화를 하면서 아들에게 또 나에게 지금 어디에 있는지를 빠짐없이 묻는다. 팔순의 어머니도 다르지 않다. 가족관계와 다른 관계의 결정적, 본질적 차이점은 비교적 명료하다. 친구나 먼 친족 관계는 상호 협력 또는 주고받기의 관계다. 반면 가족관계에서는 주고받기의 불균형이 허용되며, 상호 교환의 불균형이 평생 인정되는 관계는 가족관계뿐이다. 가족은 위험 상황에 부닥치게 되면 엄청난 힘을 발휘한다. 친구나 타인들과 더 친밀한 관계를 유지하다가도 화재나 위급한 상황에 놓이면 가족관계의 힘은 본능적으로 나타난다. 가족이라고 좋은 관계만 지속하는 것은 아니다. 성경 속 이야기지만 인류 최초의 살인은 형제간에 일어났고, 현실에서 우리는 가족 간의 증오, 폭력, 부조리 등 우리가 절대 원하지 않는 사실과 이야기를 보고 듣는다. 프로이트*S.Freud*는 가족을 고통과 상처로 얼룩진 '전쟁터'로 비유하기도 했다. 이런 이유로 가족은 시대에 뒤떨어졌고 현대화에 역행한다는 주장도 있다. 가족을 불필요한 존재로 경시하는 풍조도 없지 않다. 하지만 '가족의 몰락'을 예언하는 것은 성급하고 가능하지도 않다. 오히려 성공적인 결혼 등 가족의 순조로운 형성이 자부심을 느낄 수 있는 성취의 상징이 될 수 있다.

문제는 전례 없이 낮은 출산율과 결혼을 피하는 기류가 있어 가족의 형성을 흔들고 있는 점이다. 1인 가구 비율은 이미 지난해 30.2%로 처음으로 30%대를 돌파했다. 한 세대도 안 되는 짧은 기간에 출산율이 급격히 줄어든 이유는 매우 복합적이다. 상당수 젊은이가 사회적 성공과 아이의 출산을 함께 할 수 없다고 여긴다. 가족 형성의 열쇠는 여성이 가진다. 여성의 교육 수준이 높아졌고 남성을 앞지르고 있다. 남성들은 대부분 연하의 여성과 결혼하기를 원하고 여성은 교육 수준이 비슷한 파트너를 선택하는 경향이 있다. 우리 사회의 '좋은 학교', '좋은 일자리'를 차지하는 성비가 어떻게 변하고 있는지 알고 있다면, 지금 적령기에 있는 여성들이 결혼을 망설이는 이유도 어렵지 않게 이해할 수 있다. 결국, 결혼을 두고 남녀 간에 존재하던 상호보완적인 관계가 많이 희석된 것이다. 앞으로도 수많은 남성이 아버지가 되고 싶어도 결혼할 의사를 가진 여성은 부족할 것이다. '아버지 없는 사회'를 이야기하는 사람들도 있다. 최근 이웃 나라 출신의 여성 방송인이 인공 수정으로 비혼모가 되었다는 뉴스가 우리 사회에 파문을 일으키고 있기도 하다. 한두 세대만 지나면 형제, 사촌, 삼촌, 숙모로 구성된 가족은 비정상적인 가족 형태가 될 가능성이 크다. 다양한 가족의 출현에 따라 전향적 인정과 포용이 필요한 시기가 도래하고 있다. 분명한 것은 자식을 포기한 사회는 미래가 없다는 사실이다.

일과 사랑, 균형과 조화 되찾을 때

결국, 출산을 하는 것은 여성이고 자녀 출산을 보장하려면 그것은 여성들의 일차적인 역할에 달렸다. 이런 이야기를 하는 사람들이 있다. 남자들은 공동체가 팽창하는 시기에 가족의 우두머리 역할을 맡았고, 지금까지 경험해왔던 사회가 바로 그러했다. 하지만 앞으로의 수축하는 사회에는 여성들의 역할이 늘어난다. 그 범주에는 사회능력, 공감, 이타주의, 협동심 등 사회에 부족한 모든 것이 포함된다. 여성은 그동안 가족을 유지하는데 핵심적인 역할을 맡아 왔고 앞으로도 더욱 중요한 역할을 하게 될 것이라는 전망이다. 한 종의 개체 수가 종의 존재를 위협할 정도로 줄어들면 자연은 여성의 편을 든다. 이는 공동체의 위기상황에서도 잘 드러난다. 보통의 경우 여성과 남성의 출생 비율은 여성 100명당 남성 106명이라고 알려져 있다. 남성이 여성보다 더 위험한 삶을 산다는 단순한 이유 때문이다. 그런데 불가항력적인 위기나 재앙의 순간이 닥치면 이 비율이 급전된다. 갑자기 남자아이의 출생률이 떨어진다. 이 부분에 대해 학자들의 대체적인 견해는 극단적인 스트레스 상황에 부닥치면 여자 태아보다 남자 태아가 더 큰 피해를 입는다고 가정하고 있다. 경제적·사회적으로 받는 스트레스, 높은 실업률, 급변하는 사회 역시 여자아이의 출생 비율을 높일 수 있다고 본다. 한 사회의 인구가 유지되거나 증가하는 것은 남성의 숫자와는 거의 관계가 없고 오로지 여성의 숫자에 따라 좌우된다. 여성의 역할은 여기서 끝나지 않는다. 요즘 흔히 볼 수 있는 노부모를 돌보는 일에도 딸들이 앞장서고 있다. 딸의 가치는 어느 사회나 고공행진 중이다. 인간적이든 재정적이든 엄마와 자식의 교류는 노후에 이르기까지 아버지와의 관계를 훨씬 웃돈다. 여성들은 할머니가 되어서도 손주의 생존율을 높이는데 기여한다. '할머니 효과'로 불리는 것으로 할머니의 존재 여부가 손주의 건강, 키, 지능에 결정적인 영향을 미친다는 것이다. 우리 공동체가 새롭게 탄생하느냐, 그렇다면 그 방법은 무엇인가를 결정할 당사자는 바로 할머니들, 어머니들, 딸들임이 분명해진다.

일과 사랑은 사회를 변화시키는 동력의 근저에 자리 잡고 있다. 사랑은 출산으로 이어질 수 있는 기제이지만 일은 출산을 어렵게 한다. 우리 사회가 가지고 있는 기본적인 모순이자 해결해야 할 과제이다. 일하면 돈을 벌고 사랑을 하면 돈을 쓴다. 평생 일만 하는 삶은 빈약하고 허무하기 이를 데 없다. 삶을 완성하는 것은 결국 '사랑'이다. 가족이 되는 것을 고려하지 않고도 사랑을 추구하는 것이 가능하긴 하지만, 사랑이 가는 길의 종착지는 '가족'이다. 과거와 현재, 미래에도 가족이 중요한 이유다. 가족의 붕괴를 우려하는 사람들이 적지 않지만, 일부분만 보고 하는 이야기다. 결혼의 열쇠를 쥐고 있는 사람은 여성이다. 여성이 결혼하지 않는 이유로 거론되는 것을 살펴보면 크게 자유가 줄어드는 것, 커리어 단절 그리고 여러 가지 부담이 늘어나는 것 때문이다. 새로운 가족관계 즉, 시댁의 출현과 함께 자녀 출산과 양육에 대한 부담, 가정불화와 이혼의 불안감, 결혼 절차의 복잡함, 경제적 부담과 결혼에 대한 부정적 이미지 등이 작용하는 것으로 알려져 있다. 이러한 이유는 막연한 선입견이고 사랑하는 사람이 생기면 그 나머지는 부차적인 문제에 불과하다고, 결국 '사랑'이 해결한다고 하는 사람들이 있다. 절반 정도 맞는 말이지만 사회적 문제를 해결할 방안에는 근접하지 못했다. 단기간에 해결될 것으로 보이지도 않는다. 이 문제는 결국 여성 중심으로 사회제도가 재편되어야 해결할 수 있어 보인다. 우리 사회는 어떤 선택을 할지, 남성들은 어느 정도 인내력을 발휘할지 매우 궁금하고 기대된다. 이러한 변화에는 이미 결혼을 한 사람들도 동참해야 한다. 공동체를 위한 길이고 자신의 삶을 완성하는 데도 필수적이다. 사랑을 키우지 못한 삶은 필연적으로 흔들린다. 일과 사랑을 함께 되돌아보는 것이 필요한 이유다. 보완할 수 있으면 조화롭게 보완하고 개선할 수 있는 부분에 집중해서 고쳐나가야 우리의 미래가 있다.

우리는 나이 들어가면서 시간을 발견한다. 반환점을 돌았다고 생각할 때 시간의 정체正體가 느껴지기 시작한다. 젊은이들이 시간을 앞에 두고 있는 것이라 여긴다면, 나이 든 사람들은 시간을 자신의 몸에 쌓여 있다고 생각하거나 삶의 등 뒤에 두고 있다고 느낀다. 그러면 일과 사랑 모두 충족되면 삶은 온전한 것일까. 중년의 흔들림에는 또 하나 생각해볼 것이 있다. 일과 사랑이 다 괜찮은데 중년에 들어서서 삶이 허전하다고 호소하는 이들이 있다. 갑자기 무엇을 위해 어떻게 살아야 하는지 자문하기 시작했다고 한다. 일과 사랑이 필요조건이지 충분조건은 아니라는 것이다. 인간의 욕구 단계에서 더욱 상위에 있는 것들이 중년의 삶을 흔들면서 꿈틀대는 것이다. 자아를 발견하고 이를 실현해가고자 하는 욕구가 대표적이다. 이 책의 마지막 부분에서 따로 살펴보기로 하자.

중년에 있어 일과 사랑의 균형과 조화를 꾀하고자 할 때 '첫' 관문이 '배우자와의 관계'다. 기나긴 삶의 동반자로서 사랑과 연민을 복원하는 것이 그 핵심인데, 변함없는 금슬을 유지하고 있어 '서로' 만족한다면 노년에 대한 준비의 최소 절반 이상은 던 셈이다. 그만큼 중요하고, 은퇴하는 많은 사람이 어려움에 봉착하는 지점이기도 하다.

오래 사는 삶, 배우자는 최고의 자산

지난해 모친의 진료를 위해 대학병원에 함께 간 적이 있다. 복잡한 절차의 접수와 수납, 시키는 검사를 모두 마치고 진료를 기다리고 있는데, 모친은 어느새 옆자리 할머니랑 이런저런 이야기를 주고받는다. 얼마 지나지 않아 두 분은 건너편 노부부를 바라보면서 부러운 눈길을 감추지 못하고 있다. "저 할머니는 어찌 저런 영감 복을 타고났을꼬?" 보아하니 영감님의 차림새와 표정이 남달랐다. 조그마한 가방을 둘러메고 민첩하게 계단을 오르내리며 접수와 수납을 대신하고서는, 아내 옆에 붙어 앉아 소곤소곤 이야기를 나누며 시선을 떼는 법이 없다. 누가 보더라도 주목받을 만한 노부부의 모습이었고, 나이 드신 분들의 부러움을 살 만했다. 이는 마음만 먹으면 할 수 있을 법한 일이지만, 누구나 그렇게 하지는 않는다. 오랜 세월 친밀감을 잃지 않고, 노년의 고단한 삶을 함께한다는 '동반자'로서의 역할을 이해하고 자처할 때 가능한 일이리라.

사랑으로 시작한 부부의 삶을 사랑으로 끝맺을 수 있으면 얼마나 좋을까. 흔히들 하는 이야기로, 커피와 사랑의 공통점이란 게 있다. 커피와 사랑은 모두 처음엔 너무 뜨겁고, 적당하다 싶은 순간은 아주 잠깐이며 이내 곧 식는다는 것. 참 적절하고 재치 있는 비유이다.

적당하다 싶은 온도의 사랑이 지속되면 더할 나위 없이 좋겠지만 어디 쉬운 일이겠는가. 여기에서는 아쉽게도 조금은 식은 사랑과 그 복원을 이야기하려 한다. 생업과 자녀 양육으로 바빴던 시간, 힘들지 않았던 사람이 있을까. 그 시간을 뒤로하고 자식들이 장성해서 품을 떠나거나, 그렇지 않더라도 각기 다른 생활 속에서 대화가 잦아들면 흔히 '빈 둥우리 증후군'이라고 표현되는 어려움이 찾아온다. 이는 중년에 이른 가정주부가 자신의 정체성에 대해 회의懷疑를 품게 되는 심리적 현상을 가리키는 말로, 마치 텅 빈 둥우리를 지키고 있는 것 같은 허전함을 느끼어 우울증 등 정신적 위기에 빠지기도 한다. 이 문제를 속설 정도로만 여기는 사람들도 있지만, 남편이 이러한 빈 둥우리 상황을 알아채고 잘 대처하면 이는 행운이다. 자녀들이 있던 그 빈 둥우리를 부부가 함께 채우고 단장하면 새로운 삶이 열리기 때문이다. 한동안 그렇게 하지 못했던 것을 다시 복원하고 싶은 남편에게는 더없이 좋은 기회다. 그런데 결코 쉬운 일이 아니다. 남성들의 경우 많은 대화를 하고 싶지만, 우선 할 말이 궁색하고 대화를 끌고 가기가 쉽지 않다. 남성과 여성의 차이를 실감하면서 종종 자신의 인내력에 절망한다. 대부분은 성장 과정에서 부모로부터 본받거나 따로 배운 것도 없다. 주로 자식들을 소재로 꼭 필요한 이야기만 해왔던 가정이라면, 이제 그 자식마저 떠나고 없으니 참 어색하고 난감하다. 시간이 어느 정도 해결해주기도 하지만, 노력을 보태면 빨리 달라질 수 있는 부분이다. 어쩌면 중년 남성의 새로운 성장은 여기서부터 시작된다.

빈 둥우리 증후군을 겪는 많은 여성은 이 시기에 삶을 재구조화할 기회를 갖기도 한다. 새로운 직업을 갖거나 새 관심사를 찾거나 다시 공부를 시작하는 것은 매우 바람직하다. 일찍이 조부모가 되어 다시 양육의 역할을 떠맡게 되는 때도 있지만, 이 시기 여성이 돌아가야 할 가장 끈끈한 가족은, 품을 떠나는 자식이 아니라 '남편'이다. 우리 현실을 보더라도 삶의 여정을 함께할 사람은 자식이 아니라 배우자이기 때문이다. 자식에 대한 지나친 애착은 남편과의 거리를 멀게 할 수 있다. 남편과 자식을 두고 어느 한쪽으로 치우치면 그만큼 반대쪽은 멀어지는 현상이 빚어진다. 한쪽으로 치우치지 않고 자식과 남편 사이에서 적절한 균형을 취하는 '중도적 여성'을 보기는 쉽지 않다. 자신은 중도를 지킨다고 강변强辯하지만, 모성이라는 '본능적 끌림'은 자식 쪽으로 기울게 되어 있다. 이는 비단 사람만 그런 것이 아니다. 모든 동물이 번식과 생존을 위해 그렇게 진화한 것으로 알려져 있다.[10] 우리는 남자와 여자, 상대 성性에 대한 기본적인 이해를 우선 단단히 할 필요가 있다.

남자와 여자, 서로 더 많은 이해가 필요하다

"모든 결혼에는 두 개의 결혼, 그의 결혼과 그녀의 결혼이 있고, 그의 결혼이 그녀의 결혼보다 더 좋다." 제시 버나드*Jessie Bernard*의 재치 넘치는 표현이다. 결혼 만족도나 부부 관계의 중요성에 있어 남녀 간 차이를 말한 것이다. 대체로 여성이 남성에 비해 결혼 만족도가 더 낮다고 알려져 있다. 결혼을 통해 위험 행동을 줄이고 더욱 건강한 생활 습관을 갖는 등 '혜택'을 얻는 사람은 대부분은 남성이다. 반면 결혼을 통해 경제적 자원을 공유함에 따라 삶의 기회가 향상되는 혜택은 여

10) 생물학자인 A. J. 베이트만이 주장한 것으로 동물의 암컷은 수컷보다는 새끼에게 더 큰 에너지를 쏟는다는 것이다(Bateman's principle).

성이 남성보다 상대적으로 더 많이 얻어왔지만, 주로 과거에 그랬다. 진화심리학자들도 이를 뒷받침하는 주장을 하고 있다. 남성은 여성이 신체적으로 매력적인 것을 선호하고, 여성은 남성의 사회적 지위를 선호한다. 여성들의 사회참여가 활발히 늘어나고 있어 앞으로의 변화는 어떨지 참 궁금하다. 우리나라 통계청 발표 2018년 사회조사보고서에 의하면, 결혼 만족도는 남녀 모두 2년 전보다 4.5% 포인트 증가했고, 남성의 결혼 만족도는 75.8%인데 반해 여성은 63.0%로 12.8% 포인트 정도나 더 낮았다. 결혼 만족도와 생애주기 사이에서는 대체로 U자 형을 그리는데, 첫아이가 태어나기 전과 자녀들이 모두 독립한 이후 만족감이 가장 높게 나타난다.

우리 사회에도 많은 변화가 일어나고 있지만, 여성의 입장이라면 너무 더딘 것이 사실이다. 중년의 남성 중에는 아내에 대한 이해의 부족함을 전혀 느끼지 못하는 이들도 없지 않다. 완전한 이해에 도달하지는 못하더라도 남성이 여성을 이해하려 들 때 먼저 '모성'을 알아가야 한다. 모성은 분명 남성이 다 이해하기 어려운 그 무엇이 있다. 세상 무엇과 비교할 수 없이 강하고 어떤 상황에서도 '우선시'된다. 대학입시에 실패하고 밤을 낮 삼아 컴퓨터 게임에 빠진 아들을 둔 지인이 있다. 아들의 그런 생활이 계속되자 이를 대수롭지 않게 여기던 지인과는 달리, 그 아내는 잠을 이루지 못하고 심각한 불면증을 겪게 되었다. 이런 상황을 겪으면서 '부성'과는 차이가 확연한 '모성'을 느꼈다고 했다. 위대한 어머니의 이야기는 대부분 모성에 관한 이야기로 세상에 알려지지만, 진화심리학적 근원을 살펴보는 이는 많지 않다. 또 하나 널리 알려진, 남성은 먹이 추적자로 또 전사戰士로, 여성은 둥지 수호자로 100만 년을 살아온 흔적이 남아 있다는 이야기가 있다. 목표만 보고 직진하는 남성과 다른 사람들의 시선을 먼저 의식하는 여성의 습성은 여기에서 비롯된 것으로 유추한다. 그래서 여성은 넓은 주변 시야를 갖고 있고, 남성은 터널 시야를 갖고 있어 물건 찾는 데 매우 서툴다. 집안에서 도무지 도움이 안 된다는 핀잔을 받아야 하는 이유다.

남성과 여성이 서로 다른 점으로 널리 알려진 것을 정리해 보면 이렇다. 같이 살면서 느끼는 절망이 다르다. 남성은 아무리 노력해도 그녀를 행복하게 해줄 수 없다고 절망하고, 여성은 도무지 대화가 안 되고 정서적 충만감을 느낄 수 없다며 절망한다. 남성은 여성을 보호하고 좋은 환경을 제공하려는 본능을 가지고 있고, 그런 본능을 인정받으면 자신이 성공했다고 생각한다. 더 나아가 여성이 행복해하면 성취감을 느끼고, 그녀가 불행하면 자신을 실패작이라고 생각한다. 여성이 자신의 문제를 의논하는 것은 신뢰와 친밀감, 때로는 의무감의 표시이지만, 이 경우 남성은 그 문제의 원인이 자신이라는 말이 아닐까 생각하기 시작한다. 또한, 흔한 오해와 갈등의 원인으로 작용하는 것들도 있다. 남성은 자신의 문제를 혼자 힘으로 풀어야 한다고 생각한다. 동굴로 들어가 혼자 있기를 좋아하고 요구하지 않은 충고를 듣기 싫어한다. 여성은 그 반대다. 스트레스를 받을 때 여성은 다른 사람과 연대하고 싶다는 소망이 강하다.

어디 이뿐일까. 어린 여자아이에게 곰 인형을 주면 친구가 되지만, 남자아이는 인형 내부를 분해한다. 그만큼 다르다는 이야기다. 남자는 나이 들수록 관계 형성에 더욱 취약해진다. 외출 준비를 하던 아내가 갑자기 이 옷을 입을까, 저 옷을 입을까 묻는 경우 좋은 해답은 사실 어느 옷도 아니다. 인내심을 가지고 묻는 의도를 잘 헤아려 '뭘 입어도 다 잘 어울린다'는 '입에 발린' 말을 해주는 것이 좋다. 상황 파악과 관계 유지에 서툰 남자들이 겪는 고초가 어디 이뿐이겠는가. "일찍이 남자가 뜻을 세우긴 해도 결국 여자 뜻대로 된다." 올리버 웬델 홈즈*Oliver Wendell Holmes*(1809~1894)라는 미국 작가의 말인데, 씁쓸하지만 새겨들어야 세상살이가 편해진다.

남자와 여자의 차이를 주로 밖으로 나타나는 현상 위주로 다루지만, 근본적으로 다르게 진화되어온 점을 이해할 필요가 있다. 두뇌를 연구하는 학자들은 남의 식구까지도 자신의 가족으로 만들 수 있는 여성의 재능은 수백 년을 이어오면서 여성들이 감수할 수밖에 없었던 '사회적 유연성'과 관련이 있다고 주장한다. 거의 모든 문화권에서 아들들은 평생 자신의 친족들과 더불어 살지만, 딸들은 자신의 가족을 떠나 남편이나 파트너의 공동체로 들어간다. 심리학자 사이먼 배런 코언*Simon Baron-Cohen*은 이러한 여성의 진화론적 재능에 대해 이렇게 말했다. "남자들은 여자들만큼 감정 이입 능력의 훈련을 할 필요가 없었다. 여성에 비해 관계를 만들고 유지하는데 투자해야 하는 노력이 훨씬 적기 때문이다. 친족이 아닌 사람들과 좋은 관계를 유지하려면 상호성과 공평함에 대한 감수성이 아주 많이 필요하다. 이런 관계가 당연한 관계가 아니기 때문이다." 여성의 두뇌는 주로 감정 이입을 향하게 되어 있고, 남성의 두뇌는 주로 이해와 시스템 건설에 방향이 맞추어져 있다. 여성은 주로 인간관계로 정체성을 확립하는 반면, 남성은 일과 업적으로 한다. 여성들은 네트워크를 조직하며 사회자산이 소비되거나 파괴된 곳에서 사회자산을 축적하는 재능을 지녔다. 그래서 언어를 더욱 발달시키고 뛰어난 언어 활용으로 사회관계를 만들어내고 유지한다. 언어를 통해 가상의 친족 관계도 만들어낸다. 이웃집 아줌마는 '이모'가 되고 이웃집 아저씨는 '삼촌'이 되는 놀라운 일이 벌어진다. 여자아이는 남자아이에 비해 한 달 일찍 말을 시작하는데, 여성이 남성보다 언어능력이 뛰어난 것은 오랜 시간 진화의 결과라는 것이다. 결혼이라는 것을 세심히 살펴보면, 가족을 이루는 틀은 남성의 가계를 따르지만, 생물학적으로는 100% 여성의 가계를 이어가는 절묘한 조화를 볼 수 있어 이 또한 참으로 놀랍다. 하지만 이렇게 많은 다른 점을 이해하는 것 못지않게 중요한 것은, 같은 점이 더 많다는 것을 잊지 않는 것이다. 기본적인 욕구를 비롯한 인정받고 존중받고 싶은 것은 전혀 다르지 않다. 모든 갈등의 근원 특히, 이성 간의 갈등에는 상대방에게 존중받지 못하고 있다는 느낌이 깔려있다.

너무 많은 시간 함께 지내면서 생기는 갈등

부부로서 함께 살아가게 될 오랜 시간을 염두에 두고, 잠시 노부부의 일상을 떠올려보자. # 바깥에 나갔다 들어온 배우자가 외투를 입은 채 거실에서 TV를 보고 있다. 이를 지켜보던 아내가 참지 못하고 퉁명스럽게 말을 꺼낸다. '보기에 답답하니 벗어라' 종용하는 말에, 곧 다시 나갈 거라며 '지나치게 간섭하지 말라'고 되받아친다. 몇 마디 더 이어지면서 서로에게 마음의 상처만 남기고 만다. # 자식들이 찾아와 식사 상床 차림을 하는데, 큰 상으로 할지 작은 상으로 할지를 두고, 서로의 주장을 굽히지 않더니 언성이 높아진다. 주고받는 말에 짜증과 화가 잔뜩 묻어난다. 기대했던 식사의 즐거움은 한순간 사라지고 만다. # 봄볕 좋은 날 부모를 찾은 자식이 외식하자는 제안을 하고 함께 집을 나서려는데, 상대 배우자의 옷차림이 마음에 들지 않았는지 '외출이니 새 옷으로 갈아입을 것'을 요구한다. 그럴 필요 없다는 날카로운 반응에 서로의 마음이 상했고 식사 제안한 것이 그만 민망해진다. 왜 이런 일이 생길까. 이런 사례는 표면상 '지나친 관여'가 그 발단이지만, 생업에 종사하면서 바쁘게 살 때는 없던 일이다. 일없이 너무나 많은 시간을 같은 공간에서 보내게 되면서 빚어지는 일이다. 가정의 안녕을 깨는 이런 일이 왜 생기는지, 상대방의 반응에만 매달리느라 정작 당사자들은 모를 수 있다.

은퇴 후 모든 일상을 배우자와 함께 하는 것이 아름답게 비칠 지는 모르지만, 능사는 아니다. 이는 비단 은퇴 부부에게만 해당하는 이야기가 아니다. 부부가 함께 식당을 운영하는 경우 금슬을 유지하기 어렵다는 세간의 이야기 또한 이해 못 할 바 아니다. 우리 선조들의 주거 형태와 관련해서도 안채와 사랑채를 구분해 두었던 데는 그만한 지혜를 담고 있지 않았을까. 특별한 일이나 여가활동 없이 집에서만 지내는 부부들이 있다. 체력적으로 힘들어 바깥출입을 하지 않는 후기 노년기에 흔히 생기는 일이기도 하다. 하루 내내 같은 공간에서 지내게 되면 갈등이 생기기 마련이다. 많은 경우 지나친 간섭이 그 발단이다. 상대방의 생각과 행동이 나와 같아야 한다는 요구는 그야말로 강박強迫이다. 갈등의 본질은 결국 상대방에 대한 인정과 존중의 결여다. 한동안 떨어져 생활해보면 배우자 존재의 소중함을 자연스럽게 알게 되지만, 너무 늦지 않기를 바랄 뿐이다. 집안에서도 공간을 분리하여 때로는 따로 지내는 지혜가 필요한 이유다.

졸혼卒婚과 황혼 이혼이 많아지는 현실

부부가 함께하는 삶이 길어지는 것과 절대 무관하지 않을 터. '졸혼'이라는 말이 연예계로부터 심심치 않게 등장하더니 최근에는 가까운 지인도 졸혼에 들어섰다는 이야기를 들었다. 이는 '결혼을 졸업한다'는 의미로, 나이 든 부부가 법적으로 이혼하지 않은 상태에서 서로를 간섭하지 않고 각자 자유롭게 독립적으로 사는 생활방식을 일컫는 신조어다. 2004년 일본에서 『졸혼을 권함(卒婚のススメ)』이라는 책이 나오면서 알려지게 된 '졸혼'은, 개인의 선호나 윤리적 평가의 측면에서는 각자의 의견이 분분하겠지만, 우리가 관심을 가져야 할 부분은 이러한 용어가 등장하고 사람들의 관심을 끌게 된 사회 문화적 배경일 것이다. 기대수명이 급격히 늘어남에 따라 부부가 함께하는 기간이 40년, 50년, 60년 이상으로 연장되고 있다. 흔히들 사랑이나 연애 감정의 유효기간은 2~3년 정도에 불과하다고 하는데, 거의 반세기 이상 부부가 함께 살아가는 것은 결코 쉬운 일이 아닐 것이다. 농담이라고 믿고 싶지만, 어떤 이들은 '끔찍하다'고도 한다.

결혼은 줄고 이혼은 늘어난다. 특히 갈수록 결혼하는 나이는 늦어지고, 이혼하는 부부의 연령대는 높아지는 경향을 보인다. 조선일보 보도(2019.6.5.)에 따르면, 지난 2000년과 2018년을 비교한 결과, 70세 이상 황혼 이혼은 6.6배(570명 → 3,777명) 늘어났다. 최고령 이혼은 경기도의 A 씨로서 99세 남성이었고 그 배우자는 85세였다. 사회적으로 문제가 되는 것은 황혼 이혼으로 인해 대부분 남성은 사회적 고립 문제가 발생할 가능성이 매우 크다는 것이다. 성인 자녀에게도 적지 않은 영향을 미친다. 부모의 이혼을 경험한 성인 자녀는 결혼하기를 주

저하게 되고 결혼을 하고도 문제를 경험하거나 이혼할 가능성이 커진다. 신중년이라 불리는 50~64세들의 29.5%가 이혼을 고민한 적이 있다는 조사 결과가 있다(대구여성가족재단, 2020.5). 여성은 3명 중 1명 꼴(38.2%)로 이혼을 고민했다고 답해 남성(20.8%)보다 17.4% 포인트 높았다. 이혼을 고민했음에도 결혼을 지속하는 이유로는 자녀 때문이라는 응답이 30% 이상으로 가장 많았다. 2019년 대구광역시 사회조사에 따르면, 가정생활에 대한 만족도도 연령이 높아질수록 급감하는 것으로 나타났다. 20대는 가정생활 만족도가 67.5%로 가장 높았지만 50대 55.6%, 60대 이상은 39.6%에 불과했다. 이혼을 고민한다고 실제 이혼으로 이어지는 것은 아니지만, 오랜 기간 부부로 사는 삶이 쉽지 않다는 것을 보여준다. 황혼 이혼이 꾸준히 늘어나 우리 사회의 이슈가 된지 오래되었다. 인터넷 검색을 해보면 '황혼이혼사건'을 전문으로 처리하는 법률 변호 광고가 봇물이 터지듯 한다. 그만큼 법률 수요가 많다는 뜻이다.

요즘은 중년 남성들의 부양 거부 현상이 종종 화제에 오르기도 한다. 어느 순간부터 생활비를 주지 않는 남편이라면 먼저 비난의 대상이 되겠지만, 여기에는 곱씹어볼 것들이 있다. 이는 주로 40~50대에서 이혼을 고려할 정도로 사이가 좋지 않았을 때 발생하는 일이다. 지금의 노년 세대에서는 부부 사이가 나빠도 대다수 남편은 생활비를 끊지 않았다. 수입이 있는 한 가장으로서 가족의 부양책임을 다한다는 생각과 희생이 당연했다. 이런 의식은 가부장제의 산물인데, 지금은 가부장제가 전반적으로 약화되면서 '가장 의식'도 엷어지게 된 것이다. 남편이 중년이 될 무렵이면 자녀의 교육비가 급증하고 주거비 등의 지출도 많아 부담스러운 상황인데, 자녀 교육에 대해 부부간의 의견 차이가 크고 사이마저 좋지 않으면 가족들로부터 소외되고 정서적, 심리적 유대감도 약화되기 쉽다. 남편들의 부양 거부에 영향을 미치는 또 다른 요소로 수명의 연장을 들 수 있다. 언제까지 돈을 벌 수 있을지 장담하기 어려운데, 길어진 노후가 불안해지고 이혼 후를 대비해서 자신이 쓸 돈을 마련해야 할 상황으로 여긴다는 것이다. 이는 우리 사회에 새롭게 생긴 부정적인 현상 중 하나이다.

자녀에 대한 양육을 어느 정도 마친 중년의 부부는 상대를 바라보는 새로운 인식이 필요하다. 『계로록戒老錄』을 쓴 소노 아야코는 아내를 '눈에 익은 가구와 같은 존재'로 비유했는데, 참으로 적절한 표현이라는 생각이 든다. 늘 있던 가구가 없어져도 그 흔적이 남는데, 사람이고 배우자이면 그 빈자리는 크지 않을 수 없을 것이다. 나이 들면 평소 눈에 들어오지 않는 가구를 새롭게 다시 보는 것처럼 배우자를 그렇게 바라보면 좋겠다. 긴 삶의 여행을 혼자 할 것인가, 누군가 함께 할 것인가. 서로 위로하는 마음은 키우고 부담은 줄이는 노력이 필요하다. 미리 통제할 수 있는 일은 아니지만, 함께하는 동행이 위로가 될 수도 있고 크나큰 부담으로 다가올 수도 있다. 다행히 건강한 배우자와 노년을 맞이한다면 이것만으로도 큰 행운이다. 배우자와 함께 노년을 꿈꾸는 시간은 그 자체가 노후준비다. 배우자와의 좋은 관계는 은퇴 이후 행복으로 가는 관문이고, 삶의 완성은 다들 그렇게 이루어졌다. 자녀에게 줄 수 있는 최고의 은혜로움은 부부간의 사랑, 금슬이다. 안젤름 그륀 신부는 노년의 사랑을 이렇게 표현했다. '감정의 격한 동요에만 그치지 않고 상대를 지켜봐 주는 것, 있는 그대로의 그 사람을 받아들이는 것, 상대가 있는 그대로의 그 사람일 수 있도록 여유의 공간을 마련하는 것'.

황혼에 다시 하는 결혼, 축복받을 일이지만

우리 사회는 앞서 이야기한 졸혼이나 황혼 이혼을 사회적 관점에서 문제시하고 있다. 사회적 논의도 주로 황혼 이혼에 맞추어져 있지만, 황혼결혼 또한 계속 증가하고 있다. 지난 2000년과 2018년을 비교해 보면, 70세 이상 황혼결혼은 3.3배(442명 → 1,450명) 늘어났다. 중년 이후 결혼의 의미도 다르게 나타난다. 노년이 되어 혼자가 된 여성은 계속 혼자 지낼 확률이 높다. 반면 남성은 다시 결혼하고자 한다. 지금까지 최고령 결혼은 서울의 B 씨로서 96세이고 그 배우자는 84세였다. 황혼결혼에 있어 특징적인 것 중의 하나는, 신부의 경우 '초혼'이 다수라는 것이다. 이를 두고 많이들 놀란 표정을 짓는다. 또한, 하지 못했던 일에 대한 후회와 미련이 있었을 것이라는 추측과 많은 상상이 뒤따를 수도 있겠다.

결혼이라고 하면 부부 관계를 맺는 것이고 성적인 요소를 배제하기 어렵다. 본인의 결혼에 대해 떠올리는 추억으로 여성은 자신이 입었던 드레스나 결혼식 날 축하객 동정 등을 떠올리지만, 남성은 첫날밤을 떠올린다고 한다. 또 성[性]은 젊은 사람들만의 전유물이라는 신화가 우리 사회의 바탕에 깔려있다. 그러나 인간의 성은 생리적인 특징을 지니면서 동시에 신체적·심리적·정서적 그리고 사회적 측면의 통합체로 확장해서 볼 필요가 있다는 주장이 있다. 『노년을 읽다』의 저자 김혜경의 표현을 빌리자면, 성은 몸과 마음의 상태이고 자기표현으로서 인격의 매우 중요한 한 부분이 되며, 육체적 행위 이상의 의미로써 인간의 자아 정체감의 요소가 된다.

황혼결혼을 두고 남성들은 짐작하기 어려운, 여성들의 내밀한 이야기를 잠시 엿보기로 하자. 박완서는 그의 소설 『마른 꽃』에서 남편과 사별한 환갑의 노년 여성을 그리고 있다. 우연히 고속버스에서 조 박사라는 분을 만나 '가슴이 소녀처럼 발랑발랑 뛰었고' 그런 설렘에 '나이 같은 건 잊은 지 오래인 것' 같았다. 둘의 만남이 지속되고 재혼에 관한 이야기가 오가며 때때로 잃어버린 '여성'의 의미를 되새김해 본다. 그런데 거울을 통해 비친 '알몸'을 두고 전율을 일으킨다. 자신의 육체적 상황은 이제 성적인 쾌락을 위한 정열의 도구도 아니며, 근원적인 '여성'도 아닌 '마른 꽃'에 불과하다는 것을 깨닫게 된 것이다.

> *"그런 것들을 아무렇지 않게 견딘다는 것은 사랑만 있다고 되는 것은 아니다. 적어도 같이 아이를 만들고, 낳고, 기르는 그 짐승스러운 시간을 같이한 사이가 아니면 안 되리라. 겉멋에 비해 정욕이 얼마나 아름다운 것인지 이제야 알 것 같았다."*
>
> *–박완서 소설 『마른 꽃』 중에서*

참을 수 없는 노인 남성의 너무나도 현실적인 행위를 견디는 힘은 '짐승스러운 시간을 같이한 사이'라야 만 가능한 것이라는 것을 이야기하고 있다. 거세된 여성성을 자각하는 나이에 재혼은 '자원봉사'와 같은 개념으로 인식되기도 한다. 이는 소설 속 여성의 이야기지만, 노년에 있어 재혼의 의미나 노년 여성의 정체성에 대한 현실을 반영하고 있다. 노년층의 성비性比 또한 여성 노인의 재혼을 어렵게 하는 요소다.

황혼에 다시 하는 결혼도 분명 축복받을 일임이 틀림없다. 결혼상태와 사망률의 관계는 많이 알려져 있다. 결혼 자체가 사망위험을 낮추는 독립적인 효과가 있는 것으로 나타나 있다. 짐작하는 대로, 결혼이 조기 사망의 위험을 감소시키고 건강을 보호하는 효과가 있다. 반대로 결혼 해체로 인한 스트레스와 긴장은 건강에 매우 부정적인 영향을 미친다. 일반적으로 결혼과 건강의 상관관계를 정리해 보면 이렇다. 기혼 남녀는 정신적으로나 육체적으로 결혼하지 않은 사람보다 건강하여 '건강한 결혼 효과'를 낳는다. 그러나 결혼하지 않은 사람들은 독신, 이혼, 별거 그리고 사별로 나뉘는데, 독신자들은 기혼자만큼이나 건강하다. '결혼 위기 효과'는 이혼, 별거, 배우자의 죽음 때문에 건강 면에서 차이가 생긴다고 설명한다. 결혼에 대한 만족도나 행복, 혹은 배우자로부터 받는 지지가 부부 관계의 긍정적 차원이라면, 배우자 간의 갈등·긴장·비난 등은 부부 관계의 부정적 차원이다. 눈여겨볼 것으로, 부부 관계의 긍정적 차원이 미치는 영향보다는 부정적 차원의 영향력이 보다 일관되고 강력한 것으로 알려져 있다. 정리하자면, 일반적으로 배우자가 있으면 건강에 긍정적인 영향을 미치지만, 모든 결혼이 항상 긍정적이기만 한 것은 아니라는 것이다. 재혼한 사람 중에 다시 이혼을 선택하는 비율이 높고 이들 중 일부는 또 재혼을 선택한다. 삶이 얼마나 복잡해질 것이며 과연 행복하기나 할까. 괜한 참견이다.

홀로 되고 부양받는 이가 된다는 것

노년기 삶에서 특히 여성들이 많이 겪는 도전의 하나는, 혼자 사는 것을 배우는 것이다. 이는 미망인이 되었거나 때로 배우자와 이혼하기 때문에 오는 변화다. 평균적으로 보아 살다 보면 혼자가 되는 사람의 상당수는 여성일 것이다. 80대 후반의 삶을 혼자 지내고 있는 어느 지인께 들은 이야기다. 복지관에서 매월 생일을 맞이한 독거 어르신을 초청하여 생일상을 차려주는 행사에 나갔더니, 전부 할머니들만 왔더라는 이야기를 했다. 처음에는 남자들은 초청에 응하지 않은 것으로 생각했는데, 훗날 TV를 보면서 그 연령대에 남아 있게 되는 사람의 대부분은 여성들이라는 사실을 비로소 깨닫게 되었다고 했다. 남성은 보통 아내보다 나이가 많고, 그래서 여성은 남성보다 더 젊은 나이에 미망인이 되는 경향이 있다. 통계에서도 모든 집단에서 남성이 여성에 비해 배우자와 함께 사는 비율이 유의하게 높다는 것을 알 수 있다. 후기 노년기는 역할을 상실하는 시기로 여겨진다. 후기 노년기에서의 역할 전환에 대처하는 방법에 전형적인 것은 없어 보인다. 이들의 삶에서 중요하게 작용하는 요인들은 자녀의 수, 자녀의 거주지, 자녀들과의 관계 등이다. 대부분의 노인은 독립적으로 살고 싶은 욕구가 강해서 경제적 여유가 되고 자신을 스스로 부양할 수 있다면 배우자가 없더라도 혼자 지내기를 바란다. 그래서 노후준비를 할 때 홀로 살아가는 삶과 기간을 고려하여 미리 대비하라고 한다.

누구도 미리 계획하지 못하는 역할이 있다. 자주 떠올리지도 못하는, 부양을 받으며 사는 삶 이야기다. 일생 중 많은 시간을 독립적인 어른으로 자녀, 부모, 배우자, 때로는 손주들까지 부양하면서 살다가, 어느 순간 요양 거주 시설에 입소하거나 가족들에 의해 돌봄을 받는 부양의 반대쪽에 있게 된다. 그런 자신을 '발견하게 된다'는 표현이 적절할지도 모르겠다. 이 경우에도 대부분의 사람은 계속 독립적으로 사는 것을 희망하며 중요하게 여긴다. 사생활의 상실, 가족들로부터 소외, 스스로 무언가를 할 수 있는 자유의 박탈, 개인 공간의 소실 등을 우려하여 시설에 입소하는 것을 크게 두려워한다. 그곳에 들어가면 다시 걸어 나오지는 못할 것이라는 생각조차. 노년에 있어 '집'이라는 것을 거주 시설을 넘어 특별한 것으로 받아들이는 것은 동서양이 크게 다르지 않다. 부양의 형태를 불문하고 수혜자가 본인의 일상생활 결정을 가능한 한 많이 통제할 수 있다고 느끼는 것은 중요한 의미가 있다. 마지막까지 가족으로부터 돌봄을 받는다는 것은 크나큰 행운이다. 가족들과 가까워질 기회를 통해 깊은 정서적 교류를 할 수 있는 등 아주 많은 이점이 있기 때문이다. 하지만 부양 형태는 부양자와 피부양자의 여건이 어느 정도 맞을 때 가능한 일이다. 치매 등 중증질환이 있으면 가족들의 돌봄이나 의지만으로는 힘들어지고 충분하지도 않다. 돌봄이 필요한 상황이고 여러 명의 성인 자녀가 있을 때 누가 믿을 만한 도움을 줄 것인지, 이 문제는 후기 노년기를 앞둔 분들의 불안감을 키우는 요인 중 하나다. 이 경우 현실적으로 가장 도움이 되는 자녀는 여건이 가장 좋은 자녀가 아니라, 가까이 거주하며 과거에도 도움을 주었던 자녀로서 가장 감정적으로 친밀감을 느끼는 딸일 것이라는 점에 수긍하는 분들이 늘어나고 있다.

삶이 끝나는 순간까지 상대 배우자에게 서로 돌봄을 제공해줄 수는 없는 일이니, 돌봄에 관한 한 배우자는 일방의 역할만 성립할 수 있다. 그런데도 대부분 삶에 있어 우리는 중요한 순간을 배우자와 함께한다. 삶을 가장 아름답게 마무리하고 사랑을 완성하고자 한다면, 가장 힘을 쏟아야 할 곳은 바로 '배우자'다. 오랜 부부의 삶에서 자칫 찾아올 위기를 예방하고 행복하게 백년해로할 수 있는 좋은 제안은 이 세상 부부의 수 만큼이나 많다. 정답이 있는 것도 아니고 스스로 실천에 다가가지 못해 낯부끄러운 일이지만, 평소 생각해온 몇 가지를 소개하면서 마무리한다. 앞에서 살펴본 배우자의 언어에서 그 해법을 찾아보는 것, 시대가 변한 만큼 성 역할에서 과감히 벗어나는 것, 모든 관계를 성공으로 이끄는 비결인 상대를 충분히 존중하고 인정하자는 것이 그것이다.

거칠어진 부부의 언어를 함께 고치자

얼마 전 산책하다 잃어버린 스마트폰을 찾으러 가는 길에 길섶에 떨어진 핸드폰을 발견했다. 브레이크를 밟았지만, 앞바퀴가 핸드폰을 정확하게 짓누르고서야 멈춰 섰다. 아뿔싸! 그 모습을 보면서 망연자실했다. 완전히 망가져 복구할 수 없는 상태, 그 순간 이런 생각이 들었다. 나에 대해 가장 많은 것을 알고 있는 사람은 아내이겠지만, 나의 모든 것을 알고 있는 존재는 저 스마트폰이라는 생각. 자신도 미처 기억하지 못하는 모든 일상의 기록이 담겨 있는 것이다. 바퀴에 깔려 처참하게 뭉개진 것은 스마트폰이 아니라 바로 나 자신이라는 느낌이었다. 스마트폰은 우리 삶에 너무나 깊숙이 들어와 있다.

우여곡절 끝에 복구에 성공한 스마트폰을 만지작거리다가 수년 전 가을 SNS에 쓴 글을 발견했다. 수목원의 국화 전시회를 보러 갔다가 본 일을 적은 후기였다.

많은 인파가 모여든 전시장 산책로를 따라 걷다가 잠시 벤치에 앉아 쉬고 있었다. 국화꽃 조형물 사이로 아침 햇살이 드는 옆 벤치에는 노부부가 있었는데, 할아버지는 몸이 많이 불편해 보였다. 국화꽃보다 지

나가는 사람들에게 시선을 두는 듯했다. 또렷하지 않은 발음으로 입김을 잔뜩 내뿜으며 혼잣말처럼 한 말씀 하신다. "사람 참 많다. 나는 힘이 없어 안 걸어 다녀도 되니 좋다." 한참 침묵이 흐르는 듯하더니 왠지 모를 긴장감이 느껴지는 순간, "죽지, 그라믄 제일 편할 낀데..." 아내로 보이는 할머니의 예상 밖 일갈. 심상찮은 분위기라 두 분을 살펴보지 않을 수 없었다. 드는 생각으로 '혼잣말은 옆 사람도 모르게 속으로만 하시지…' 했지만, 노년의 삶과 그 애환을 어찌 다 가늠하랴. 사람은 저마다의 삶이 있고 저마다의 언어가 있는 법. 곧 시들어갈 자신의 운명을 모르는 국화는 가을 아침을 화려하게 수놓고 있었다.

'세상에 빈말 없다.' '말이 씨가 된다.' '웃느라 한 말에 초상난다.'는 말이 있다. 언어를 빼고 나면 우리 삶에 뭐가 남을까. 말은 관계를 트고 웃음과 미소를 머금게도 하지만, 책임이 따르고 비수匕首가 되기도 한다. 그처럼 언어는 중요하고 우리 삶에 절대적이다. 노년에 들면 마음의 풍랑이 거세지고 평정을 찾기 어려운 때가 많다고 하지 않던가. 여러 가지 원인이 있을 수 있지만, 일상적으로 주고받는 말에 우선 주목할 필요가 있다. 언격言格, 언어에도 사람의 품격에 해당하는 격格이 있다는 말인데, 인격을 형성하는데 매우 중요한 요소다. 사실 언어는 그 사람의 모든 것이다. 비단 노년에만 적용할 것은 아니지만, 좋은 관계를 만드는 언어를 찾아 쓸 일이다.

중년의 부부들과 함께하는 자리가 종종 있다. 그럴 때면 관심 있게 보는 것이 있다. 그들의 말에서 상대 배우자를 어떻게 생각하는지를 읽어내는 것이다. 스스럼없는 사이라 상대 배우자에 대한 험담을 재미 삼아 나누곤 하는 자리인데, 가끔 특별한 부부들이 있다. 그들은 절대 험담을 하지 않는다. 장점만 보고 사는 듯하다. 처음엔 가식인가 하면서 약간의 의심을 하기도 했다. 오랜 시간 만남을 유지하면서 그들의 진실함은 자연스럽게 드러났다. 그들은 천생연분이거나 좋은 습관을 지닌 건강한 부부다. 그들의 노년은 어떨까. 가장 중요한 노후준비를 이미 해둔 부부라는 생각을 했다.

부부가 사용하는 언어는 많은 것을 엿볼 수 있다. 존 고트만*John Gottman*은 부부의 긍정적 또는 부정적 상호작용의 교환 패턴을 조사하면서 훗날 결국 이혼하게 될 부부를 미리 밝혀내는 연구를 했다. 몇 시간의 인터뷰를 통해 4년 후에 이혼할지, 함께 살고 있을지를 94% 정확하게 예측할 수 있다고 주장한다. 그는 부부에게 5개의 주요 요소에 대해 듣고 그들이 긍정적인지 부정적인지를 평가한다. 첫째, 그들의 이야기에서 애정과 존경을 살핀다. 사랑과 존중으로 서로 칭찬하는가를 본다. 둘째, 부부의 신념, 가치, 목표가 일치하는가를 보는데 '나'보다 '우리'라는 말을 사용하는지 관찰한다. 셋째, 부부가 그들의 관계의 역사를 긍정적 에너지로 묘사하는가를 본다. 넷째, 그들이 함께한 세월에서 극복했던 고난을 자랑스럽게 이야기하는지, 함께 공유한 목표나 소망에 관해 이야기하는지 본다. 마지막으로 서로 가진 것에 대해 만족하고 감사해 하는지, 결혼에 대해 긍정적으로 말하는지 확인한다. 이는 부부의 인터뷰를 통해 그들의 미래를 예견하는 것이지만, '말'이라는 상호작용은 결과이기도 하고 원인으로 작용하기도 한다는 점을 강조하고 싶다. 불행한 결혼생활은 삶의 만족도나 자아 존중감은 물론 전반적인 건강까지 저하시킨다. 이혼은 부부에게 발생할 수 있는 가장 나쁜 사건이다.

부부간의 언어가 거칠어지는 것은 언제부터 왜 그런 것일까. 모든 부부가 다 거칠어지는 것은 아니다. 노년에 더 온화해져 가는 부부도 있다. 거칠어진 부부도 처음부터 그러지는 않았을 것이다. 왜냐하면, 거친 언어를 통해 짝이 되는 경우는 좀처럼 없을 것이기 때문이다. 인생의 짝을 선택하고 관계를 형성하는 과정은 모든 문화권이 공통적이다. 전 세계 90%의 사람이 삶의 어떤 시점에서 결혼하는 것으로 알려져 있다. 짝의 선택은 어떻게 이루어질까. 대부분의 사람은 상대의 매력 등 주관적인 감정에 기초해서 짝을 선택할 것이다. 주로 성욕, 매력, 애착이라는 세 가지 정서체계에 기초한다고 한다. 남성은 여성의 신체적인 매력을 선호하고 여성은 남성의 지위를 선호한다는 것이나, 이러한 것이 진화의 과정을 반영한 것이라는 것까지 특정 짝의 선택에는 실제 많은 요소가 포함되어 있다. 언어가 거칠어지는 것의 배경에도 그만한 이유가 있을 것이다. 각자의 매우 복합적인 상황과 감정들이 얽혀있을 것이고, 언어의 특성상 오는 말과 가는 말의 상대적인 상호작용을 통해 습관으로 굳어지게 된다. 중요한 것은, 어느 시점에서는 어떤 계기를 통해 바람직한 제자리를 찾아가야 한다는 것이다.

좋은 관계를 유지하고 싶은데 뜻대로 되지 않을 때, 대안이 될지 모르겠으나 자신의 언어 습관을 살피는 것이 먼저라는 생각이다. 우리는 성장 과정에서 일방적인 듣기 위주의 학교 교육을 받았고, 사회생활을 하면서는 말을 잘해야 성공할 수 있다는 도그마에 빠져 산다. 그래서 말 잘하는 사람들만 사는 세상처럼 보이기도 하고, 억지로 듣게 하려고 자극적인 말들을 서슴없이 쏟아내기도 한다. 말하는 데 있어, 사실 듣는 이가 없으면 말하는 이도 없다. 의사소통을 제대로 하는 사람이 드문 이유다. 상식 중의 상식, 좋은 관계를 위해서는 귀 기울여 듣는 것이 더 중요하다. 간단해 보이지만 평생 수행해야 할 만큼 어려운 일이다. 은연중에 자신을 앞세우고, 남의 이야기를 듣는 와중에도 무슨 말을 할지 궁리한다. 몰입해 들으면서 시선 맞추고 고개 끄덕이고 되묻고 지지해주면서 달라지는 관계를 직접 체험해보라는 소통 전문가의 조언이 널려있음에도 말이다. 논쟁은 부부 사이에서 피하는 것이 좋다. 설사 이겨서 잠시 기분이 좋아진다고 해도 잃는 것이 많다. 같이 살아야 할 사람에게 열등감을 안겨주고 그의 자존심을 구겨버릴 뿐이다. "상대를 가르칠 때는 가르치지 않는 것처럼 하면서 가르치고, 새로운 사실을 제안할 때는 마치 그 사람이 잊어버렸던 것을 우연히 다시 생각하게 된 것처럼 제안하라." 알렉산드 포프의 말인데, 곱씹어 보면 도움이 될는지.

성 역할에서 과감히 벗어나자

우리 사회도 참 많이 변하고 있다. 성 역할과 성 고정관념에 관한 이야기다. 얼마 전까지만 해도 여성이 남성의 영역에 진출한 것만으로도 뉴스가 되었으나 이젠 더는 뉴스 축에 끼지 못한다. 민간 항공기 기장, 전투기 조종사, 대법관, TV 뉴스 메인 앵커 자리에도 여성이 진출했다. 스포츠 영역을 보면 이젠 남녀를 구분할 일이 아니다. 격투기 종목마다 죄다 여성이 활동하고 있다. 이런 사회변화를 보면서 다들 어떤 생각을 할까. 남성의 관점에서만 보면, 지금까지 살면서 얻은 경험과 습관으로는 적응하기 어려운 시대가 열린 것이다. 아직 남아 있는 일부 관습과 가정에서의 마찰음이 전혀 없지 않지만, 최근 은퇴자들은 많은 변화에 스스로 적응하고 있다.

몇 해 전 명절 때 고향에서 부친과 대화를 나누다가 이런 이야기를 해드렸다. 요즘 젊은 부부들은 '설 명절엔 친가에 가고 추석 명절에는 처가에 간다'고 했더니, "어허! 무슨 말도 안 되는 소리를…." 용납이 안 된다는 표정이셨다. 그래서 딸만 둔 막내 여동생 내외를 예로 들면서, 아들이 없어 나이 들어도 명절 때마다 쓸쓸하게 보내야만 하는 상황임을 말씀드렸더니 묵묵부답이셨다. 얼마 지난 후 먼저 말씀하시기를, "생각해보니 명절을 나누어 친가와 처가를 가는 것이 맞겠구나" 하신다. 그럴 수밖에 없는 세상이 된 걸 이해하시고 받아들이셨다.

전통적인 성 역할에서 지혜롭게 벗어난 은퇴 남성들이 비교적 손쉽게 관심 있어 하는 일은 주방을 출입하고 요리하는 것이다. 요리에 담긴 의미는 다양하다. 요리는 삶의 가장 근원적인 것 중의 하나인 '먹는 것'을 해결해주는 필수적인 일이다. 요즘은 '즐기는 것美食' 쯤으로 인식되지만, 먹는 것은 생존과 관련된 것이고 이를 제공할 수 있는 사람이 희소할 경우 권력으로 작용하기도 한다. 식구들 간에도 이런 모습이 나타날 때가 있다. 삶을 지속하면서 요리는 위험 분산 차원에서도 대신할 수 있는 사람이 필요하다. 여행 등으로 장기간 집을 비우게 되는 흔한 때도 있지만, 나이 들어가면서 몸을 다치거나 질병으로 배우자가 더는 요리를 할 수 없는 상황이 생기기도 한다. 이에 대처하기 위해서도 어느 정도의 요리는 가능한 수준으로 배워둘 필요가 있다. 마지막으로 가장 중요한 의미가 있다. 요리는 배려와 즐거움, 감동을 수반한다. 직접 해보면 알게 되는데, 요리는 그 과정에서 끊임없이 음식을 먹게 될 사람의 반응과 표정을 상상하면서 그의 취향에 맞추려 노력한다. 몰입할 수 있어 즐겁고 상대에게 감동을 줄 수 있어 보람이 크며 가족이나 지인들에게 언제나 환영받을 일이다. 은퇴를 앞둔 사람이라면 요리부터 도전하라고 하고 싶다. 요리를 장착하면 삶이 훨씬 독립적이고 든든해진다.

모든 관계를 성공적으로 이끄는 것은 인정과 존중이다

특히 중년의 삶은 인정받고 존중받을 때 든든하고 빛난다. 살아온 세월에 대한 정당한 평가를 받지 못하면 상실감이 크다. 부부 사이에서는 서로 '잘 살았다'는 평가를 해줄 필요가 있다. 하지만 일상생활에서 실천은 꽤 어렵다. 이런 예가 있다. 금슬이 그다지 좋지 못한 부부가 인내심을 발휘하면서 그럭저럭 한평생 살았는데 한 분이 먼저 돌아가신 후 남은 분이 그제야 깨닫고 하는 후회, "45년을 그 사람 단점만 보고 살았네요. 이 일을 어째요? 이젠 알겠어요. 그 사람의 장점을…." 상대를 인정하고 존중하는데 무려 45년이 걸린 셈이다.

두 명의 가정주부가 각각 며칠씩 여행을 다녀왔다. 가기 전부터 걱정이 많다. 압력밥솥과 가스레인지는 제대로 사용할지, 설거지와 세탁 등등. 그런데 돌아와 보니 한 집은 엉망진창이었다. 다른 집은 웬걸, 떠날 때보다 정리가 더 잘되어 있더란다. 과연 어느 집 주부가 더 행복감을 느낄까. 뜻밖에도 집안이 엉망이 된 주부란다. 집안 꼴이 엉망이라 소리는 한번 질렀지만, 돌아서서 이 집에 자신이 필요한 존재라는 걸 느낀 것이다. 반면, 말끔한 집으로 돌아온 주부는 처음에 좀 흡족한 듯했으나 갑자기 슬퍼진다. '이 집은 내가 없어도 다들 잘 사네.' 외려 불행을 느낀다. 이래도 문제, 저래도 문제다. 이러면 어떨까. 아내가 돌아오기 전에 정리정돈을 어느 정도 해두고는 '없는 동안 많이 힘들었지만, 여행에서 돌아오는 사람을 위해 최선을 다해 정리했다'고 하면 인정과 존중의 의미가 살지 않을까.

은퇴 이후에는 역할에 변화가 있기 마련이다. 남편은 오랜 기간 다니던 직장에서 퇴직하고 집으로 들어온다. 이미 여기서부터 짐작되는 일들이 있다. 세끼 밥을 챙기는 일부터 새로운 일상에서 오는 불편함이 있다. 그동안 각자의 굳어진 생활 패턴이 있을 테니 불편과 갈등은 당연하다. 일명 '삼식이 이야기'가 탄생한 것도 이 지점이다. 지혜롭게 조정해갈 일이다. 남편은 이렇게 생각할 수 있다. 오랫동안 직장생활을 하면서 고생했으니, 이제 편히 지내면서 대접을 좀 받아도 되지 않을까. 아내의 생각은 다르다. 집안일은 도대체 정년도 없는 건가, 언제까지 이렇게 해야 할까. 이런 생각의 차이가 좁혀지지 않고 불만이 표출될 경우, 그동안 해왔던 돈 버는 역할을 하지 않고 놀고 있으니 자신을 무시한다는 오해가 생기게 된다. 돈으로 귀결되는 갈등이 고조될 때 관계의 심각한 균열이 올 수 있다. 상황에 맞는 새로운 역할을 찾아가는 것이 바람직할 것이다. 은퇴 남성들은 가정에서의 역할 있는 존재로 거듭나야 한다.

은퇴하는 시점에서라도 경제적 활동에 대한 고정관념을 고칠 필요가 있다. 우리는 오랫동안 돈이나 연봉 수준으로 그 사람의 가치를 평가하는 시대를 살아왔다. 문제는 여기에서 비롯된다. 돈을 벌지 못하니 가치가 떨어지는 것처럼 보이고 오해도 생기고 스스로 자존감을 떨어뜨리고 있다. 이는 가치관의 문제로 고치는 일이 쉽지 않다. 부부 중 한 사람이라도 돈을 중심으로 생각하고 평가하는 그동안의 관습에서 벗어나지 못하면 사람에 대한 진정한 인정이나 존중은 어렵다.

깊이 고민해볼 일이다. 의존은 줄이고 존중은 늘리고.

또 하나 있다. 노화의 속도 문제인데, 노화는 사람마다 다르다. 연령이나 남녀 간의 차이도 있지만, 건강 상태나 생활습관의 차이 등이 복합적으로 작용한다. 부부가 같은 속도로 늙어가면 얼마나 좋을까 싶지만, 기대하기 어려운 일이다. 상대방의 말이나 행동을 두고 과거와 비교 평가하면서 하는 종용과 비난은 상대의 자존감에 상처를 낸다. 노화에 대한 충분한 이해와 사랑이 없으면 힘들어지게 된다. 자칫 학대로까지 이어질 수 있다. 노년은 삶을 완성하는 시간이다. 젊은 시절에나 가졌던 '재빠르게 잘하는 것'으로부터 벗어나야 한다. 배우자와의 관계에 있어 상대에게 하는 좋은 평가는 절대적이다. 이는 남녀 불문이고 습관의 문제이기도 하다. 감사와 인정은 좋은 관계의 묘약이다. 삶에서 배우자와의 좋은 관계는 아무리 강조해도 지나치지 않는다. 배우자에 관한 이야기는 여기서 마친다. 현대인의 삶의 원천에 무시할 수 없는 것이 있는데, 바로 '돈'이다. 무엇보다 길어진 노년에 있어 돈은 생존이고 품위 그 자체다. 노년을 위한 재무적인 준비와 연금에 관한 이야기가 이어진다.

빠를수록 좋은 은퇴를 위한 재무적 준비

지난해 한 어르신으로부터 전화를 받았다. 어림잡아 보니 25년 만이고, 용건은 이러했다. 구십을 바라보는 나이라 이젠 책을 보기도 어려우니 아끼던 책 중에 전해주고 싶은 것이 있어 수소문 끝에 연락하게 되었다는 것. 사무실 위치를 물으시고 시내에 나올 때 전해주겠다는 것이다. 이 얼마나 가슴 뭉클한 순간인가. 어쩔 줄 몰라 하면서 다음날이 휴일이니 찾아뵙기로 했다. 진정되지 않는 마음으로 많은 상상을 했다. 그분과 만났던 과거를 회상하면서 음식은 뭘 좋아하실까, 아직도 커피는 드실까. 다음날 서둘러 약속 장소에 나갔더니 그분이 때맞춰 나타나셨고, 예상했던 모습과 크게 다르지 않다. 식사 장소로 가기 위해 차에 오르는 '가뿐한' 움직임도 젊은이 못지않다. 책을 들지 않은 빈손으로 나오셨다는 것을 눈치챘지만, 어디 책이 중요한가. 식사하면서 그 옛날로 돌아가 이야기꽃을 피웠고 카페로까지 이어졌다. 두어 시간쯤 지났을 때 그분께서 이끄시는 대로 혼자 사신다는 아파트로 자리를 옮겼다.

방 하나 주방 하나인 조그만 아파트에 빛바랜 가족사진 옆으로 사계절의 옷이 여기저기 걸려 있었다. 여기서도 책에 관한 이야기가 한참을 이어지고 난 다음, 낡은 책 한 권을 건네주셨다. 이미 내게도 있는 책이지만 어찌 내색하랴. 고맙다는 정중한 인사와 함께, 나도 나중에 누군가에게 물려주겠다는 근사한 말을 덧붙였다. 일어서려는데, "김 선생, 오늘 밥도 사주고 커피도 사주고 '이렇게 용돈까지 줘서' 정말 고맙네." 하신다. 그 순간 나의 머릿속은 하얗게 변했다. 밥과 커피까지는 조금 전 있었던 사실이지만, 용돈을 드린 적은 없는데…. 머뭇거리자 그분은 똑같은 말씀을 한 번 더 하셨다. 그때야 용돈! 그렇지, 용돈을 드려야지. 아뿔싸 지갑을 차에 두고 올라왔다. 지갑에도 현금이 얼마 없는데…. 머릿속은 그만 뒤죽박죽이 되어버렸다. 이 일을 어쩌랴. 지금은 그대로 돌아갈 수밖에. 허겁지겁 다시 찾아뵙겠다는 인사를 드리고 아파트를 나섰다. 그 순간부터 뭐라 설명하기 어려운 복합적인 감정의 감옥에 갇혀 지내야만 했다. 월요일이 되어 출근하자마자 우체국에 가서 전신환을 그분께 보낸 다음에야 평정심을 되찾을 수 있었다. 다음날 그분으로부터 전화가 왔다. "김 선생! 참으로 고맙고 미안하네. 미안해."

긴 이야기를 줄이고 줄여 적었다. 소싯적 일본 유학까지 다녀오고 아들 셋에 딸 둘을 둔 그분께서 지금 경제적인 어려움에 부닥친 것이다. 배우자와는 일찍이 사별하고 딸 둘은 해외에 거주하고 있으며 아들들과의 교류는 없는 듯했다. 국민연금에 가입할 수 있는 세대도 아니었고, 혼자 기초연금만으로 어렵게 생계를 이어가면서 고독과 힘겹게 싸우고 계셨다. 그분과의 만남 이후 시간이 꽤 흘렀건만 아직 마음속 불편함을 다 덜어내지는 못했다. 구순을 바라보는 어른께서 수소문 끝에 전화번호를 알아내 연락을 하고, 이 젊은 사람을 만나 그 긴 시간 동안 에둘러 용건(?)을 꺼내기까지 마음은 얼마나 불편하셨을까. 요즘 세대 같으면 SNS로 간단하게 처리할 수도 있으련만. '무항산 무항심無恒産 無恒心'이라 했던가. 생활이 안정되지 않으면 평소의 마음을 견지하기 어렵다는, 맹자께서 하신 말씀으로도 다 설명할 수 없는 일이다. 우리는 예상보다 오래 살게 되어 발생하는 위험 부담을 '장수 리스크*longevity risk*'라고 하는데, 이분이 처한 상황이 여기에 해당하지 않을까.

노후 연금은 삶의 원천이고 권력이 되기도 한다

현대인의 삶의 원천은 돈이라는 것을 부정하기 어렵다. 사회생활 대부분 행위는 돈으로 환원된다. 노년에 있어 돈은 생존이고 품위 그 자체다. 갓 은퇴 생활을 시작한 분들에게 공통으로 듣는 이야기가 있다. 생활비를 두고 부부간에 다툼이 잦다는 것. 주 소득자였던 남편은 남편대로 고충이 있다. 따로 준비해둔 연금이나 생활비가 적어 자산을 헐어 쓸 때 그동안 겪지 못했던 '심리적 위기감'이 있다는 거다. 조금씩이나마 자산을 늘려온 생활을 하다가 은퇴를 하게 되어 그 반대 상황에 적응하기가 쉽지 않은 것이리라. 살림하는 아내는 아내대로의 고충이 있다. 아끼려고 하지만 생활비가 생각대로 줄어들지 않는다. 여기에 더해 경제적으로 독립하지 못한 미혼 자녀들이 있는 경우 고민과 갈등은 더욱 깊어지게 된다. 평생 돈의 노예로 사는 것만큼 불행한 것도 없는데 말이다.

연금소득은 은퇴 생활의 안정을 기하는데 가히 절대적이다. 배우자 중 한 사람 또는 두 사람 모두 공무원이나 교직에 종사하신 분들은 일반 국민에 비해 노후에 받게 될 연금액이 많다. 물론, 그들은 기여하는 정도가 크고 가입 기간도 길다. 국민연금의 두 배에 가깝다. 그래서 그들의 '부부합산 연금액'은 많은 사람의 부러움을 산다. 하지만 여기에는 잘 알려지지 않은 속 이야기가 있다. 부부간에 연금이 '권력'으로 작용한다는 점이다. 연금은 반드시 본인의 계좌를 통해 지급된다. 부부가 각자 받은 연금을 다시 한 계좌에 넣어 생활하는 분들은 많지 않을 것이다. 결국, 부부라 하더라도 본인의 연금을 각각 사용하거나 합쳐 쓰더라도 지분이 생기더라는 것이다. 종사했던 직종이 달라 발생하는 '연금액의 차이'가 부부 사이에 묘한 부작용을 일으킨다. 상담 과정에서 듣게 되는 하소연을 종합하면, 상대 배우자의 많은 연금을 가진 부부들을 그저 부러워할 일만은 아니다. 언젠가 일간지에 소개된 어느 기자의 칼럼에 이런 내용이 소개된 적이 있다. 은퇴 생활을 하는 부모님이 계시는데, 어느 날 아버지가 빨래 구김이 없도록 꼼꼼히 털어 너는 것을 보면서 두 분의 연금 수령액의 차이를 떠올렸다고 한다. 아버지의 연금액이 상대적으로 적어 평소와 달라진 다른 모습(?)을 보게 된 것이라 여기는 듯하다. 어쨌든 '생산성'이 떨어진 노년에 받는 연금액은 부부간이라 하더라도 '권력'으로 작용하기에 충분하다. 노후 연금의 양극화도 해소되어야 할 일이지만, 은퇴를 위한 재무적 준비는 하루라도 빨리 시작해야 한다.

노후 생활비, 얼마나 드나?

은퇴 이후의 삶을 안정적으로 유지하기 위해서는 얼마의 돈이 필요할까. 경제학에 '래칫 효과*rachet effect*'라는 것이 있다. 소득 수준이 높았을 때의 소비성향이 소득 수준이 낮아져도 그만큼 낮아지지 않는

저지작용을 두고 하는 말이다. 주요 소득원이었던 가장의 퇴직으로 인해 갑자기 생활 수준을 변경하게 되면 가족들의 심리적 고통이 뒤따른다. 대체할 수 있는 소득원이 마땅치 않으면 가족들 사이에 생길 어려움은 충분히 예상 가능한 일이다. 그런데 가족 중 가장 고통받는 사람은 은퇴자 본인이 아닐까. 소득 활동기에는 늘어나는 소득에 따라 소비도 함께 늘어가는 것이 보통이다. 막상 은퇴한 후 소비수준을 줄이고자 하나, 많아진 여가 탓에 소비가 오히려 늘었다는 분들도 있다. '은퇴 전의 90% 수준'이라는 이웃 일본의 통계가 사실이 아니기를 바랄 뿐. 우리나라에서는 대체로 '은퇴 전 생활비의 60~70% 수준'을 적정한 것으로 보고 있다. 노후 생활비는 얼마나 필요할까. 민간 금융권에서 발표되는 자료는 과도하게 부풀려진 측면이 없지 않다. 국민연금연구원의 '국민노후보장패널조사KReIS' 기초분석보고서(2018.12)에서 제시한 최소 노후 생활비 평균은 부부 기준 176만 원, 개인 기준 108.1만 원이고 적정 노후 생활비 평균은 부부 기준 243.4만 원, 개인 기준 153.7만 원이다.[11] 적정한 소득보장은 안정적인 노후생활의 원천이다. 은퇴 이후의 삶을 준비하는 사람이라면 먼저 '다층 노후소득 보장체계'를 이해할 필요가 있다.

노후자금 마련을 위한 '다층 노후소득 보장체계'

인간의 수명이 길어지면서 공적연금의 재정이 불안해지자 대다수의

11) 총 4,449개의 표본 가구에 대한 설문 조사 결과로, 필요한 노후 생활비 수준에 있어 성별로는 남성이 여성보다, 연령대별로는 50대가, 학력은 높을수록, 취업 형태에서는 임금 근로자가, 거주 지역별로는 대도시지역이 높게 나타났다.

선진국에서 지급 수준을 낮추는 등의 재정 안정화 조치를 취해 왔다. 그 결과 공적연금만으로는 노후생활을 영위하기 어렵게 되었고 그 대안으로 여러 겹의 노후 소득보장이 들어서게 되었다. 우리나라의 경우 기초연금, 국민연금, 퇴직연금과 개인연금, 주택·농지·즉시연금이 그 역할을 하고 있다. 보편적인 제도로 전 국민에게 적용되는 것을 0~1층으로 하고, 그 위에 추가로 선택할 수 있는 제도를 얹어 보장을 두텁게 하고자 하는 것이다. 어느 누가 어떤 경우에 이야기하더라도 재무적 노후준비는 '공적연금'을 그 기반으로 해야 한다. 국민의 기본적인 노후생활을 위해 도입된 국민연금은 사회보험 방식의 제도로 설계되어 도입 당시 이미 가입 연령을 초과한 사람들은 배제되었고, 소득대체율이 낮아 은퇴 생활에 필요한 비용을 전부 충당하기에는 부족하다. 그 부분을 보완하기 위해 기초연금이 도입되어 65세 이상의 국민을 대상으로 소득과 재산이 일정 기준 이하인 자에게 기초적인 삶을 보장하고 있다. 그 외 기업에 의한 근로자의 노후생활 지원책인 퇴직연금제도가 있고, 개인의 선택에 따른 추가적인 노후생활 보장 수단으로 개인연금 상품이 있다. 이러한 것으로도 부족할 경우 주택이나 농지, 현금자산을 연금화하여 부족한 노후자금을 마련할 수 있는 주택연금, 농지연금, 즉시연금이 있다. 국민연금과 기초연금에 대해서는 다음 장에서 자세히 다룬다.

〈우리나라 다층 노후 소득보장 체계〉

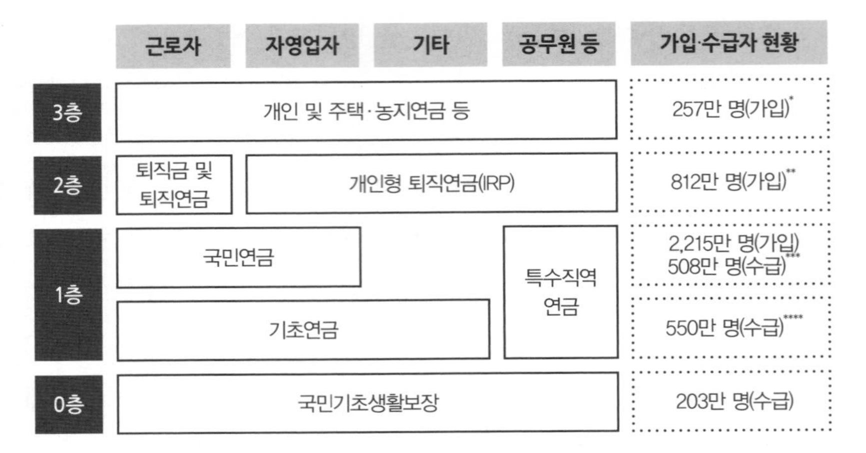

*세제적격 개인연금(2015년 기준), **(2016년 기준), ***(2020년 5월 기준), ****(2020년 6월 기준)

제대로 알고 가입했으면 좋았을 '개인연금'

오랜 기간 내버려뒀던 '개인연금'에 대해 때늦은 공부를 좀 했다. 오로지 연말정산을 위해 타인의 권유로 가입했고, 관심을 기울여본 적이 없다. 대부분의 직장 동료들도 마찬가지라는 것을 알고 조금 위안이 되긴 했지만, 공부하는 내내 후회와 자책이 뒤따랐다. 개인연금의 도입은 1994년부터 시작된다. '구[舊]개인연금저축'이라는 이름이었다. 20세 이상을 대상으로 가입 기간 10년 이상 연금수령 5년 이상이라는 조건에 분기 300만 원 납부한도, 연간 72만 원을 소득공제해주면서 연금수령에 대해서는 전액 비과세를 적용했다. 개인연금 제도가 2001년에 '구[舊]연금저축'이라는 이름으로 바뀐다. 18세 이상 국내 거주자를 대상으로 연간 400만 원 한도 납입금 전액을 소득공제해주는 대신, 연금 수령 시 '연금소득세'를 과세하기 시작했다. 이 계좌로 퇴직금도 받을 수 있게 했다. 2013년 3월부터 연령 제한이 폐지되고 납입한도가 연간 1,200만 원에서 1,800만 원으로 확대되면서 가입과 적립은 쉽게, 연금은 더 오래 수령하도록 바뀌었다. 이처럼 가입조건이 없어지고 납부 기간은 5년으로 단축된 반면, 연금지급 기간은 5년에서 10년으로 연장되었다. 국민의 노후준비가 부족한 상황을 반영한 것이다. 이때부터 '연금저축계좌'라는 용어를 사용하게 되었고, 2014년 1월부터는 세법 개정으로 소득공제가 '세액공제'로 변경되었다. 이렇게 개인연금의 복잡한 변천 과정이 있어 혼란스럽지만, 연말 정산할 때 세금 혜택을 받는 '세제적격연금(연금저축)'과 세금 혜택을 받지 않는 '세제비적격연금(개인연금보험)'으로 구분해서 이해하는 것이 좋다. 세제적격의 현 연금저축의 종류는 연금저축신탁(은행), 연금저축보험(보험사) 연금저축펀드(증권사)가 있는데 납부한도, 세액공제 혜택, 연금수령 요건은 동일하나 운영방식에 차이가 있다. '연금저축신탁'은 수익이 저조하다는 이유로 2018년 신규 가입이 중지되어 지금은 '연금저축보험'과 '연금저축펀드' 2가지만 가입할 수 있다. 보험사의 경우 과도한 '사업비'와 낮아지는 '공시이율' 때문에 적립금을 펀드에 투자해서 수익률을 높이고자 개발된 상품으로 '변액연금보험'을 내놓았고, 중도인출 기능을 추가한 '변액유니버셜연금보험'이라는 것도 있다.

현존하는 금융상품 중 가장 세액공제 혜택이 큰 것이 '연금저축계좌'이다. 뒤에서 살펴볼 'IRP'를 포함하여 연금계좌(연금저축+IRP)에 불입할 수 있는 연간 한도는 1,800만 원이다. 이 중 세액공제 한도는 연간 총 700만 원인데, 연금저축은 400만 원을 초과할 수 없다. IRP 계좌를 통해 한도까지 나머지 세액공제가 가능하다. 2020년부터 2022년까지 3년간 한시적으로 50세 이상에 한해 연금저축 세액공제 한도가 연 200만 원 늘어났다. 정년퇴직을 앞둔 50대가 스스로 노후준비를 더 할 수 있도록 혜택을 늘려준 것인데, 제대로 알려지지 않았다. 이렇게 되면 연금저축으로 600만 원까지, IRP를 포함하면 최대 900만 원까지(총급여액 1억 2,000만 원 초과 시에는 700만 원) 세액공제를 받을 수 있다. 세액공제율은 총급여액 기준 5,500만 원 이하이면 16.5%(최대 환급세액 148만5천 원), 5,500만 원 초과하면 13.2%(최대 환급세액 118만8천 원) 적용된다. 맞벌이 부부의 경우 세금 측면만 고려한다면 부부 중 급여가 낮은 사람의 저축 한도를 채우는 것이 유리하다. 55세 이후 연금을 받을 때 납부하게 되는 세금은 연금 소득자의 연령대에 따라 '연금소득세'(5.5%~3.3%)를 부과한다(55세~70세 미만 5.5%, 70세~80세 미만 4.4%, 80세 이상 3.3%). 연금저축보험과 연금저축펀드는 운용방식의 차이가 크다. 연금저축보험은 보험사의 상품으로 월 불입액을 자유롭게 임의 조정할 수 없고, 사업비와 공시이율, 최저보증이율 등을 꼼꼼히 확인한 후 선택하는 것이 좋다. 공시이율과 최저보증이율이 계속 낮아지고 있기 때문이다. 필요할 경우 연금저축펀드와 상호 전환할 수도 있다. 2013년 3월 전에 연금저축보험에 가입한 계좌가 있다면 여러 가지로 유리한 점이 많다. 이 계좌를 퇴직금 받기 전에 연금저축펀드로 전환해서 그 펀드 계좌로 퇴직금을 받으면 첫해 수령 연차를 1년 차부터 기산하지 않고 6년 차부터 적용한다. 이는 '연금의무수령기간'이 2013년 3월부터 종전 5년에서 10년으로 늘어난 것과 관련 있다. 퇴직연금은 세제 혜택과 관련하여 '연금수령한도'[12]를 두고 있는데 이는 매

12) 연금수령 한도 = 연금계좌평가액/(11−연금수령연차) × 120%

년 출금할 수 있는 한도를 말하며, 연금수령연차[13]가 높으면 연금수령한도가 함께 높아진다. 연금저축펀드의 경우 보험과는 달리 여유 있을 때 더 넣고 어려울 때는 임의로 납입을 중지할 수 있다. 아울러, 연간 세액공제 한도를 초과해서 불입한 금액 즉, 세액공제를 받지 못한 금액은 기간과 관계없이 다음에 세액공제를 받을 수 있다. 이 경우 연금저축펀드에 가입한 금융회사에 '세액공제한도 전환신청'을 하면 된다.

연금저축은 '연금'을 목적으로 해야 한다. 세제 혜택을 많이 주는 이유가 거기에 있다. 연금수령 기간을 10년 이상 길게 가져가면 연금소득세를 깎아준다. 그런데 연금으로 받지 않고 해지를 한다면 불이익을 감수해야 한다. 연금저축을 '연금외수령'으로 찾을 때 세율이 높은 기타소득세(16.5%)가 부과되는 사례로 3가지가 있다. ① 연금 개시 전에 계좌를 해지하여 일시금으로 받는 경우, ② 연금 개시 전에 일부 금액을 찾는 경우, ③ 연금 개시 후에 연금수령 한도를 초과하여 받는 경우가 이에 해당한다. 그래서 연금저축은 연금수령 때까지 찾지 않아도 되는 여유 자금으로 불입하는 것이 좋다. 부득이 연금저축을 해지해야 할 상황이라면 세액공제를 받지 않은 저축금액이 있는지 먼저 확인하고, 3개월 이상 요양 등 법에서 정한 사유에 해당하는지, 그것도 없다면 연금저축을 담보로 대출을 활용하는 것이 좋다. 월 납입액이 부담스러울 경우 납부중지나 납부유예 제도를 활용할 수도 있다. 이와는 별도로 연금 개시 전에 세액공제를 받지 않은 원금에 대해 필

13) 연금수령 연차란 최초 연금수령이 가능해진 해를 기산 연차(1년)로 하여 한 해가 경과할 때마다 1년씩 기산해간다. 11년 이후에는 계산 식을 적용하지 않는다. 단, 2013년 3월 1일 이후 연금수령 기간이 5년에서 10년으로 늘어남에 따라 그전 가입한 연금계좌는 기산연차를 6년 차부터 시작한다.

요 시 전액 출금이 가능하다. 언제든지 찾아도 별도의 세금 불이익이 없다. 국세청 홈택스나 세무서에서 '연금보험료 등 소득·세액공제확인서'를 발급받아 연금저축에 가입한 금융회사에 제출하면 된다. 아울러, 과거에 가입했던 연금보험의 경우 최저보증이율을 반드시 확인할 필요가 있다. IMF 외환 위기 전후로 금리가 높을 때 공시이율이 7%가 넘는 상품들이 있었고, 그러한 상품들은 최저보증이율 또한 높아서, 연금 개시 전에 수령 시기를 최대한 늦추고 유지하는 것이 절대 유리하다. 연금저축 가입자가 연금 개시 전 사망했을 경우 배우자에 한해 계좌 승계가 가능하다. 가입자가 사망한 날이 속하는 달의 말일로부터 6개월 이내에 해당 금융기관에 신청해야 한다. 가입자 사망 시 사유 발생일로부터 6개월 이내에 해지할 경우 연금소득세가 부과되고 6개월이 경과한 이후 해지할 때는 기타소득세(16.5%)가 부과되니 유념할 필요가 있다. 과거 청약서를 작성할 때를 돌이켜보면, '듣고 이해하였음'을 겹쳐 쓰면서 도대체 무엇을 듣고 이해했는지 모르겠다. 제대로 알고 적절히 관리했더라면, 조금 더 든든한 노년을 기대할 수 있었을 텐데.

퇴직급여, 어떻게 해야 할까?

은퇴를 앞둔 경우 퇴직급여에 대한 고민을 피해 갈 수 없다. 목돈을 어떻게 활용하는 것이 좋을까, 세금이 많을 텐데 최대한 절세할 방법은 무엇일까 등에 관한 고민이 그것이다. 익히 아는 바와 같이, 근로자는 계속 근로기간 1년마다 30일분의 평균임금을 '퇴직급여'로 받게 된다. 퇴직금 제도가 도입된 것은 1953년이지만, 2010년부터 근로자를 고용하는 모든 사업장에 퇴직금 지급을 의무화했다. 퇴직급여는 일시금으로 받는 '퇴직금 제도'가 있고, '퇴직연금 제도'로 확정 급여형DB·확정 기여형DC, 개인이 운용방식을 결정하는 '개인형 퇴직연금IRP'이 있다. 재직기간 중 퇴직연금 제도를 선택할 경우, 향후 임금상승률이 높을 것으로 예상하거나 고용이 안정된 직장이면 확정 급여형을 선호하고, 반대로 고용이 불안정하거나 임금 상승률이 높지 않고 이직이 빈번하면 위험을 감수하고서라도 투자수익을 올릴 수 있는 확정 기여형을 선호하게 된다. 하지만 퇴직연금의 자산운용 수익률이 매우 낮아 많은 가입자에게 큰 실망을 안겨주고 있다. DC 가입자의 최근 5년 연 수익률은 임금 상승률에도 미치지 못하는 수준이다[14]. 직장에서 퇴직할 시기가 다가오면, 퇴직급여의 운용이나 세제 등에 대해서도 충분한 지식을 가지고 대처할 필요가 있다.

세제와 관련한 사항은 국세청 홈택스나 세무사들의 개인 블로그 등에서 예시를 포함한 보다 쉽고 자세한 도움을 받을 수 있다. 여기에서는 핵심적인 내용 몇 가지만 간추려 소개한다. 첫째, 퇴직금 중간정산을 받은 경우 '중간정산 특례'를 활용하여 세금을 줄여야 한다. 여러 가지 사유로 퇴직금을 중간정산 받고 그 이후 퇴직을 하면, 그 해당 근무 기간과 퇴직금을 기준으로 '퇴직 소득세'를 계산한다. 그런데 명예 퇴직금 등을 받으면 짧은 기간 동안 큰 퇴직소득이 발생해 세금이 많아진다. 이럴 때 '퇴직소득 중간정산 특례'를 활용하면 세금을 크게 줄일 수 있다. 과거 중간정산한 퇴직금과 최종 퇴직금을 합산해 퇴직 소득세를 산출하는 것이다. 둘째, 퇴직급여를 어떤 계좌로 수령하느냐

---

14) 금융감독원 자료(2017~2019)에 따르면, DC형 가입자의 수익률은 1.64%(최저) ~2.81%(최고)로 나타났다.

에 따라 세금 차이가 난다. 퇴직연금 가입자의 경우 55세 미만이면 퇴직 시 법정 퇴직금 전액이 IRP로 이전되는 것이 원칙이다. 퇴직연금에 가입하지 않은 근로자는 퇴직급여를 IRP·연금저축으로 받거나 혹은 퇴직 소득세를 원천징수한 뒤 현금으로 수령하게 된다. 퇴직금을 연금으로 받으면 내야 할 퇴직 소득세를 30% 감면해준다. 퇴직급여를 급여계좌로 받으면 퇴직 소득세를 감면받을 수 없다. 퇴직급여를 IRP나 연금저축계좌로 이체하면 퇴직 소득세를 내지 않는 대신 나중에 연금을 수령할 때 '연금소득세(퇴직 소득세의 70%)'를 낸다. 이때 연금수령 기간이 10년을 초과할 경우, 초과하는 기간에 적용되는 연금소득세는 퇴직 시점에 계산한 퇴직 소득세의 70%에서 2020년 60%로 하향 조정되었다. 연금으로 받는 것이 바람직하지만, 중도에 목돈으로 수령하는 것도 가능하니 일단 '연금계좌(연금저축계좌+IRP)'를 통해 퇴직금을 받는 것이 유리하다는 말이다. 셋째, 퇴직급여에 대한 연금소득은 분류과세 대상이어서 연금액이 많아도 종합과세를 걱정할 필요가 없지만, 근로자가 연금저축·IRP에 납입해 세액공제를 받은 돈과 운용수익이 연 1,200만 원을 넘으면 종합과세(6.6%~46.2%) 대상이 된다. 연금을 수령할 때에도 인출전략이 필요하다. 연금으로 수령 시 낮은 연금소득세를 부과하지만 연금수령 한도를 초과할 경우에는 '연금외수령'에 해당하여 높은 기타소득세를 부과하기 때문이다. 이러한 한도를 두는 이유는 수령 첫해에 많은 금액을 수령하는 등의 제도를 악용하는 사례를 방지하기 위한 것이다. 퇴직 이후 국민연금을 수령하는 기간까지의 소득 공백 기간에 대한 대비로 퇴직연금과 개인연금이 많이 활용되고 있다. 아울러 보유하고 있는 노후자산 특히, 연금이 부족할 때 활용할 수 있는 제도가 있다. 주택과 농지를 그대로 사용하면서 연금을 받을 수 있는 '주택연금', '농지연금'이 있고, 목돈을 연금으로 전환하여 활용할 수 있는 '즉시연금'이 있다.

주택연금, 농지연금 그리고 즉시연금

주택연금은 살고 있는 주택을 담보로 매월 생활비를 대출해주는 역모기지 상품이다. 대출 원금과 이자는 가입자 사망 시 주택을 처분하여 상환하는 제도로서, 한국주택금융공사가 보증 심사를 담당하고 금융기관에 보증서를 발급하고 있다. 현재 가입요건은 부부 중 한 명이 만 55세 이상의 대한민국 국민으로 부부 기준 9억 원 이하의 주택 소유자이어야 한다. 다주택자라도 합산가격이 9억 원 이하면 가능하고 9억 원 초과 2주택자는 3년 이내 1주택을 팔면 가능하다. 받을 수 있는 연금액은 주택금융공사에서 매년 공시하는 금액을 봐야 하는데, 시가 3억 원짜리 주택을 70세에 종신지급 정액형으로 연금 개시를 하면, 부부 둘 사망할 때까지 매월 92만 원 정도를 받을 수 있다. 연금수령 기간에 물가상승률이 반영되지는 않는다. 주택연금과 관련해서 가장 궁금해하는 사항은 주택가격이 변동되는 경우인데, 도중에 집값이 오르거나 내려가도 월 지급액에는 변동이 없다. 따라서 현재 자신이 살고 있는 주택 인근 지역에 개발 호재가 있거나 이른 시일 내에 집값 상승요인이 있다면, 가입을 늦추는 것이 당연히 유리하다. 반대로 집값 하락요인이 있다면 떨어지기 전에 가입하는 것이 유리하다. 종신형 주택연금의 경우 부부 모두 사망 시 오른 주택가격으로 인해 연금 총액보다 매각금액이 많이 나오면 그 금액은 상속인에게 상속된다. 또 하나 궁금해하는 것은 중도 해지와 관련된 것이다. 주택연금은 가입 후 취소가 가능하다. 그동안 주택연금을 받았다면 그 받은 액수만큼 돌려주고 보증료 등을 갚으면 중도 해지가 가능하다. 주택연금에 적용되는 금리 수준은 낮은 편이다. 2020년 10월 현재 주택연금 적용금리는 1.73% 수준으로, 은행권에서 우량 고객에게 제시하는 주택담보 대출금리보다 낮다. 이러한 장점이 있어 주택연금 가입자가 꾸준히 늘고 있고, 올해 중 8만 명을 돌파할 전망이다. 가입자 사망 시 배우자에게 연금을 승계하는 것과 관련하여 특히, 주택연금 가입 후 재혼했을 경우 자녀들의 법정상속 지분(유류분) 등 민법상의 상속제도와 충돌을 일으키는 부분이 있다. 이를 해결하기 위해 가입자가 생전에 배우자를 수익자로 지정하여 수급권의 자동승계가 가능하도록 하는 '유언대용신탁[15]'의 도입을 추진 중이다.

농지연금은 고령 농업인이 소유한 농지를 담보로 하여 매월 연금을 지급받는 제도로 수급자가 사망할 경우 배우자에게 연금 승계가 가능하다. 신청 당시 배우자가 60세 이상이고 연금 승계를 선택한 경우에 한한다. 연금을 받으면서 담보농지를 직접 경작하거나 임대할 수 있어 연금 이외의 추가소득을 얻을 수도 있다. 연금채무 상환 시 담보농지 처분으로 상환하고 남은 금액이 있으면 상속인에게 돌려주고, 부족하더라도 더는 청구하지 않는다. 해당 농지의 재산세 감면 혜택도 있다. 6억 원 이하 농지는 전액 감면되며, 6억 원 초과 농지는 6억 원까지 감면된다. 가입요건은 농지 소유자 본인이 만 65세 이상, 영농 경력이 5년 이상, 농지 보유 2년 이상이어야 한다. 주소지와의 거리 조건도 있다. 지급방식은 '종신형'과 기간을 약정해 수령하는 '기간형'이

15) 2011년 신탁법 개정으로 도입된 제도로, 고객이 금융회사에 자산을 맡기고 살아있을 때는 운용수익을 받다가 사망 이후 미리 계약한 대로 자산을 상속, 배분하는 계약을 말한다. 1인 가구가 급증하는 가운데 2020년 3월 유언대용신탁을 한 재산은 유류분이 아니라는 취지의 판결이 있어 최종 확정될 경우 상속 갈등을 피할 대안으로 떠오를 전망이다(한경 경제용어사전).

있는데, 다양한 형태의 세부 지급방식을 선택할 수 있다. 종신형은 65세 이상이지만 정액형은 선택에 따라 가입 연령이 달리 적용된다. 관련 업무는 한국농어촌공사 전국 지사에서 담당하고 있다.

즉시연금은 보험회사에 일시금을 납입하고 가입자가 정하는 시점부터 매월 연금으로 수령하는 일종의 일시납 저축성 보험이다. 보험료 전액을 일시 납부하면 다음 달부터 즉시 매월 연금으로 받을 수 있다는 점에서 '즉시연금'이라는 이름이 붙었다. 가입자의 생존 기간에 원금과 이자를 나눠 매달 연금을 지급받는 '종신형', 생존 기간과 관계없이 약정 기간 동안 원금과 이자를 나눠 받는 '확정 기간형', 매월 이자만 연금으로 지급받고 원금은 만기 때 받는 '만기 환급형(상속형)'으로 나뉜다. 만기 환급형은 한때 폭발적인 인기를 끌었으나, 고액 자산가의 세금회피 목적으로 활용된다는 논란이 불거지면서 정부는 2013년 세법 개정을 통해 즉시연금 비과세 한도를 인당 1억 원으로 축소했다. 민간 보험사의 노후준비 상품인 만큼 특히, 종신형의 경우 기대수명의 반영 등 상품설계 내용을 충분히 이해할 필요가 있다. 지금까지 다층 노후 소득 보장체계를 간략히 살펴보았고, 노후를 위한 자산의 준비, 합리적 배분 등을 어떻게 해야 하는지 재무설계 영역으로 들어가 보자.

재무설계*Financial Planning*

길어진 노후를 안정적으로 보내기 위해서는 필요자금을 산정한 후 자산의 합리적 배분 등 적절하게 관리하는 과정이 필요하다. 먼저 우리나라 은퇴자의 삶과 노후준비 실태를 살펴보자. 하나금융 100세 행복연구센터는 2019년 11월부터 두 달간 수도권과 5대 광역시에 사는 50~64세 퇴직자 1천 명을 대상으로 은퇴자의 삶에 대한 설문 및 면접조사를 실시했다. 조사 대상자들의 평균 퇴직연령은 49.5세로 나타났다. 70대 초반에 이르기까지 일터에 간헐적으로 머무르기는 하지만, 퇴직자의 절반이 넘는 61.3%가 40대 후반과 50대 초반에 장기간 근속한 '주요 직장'에서 나온 것으로 조사됐다. 퇴직 후 국민연금 수령 시점까지 남은 기간을 의미하는 '소득 크레바스' 기간이 평균 12년 6개월이나 되었다. '노후준비가 잘 돼 있다'고 답한 사람은 8.2%에 불과했고 25.8%는 '보통 수준', 66.0%가 '노후자금이 부족하다'고 답했다. 퇴직자의 월평균 생활비는 252만 원이었다. 10명 중 6명이 퇴직 전보다 생활비를 줄였다. 퇴직자들은 월 생활비가 200~300만 원일 때 '남에게 아쉬운 소리를 하지 않으며 먹고사는 정도'라고 했다. 해외여행을 하면서 넉넉한 정도의 삶을 위해서는 월 400~500만 원이 필요하다고 했다. 수입과 자산 규모가 적은 퇴직자들은 다시 취업 전선에 뛰어든 것으로 나타났다. 재취업에 성공한 사람이 37.2%, 자영업을 시작한 사람이 17.9%, 경제활동을 하지 않는 사람이 44.9%였다.

재무설계는 개인의 '삶의 목표'를 파악하고 그 목표를 달성하기 위해 재무적 또는 비재무적 '자원을 적절하게 관리'하는 일련의 과정을 말한다. 뚜렷한 재무목표 없이 수익성만을 우선시하면서 자산증식을 꾀하는 '재테크'와는 다르다. 학업을 마치고 취업하여 소득활동을 하다가 은퇴를 하고 연금을 받아 노년기 생활을 하는 일반적인 생애주기를 살펴보면, 기간별 소득과 지출의 불일치가 생기고 이를 합리적으로 해소하는 노력이 필요한데 이를 도와주는 것이 바로 '재무설계'다. 은퇴 시점에 얼마나 많은 자산을 모아 놓느냐가 중요한 것이 아니라, 은퇴 이후에 정기적 '현금흐름'을 얼마나 가질 수 있느냐가 핵심이다. 생애주기에는 '라이프 이벤트'라 불리는 자녀 양육·대학 입학·결혼, 주택 마련 등의 생애 사건들이 있어 이에 대한 지출이 이루어지고 의료비에 대한 대비도 필요하다. 이런 이유로 재무설계에서 다루는 영역은 삶의 거의 모든 영역을 포괄하게 된다. 소득과 지출 관리를 비롯한 부채와 신용관리, 저축과 투자설계, 은퇴설계, 보험과 위험관리, 세금설계, 부동산설계, 상속설계를 포함하고 있다. 최근 재무설계가 더욱 부각되고 있는데, 그 이유는 기대수명이 증가하고 '장수위험*Longevity Risk*'이 커지고 있기 때문이다. 장수위험은 기대여명 이상으로 생존함으로써 생기는 위험을 말한다. 또 다른 이유로는 고용 불안정으로 인해 경제활동 기간이 줄어들고 있는 고용환경의 변화를 들 수 있다. 최초 취업하는 연령은 높아지고 근속 직장에서 퇴직하는 연령은 앞당겨지고 있다. 아울러, 저금리 기조가 장기화되고 있다. 기준금리나 시중금융기관의 수신금리 하락이 지속되고 있어 예·적금만을 활용해 과거와 같은 자산증식을 기대할 수 없다. 투자가 필요한 시대이긴 하나 그만큼 손실 위험이 커 감내할 수 있는 합리적인 수준의 위험 한도 내에서 투자가 이루어져야 한다. 분산투자와 장기투자를 강조하는 것도 같은 맥락이다.

연령대별 재무적 준비를 위한 가이드

경제활동을 시작하는 20~30대에 노후준비에 눈을 뜬다면 이는 매우 바람직한 일이고 '행운'이다. 시작하는 단계인 만큼 첫째, 목돈을 만들기 위한 저축부터 소박하게 시작해야 한다. 둘째, 예산을 수립해야 한다. 이는 미래의 수입을 근거로 해서 지출에 대한 세부계획을 수립하는 것으로 과도한 지출을 방지하고 저축 여력을 높이는 데 필요하다. 셋째, 투자 수익률을 최대한 높여야 한다. 저성장 저금리 시대에 맞는 분산투자, 적립식 투자, 장기투자로 명확한 재무목표를 설정할 필요가 있다. 넷째, 자신에 대한 투자를 게을리하지 말아야 한다. 현명한 사람이라면 이 부분에 가장 집중한다. 자신의 능력이나 잠재력을 개발해 나가는 것은 가능성을 키우는 일이고 자신의 삶을 설계하는 것의 핵심이다.

40대는 사회적, 경제적으로 안정기에 해당하나 자녀가 성장하면서 지출이 많아지는 시기이다. 노후준비를 가장 잘해야 하는 시기임에도 자칫 소홀해질 수 있는 시기이고 이럴 때 50대가 되면 마음이 급해진다. 바쁘다는 이유로 배우자와의 관계에 소홀해질 수 있는 시기이기도 하다. 첫째, 라이프 이벤트와의 균형을 고려한 은퇴계획을 수립하여야 한다. 둘째, 자녀교육비, 주거비 등의 지출이 많아져 세심한 통제가 필요하고 자칫 취약해질 수 있는 노후준비와의 균형을 잡아야 한다. 셋째, 퇴직 이후 인생의 후반전을 위한 재취업이나 창업에 대한 대비도 필요하다. 넷째, 노후의 유동성 확보를 위해 금융자산의 비중을 점진적으로 높여가야 한다.

50대는 목돈이 많이 들어가는 시기로 자녀의 대학자금과 결혼자금, 본인이나 배우자의 노후자금이 필요하다. 첫째, 자녀에 대한 지원과 본인의 노후준비 간의 '적절한 균형'이 필요하며, 양립하기 어려울 때 노후준비를 우선해야 한다. 둘째, 상속과 증여를 고려하면서 자산을 관리해야 한다. 가족 간의 분쟁이 상속세 부담을 줄이는 방안 등의 모색이 필요하다. 셋째, 사회적 관계를 활용한 봉사활동이나 취미활동에 적극적으로 참여해야 한다. 은퇴 이후 생길 수 있는 자존감 하락, 우울증, 심리적 위축을 예방하기 위한 준비를 해야 할 시기이다. 넷째, 재무와 비재무 영역의 균형적인 은퇴설계를 해야 한다. 재무적인 부분이 필요조건이라면, 비재무적인 부분은 충분조건으로 노년기 삶의 질에 매우 중요하다.

재무설계는 필요자금을 계산하는 것부터 시작된다.

30년 정도 은퇴 생활을 하게 된다고 보면 은퇴자금은 얼마나 필요할까. 계산기를 두드려보면 예상보다 많은 돈이 필요하다는 것을 금방 알게 된다. 한 끼 식비를 6천 원으로 해서 30년을 생활한다고 하면, 한 사람의 식비만으로도 2억 원 정도 필요하다. 50대 직장인 1,960명을 대상으로 조사한 '미래에셋 은퇴라이프' 최근 보고서(2020.4)에 따르면, 보유한 자산은 평균 6억 6,078만 원이며 부동산 비중이 70%(4억 7,609만 원)를 넘는 것으로 조사됐다. 금융자산은 예·적금(6,780만 원), 개인연금을 포함한 사적연금(5,139만 원)을 더 해 1억 6,794만 원이었고 부채는 6,987만 원으로 나타났다. 이 연령대에서 국민연금 외 사적연금을 보유한 사람은 76%에 달했다. 눈여겨볼 것이 몇 가지 있는데, 은퇴를 앞둔 50대 직장인이 퇴직 이후 받을 것으로 기대하는 예상연금 규모는 실제 연금 수령액의 4배가 넘는다는 놀라운 사실이다. 이렇게 괴리가 큰 것은 자신의 은퇴자산을 정확히 파악하고 대비하는 직장인이 드물다는 이야기다. 평균적으로 133만 원의 퇴직연금을 받을 것이라는 기대와는 달리 실제 받을 수 있는 금액으로 환산해보면 35

만 원 수준이었다. 매년 본인에게 통지되고 있는 국민연금의 예상 수령액을 알고 있는 사람도 61% 수준에 불과했고, 실제 수령액보다 많을 것으로 예상하는 사람도 31.8%나 되었다. 노후자금이 부족할 경우 주택연금을 활용할 의사가 있는 사람이 54.8%였고, 노후자금 마련을 위해 이사하겠다는 사람도 20.6%로 나타났다. 부동산에 묶여 있는 자산을 활용한다는 점에서 유용한 전략이다. 중요한 것은 은퇴 시기가 많이 남지 않았는데 자신이 받게 될 연금이 얼마인지 모르고 있는 사람이 10명 중 4~5명이나 된다는 사실이다.

은퇴 시기에 어떠한 재무목표가 있으며, 재무목표별로 얼마의 자금이 소요될지를 계산하는 것은 재무설계의 시작이라 할 수 있다. 일반적으로 이 시기에는 자녀 교육과 결혼 문제가 남아 있는 경우가 대부분이다. 조급해진 은퇴자들은 퇴직금이나 목돈을 위험자산에 준비 없이 투자하거나, 무리한 창업으로 실패가 뒤따르기도 한다. 투자위험에 대한 이해를 충분히 하고 있을 금융기관 퇴직자인 지인 중에 선물先物 등 무리한 주식 투자로 실패해 국가로부터 기초생계비를 지원받고 있는 사례도 있다. 창업으로 실패하는 경우에는 노인 빈곤층으로 전락할 위험이 크다. 노후의 필요자금은 은퇴 후 생활 수준, 거주지, 개인적인 외부활동 등에 따라 크게 달라진다. 또한, 은퇴 초기인 '활동기', 70대 중후반 이후의 '회상기', 마지막 단계인 '간호기' 등 은퇴 기간에 따라 지출 규모의 차이 또한 크게 나타난다. 필요한 자금 목록을 작성하여 우선순위를 부여하고 그에 적합한 안정적인 자산 관리 전략을 수립해야 한다. 첫째, 기본적인 생활비를 산정하는 것이다. 부부로서의 생활비와 배우자 사망 후에 남는 사람의 생활비를 함께 고려해야 한다. 대도시에서 생활할 것인지, 중소도시나 농어촌 지역 또는 전원생활을 할 것인지에 따라 상당한 차이가 생길 수 있다. 언론에 소개되는 노후 생활비는 과도하게 부풀려진 측면이 있기에 통계청이나 공신력 있는 기관의 발표를 참고하는 것이 좋다. 둘째, 의료비와 긴급 예비자금을 고려해야 한다. 건강 유지와 질병을 치료하기 위한 비용이 점점 늘어나고 있고, 가족 행사나 갑작스러운 사고 등 비상시에 지출할 수 있는 자금을 준비하여야 한다. 셋째, 자녀 교육과 결혼을 위한 자금인데, 은퇴 당시 자녀 미취업 상태가 22%, 자녀 미혼이 34% 수준에 이르는 것으로 나타났다(보험개발원 2018년 은퇴 시장 리포트). 우리나라의 경우 이 부분에 과도한 지출이 이루어지는 것은 이미 잘 알려진 사실이다. 넷째, 특별 활동이나 여가를 위한 자금이다. 여유 있는 노년을 위해서는 사회적 관계와 취미활동을 위한 비용이 필수적이다. 친척과 이웃의 경조사에 참여할 기회가 많아지는 만큼 그에 대한 비용도 고려해야 한다. 미래의 필요자금을 산정하거나 예상 수명을 추정하기는 결코 쉽지 않다. 미래에 대한 가정은 보수적으로 하는 것이 합리적이다. 예를 들면, 어려워질 상황을 회피할 수 있도록 비용은 일정 부분 더하고, 예상 수명은 평균보다 조금 더 높게 잡는 것이 좋겠다. 실제 예상보다 오래 사는 시대이니까.

다음은 각각의 자금을 어떠한 방법을 통해 마련할 수 있는지를 검토해야 한다. 먼저 봐야 할 것은 '연금'과 '퇴직금'이다. 국민연금 등의 공적연금과 개인연금, 보험, 예상 퇴직금 등의 현금흐름을 계산해내야 한다. 저축이나 예상되는 이자소득, 상가 등의 임대 부동산이 있다면 임대료, 자녀들의 지원, 재취업을 통한 근로소득, 기초연금 수급 등이 자금 조달원으로 활용될 수 있는 것들이다. 여기서 잊지 말아야 할 것은 은퇴 시기와 공적연금의 수급 시기 간의 몇 년의 공백기가 있다는 점이고, 재취업을 통해 근로소득을 추가로 확보하게 되면 실질적으로 은퇴 시점이 늦춰지게 되어 그 효과는 매우 크다. 많은 사람이 재취업에 달려드는 현실적 이유이기도 하고, 그래서 실제 노동시장에서 완전히 물러나는 연령은 70대 초반이다.

은퇴 시점의 재무목표별로 필요한 자금을 산정하고 조달 방법까지 살펴보는 것은 반드시 구체적으로 항목 하나하나를 따져가면서 해야 하는 과정이다. 써야 할 곳과 쓸 수 있는 돈을 비교했으니 재무목표의 달성 가능성이 한눈에 보일 텐데 상황에 맞춰 조정하는 과정이 필요하다. 부족한 자금이 많지 않을 때 재취업을 통해 은퇴 시기를 조정하는 것이 가장 손쉬운 방법이다. 우선순위에 따라 재무목표를 조정하는 과정에서 후순위의 여가 등을 위한 자금을 줄이고 싶지 않다면, 거주지를 옮기는 방안도 그 효과가 적지 않다. 은퇴자산을 관리하는 데 유의할 사항은 다음과 같다. 첫째, 자산증식보다는 '안정적인' 소득 창출이 우선되어야 한다. 가능한 한 원금을 지키는 것을 원칙으로 삼고 될 수 있으면 안전자산 위주로 포트폴리오를 구성해야 한다. 둘째, 현재의 연령과 예상 수명 등을 고려하여 안전자산과 함께 투자자산도 적정 수준을 유지해야 한다. 셋째, 유동성을 높여야 한다. 부동산 자산은 필요한 시기 환가에 어려움이 있고 세금 등 노후생활의 부담으로 작용할 수 있다. 유동성을 확보할 방안을 미리 마련해야 한다. 넷째, 질병과 상해를 담보로 한 보험을 활용할 필요가 있다. 보험은 노년 후반기에 많이 발생하는 의료비 등에 대해 효율적으로 위험관리를 할 수 있는 수단이다. 다섯째, 거의 마지막 수단이기는 하지만 주택연금이나 농지연금을 활용할 수 있다. 자녀들의 눈치를 보지 말고 과감히 활용할 필요가 있다.

가정의 재무진단은 50대뿐만 아니라, 모든 연령대에서 필요한 작업이다. 미래의 재무목표를 달성하기 위해 현재 보유하고 있는 자원을 객관적으로 진단하고 미래의 예상되는 자원의 흐름을 파악하는 일이다. 이를 위해 기업처럼 가정에서도 재무제표를 만드는 과정이 필요하다. 가정의 자산현황을 파악할 수 있는 '자산 현황표'와, 매월 들어오는 소득과 지출의 구조를 파악할 수 있는 '현금 흐름표'를 작성하는 것이다. 먼저, 자산 현황표를 통해 가정의 자산과 부채를 일정 규칙에 따라 정리하면, 자산별 비중이나 자산배분 구조 그리고 순자산을 확인할 수 있어 재무설계에 유용하게 활용될 수 있다. 자산 현황표가 가정의 현재 상태에 대한 재무 성적표라면, 현금 흐름표는 미래 가정경제의 안정성을 볼 수 있는 자료이다. 현금 흐름표는 월 기준으로 작성되는데 매월 발생하는 수입과 지출 구조를 파악할 수 있다. 지출은 크게 저축과 소비지출로 구분하고 소비지출은 보장성 보험과 고정지출, 변동지출로 나누어 기재된다. 이렇게 하면 가정의 미래의 모습이 보이기도 하고 당장 개선해야 할 지출항목이 발견된다. 가계지출에 대한 구조조정은 재무설계의 매우 중요한 부분이다. 은퇴를 준비하는 단계에서는 은퇴 이후의 '예상현금흐름표'도 작성해보아야 한다. 현금흐름의 변화를 보고 이에 대처해나가야 하기 때문이다. 반복되는 이야기이지만, 은퇴 준비는 자산의 증식에 목적을 두기보다는 보유한 자산의 효율적 운용을 통해 '안정적인 현금흐름의 확보'가 목적이 되어야 한다. 매월 현금 흐름이 안정되어 있고 미래의 현금흐름도 안정될 것으로 예측된다면 그 가정의 건전성은 높다고 할 수 있다. 비상 예비자금의 적정 규모는 월 생활비의 3~6배로 직업의 안정성에 따라 달라진다. 저축은 총소득의 20~30% 수준, 총부채는 총소득의 36% 이내 또는 총자산 대비 40% 이내가 적정하다고 본다. 소비자 부채는 순소득의 20% 이내로, 주거 관련 부채는 총소득의 28%를 넘지 않는 것이 바람직하다.

돈 먹는 하마, 자녀 결혼

50, 60대가 겪게 되는 지출 가운데 가장 큰 부분이 자녀의 결혼자금일 가능성이 크다. 대체로 50대에 접어들게 되면 자녀들도 결혼 적령기가 되기 때문에 현실적인 대안을 마련할 필요가 있다. 최근 조사된 결혼 비용(보험개발원, 2017년 은퇴 시장 설문조사)을 보면 1억4천만 원 수준이다. 이 중에서 70%가 주택비용으로 조사되었고 남자 여자 결혼 비용은 30% 정도를 차지하는 것으로 나타났다. 비용 부담은 22.8%가 반반씩 부담하고 남성과 여성 7:3 비율이 18%, 6:4 비율이 14.7%로 나타났다. 자녀의 결혼 비용에 대해 우리나라 대부분 부모는 지원할 의사와 상당한 의무감을 가지고 있는 것으로 알려져 있다. 부모의 자산이 자녀의 결혼을 지원하고도 충분하면 다행이지만, 문제는 자녀의 결혼을 위해 부모가 부채를 발생시킬 경우 회복하기 어렵다는 데 있다. 부채는 좋은 것일 수도 있고 나쁜 것일 수도 있는데, 전자는 투자일 때이고 후자는 소비를 위한 것일 때다. 자녀 결혼에 대한 지원은 부모가 함께 가정의 재무 상황을 객관적으로 진단해보고 냉정하게 지출할 필요가 있다. 닥쳐서 하지 말고 부부간에 미리 합의점을 찾아두는 것이 바람직하다.

보험, 달면 삼키고 쓰면 뱉으라

위험을 피하고 싶은 것은 인간의 본능이고 보험이 탄생한 배경이기도 하다. 하지만 우리 사회는 '보험에 가입했다'는 말 대신 '보험 하나 들어줬다'는 말을 한다. 아직도 누군가의 권유로 마지못해 가입하는 사람이 많다는 방증이다. 선택하는 과정이 그러했으니 가입한 이후에도 꼼꼼히 따져보는 사람이 적다. 보험은 감당하기 어려운 위험으로부터 우리를 지켜주는 소중한 존재다. 현대사회를 살아가면서 보험은 피해갈 수 없고, 은퇴나 나이 들어가면서 더 많은 위험에 직면하게 되어 보험의 필요성은 더욱 커진다. 금융소비자연맹의 조사(2018)에 의하면, 우리나라 국민은 가구당 평균 12개의 보험에 가입되어 있고, 보험료는 가구당 월 103만 원으로 소득 대비 18%에 이르는 것으로 나타났다. 적정 보험료인 소득 대비 8~10%를 한창 웃돌고 있다. 보험 가입은 법적 절차로서 보험계약의 3대 기본인 '자필 서명, 상품 설명 및 약관 전달, 청약서 부본 전달'이 정상적으로 이루어져야 효력이 발생한다. 될 수 있으면 온라인 사이트를 활용해 꼼꼼히 확인한 후 가입하는 것이 좋겠고, 가입하기 전에 보험상품의 가격이 적정한 것인지를 나타내는 '보험가격지수'[16]를 확인해보는 것이 바람직하다. 만기 환급형보다는 순수 보장형이 비용면에서 효과적이며, 갱신형의 경우에는 상승하게 될 보험료를 충분히 고려해야 한다. 보험 계약자는 지켜야 할 의무사항이 있다. 보험료를 성실하게 납부하여야 하는데, 통상 2개월 이상 미납하면 계약이 실효된다. 계약 전 중요한 사항에 대해 사실대로 기재하고 성실하

---

16) 보험가격지수는 보험사가 보험금 지급을 위해 적립하는 보험료(순보험료) 대비 가입자가 실제 부담하는 보험료 수준을 나타내는 지수로 100에 가까울수록 가입한 보험의 보장이 보험의 원래 목적에 적합하다는 것을 나타낸다.

게 답변할 의무가 있다. 고지 의무 위반이 적발되면 보험은 해지될 수 있지만, 고지 의무 위반사항으로 보험사고가 발생한 것이 아니라면 보험금은 지급받을 수 있다. 아울러, 직업 등 중요사항이 변경된 경우 알려야 하는 의무도 있다. 통지하지 않은 상태에서 사고 발생 시 보험금이 조정되거나 계약이 해지될 수 있다. 보험 계약자는 청약일로부터 30일 이내에 청약 철회를 할 수 있고, 고령자에 대한 통신판매의 경우에는 청약일로부터 45일까지 철회할 수 있다. 이 기간이 경과한 후라고 하더라도 앞에서 설명한 3대 기본사항의 요건이 충족되지 않았을 경우 취소할 수 있다.

보험에 대한 이해를 돕기 위해 보험상품의 종류 몇 가지를 살펴보면 다음과 같다. 먼저, 보험은 생명보험과 손해보험으로 나눌 수 있다. 생명보험은 사람이 다치거나 병에 걸리거나 사망하는 경우를 보장하는 보험이며, 손해보험은 보험 대상자인 사람이나 물건이 입은 손해를 보장하는 보험이다. 생명보험은 정액 보상이 원칙이지만, 손해보험은 실손보험으로 비례 보상이 이루어지고 중복 가입 시 실제 손해액을 한도로 보험회사별 손해액에 비례하여 분담 지급된다. 다음은 종신보험과 정기보험인데, 종신보험이 고객의 사망 시점이 언제이든 종신토록 보장하는 상품이라면, 정기보험은 고객이 원하는 일정 기간만 비교적 저렴한 보험료로 보장해주도록 만들어진 상품이다. 의료비와 달리 사망 보장은 평생 필요한 것이 아니다. 보통은 자녀가 사회생활을 시작할 때까지 필요한 것으로 이 기간에 맞춰서 사망 보장을 준비하면 된다. 개인마다 가치관의 차이가 있겠지만 비싼 보험료가 부담된다면 종신보험이 아닌 정기보험으로 가입하는 것이 좋다. *CIcritical illness* 보험은 중대한 질병에 대비하기 위한 보험상품이다. 보장 항목은 암, 뇌혈관질환, 심장질환의 3대 질병과 급성심근경색증, 중증만성폐질환, 5대 장기이식 수술, 말기신부전증 등이다. 이러한 질병을 진단받았을 때 사망 보험금의 일부를 선지급함으로써 피보험자와 가족의 정신적, 경제적 부담을 줄일 수 있도록 한 생명보험사의 보험상품이다. 어느 수준을 중대한 질병으로 볼 것인지 등을 두고 보험회사와의 분쟁이 자주 발생하여 가입 시 특히 유의할 필요가 있다. 변액보험은 고객이 납입한 보험료를 모아 기금을 구성한 후 주식, 채권 등 유가증권에 투자하여 발생한 이익을 배분하는 실적 배당형 보험상품이다. 투자실적에 따라 원금손실 가능성도 있어 자격을 가진 사람만이 판매토록 하고 있다. 유니버셜보험은 보험 계약자의 의사에 따라 보험료의 추가납입이나 보험금 중도인출이 자유로운 보험상품이다. 실손의료보험은 상해 또는 질병으로 인한 의료비를 보장하는 상품으로 실제 손해가 발생한 만큼을 보장하는 손해보험의 기본 원리를 따르고 있다. 이는 보장률이 상대적으로 높지 않은 국민건강보험제도가 시행되고 있는 우리나라 의료체계의 독특한 환경에서 의료비의 부담을 줄이기 위해 개발된 상품으로 해외에서는 찾아보기 어렵다. 과잉진료와 도덕적 해이로 손해율이 높아지자 현재는 '자기부담금제도'를 두어 보장 비율을 90%로 축소 운영하고 있다. 직장에서 단체 실손의료보험에만 가입돼 있던 사람은 퇴직할 경우 요건에 맞추어 개인 실손의료보험으로 전환하는 방안을 찾는 것이 바람직하다. 위험이 있는 곳에 보험이 필요하기에 특이한 보험상품들이 있다. 날씨보험, 행사보험, 여행자보험이 있고, 키퍼슨*key person* 보험이라 불리는 유명 인사들이 가입하는 다양한 신체 부위별 상해보험 등이 있다. 최근 스쿨존 교통사고에 대한 형사처벌이 강화되자 운전자보험 가입이 폭발적으로 는다고 한다. 기존 자동차보험의 법률 비용 특약이 가능하다는 것을 안다면 저렴하게 같은 수준의 보장을 받을 수 있다.

정년을 앞둔 50대와 은퇴 생활을 시작하는 60대는 보험자산을 점검할 마지막 시기다. 보험의 신규 가입이 어려워지기 때문이다. 일반적으로 보험의 최대 가입 연령은 평균 65세 정도이다. 보험료를 감당하기 힘들어질 수 있기 때문이다. 노후생활을 위해서는 50~60세 때 4대 질병인 암, 심뇌혈관 질환, 치매, 치과 질환 등은 노후 삶의 질에 큰 영향을 미치므로 사전 충분한 대비가 필요하다. 첫째, 본인이 가입해 있는 보험을 살펴보는 것이 그 시작이다. 생명보험협회와 손해보험협회가 함께 운영하는 '내보험찾아줌(http://cont.insure.or.kr)' 사이트를 이용하면 자신이 가입한 보험 종류를 손쉽게 확인할 수 있고 아직 청구하지 않은 '숨은 보험금'도 조회할 수 있다. 참고로 보험금 청구권의 소멸시효는 3년이다. 보험증권이 보관되어 있지 않다면 보험회사에 재발행을 요구해 계약자, 피보험자, 그리고 수익자를 확인하고 보험사고별로 얼마만큼 보험금을 받을 수 있는지 살펴봐야 한다. 보장 기간이 충분한지, 보험료 납부 기간이 너무 많이 남아 있지는 않은지 점검하고 보험은 사고 발생 시 가입자가 청구해야 보험금이 지급되므로 청구할 수 있는 내용을 정확하게 파악하고 있어야 한다. 둘째, 부족한 부분을 보완해야 한다. 꼭 필요한 보험은 추가로 가입하되 은퇴기에는 추가적인 보험 가입보다 기존 보험을 잘 활용하는 것이 좋다. 필요한 보장금액을 산정함에 가족력 등 개인 상황을 고려해야 한다. 자영업자로 창업했다면 휴업손해 특약 등 꼭 필요한 사항이 빠져있지 않은지 확인하는 것도 필요하다. 추가로 가입할 경우 장단점이 있지만, 나이가 많을수록 갱신형은 보험료가 상승할 가능성이 크기 때문에 부담스럽다. 셋째, 소득 대비 보험료 수준이 과도하게 높지 않은지 점검하면서 현실에 맞게 보험을 조정한다. 당장 필요 없어 보인다고 무작정 해지하지 말고 이 경우 잃어버리는 보장이 무엇인지 잘 살펴야 한다. 중복이나 과도하게 보장된 부분이 없는지 살펴 조정하고 필요한 보장이지만 보험료가 부담스러울 때는 보장금액을 줄이는 대신, 납입기간을 일시납으로 변경해 보험료 납부를 중단하고 해당 시점의 해지 환급금을 일시납 보험료로 납부하는 '감액완납제도'를 활용할 수 있다. 또한, 보장금액은 동일하게 유지하면서 보장 기간을 줄이는 '연장정기보험제도'도 있고 상대적으로 덜 중요하거나 중복된다고 생각되는 특약을 해약해 보험료를 낮추는 것도 가능하다. 마지막으로, 보험회사나 보험판매 조직이 과거에 가입한 보험상품의 계약을 전환하도록 권유한다면 공시이율과 최저보증이율 금리, 보장 항목의 내용을 잘 살펴보고 결정해야 한다. 고금리 상품의 역마진을 해소하기 위한 전환 권유가 많이 있었기에 유념할 필요가 있다.

그밖에 살펴볼 것이 세금, 상속과 증여, 부동산설계 등이 있다. 저금리 시대에 투자자나 은퇴자 관점에서 우선 눈여겨볼 것이 합법적인 절세다. 근로소득세에 대한 연말정산에서 소득공제나 세액공제의 활용도를 높이는 것부터 시작해서 각종 소득세의 종합과세와 분리과세, 연금소득세, 퇴직소득과 양도소득의 분류과세, 상속·증여세 등에 대해 이해를 높일 필요가 있다. 금융소득 종합과세와 관련하여 절세방안으로 활용되는 비과세상품 가입이나 수입 시기를 적절히 분산하는 방안, 그리고 배우자 등 가족 간 증여를 통해 금융자산을 분산하는 방안에 대해서도 검토할 필요가 있다. 전문적인 영역이라 해당 전문가의 도움을 받거나, 관련 기관의 안내와 상담을 통해 처리하는 것이 바람직하다. 재산상속과 증여에서는, 사후 분쟁이 발생하지 않도록 민법에서 정하고 있는 유언과 재산상속의 방식을 정확하게 이해하고 절세가 가능한 적절한 시기를 택하는 것이 좋다. 상속자산보다 빚이 많을 때 활용할 수 있는 상속 포기나 한정승인 제도에 대해서도 알아둘 필요가 있다. 아울러, 우리나라 가계에서 보유하는 자산 중 부동산 자산의 비중이 70%를 상회하고 있어 이를 낮추고 금융자산의 비중을 높일 필요가 있다. 부동산 자산에 대한 투자 시 자산의 위험 분산이나 현금 흐름, 가치 상승, 부동산의 취득·보유·처분에 따른 세제 등을 충분히 파악하고 고려하여야 한다.

이 정도로 재무영역의 이야기를 마무리한다. 적정 수준의 돈은 현대인의 삶에 꼭 필요한 것이지만, 많다고 그만큼 더 행복해지는 것은 아니라는 연구 결과가 있다. 경제학자 이스털린*R. Easterlin*은 1974년에 발표한 논문에서, 소득이 일정한 점에 이를 때까지는 소득이 증가하면 행복이 증가했는데, 일정 수준을 넘어서면 소득이 증가해도 행복의 증가는 미미하다는 것이다. 이를 '이스털린의 역설'이라 부른다. 그동안 돈의 효용을 충분히 누리지 못했기에, 돈이 많을수록 더 행복할 것 같은 생각을 지우기는 어렵다. 하지만 강조하고 싶은 것은 이런 것이다. 규모가 얼마이든 지나치게 돈에 집착해서 벌기만 하는 것은, 삶에서 더 가치 있는 많은 것들을 놓치게 한다. 지나친 욕심에는 늘 불행이 자라곤 한다. 여기까지다. 이어지는 국민연금 이야기는 제대로 알면 실제 도움을 받을 수 있기에 집중해서 이해를 높일 필요가 있다. 참을성이 요구되겠지만 그만큼 중요하다.

국민연금
제대로 이해하고 활용하기

"서울에서 직장생활을 하는 김 모(33) 씨는 젊은 나이에도 은퇴 후 고정 수입에 걱정이 많다. 김씨가 은퇴 이후의 삶을 위해 적립하고 있는 연금은 국민연금, 연금보험, 퇴직연금 등 총 세 가지다. 김씨는 자신의 월급 중 평균 17만 원 상당을 국민연금에 납부한다. 비율로 따지면 김씨의 월급 중 5% 상당이다. 김씨가 400개월(33년 4개월) 동안 국민연금을 꾸준히 납부했다고 가정하면, 총 납부액은 대략 1억 6,100만 원 정도다. 김씨가 만 65세 이후 매월 받는 국민연금 액수는 107만 원 상당. 같은 시기 매월 각각 60만 원 정도를 받는 연금보험, 퇴직연금과 비교해 봐도 많은 액수다. 국민연금이 만 65세 이후 김씨의 고정 수입에서 차지하는 비율은 어림잡아도 절반에 가깝다. 만약 김씨가 노후에 별다른 직업을 갖지 않고 연금으로 생활한다면, 국민연금은 노후의 삶을 좌우할 수 있는 수준이다(세계일보, 2020.3.30. 19면)."

소득보장은 은퇴 이후의 삶을 안정적으로 유지하는 데 있어 첫째 조건이다. 중요한 만큼 우리 사회가 보편적인 노후 소득보장을 위해 제도적으로 갖추고 있는 것은, 국민연금·공무원연금·군인연금·사립학교교직원연금 등의 '공적연금'이 있고, 65세 이상 재산·소득 기준 하위 70%의 노인에게 지급하는 '기초연금'이 있다. 부가적으로 주택이나 농지를 담보로 연금을 받을 수 있도록 한 '주택연금', '농지연금'이 운영되고 있다. 그리고 민간 영역에서는 퇴직연금, 개인연금 등 은퇴를 대비한 상품들이 있으나 그 역할이 기대에 미치지 못하고 있다.[17] 여기에서는 일반 국민을 대상으로 운영되고 있는 노후 소득보장의 기본이라 일컫는 '국민연금제도'를 집중적으로 다룬다.

국민연금은 보편적인 노후 소득보장제도

길어진 수명에 효과적으로 대처할 수 있는 것은 사실 '공적연금'뿐이다. 불과 20년 전만 해도 자녀나 퇴직금, 부동산, 예금 등을 주요 노후준비 수단으로 들었지만, 지금은 국민연금(55.2%), 예·적금(18.4%), 사적연금(8.4%), 기타 공적연금(8.3%), 부동산 운용(5.2%), 퇴직급여(3.9%) 순으로 나타나고 있다(통계청 2019년 사회조사 결과). 이 사이에 어떤 변화가 있었던 걸까. 노후준비 수단에 '자녀'가 포함되었던 것은, 자식이 연금이고 보험이던 시절의 이야기인데 머지않아 이를 쉽게 이해할 수 없는 시대가 올 것 같다. 산업화·도시화·핵가족화의 영향으로 가족부양 역할이 급격히 축소되었다. 부모 부양책임에 대한 인식을 조사한 결과를 보면, 가족 내에서 해결해야 한다고 생각하는 사람은 1998년 89.9%에서 2018년 26.7%로 줄었다. 반대로 사회적으로 해결해야 한다고 생각하는 사람은 같은 시기 2.0%에 불과하던 것이 54.0%로 높아졌다. 가족을 통한 개인적 부양 시스템이 무너지고 '사회적 부양 시스템'으

---

17) 국민연금 연구원의 보고서 '근로자의 소득 수준별 퇴직·개인연금 가입 현황과 시사점'에 따르면 국민·퇴직·개인연금 세 가지 모두 가입한 사람의 비율을 따져보니 소득에 따른 양극화 현상이 나타났다. 최고 소득층의 가입률(45.9%)과 최저 소득층 가입률(5.5%) 차이는 무려 9배에 달했다.

로 급격하게 변화된 것을 볼 수 있다. 되돌리기는 어려운 일일 테니, 지금의 사회적 부양 시스템을 잘 보완해가야 할 것이다. 현재 170여 개국이 국민연금제도를 시행하고 있고, 인류는 좋은 노후준비 수단으로 공적연금을 대체할 만한 더 효과적인 수단을 아직 발견하지 못했다.

우리나라는 공적연금으로 1960년 공무원, 1963년 군인, 1975년 사립학교 교직원, 1982년 별정우체국 직원을 대상으로 연금제도를 시행했지만, 일반 국민을 대상으로 국민연금제도를 시행한 것은 1988년이다. 그전에 1973년 국민복지연금법을 제정해 그다음 해 시행할 예정이었으나, 세계적인 유류파동으로 경제 위기에 봉착하게 되면서 무기한 연기되었다. 만약 그때 국민복지연금이 시행되었더라면 우리 사회는 어떻게 변했을까. 최소한 지금의 노인 문제의 심각성은 많이 줄어들었을 것이다. 하여튼 국민연금제도가 1988년 1월에 먼저 10인 이상 사업장을 대상으로 시행했고 1995년 7월 농어민과 농어촌 지역 주민, 1999년 4월에 도시지역 주민까지 확대 시행해 비로소 '전국민연금시대'를 열었다. 전 국민이 국민연금에 가입하는 시대가 열렸다고 하나 농어촌이나 도시지역 주민들이 국민연금을 제대로 받아들인 것은 한참 지나서였다. 노후에 자녀에게 의존하던 전통적인 관습에서 완전히 벗어나지 못한 상황이었고 당시 어려웠던 경제 상황이나 정부에 대한 불신이 크게 영향을 미친 듯하다. 지금은 참 많이 달라졌다. 국민연금을 조금이라도 더 받을 방법을 찾고자 많은 국민이 공단을 찾아오니 말이다. 오래된 일이지만 '폐지 줍는 노후'와 '캐리어 끌고 여행가는 노후'를 대비시킨 국민연금 광고가 있었다. '65세에 어떤 손잡이를 잡으시렵니까?'라는 문구는 가난한 노후에 대한 두려움과 불안을 과도하게 느끼게 한다는 이유로 중단되었지만, 그 광고 카피는 당시 은퇴 현실과 연금의 중요성을 잘 반영한 것이었다.

개인의 노후대비에 국가가 개입하는 것에 대해 여전히 불만을 가진 사람들이 있지만 전 세계적으로 보편화된 것을 보면, 개별 근로자나 시장을 통해서는 은퇴 후 노령에 대비한 적절한 저축을 확보하는 것이 어렵다는 것을 시사한다. 이렇게 해서 탄생한 공적연금제도는 몇 가지 특징을 가지고 있다. 첫째, 사회보험으로서 '의무 가입'이다. 민간의 개인연금은 개인의 선택에 맡겨져 있지만, 공적연금은 가입이 법률로 강제되어 있다. 둘째, 소득재분배 효과가 있다. 국가나 공적연금의 유형에 따라 또, 제도 설계에 따라 많은 차이를 보이지만 대체로 공적연금은 세대 내에서 소득이 높은 계층에서 소득이 낮은 계층으로, 세대 간에 근로 계층에서 은퇴 계층으로 소득이 이전되는 효과가 있다. 셋째, 운영 주체가 국가나 국가의 위임을 받은 공공기관에 의해 관리 운영되는 것이 일반적이다.

이러한 공적연금의 특징을 배경으로 개인의 노후대비에 국가 개입의 필요성이나 정당성을 나타내는 논거로 활용되는 것들이 있는데, 이인재 외『사회보장론』에서 소개하고 있는 것을 정리하면 다음과 같다. 첫째, 미래의 상황에 개인이 적절히 대처하기 어렵다는 '통찰력의 결여'를 든다. 아무리 자신감 넘치는 개인이라도 자신의 앞날을 충분히 예측하고 대비하기 어렵다는 보편적 리스크를 말한다. 은퇴 시점에서야 은퇴 이후의 경제적 문제에 직면할 수 있지만, 이미 그 문제를 해결하기에는 너무 늦은 것이다. 이는 은퇴 이후 빈곤으로 추락하지 않도록 소득활동 시기에 은퇴 이후를 대비한 저축을 강제하는 근거가 된다. 둘째, '성실한 자에 대한 보호'다. 미래를 대비해 저축한 성실한 사람들을, 미래를 대비해 저축하지 않은 근시안적이고 불성실한 근로자들로부터 보호할 필요성이 있다는 것이다. 대부분 사회는 비록 불성실한 자라 하더라도 국가 재정을 통해 구성원들의 최저 수준의 생활을 보장하고 있다. 이럴 때 불성실한 사람들은 자신의 미래 대비를 소홀히 하는 태도를 보일 수 있고, 결과적으로 성실한 사람은 자신과 불성실한 사람까지 이중 부담을 지게 된다. 이를 방지하기 위해 국가는 노후 소득보장에 대한 비용 부담이 성실 또는 불성실과 관계없이 전체적으로 배분될 수 있도록 개입해야 한다는 정당성을 갖는다. 셋째, '소득재분배'다. 소득재분배는 사회통합을 증진시키고 보다 공정한 사회를 형성하기 위해 국가가 시장에 의한 소득 분배를 변경하려는 결정에서 발생한다. 잘 알려진 것처럼 지나친 불평등을 완화하고 저소득층의 최저 생활 수준을 보장하기 위해 고소득층에서 저소득층으로 소득을 이전하는 형태의 국가 개입이 필요하다. 대부분 국가에서 조세제도와 함께 공적연금제도를 시장에 의한 소득 분배를 변경하는데 주요 수단의 하나로 활용하고 있다. 주로 급여액의 산정은 생애 소득이 낮은 자들에 상대적으로 유리하게 설계된다. 마지막으로 '불확실성에 대한 보험'이다. 은퇴 후를 대비한 저축을 결정할 때 미래의 소득활동 지속 여부, 소득 수준, 경제 성장률, 물가 수준, 이자율, 기대수명 등의 불확실한 변수에 직면하게 된다. 예측에 근거할 수밖에 없는데 실제와 괴리가 생겼을 경우 문제가 생긴다. 그래서 공적연금제도는 이러한 불확실성을 방지하기 위한 보험의 기능을 가진다. 미래에 초래될 수 있는 위험을 사회 전체 구성원들에게 분산시키고 공동 책임을 지는 형태를 갖춘다. 그래서 국가가 개입하여 강제 가입을 요구한다.

국민연금제도 개요

이 부분을 제대로 설명하려 하면 장황해지기에 십상이다. 모든 설명은 추가적인 설명을 요구한다. 지면상 요점 위주로만 서술한다. 국민연금은 공무원·직업군인·사립학교 교직원·별정우체국 직원을 제외하고, 만 18세 이상 60세 미만의 일반 국민을 그 대상으로 한다. 기여를 전제로 하는 사회보험 방식이라 매월 월 소득의 9%를 보험료로 납부한다. 사업장에 종사하는 근로자는 '사업장가입자'가 되며 사업주와 근로자가 절반씩(4.5%) 분담한다. 보험료를 산정하는 월 소득은 상·하한액이 있다. 상한액은 현재 월 503만 원으로 그 이상의 소득이더라도 그 금액으로 보험료를 부과하는데, 이것은 가끔 오해를 불러일으킨다. 재벌 총수 등 소득이 엄청나게 많은 사람이 보험료를 적게 낸다는 고발성 논란(?)이 생긴다. 만약 상한액을 두지 않으면 현행 제도하에서는 더 많은 연금 급여를 가져가는 구조이기 때문에 상한액을 유지하는 것이 합리적이다. 사업장에 종사하지 않으면서 소득활동을 하는 경우 '지역가입자'가 되며, 소득활동에 종사하지 않거나 가입 의무가 없는 전업주부 등은 본인 신청에 따라 '임의가입자'가 될 수 있다. 수급 요건을 채우기 위해 연장해서 가입하는 임의계속 가입도 가능하다. 가입 기간은 보험료를 납부한 기간을 말하며 만 60세까지 10년 이상을 채우면 연금으로 수급하고, 10년 미만의 경우 연장 가입 등을 통해 연금을 받을 방법을 선택하지 않으면 일시금을 받게 된다. 급여 수준은 어떨까. 결론적으로 이야기하면, 그동안의 개혁으로 수익률을 낮추었다고 하지만 여전히 높은 수준이다.[18] 급여

18) 2019년부터 20년 가입 기준으로 계산한 소득 계층별 수익비를 보면, 100만 원 소득자 3.1배, 평균소득액 수준인 236만 원 소득자는 1.8배, 300만 원 소득자는 1.6배, 상한액인 468만 원

수준은 본인 소득과 가입자 전체의 평균 소득·가입기간·'소득대체율'[19]에 의해 결정된다. 소득대체율은 2007년 연금개혁을 통해 60%를 2008년 50%로 낮추고 2028년 40%까지 점진적으로 낮추어가고 있다. 본인 소득과 가입자 전체 소득이 증가하거나 가입 기간이 길수록 연금액은 상승하는 구조다. 급여 수준도 중요하지만, 언제부터 받을 수 있는가 하는 부분도 은퇴자들에게 매우 중요한 요소다. 수급연령은 당초 만 60세로 규정하고 있던 것을 기대수명 증가 등 세계적인 추세에 맞춰 1998년 말 점진적으로 늦추는 것으로 개정되었다. 생년에 따라 수급 연령을 조정하고 있는데, 1969년 이후 생년부터는 만 65세부터 수급한다.[20] 2020년에는 만 62세에 도달하는 사람들이 노령연금을 처음 받게 된다.

국민연금이 가지고 있는 주요 특징을 정리해 보면 다음과 같다. 노령연금을 평생 받게 되는 것은 당연하다. '평생월급'으로 이름 붙여진 것과 같이 종신지급이다. 노령연금 수급자가 사망할 경우 생계를 같이 하던 배우자에게 유족연금을 지급함으로써 배우자를 보장하고 있다. 연금은 통상 장기간 가입하고 오랜 기간 수급한다. 이와 관련하여 가입 기간 중의 보험료 산정 기준이 되는 소득 수준은 연금액 산정 시 어떻게 반영될까. 가입 기간에는 과거 소득을 현재가치로 재평가하는데, 임금상승률로 환산하여 반영한다. 예를 들어 1988년의 월 소득

소득자는 1.4배로 나타났다. 매년 소득은 가입자 평균 소득 상승률로, 기본연금액은 물가상승에 연동하여 상승하고 총수급 기간은 20년 수급으로 가정하였다(국민연금 연구원).

19) 연금액이 본인의 생애 평균 소득에서 차지하는 비율

20) 수급연령은 1953~1956년생은 만 61세, 1957~1960년생은 만 62세, 1961~1964년생은 만 63세, 1965~1968년생은 만 64세, 1969년생 이후는 만 65세로 규정하고 있다.

50만 원은 2019년에 314만 원으로 환산된다. 연금을 받기 시작한 이후에는 어떻게 될까. 매년 소비자물가 변동률을 적용하여 실질 가치를 보장하고 있다. 고소득층은 불리할까. 그렇지 않다. 저소득층이 상대적으로 받는 혜택이 크긴 하지만, 현행 제도에서는 고소득층도 내는 것에 비해 많이 받는 구조다. 많은 사람이 못 믿어 하는 것으로, 기금이 소진되면 못 받게 될까. 연금 수급권은 법적 권리이고 확정급여 방식을 취하고 있다. 국가가 존속하는 한 반드시 지급된다는 뜻이다.

국민연금 제대로 활용하기

국민연금제도 중 알아두면 유익한 것들이 많지만, 그 내용을 제대로 이해하기는 쉽지 않다. 임의가입, 보험료 지원제도, 더 많은 연금을 받을 수 있는 추후 납부제도, 사회적 기여에 대해 가입 기간을 추가 산입해주는 크레딧, 그리고 연금 수급과 관련하여 연금을 당겨 받거나 연기하여 받는 것들을 선별하여 소개한다. 더욱 자세한 사항은 국민연금공단 홈페이지를 통해 정보를 얻거나 방문하여 상담받기를 권한다.

먼저, 국민연금 가입 기회를 최대한 가지고, 가입 기간을 늘리는 것이 바람직하다. 소득활동에 종사하면 의무 가입이지만 전업주부 등은 가입 대상이 아니다. 하지만 많은 분이 임의가입을 하고 있고 요즘은 민간의 재무설계 전문가들조차 노후준비 첫걸음은 '국민연금 임의가입'부터 하라고 조언한다. 안정성, 수익성을 고려할 때 어떠한 금융상품보다 유리하기 때문이다. 2019년 말 기준 임의가입자가 32만 8,727명이었는데, 2020년 6월 말 현재 33만 7,793명으로 늘었고, 경제활동에 배제되었던 50대 여성들이 많이 활용하고 있다.

제한적이긴 하지만, 보험료 지원제도도 있다. 현재 농어업인과 영세 사업장 근로자를 대상으로 시행되고 있다. 농어업인에게는 정부에서 기준소득금액을 정한 후 연금보험료의 2분의 1 범위 내에서 국고 지원을 하고 있다. 영세사업장 근로자는 일정 금액 미만의 소득인 경우 연금보험료 중 기여금과 사업장 부담금의 일부를 국가가 지원하고 있다. 현재 근로자 10인 미만인 사업장의 기준소득월액 215만 원 미만인 경우 지원 대상이 된다. 이 경우 연금보험료 지원 금액은 사용자와 근로자가 각각 부담하는 연금보험료의 5분의 3 범위 내에서 지원한다. 아울러, 정부는 지역가입자 중 사업 중단, 실직 또는 휴직으로 연금보험료를 내지 못하고 있는 형편이 어려운 납부예외자를 선정하여 12개월 이내의 보험료 일부를 지원하는 근거를 마련하고 있다.

다음은, 연금액을 늘리는 데 유용한 방법들이 있다. 연금보험료 추후납부제도는 국민연금 가입 중에 실직 등으로 연금보험료를 납부할 수 없었던 납부 예외 기간뿐만 아니라, 결혼 등의 사유로 국민연금 가입 기간이 단절된 적용제외 기간에 대해서도 추후에 연금보험료를 납부하여 가입 기간을 늘릴 수 있도록 하는 제도다. 이는 연금 수급을 위한 최소 가입 기간을 충족하는 데도 유용하지만, 연금액을 늘리기 위한 방안으로도 최근 부쩍 많이 활용되고 있다. 2016년 말 경력 단절 무소득 배우자도 추후납부할 수 있도록 제도가 바뀌고, 소위 '강남 아줌마'들의 재테크 수단으로 입소문이 나면서 문제점이 알려지기 시작했다. 나이 들어서야 연금의 중요성을 알게 된 분들이나 전업주부들에게는 매우 고마운 일이지만, 성실하게 보험료를 납부한 가입자들과의 형평성 문제가 있고, 추납을 우리나라처럼 폭넓게 허용한 외국 사례는 없다. 당연 가입 대상이 아닌 고소득층의 전업주부 등이 고액의 연금보험료를 추납하여 높은 수준의 연금을 수령하는 것을 막기 위해 임의가입자로 추납할 경우 연금보험료의 상한(2020년 A값 243만 8,000원의 9%에 해당하는 보험료)을 두고 있기는 하지만, 이것만으로는 부족하다고 보는 이들이 많았다. 이런 문제점을 해소하기 위해 추후 납부를 통해 연금보험료를 납부할 수 있는 기간을 10년 미만의 범위로 제한하는 법률이 2020년 12월 국회를 통과하여, 법 개정 이후의 신청 가능 기간이 10년 미만으로 줄어들게 되었다. 아울러, 추납을 신청할 때는 기초연금 수급 가능 여부를 미리 점검하는 것이 좋다. 기초연금 수급자를 선별하는 과정에서 소득인정액을 산정할 때 국민연금 수령액을 포함하고 있기 때문이다.

연금액을 늘리는 또 다른 효과적인 방법으로 과거에 받았던 반환일시금을 반납하는 방법이 있다. 1999년 1월 1일 전에 반환일시금을 받은 자가 이를 반납해 가입 기간을 늘리는 것은 매우 유용하다. 반납할 경우 과거에 가입했던 해당 기간이 복원되면서 그 당시 소득대체율을 적용받기 때문에 오래전에 받은 반환일시금은 반납하는 것이 절대 유리하다. 반납금 납부 신청은 추후납부와 마찬가지로 가입자 자격을 유지하고 있는 동안에만 가능하다. 당연히 반납 이자가 가산되고 분할 납부도 가능하다. 지난해 연금전문가로 알려진 중앙일보 신성식 기자는 어버이날을 하루 앞두고 '59.9세 부모에게 효도하기'라는 제목의 칼럼을 실었다. 국민연금 가입 연령이 만 60세까지이니 그 연령에 도달하기 전에 부모의 연금 가입 이력을 확인하고 국민연금의 추후납부와 반환일시금 반납제도를 활용해서 부모님의 연금 가입 기간을 최대한 늘리고 연금을 더 받게 해드리라는 것이다. 어버이날을 맞아 좋은 효도 아이템을 알려준 것이다. 연금액을 늘리는데 반납의 효과가 매우 커 '연금 매직', '연금 로또'로 불리면서 신청자가 꾸준히 늘고 있다.

국민연금에는 용어가 다소 생소한 '크레딧*credit*'이라는 제도를 두고 있다. 이는 개인의 생애에서 연금을 의무적으로 가입하고 납부해야 하는 기간 중 불가피한 사유로 혹은 사회적으로 가치 있는 행위로 연금보험료를 납부하지 못한 기간 즉, 군 복무·출산·실업에 대해 요건을 충족하는 경우 연금에 가입한 것으로 인정해주는 것이다. 군 복무의 경우 2008년 1월 1일 이후 병역의무를 수행한 경우 노령연금 수급권을 취득할 때 6개월의 가입 기간을 추가 산입해주고 있다. 출산의 경우에는 2008년 1월 1일 이후 출산하여 자녀가 2명인 경우 12개월, 자녀가 3명 이상인 경우 초과하는 자녀 1명당 18개월을 노령연금 수급권을 취득할 때 추가로 산입한다. 최고 50개월을 초과할 수 없고 자녀의 범위에는 친생자가 아닌 양자도 포함하며, 부모 중 한 사람에게만 인정된다. 심각한 저출산 상황이라 자녀 1명인 경우에도 크레딧을 제공하자는 논의가 이루어지고 있다. 2019년 말 기준 출산 크레딧을 통해 노령연금 수급자 1,354명이 연간 5억 원의 연금 혜택을 추가로 받고 있다. 1인당 연간 약 37만 원의 혜택을 받은 셈이다. 마지막으로 실업에 대한 크레딧은 고용보험법상 구직급여를 수급하는 국민연금 가입자 등에 대해 연금보험료 일부를 지원하는 형태다. 2016년 8월 1일부터 시행되고 있는데, 월 구직급여액 절반 수준의 '인정소득'을 기준으로 생애 최대 1년간에 한해 보험료의 4분의 3을 지원한다.

연금을 수급하는 시점에서 선택할 수 있는 것들도 있다. 노령연금은 현재 10년의 가입 기간을 충족하고 법정 연령에 도달하면 청구에 의해 수급할 수 있다. 조기 퇴직자가 많은 우리나라 현실을 고려하여, 본인의 희망에 의해 법정 연령보다 최장 5년까지 앞당겨 받을 수 있는 '조기노령연금'을 두고 있다. 앞당기는 시기 즉, 청구 연령에 따라 70%~99.5%(1개월마다 0.5%p씩 가산)로 감액 지급된다. 감액에도 불구하고 연금을 앞당겨 받아야 하는 상황도 있지만, 노령연금을 받는 기간에도 일정 수준 이상의 소득이 발생하는 경우가 있다. 이때는 공적 소득보장의 필요성이 줄어든다는 이유로 연금액의 일부를 감액하고 있다. 과거 연령 기준으로 50~10%를 감액하던 시절에 많은 수급자의 불만을 샀던 부분인데, 현재는 노령연금 수급권자의 월평균 소득금액이 A값(연금 수급 전 3년간의 평균 소득월액의 평균액)을 초과하는 경우 그 초과소득 구간별로 일정액을 감액하고 있다. 이처럼 소득 활동을 계속하는 경우 선택할 수 있는 것으로 '연기연금'이라는 것이 있다. 연금액의 전부나 일부를 연기할 수 있도록 하고, 연기하는 기간만큼 연금액을 더 받을 수 있도록 하여 수급권자의 선택권을 강화하고 고령자의 근로 의욕을 고취시키려는데 그 취지가 있다. 연기 기간에 대한 연금 가산율이 연 7.2%(월 0.6%p)나 되니 절대 적지 않다. 수급 연령이 되어 이런 선택을 해야 하는 상황이 되면, 갑자기 머릿속이 복잡해질 수 있다. 본인의 건강 상태와 예상 수명을 함께 고려하여 득실을 따져봐야 하기 때문이다. 최근 일본은 연금개혁 방안의 하나로 연금을 연기할 수 있는 연령을 75세까지 확대하고, 이 경우 1.84배의 연금을 지급하는 방안을 논의하고 있다.

국민연금의 급여는 노령연금이 그 핵심이지만 가입 중 사망할 경우 그 유족에게 지급하는 '유족연금'이 있고, 장애에 대해 지급하는 '장애연금'이 있다. 먼저, 유족연금은 복잡하지만 간단히 설명하면, 가입자나 가입자이었던 자 또는 연금 수급자가 사망한 경우 그에 의해 생계를 유지하던 유족이 받을 수 있다. 연금보험료 미납이 적어야 하고 유족연금을 받을 수 있는 연금 수급자에는 노령연금 수급자와 장애등급 2급 이상의 장애연금 수급자가 포함된다. 유족의 범위는 민법을 준용하는데 배우자, 25세 미만의 자녀, 60세 이상의 부모, 19세 미만의 손자녀, 60세 이상의 조부모 중 최우선 순위자에게 지급한다. 연금액은 보험료 납부 기간(가입 기간)에 따라 40~60%로 차등 지급한다. 배우자를 제외한 나머지 유족은 연령 요건이나 장애등급 2급 이상의 요건을 충족해야 한다. 배우자는 기본적으로 유족연금을 받게 되나 예외적인 경우 지급정지 될 수 있다. 이 경우 3년 동안 지급한 후 소득이 있는 업무 종사 시 55세가 될 때까지 지급을 정지한다. 다만, 이 경우에도 유족연금 수급자가 장애 2급 이상이거나 만 25세 미만의 자녀와 생계유지 중이면 정지하지 않는다. 재혼할 때는 수급권이 소멸되고 25세 미만 자녀에게 승계될 수 있다. 많이들 오해하고 있는 사항으로 '2가지 급여가 발생했을 경우' 하나를 선택하는 것과 관련하여 예를 들면, 노령연금을 받고 있는 상황에서 배우자 사망으로 유족연금 수급권이 발생했을 때 본인의 노령연금을 선택할 경우 유족연금액의 30%를 추가로 받을 수 있다. 국민연금과 달리 공무원연금의 유족연금은 본인 퇴직연금의 60%이고, 공무원 재직기간 중 혼인한 배우자만 유족으로 인정받을 수 있는가 하면, 민법상 상속에 있어 자녀와 동 순위로 인정되어 나눠 받게 되어 있다. 다시 국민연금으로 돌아가 장애연금은 질병이나 부상의 초진일 당시 일정한 가입 기간이 있고, 완치 후에도 신체 또는 정신상의 장애가 남은 경우 장애 정도에 따라 연금을 지급한다. 연금액은 장애등급과 가입 기간 중의 소득 수준에 따라 결정되는데, 장애등급은 4등급으로 분류하며 1~3급은 연금으로, 4급은 일시금을 지급한다.

연금에 대한 설명에서 빼놓을 수 없는 것이 '분할연금'이다. 우리는 황혼이혼 등 이혼이 많이 늘어나는 시대에 살고 있다. 이러한 상황에 맞추어 국민연금은 가입 기간 중 5년 이상 혼인 관계를 유지했던 노령연금 수급권자와 이혼한 경우, 이혼한 배우자가 수급 연령이 되면 분할연금을 청구할 수 있다. 혼인 기간 중에 정신적, 물질적으로 기여한 부분에 대한 인정이다. 연금액은 가입 기간 중의 혼인 기간에 해당하는 노령연금액의 2분의 1이다. 이혼한 부부에게는 매우 민감한 문제로, 연금청구 과정에서 뒤늦게 생기는 갈등이 적지 않다. 혼인 파탄에 책임이 있는 배우자에게 분할연금을 지급하는 것과 관련하여서는, 분할연금 요건을 갖춘 날이 2016년 12월 30일 이후인 경우 당사자 간 합의나 재판으로 2분의 1 외에 별도의 분할 비율을 정할 수 있다. 분할연금은 청구할 수 있는 때로부터 5년이 지나면 청구할 수 없다.

다음은 '세금 문제'인데, 국민연금 수급액에 대한 과세는 어떻게 될까. 노령연금은 소득세법상 연금소득으로, 반환일시금은 퇴직소득으로 보아 소득세를 과세하고 있다. 장애연금은 취약계층에 대한 정책적 차원에서 소득세를 과세하지 않고 있고 유족연금도 상속재산으로 보지 않아 과세대상이 되지 않는다. 연금소득만 있는 경우 연금 수령액이 아닌 '과세대상 연금액'에서 세금이 발생한다. 과세대상 연금액은 노령연금액 총액이 아니라, 2002년 1월 1일 이후 납부된 연금보험료를 기초로 하여 지급받은 노령연금액으로 한정하고 있다. 이는 2002

년 1월 1일 이후 납부한 연금보험료에 대해서는 소득공제를 통해 소득세를 경감받았으니, 연금을 수령할 때 연금소득으로 과세하도록 과세이연을 한 결과다. 과세 문제는 2002년 전 가입 기간이 상대적으로 많은 분에겐 크게 신경 쓰지 않아도 될 일이다. 소득공제를 받지 않았으니 연금을 받을 때 연금소득세를 부과하지 않는다. 과세대상 연금액이 '770만 원 이하'라면 연금소득세가 발생하지 않는다. 연금 수급자가 사업소득 등 다른 소득이 있는 경우에는 종합소득 확정신고를 해야 한다. 단, 과세대상 연금액이 연 350만 원 이하인 경우 전액 연금소득공제가 되므로 연금소득에 대해서는 종합소득 확정신고를 하지 않아도 된다.

노후 생계 수단으로 받고 있는 국민연금이 압류되거나 갑자기 지급되지 않을 경우 어려움에 처할 수 있다. 그래서 국민연금은 수급권을 보호하기 위해 수급권의 양도, 담보 제공 또는 압류 등으로 제3자에게 연금 급여가 지급되는 것을 금지하고 있다. 특히, 연금이 일반 계좌로 지급되어 다른 금원과 섞이게 될 경우 계좌 압류로 압류 금지의 실효성을 높이기 어려울 수 있는데, 이를 위해 마련된 금융기관의 '급여수급 전용계좌'를 개설하면 보호받을 수 있다. 지금까지 국민연금의 활용을 돕기 위해 설명을 했으나 줄일 수 있는 만큼 최대한 줄여 쓸 수밖에 없었다. 여기까지 잘 따라오신 분에게 박수를 보낸다. 우리 사회엔 여전히 국민연금의 재정 불안이나 지속 가능성에 대한 적지 않은 우려가 있다. 그 문제에 접근하려면 먼저 기금을 살펴봐야 한다.

대양으로 나간 연못 속의 고래, 국민연금기금

2020년 9월 말 기준 국민연금기금은 그동안 연금보험료 615.1조 원과 기금의 운용 수익금 398.3조 원을 합한 1,013.4조 원을 조성하여 연금 급여 등으로 228조 원을 지출했다. 현재 운용 중인 것이 무려 785.4조 원이다. 국민연금 시행 첫해인 1988년 말 적립금 5,000억 원 규모였는데, 30여 년이 지난 지금 세계 3대 공적연금기금이 되었다. 수익률로 나타나는 운용성과와 향후 적립금 추이, 국민경제에 차지하는 비중 등을 살펴보자. 먼저, 운용 수익률을 보면 2018년은 0.92%의 수익률과 5.8조 원의 손실을 기록했지만, 다행히 2019년에는 11.31%, 73.4조 원의 수익을 거두었다. 국민연금의 운용 수익률이 높으면 연금을 받는 분들의 연금액이 직접 높아지지는 않지만, 보다 안정적으로 연금을 지급할 수 있는 여력을 갖추는데 의미가 있다. 운용 수익률에 관심을 가져야 하는 이유이기도 하다. 하지만 경제 상황에 따라 등락을 거듭하는 단기간의 운용성과를 보고 일희일비할 것이 아니라, 국민의 노후소득보장을 위한 기금인 만큼 중장기적인 관점에서 보는 것이 바람직하다. 국민연금기금의 누적 수익률은 5.69%, 수익금 398.3조 원으로 해외 주요 연기금과 비교해볼 때 매우 양호한 편이다.

국민연금기금은 향후 적립금이 천문학적으로 늘어가는 구조로 되어 있다. 2021년 800조 원, 2024년 1,000조 원을 돌파하여 2041년에는 1,778조 원까지 증가할 것으로 예상한다. 그에 맞는 운용 전략을 갖추고 자산 배분을 하면 되겠지만, 이는 결코 간단한 문제가 아니다. 2020년 9월 말 기준 국민연금기금은 대부분 금융부문에서 주로 주식(41.0%), 채권(46.9%), 대체투자(11.7%)로 나누어 운용되고 있다. 국민연금기금이 국민경제에 차지하는 비중을 보자. 명목 GDP의 40.89%, 주식시가총액의 7.52%, 채권발행 잔액의 14.49%를 차지하고 있어 국민경제에 차지하는 비중이 지나치게 높다. 이런 이유로 '연못 속의 고래'로 비유되기도 했다. 안정적인 수익을 실현하고 국내에 집중된 투자 리스크를 줄이기 위해 해외투자 비중을 점진적으로 높여왔고, 현재 36.6%(287.1조 원)가 해외의 주식·채권·대체자산에 투자되고 있다. 투자 비중이 가장 큰 주식의 경우 178.4조 원이 해외에 투자되고 있다. 2019년 수익률 11.3%는 국민연금기금이 해외로 나간 결과로 얻은 성과다.

이러한 성과에도 불구하고 우리가 주목하지 않을 수 없는 것이 있다. 바로 고래 등처럼 상승하다가 급격하게 꺾이는 국민연금기금의 생명 곡선이다. 관심이 있는 사람들에겐 눈에 익숙해진 그래프다. 앞으로 20년 정도 적립금이 늘어가지만, 2041년 정점에 달한 후 적립금이 줄기 시작하여 급격한 하향 곡선을 그리다가 2057년 소진되는 것으로 나타났다. 이 그래프에는 우리 사회의 출생·사망·임금상승률·경제성장률 등 인구사회경제학적 요소들이 총체적으로 반영된 결과다. 빠른 속도로 돈이 쌓이지만, 더 빠른 속도로 연금을 받는 사람이 늘어난다는 뜻이다. 적립금이 소진되면 어떻게 되는 걸까? 그해에 거두어들이는 보험료로는 수급자들에게 연금을 지급하기에 턱없이 부족할 테니 보험료를 더 거두어야 하는 상황이 된다. 급격하게 높아질 보험료율[21]을 감내하기도 어렵지만, 적립금이 줄어드는 상황에서 투자자산을 회수하기도 쉽지 않을 것이다. 앞에서 살펴본 대로 국민경제에 차지하는

---

21) 국민연금 연구원에 따르면 국민연금제도를 개혁하지 않고 현행대로 유지할 경우 기금고갈 이후인 미래 세대의 보험료 부담이 현재보다 3배 이상 높아질 것이란 분석이다.

비중이 높아 국내경제에 미칠 영향도 고려되어야 한다. 이대로 두면 안 되는 이유다.

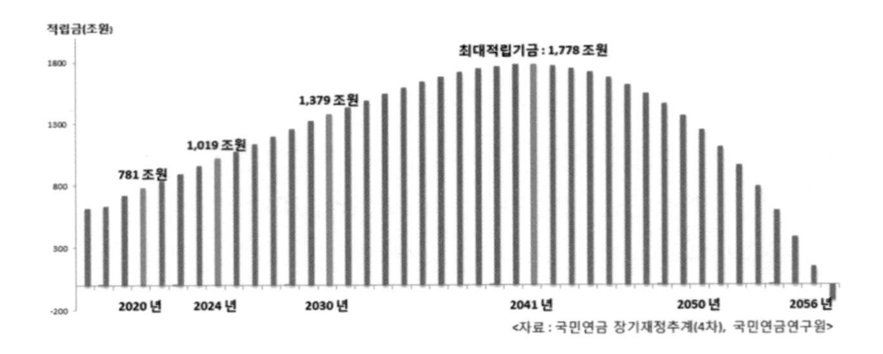

<자료 : 국민연금 장기재정추계(4차), 국민연금연구원>

연금개혁, 왜 필요한가?

국민연금은 여전히 '저부담 고급여' 체계를 유지하고 있다. 가입자가 부담하는 것에 비해 수급자가 받는 급여(소득대체율)는 상대적으로 높아 재정 균형을 이루기 어려운 구조다. 이에 더해, 우리 사회의 고령화는 급속히 진행되고 있다. 고령화는 기본적으로 오래 사는 것과 적게 태어나는 것으로부터 발생하는 사회문제다. 2020년은 처음으로 연간 출생아 수가 30만 명 아래로 내려가고, 출생아보다 사망자가 많아진 '인구 감소의 원년'이 된다. 국민연금 가입자는 이미 2019년부터 감소하기 시작했고, 2024년까지 6년 연속 감소할 것이라는 전망이다. 지난해 국회예산처가 내놓은 보고서 '노인인구 증가와 국민연금 부담변화 분석(2019)'에 따르면, 국민연금 가입자가 전체 인구에서 차지하는 비중은 2019년 42.9%에서 2060년 27.3%로 내려앉는다. 대신 수급자는 2019년 9.4%에서 2060년 37.8%로 치솟는다. 그래서 국민연금기금의 적립금 소진은 시간문제일 뿐이며 이상한 일이 아니다. 정부와 국회예산처가 내다본 국소저민연금 적립금 소진 시점은 각각 2057년, 2054년이다. 고령화는 연금제도의 지속 가능성을 약화시키고 사회의 성장 동력을 잃게 하면서 연금제도와 일자리를 두고 세대 간 갈등을 촉발하게 한다. 수명이 늘어나는 만큼 정년을 연장하는 조치가 제때에 이루어질 수 있다면, 연금 수급 연령도 그에 맞춰 연장해서 재정의 부담을 덜 수 있을 것이나 그리 간단한 문제가 아니다. 선진국들의 평균수명이 많이 늘어나던 1980년대 프랑스는 오히려 반대의 정책 결정을 했다. 퇴직 연령을 앞당기고 그 자리에 청년고용을 늘려 실업을 줄이려는 정치적 선택을 했지만, 현실에서는 의도했던 대로 실업률이나 청년 고용률의 의미 있는 변화가 나타나지 않았다. 결론적으로 시니어를 퇴직시킨다고 청년을 위한 일자리가 창출되는 것은 아니라는 것이다. 세대 간 유대는 아름다운 것이지만 신화神話에 불과했다. 그러면 어떻게 할 것인가. 프랑스에서 지금 그 일이 진행되고 있다. 정년 연장은 필연적이나 어떻게 조화롭게 할 것인지가 관건이다. 우리나라도 논의가 시작되고 있지만 과감한 결정을 못 하는 것은, 이 사안이 가지고 있는 복잡한 연결고리들이 있기 때문이다. 대부분의 선진국이 65세, 독일은 67세의 정년을 두고 있지만, 이웃 일본은 더 연장하려는 움직임이 있다. 미래 세대는 대표도 없고 그들의 의견에 귀 기울이는 사람도 적다. 연금재정의 악화가 더는 방치할 수 없는 상황에 이른 나라일수록 극적인 갈등을 빚는다.

최근 프랑스 마크롱 대통령의 연금개혁 추진을 비롯한 전 세계적인 연금개혁이 주목받고 있다. 마치 각국 정부가 연금과의 전쟁이라도 벌이는 형국이다. 이러한 연금개혁은 모두 오래 사는 환경에 잘 대응해

가기 위한 노력의 일환이다. 제도 개혁에 대해 이야기를 하기 전에 사회보험 형태의 연금재정을 조달하는 방식을 이해할 필요가 있다. '부과방식*pay-as-you-go*'과 '적립방식*funded*'이 있다. 부과방식은 기금을 적립하지 않고 해마다 연금 지출액을 미리 정한 후, 근로 세대에게 보험료를 거두어들여 곧바로 연금 수급자들에게 지급하는 제도다. 반면, 적립방식은 가입자가 내는 보험료와 운용 수익을 쌓아두면서 연금을 지급하는 방식이다. 우리나라는 이 두 방식을 조합한 '부분적립방식*partially funded*'인데, 보험료·이자 등의 수입과 연금 지출의 수지 균형을 처음부터 맞추지 않고 언젠가는 고갈될 것을 전제로 절충형으로 설계한 것이다. 제도 도입 당시 노후소득보장제도가 국민연금밖에 없었기 때문에 70%의 높은 소득대체율로 시작되었다. 완전 적립방식을 택하려면 그에 맞는 보험료율이 책정되어야 하는데, 현실적으로 수용이 가능하지 않았던 것이다.

우리나라도 '더 내고 덜 받는' 방식의 개혁을 두 차례 추진했으나 지속 가능한 수준에 이르지는 못했다. 2018년 재정계산 결과를 바탕으로 제도 개혁에 대한 논의가 있었지만, 결실을 보지 못하고 있다. 2018년 12월 기초연금과 국민연금을 합해 최저 노후생활 보장목표를 설정하고 이를 기반으로 제도 개편안을 만들었다. 당시 논의된 사항을 간략히 정리하면 다음과 같다. 과거의 개혁 논의와는 다른 특징을 가지고 있는데, 재정 안정화와 최저 노후생활 보장을 함께 추진한다는 점이다. 어떻게 보면 양립하기 어려운 목표를 동시에 가진 셈이다. 기초연금을 25~40만 원 범위에서 결정하고, 하향 조정 중인 국민연금 소득대체율을 40~50% 범위에서 여러 가지 조합을 만들어 제시한 것이다. 이 개편안에는 현행 제도를 그대로 유지하는 방안(1안), 기초연금을 40만 원까지 지급하는 방안(2안), 나머지 2개 안이 국민연금의 소득대체율과 보험료율을 45%-12%(3안), 50%-13%(4안)로 조정하는 방안이었다. '현행 유지' 방안이 '개편'안에 포함된 것은 선뜻 이해하기 어려운 일이었고, 이후 경제사회노동위원회를 통해 사회적 논의가 있었으나 국민의 관심을 불러일으키지 못한 채 종료되고 말았다. 위원회는 기존 정부의 4개 안을 '더 내고 더 받기', '현행 유지', '더 내고 그대로 받기'의 3가지로 줄이는 데 그쳤다. 국민 여론을 따라가는 것이 정치이지만, 국민 여론을 따르는 것만으로 사회가 바로 서기는 어렵다. 여론을 거슬러야 하는 연금개혁은 정치인에게 있어 폭탄과 같은 존재임이 틀림없다.

너무 늦지 않게 국민연금의 개혁은 이루어져야 한다. 지금의 제도를 방치하면 미래 세대의 부담이 과도하게 커지는 문제가 있다. 다른 복지정책들과는 폭발력에 현격한 차이가 있다. 개혁을 하루 늦추면 그만큼 미래의 충격이 커 개혁을 더 어렵게 하는 것이 연금개혁의 본질적 속성이다. 재정 안정화를 위해 보험료율을 높인다고 하면, 여기에도 뒤따르는 문제와 저항이 만만치 않을 것이다. 먼저, 근본적이기도 한 우리 사회 노동시장의 구조를 살펴볼 필요가 있는데, 소득 계층별로 소득분위가 높을수록 국민연금 가입 기간이 길고 낮을수록 가입 기간이 짧다.[22] 이는 바로 정규직, 비정규직이라는 노동시장의 이중 구조 때문으로 소득대체율과 보험료율의 인상이 취약계층의 노후 소득 보장 약화로 이어질 수 있음을 보여준다. 국민연금 가입률을 비교해보

22) 한국보건사회연구원의 보고서 '중고령자의 근로여건 변화와 노후 소득보장제도의 과제'에 따르면 2018년 기준으로 1970년 출생자의 경우 소득이 가장 낮은 집단(소득계층 0~10%)의 국민연금 가입 기간이 19.4년인데 비해 소득이 가장 높은 집단(소득계층 90~100%)은 33.9년으로 나타났다.

면, 정규직은 90%대에 육박하고 있으나 비정규직은 38% 수준이다.[23] 국회 입법조사처 자료(2020.9)에 따르면, 2019년 말 기준으로 18~59세 인구 10명 중 4명(41%)이 국민연금 적용의 사각지대에 있다. 가입을 지원할 수 있는 방안이 함께 논의되어야 하는 이유이다. 현행 제도의 틀을 유지하면서 보험료율 인상 등 지속 가능성을 높이기 위한 모수적 개혁 논의[24]도 필요하지만, 국가의 먼 미래를 보고 제도 간의 정합성을 갖추는 노력도 요구된다. 현행 기초연금제도가 국민연금과 중첩되는 기능이 있어 연계성을 가지고 있는 이유[25]가 있는 만큼, 노후 소득보장제도의 구조적인 개혁 논의도 필요한 시점이다. 독일을 비롯한 일부 유럽국가에서는 공적연금에 장기간 가입하고도 연금액이 일정 수준에 미치지 못하는 사람들에게 최저 급여 수준을 보장하는 '최저연금[26]'을 도입하고 있다. 국민연금 수급자가 증가하지만 소득대체율이 낮아지고 있고, 기초연금 급여를 인상하였음에도 불구하고 세계 최고 수준의 노인빈곤 문제가 지속됨에 따라 효과적인 대안을 모색·발굴할 필요가 있는 우리나라에 시사하는 바가 적지 않다. 우리 사회

23) 통계청 경제활동인구 부가조사 결과(2019.8), 국민연금 가입률은 정규직이 87.5%, 비정규직은 37.9%에 머물렀다.

24) 현행 제도의 틀을 유지하면서 보험료율, 소득대체율, 수급개시연령 등을 조정해가는 것을 말한다.

25) 우리나라 공적 노후 소득보장 체계는 국민연금을 주축으로 하고 국민연금액에서 부족한 부분은 기초연금으로 보전하여 모든 국민이 노후에 최소한의 생활을 할 수 있는 사회안전망을 제공하는 것으로, 기초연금의 지급액은 기준연금액과 국민연금 급여액 등을 고려하여 산정하도록 하고 있음(기초연금법 제5조).

26) 독일 연립정부는 2000년대 여러 차례에 걸친 재정 안정화 개혁으로 법정 연금보험의 소득대체율이 낮아지면서 노후 빈곤에 대한 취약성이 증대하고 공공부조 급여 대비 법정 연금보험 급여 수준에 대한 논란이 부상함에 따라 장기간 저소득으로 법정 연금보험에 가입한 사람들을 대상으로 보험료 납입 이력과 사회적 가치 등 기여를 인정하기 위해 2019년 11월 '최저연금Grundrente' 도입을 발표하고 2021년부터 시행하기로 결정했다(연금이슈&동향분석, 2020.3.30.).

에서 국민연금 개혁이 논의될 때 뜨겁게 부상하는 논쟁적인 주제가 하나 더 있다. 매번 공무원연금과의 형평성 문제가 그림자처럼 뒤따른다. 공무원연금도 재정 안정화를 위한 개혁이 필요하지만, 형평성 문제 해소와 국민통합을 위해 국민연금과의 통합을 요구하는 목소리가 높아지고 있다. 이웃 일본처럼 통합하기 위해서는 제도의 성격에 상당한 차이가 있어 충분한 사회적 논의가 필요하다. 국민연금에 관한 이야기는 마무리하고, 함께 살펴봐야 할 기초연금 이야기로 넘어간다.

우리 사회의 격格을 높인 기초연금

국민연금은 제도를 처음 도입할 때 이미 고령에 접어든 부모 세대를 소외시켜 '불효연금'이라는 오명을 가지고 태어났다. 사회보장적 측면에서 보면 있을 수 없는 일이었다. 이 부분을 보완하기 위해 경로수당, 경로연금 등의 얄팍한 혜택이 주어지기 시작했다. 이후 몇 년간 기초노령연금으로 모습을 바꾸더니 지금의 기초연금으로 탈바꿈했다. 노후 소득보장 측면에서 보면, 기초연금만큼 짧은 기간에 크게 영향을 미친 제도가 있을까. 기초연금은 사회보험방식의 기여를 전제로 하는 국민연금과는 그 성격이 다르다. 기여 없이 국가 재정을 기반으로 지원하는 '공적수당'의 의미가 있는데, 우리나라의 도입 과정은 드라마틱하다.

출발은 2006년의 '기초노령연금'으로 거슬러 올라간다. 당시 유시민 열린우리당 의원이 보건복지부 장관으로 부임하면서 국민연금제도의 개혁을 추진하게 된다. 재정 안정화를 위한 보험료율 인상과 급여수준(소득대체율)을 하향 조정하는 방안이 만들어졌다. 당시 야당에서는 우리 사회 대부분 노인이 국민연금으로부터 소외된 현실 등을 이유로 들어 '기초연금'의 도입을 주장했고, 이에 정부와 여당에서는 무동력선無動力船과 같은 국민연금의 개혁을 끌고 가기 위해 작은 예인선曳引船을 붙이는데, 그 예인선이 '기초노령연금'이었다('실록 국민의 연금', 국민연금사편찬위원회). 2007년 4월 국회 본회의에서 우여곡절 끝에 국민연금법은 보험료율 인상의 정치적 부담 등을 고려해 부결시키고, 전국의 노인들이 반기는 기초노령연금법은 거의 만장일치로 통과시켰다. 이를 두고 '약사발은 걷어차고 사탕만 받아먹었다'는 세간의 비판이 쏟아졌다. 여야가 부담을 느꼈던 탓인지 그해 7월에 보험료율 인상은 제외하고 급여수준의 하향 조정을 담은 국민연금법 개정안을 통과시켰다. 보험료율은 9% 그대로 두고 급여수준을 생애 평균소득의 60%에서 50%로 인하하고 2028년에 40%가 되도록 점진적으로 하향 조정하는 내용이다. 이때 기초노령연금법도 일부 개정하여 시행하게 되었다. 이때 시행된 기초노령연금의 주요 내용은, 2008년 7월부터 65세 이상 노인의 60%에게 국민연금 평균소득액(A값) 5%의 정액 급여를 지급하되, 2009년 1월부터는 70%를 지급하도록 했다. 급여액은 5%에서 10%로 2028년까지 단계적으로 조정한다고 했다.

2012년 대통령 선거 과정에서 기초노령연금이 '기초연금'으로 변신하게 된다. 당시 박근혜 대통령 후보는 기초연금 도입을 대표적 공약으로 내세웠고, 결국 2014년 5월 기초연금법이 제정되기에 이른다. 2014년 7월부터 최초로 기초연금이 지급되면서 충분하지는 않지만, 우리 사회 노인들의 삶은 조금씩 달라졌다. 현행 기초연금법이 담고 있는 내용을 살펴보면 다음과 같다.

기초연금은 누구나 받을 수 있을까. 요건이 몇 가지 있다. 먼저 연령 요건으로 만 65세 이상이어야 하고, 그다음은 조금 복잡한 소득인정액 요건이 있다. 노인 가구의 각종 소득과 재산을 소득으로 환산하여 합산한 금액에 근로소득공제, 재산공제, 금융재산 공제 등을 차감하여 '소득인정액'이라는 것을 산정한다.[27] 근로소득과 관련하여서는 일용근로, 공공일자리, 자활 근로소득은 제외하고 나머지 상시 근로소득 중 96만 원을 공제한 다음 30%를 추가로 공제한다. 예를 들면 상시 근로로 월 150만 원을 받을 경우 150만 원-96만 원=54만 원이고, 여기에 30%를 추가 공제하면 37만8천 원만 소득에 계상하고 있다. 우리 사회 고령자 실태와 근로 유인을 위한 조치로 이해된다. 지급 대상을 선정하기 위해 우리 사회의 65세 이상 노인을 소득과 재산 기준으로 일렬로 세웠다고 가정하고, 상대적으로 형편이 좋은 상위 30%는 제외하고 하위 70%에게 매월 일정액을 지원한다. 또 하나의 요건으로 공무원, 사립학교 교직원, 군인, 별정우체국 직원 등 직역 연금의 수급권자와 그 배우자는 대상에서 제외하고 있다.

기초연금으로 얼마나 받게 될까. 실무적으로는 기준연금액과 국민연금 급여액 등을 고려하여 산정하는 복잡한 절차를 가지고 있지만 여기서는 생략한다. 2014년 7월부터 월 최대 20만 원으로 시작했던 기초연금은 매년 4월 물가인상률만큼 증액하여 지급하다가, 2018년 9월부터 월 최대 25만 원으로 인상하였고, 2019년 4월에는 소득 하위 20% 이하 저소득 수급자에게 월 최대 30만 원으로 인상하였다. 2020

---

27) 일하는 어르신이 더욱 많은 혜택을 받도록 근로소득 공제를 확대하고, 고가高價의 회원권·고급 승용차 등의 가액을 전액 소득 환산액에 포함한다. 자녀 명의의 고가 주택 거주자에 대해 무료 임차소득을 부과하고, 증여재산은 소진 시까지 재산으로 산정하는 등 대상자 선정을 엄격히 하고 있다.

년 4월에는 소득하위 40% 이하로 확대하고 2021년에는 70% 노인 전체가 월 30만 원 받게 된다. 부부가 함께 기초연금을 받을 경우 각각 20%씩 감액하고 있고, 그 외에 국민연금을 많이 받는 경우 일부 감액이 적용되고 있다. 국민연금의 노령연금액이 기초연금의 기준연금액(2020년 254,760원)의 150%(382,140원) 미만이면 감액되지 않는다. 기준을 초과하여 감액되더라도 그 규모가 크지 않다. 수급자와 비수급자 간에 발생할 수 있는 소득역전을 방지하기 위한 감액도 있다.

비용 부담에 있어 국가는 지방자치단체의 노인인구 비율과 재정여건 등을 고려하여 기초연금의 지급에 드는 비용 중 40~90% 범위에서 비용을 부담하고, 나머지는 시·군·구가 상호 분담하고 있다. 최근 정부가 2021년 예산을 편성하면서 기초연금 예산이 15조 원(지방비까지 포함하면 19조 원)에 이르러 단일 복지사업 가운데 최대 규모가 된다는 소식이 들려왔다. 올해까지는 줄곧 기초생활보장제도의 예산 규모가 가장 큰 복지사업이었으나, 내년엔 기초연금이 역전하게 된다는 것이다. 앞으로 천문학적인 재정이 소요될 것이라는 우려가 크다. 1차적 원인은 우리 사회의 빠른 고령화에 있다. 2021년 기초연금을 받게 되는 사람이 584만 명에 이르고, 2031년이면 918만 명(34조 4천억 원), 2041년 1,195만 명(52조 원), 2051년 1,300만 명(66조 3천억 원)까지 늘어날 것으로 전망된다(소요재원은 현 지급수준의 중앙정부 예산추계). 기초연금의 지속가능성을 논하면서 노후 소득보장 체계 전반에 대한 재설계가 필요하다는 지적이 나오는 이유다. OECD 보고서(2018년 Working Better with Age)나 국내 전문가들은, 기초연금 대상자를 축소하는 대신 저소득 노인에게 지원을 늘리는 방향으로 개선하는 것이 바람직하다고 조언하고 있다.

2020년 2월 현재 65세 이상 인구 811만 명 중 하위 70%에 해당하는 536만 명이 기초연금을 받고 있다.[28] 65세가 도달하기 전에 국민연금공단 지사나 주소지 관할 읍·면·동에 신청하면 된다. 뒤늦게 신청하면 수급 대상이 되더라도 소급해서 주진 않는다. 이러한 정부의 기초연금액 지급은 국민연금연구원의 조사 결과, 수급자의 86.7%가 '생활에 도움이 된다'고 응답해 어르신들의 생활 안정에 긍정적 영향을 미치고 있는 것으로 나타나고 있다. 우리 사회 많은 분의 노년은 아득하고 힘겹다. 길어진 삶에서 기초연금이 최소한의 버팀목인 분들이 적지 않다. 참을성을 가지고 공부하듯 읽어야 하는 부분은 여기까지다. 지금부터는 함께 공감하면서 더욱 쉽게 책장을 넘길 수 있는 이야기가 이어진다. 행복한 삶의 원천, 건강을 위한 좋은 습관과 몸에 유익한 이야기로 넘어간다.

28) 법령상 하위 70%에게 지급하기로 되어 있지만, 신청주의를 택하고 있어 수급률이 66.1% 수준에 머물고 있고, 월 지급총액은 1조 3,626억 원 규모다.

건강습관 바로잡기

누구나 장수를 꿈꾼다. 오래 사는 것은 동서고금을 막론하고 인류의 염원이다. 100세인 연구로 널리 알려진 박상철 교수는 장수 요인을 이렇게 분류했다. 개인의 힘으로는 어쩔 수 없는 고정적 요인인가, 개인의 노력으로 인위적 제어가 가능한가를 두고 '고정 인자'와 '가변 인자'로 나누어 제시했다. 인위적으로 제어할 수 없는 고정 인자는 유전자, 성별, 성격, 사회문화, 생태환경 등과 함께, 사회 환경적 고정요인인 의료혜택, 복지 지원체계와 사회간접자본에 의한 편의시설을 포함했다. 반면, 개인의 노력으로 변화를 가져올 수 있는 가변 인자는 운동, 영양, 관계, 참여를 제시했다. '운동과 영양'은 개인의 건강 유지와 직결된 육체적 요소이고, '관계와 참여'는 개인의 삶의 질과 연결된 정신적 요소이다. 이들 4가지 요소는 서로 맞물려 각각 상호작용을 하고 있음을 강조한다.

건강은 행복한 삶의 첫 번째 요소다. 그러나 건강하다는 이유로 행복감을 더 느끼기는 쉽지 않다. 건강을 잃었을 때라야 비로소 건강의 소중함을 깨닫게 되니 평소 건강관리에 소홀하고 때늦은 후회를 하곤 한다. 성인들의 삶의 질을 예측하는 주된 요인으로 소득과 교육 등 '사회경제적 지위'를 꼽는다. 하지만, 65세 이상 성인들의 삶의 질을 예측하는 강력한 요인은 바로 '건강'이고, 그다음이 사회경제적 지위다. 개인별로 차이가 크긴 하지만, 50대는 본격적인 몸의 배신이 시작되는 나이다. 몸이 예전 같지 않다는 말은 노화를 자각하고 있다는 뜻이다. 이때가 되어서야 자신에게 맞는 운동을 찾기도 하고 섭생에 유의하기 시작한다. 대부분 그렇게 살고 있다.

건강 수명이 길어야, 오래 사는 것이 축복이다

장수나 은퇴생활과 관련하여 중요한 의미를 갖는 것은 '건강 수명 *health expectancy*[29]'이다. 건강한 삶이어야 오래 사는 것이 축복이 될 수 있다. 우리나라의 경우 유병 기간을 제외하고 건강한 상태로 보내는 기간은 남자는 64.0년(기대수명 중 80.0%), 여자는 64.9년(기대수명 중 75.6%)으로 조사되었다. 노년학자들은 수명 연장과 건강 간의 관련성을 규명하기 위한 연구에 힘쓰고 있다. 수명 연장과 함께 병약 현상도 사망하는 연령 중심으로 집중되고 압축되어 나타난다는 견해, 즉 '병적 상태의 압축가설'이 있는가 하면, 반대로 수명이 연장될수록 만성질환으로 고통받는 기간이 늘어나는 '병적 상태의 확장가설'이 여전히 논쟁 중이라 앞으로 지켜볼 일이다.

환경이 열악하고 질병에 대한 대응이 쉽지 않았던, 그래서 기대수명이 낮았던 과거에는 장수하는 사람이 없었을까. 아니다. 역사적인 기

29) 평균수명에서 질병이나 부상으로 활동하지 못한 기간을 뺀 기간. 단순히 얼마나 오래 살았느냐가 아니라 실제로 활동을 하며 건강하게 산 기간이 어느 정도인지를 나타내는 지표로 선진국에서는 기대수명보다 중요한 지표로 이용된다.

록을 보더라도 장수한 사람들은 꽤 많았다. 이 사실에는 중요한 것이 숨겨져 있다. 옛날이나 지금이나 일단 65세 정도를 넘기면, 그 이후의 기대수명은 별 차이가 없다는 점이다. 65세가 될 때까지 건강관리를 잘해서 심각한 만성질환을 피할 수 있다면, 장수할 가능성이 매우 높다는 말이다. 65세까지 건강을 잘 유지하겠다는 것이 삶의 주요한 목표 중 하나가 되어야 하고, 건강관리를 잘하기 위해 지금 할 수 있는 일은 딱 하나, '건강한 습관'을 갖는 것이다. 그러면 건강수명은 당연히 늘어난다. 건강문제를 경험하는 정도는 알려진 것처럼 교육 수준이나 소득, 직업 지위, 성별, 인종 등에 따라 차이가 크다. 더 부유하고 더 교육받고 지위가 더 높은 사람들이 그렇지 못한 사람들보다 더 건강하고 더 오래 산다. 이는 행동의 사회적 맥락을 살필 필요가 있다. 사회경제적 지위가 낮은 사람들이 상대적으로 몸에 해로운 흡연, 과도한 음주, 적절하지 않은 식사를 많이 하는 반면, 사회경제적 지위가 높은 사람들은 규칙적인 운동 등 건강에 도움이 되는 생활 습관을 많이 가지고 있는 것으로 알려져 있다.

몸에 해로운 것을 줄이는 것이 먼저다

난폭하고 위험하게 운전하는 사람, 담배를 끊지 못하는 사람, 술독에 빠져 지내는 사람을 두고, '천천히 진행되는 자살을 선택한 사람'이라고 표현한 것을 본 적이 있다. 나이 들어가면서 운전습관이 좋아진다고 하지만, 여전히 성급하고 과속하는 일이 잦아 반성을 거듭하고 있다. 알고 지내는 어느 의사는 '담배를 피우면서 건강검진을 하거나 건강기능식품을 복용하는 것은 앞뒤가 맞지 않는 일'이라며, 건강을 위한다면 담배부터 끊을 일이라고 목소리를 높인다. 30여 년 전 사회생활을 처음 시작할 때 이야기다. 그 당시에는 분위기에 맞게 술을 잘 마셔야 직장생활이 순조로울 것으로 믿고 대단한 수련이라도 하는 듯 애써 단련시켰다. 노력은 배신하는 법이 없다더니 어느새 익숙해졌고, 어느 시점부터는 즐겨 마셨다. 잃게 된 건강을 다행히 회복은 했지만, 첫 단추부터 잘못 끼운 결과라는 것을 뒤늦게 깨달았다. 노화를 일으키는 환경과 생활 습관에 관한 것도 있다. 과식으로 인해 생기는 문제는 또 얼마나 많은가. 영양이 지나치게 풍부한 것은 지방이 몸속에 쌓여 좋지 못한 세포를 증식시키고 노화를 촉진한다. 풍족하게 사는 선진사회일수록 비만 환자가 많고 다이어트에 목숨을 건다.

어디 이뿐인가. 건강을 위협하는 것에는 방사선, 여러 오염물질에 장시간 노출되는 것이나 항생제의 오남용 문제도 있다. 특히, 인체에 미치는 영향이 제대로 알려지지 않은 화학물질, 미세먼지 등도 유전자 변이를 일으킬 수 있다니 말이다. 장수에 관한 소위 '터먼 프로젝트'로 알려진 연구 결과를 하워드 S. 프리드먼과 레슬리 R. 마틴이 장수를 위협하는 요인으로 정리한 내용을 소개하면 이렇다. 첫 번째 직접적 위협은, 과도한 양의 '독소'이다. 담배 연기를 포함하여 납 등의 중금속, 살충제, 오염된 공기로 인해 몸속 세포가 죽고 장기의 손상을 가져온다. 두 번째 직접적인 위협은, '방사능'이다. 방사선에 너무 많이 노출되면 아프거나 사망에 이를 수 있다. 세 번째 위협 요소는 특정 바이러스나 박테리아 감염 같은 치명적인 '전염병'이다. 현재 전 세계를 혼란에 빠뜨리고 있는 '코로나-19' 같은 것 말이다. 이 외에 가장 분명한 직접적인 위협 요소에는 '외상'도 포함된다. 교통사고, 질식, 각종 사고로 인해 지금 이 순간에도 수많은 사람이 건강을 잃고 사망하고 있다.

수면의 중요성을 깨달을 때

태생적으로 잘 자는 사람들이 있다. 그런 사람들에겐 전혀 와 닿지 않을 이야기다. 나이 불문하고 수면에 문제가 생기기 시작하면 일상이 흔들리기 시작한다. 뒷머리만 대면 이내 잠든다는 사람들의 이야기는 우주 밖 이야기로 들린다. 중년 이후 불면의 밤은 너무나 길고 고착화되기 쉽다. 심야에 벽에 걸린 시계의 초침 움직이는 소리가 들리기 시작하고, 밤새 지붕에서 일어나는 일까지 알게 된다. 이슬이 물방울로 맺혀 지붕 위를 타고 일정한 시간에 맞추기라도 하듯 처마 밑으로 떨어지는 그 미세한 소리는, 사실 듣지 말아야 할 소리이고 고통의 연속이다. 심지어 초음파 장비를 통해서나 들을 수 있던 자신의 심장 박동 소리까지 듣게 될 줄이야. 밤이 사라진 상황에 낮이 있을 리 없다. 당연히 일상은 멈춰 설 수밖에. 수면제의 도움을 생각해볼 수 있겠지만, 피할 수만 있다면 복용하지 않는 게 좋다. 진짜 잠을 잔 것인지를 의심할 정도로 낮시간이 몽롱하고 피곤하다.

하루의 3분의 1, 잠자는 시간 8시간이 불행하면 나머지 3분의 2도 불행해진다. 이 사실에 공감이 부족하면 아직 젊다는 방증이다. 나이가 들면 수면 문제를 자주 호소한다. 노인의 25%가 심한 불면증을 호소하고, 20%는 그 정도는 덜하지만 수면 곤란을 호소한다. 가장 흔한 불면증의 유형은 잠을 자면서 자주 깨고, 새벽에 일찍 깨서 다시 잠들기 힘들며 낮에는 피곤하다고 하는 것이다. 이는 자연스러운 노화 과정이고, 수면 잠복기와 수면 중 각성 횟수가 증가하고 수면의 질이 떨어지는 양상으로 변화가 나타난다. 수면이 우리 몸에 어떤 역할을 하는지 아직 제대로 알아내지 못했다고 하지만, 상식 정도로 알려진 이야기는 이렇다. 수면은 몇 시간 동안 의식을 벗어나 필요 없는 파일을 지우고 메모리를 깨끗하게 정리하는 역할을 한다. 또한, 수면을 통해 뇌를 비롯한 신체적·정신적 기력을 회복하고 스트레스를 극복하게 해준다. 장수하는 사람들은 대개 잠을 잘 잔다. 확실한 것은 잠은 '규칙적으로' 자야 한다는 것이다. 나이 들수록 정해진 시간에 자고, 자연스럽게 방해받지 않고 깰 수 있는 환경을 갖추어야 한다. 젊은이들의 삶과는 다르다.

잠을 잘 잘 수 있는 효과적인 방법은 없는지 묻고 싶을 테지만, '잠들려고 애쓰지 말고 차라리 책을 읽으라'는 조언처럼 다 그런 정도의 이야기다. 요즘은, '슬리포노믹스*Sleeponomics*'라는 '수면*sleep*'과 '경제학*economics*'을 합친 신조어가 생길 만큼, 현대인은 수면을 취하기 위해 관련 상품에 많은 돈을 지불하고 있다. '기절 베개', '마약 바디필로', '꿀잠 패키지' 등의 상품과 서비스가 출시되어 호황을 누리고 있다. 잠은 보약이고 미인은 잠꾸러기라고 했다. 현대인에게 특히, 중년에게 있어 숙면은 경쟁력이다. 먼저, 잠을 제대로 이루지 못하는 근본적인 이유를 잘 살펴볼 필요가 있다. 질병이 있어서 그런 것인지, 기질적인 것인지, 복잡한 고민 등으로 인한 스트레스 때문인지, 아니면 운동이나 활동이 너무 부족해서 그런 것인지를 확인하고, 이를 개선할 방법과 습관을 찾아가는 것이 바람직할 것이다. 될 수 있으면 조금 이른 시간에 저녁 식사를 가볍게 하고 정해진 시간에 잠자리에 드는 것은, 건강을 위해 지켜나가야 할 중요한 수칙 중의 하나다. 전문가들은 잠자리에 드는 일종의 의식 같은 것을 만드는 것이 좋다고 조언한다. 예를 들면, 잠자기 한두 시간 전에 일하는 것을 멈춘다든지, 술이나 커피처럼 신경을 자극하는 음료나 잠자기 전 운동은 피하는 것 등이다. 낮잠을 피하고 낮에 적절한 햇볕을 쬐는 것이 좋다. 침실을 어둡고 서늘하게 하는 것도 도움이 된다. 중년이라면 수면에 관한 한 어떤 것이든 자기만의 리츄얼*ritual*(의식)을 찾아가야 한다. 불면이 삶을 무너뜨리기 전에 말이다. 노년의 불면 장애를 치료하기 위해서는 불면 장애의 경과 기간 및 심각도, 악화 및 완화요인, 신체적 질환 및 처방 약물의 사용 여부 등을 사전에 조사하여 전문가와 함께 치료계획을 세울 필요가 있다. 일상이 행복하기를 원한다면 잠부터 살펴봐야 한다.

잘 쓰면 약, 못 쓰면 독

약물 오남용에 관한 이야기다. 약물은 필요할 때 적정 용량을 최적의 시간에 복용하는 것이 그 핵심이다. 약은 질병이나 증상을 치료하거나 완화할 목적으로 사용하며, 그 성분이 천연물도 있고 반 합성물, 화학적 합성물도 있다. 일반인의 상식 기준으로 보면, 약은 양약과 한약으로 구분된다. 한약은 한 가지 약제라 하더라도 여러 천연 성분들이 들어 있으므로 매우 다양한 효과가 나타날 수 있다. 이에 비해 양약은 그 목적에 따라 다양하게 구분된다. 진통제처럼 단일제제가 있는가 하면, 종합감기약처럼 여러 성분이 복합적으로 들어 있는 복합제제가 있다. 구입과 관련하여서는 의사의 처방전 유무에 따라 일반약과 전문약으로 나뉜다. 이렇게 구체화된 약물을 잘못 선택해 사용하거나, 약물의 용량이나 용법을 잘못 사용하는 것을 '약물 오용'이라 한다. '약물 남용'은 치료를 목적으로 하지 않고 감정이나 행동에 변화를 일으키기 위해 약물을 부적절하고 불법적으로 사용하는 것을 말한다. 오용이든 남용이든 우리가 복용하는 약의 폐해가 적지 않은 것으로 알려져 있다. 특히, 노인들은 고혈압이나 콜레스테롤, 스트레스 때문에 여러 가지 약을 동시에 복용할 때가 많은데, 여기에 수면 유도제까지 함께 먹기도 한다. 노인들이 거처하는 곳 여기저기에 놓인 약봉지는 흔히 볼 수 있는 모습이다. 면역력이 떨어져 있을 때, 여러 약을 함께 먹으면 부작용을 일으켜 '의원성醫原性 효과*iatrogenic effect*'가 나타날 수 있다. 병을 치료하려고 먹는 약이 오히려 병을 키우는 격이다. 이러한 약물의 오남용은 환자의 안전을 위협하기에 예방법으로 알려진 것이 몇 가지 있다. 먼저, 환자나 보호자는 복용하고 있는 약물의 이름을 정확히 알고 있어야 하고, 구입한 약은 설명 들은 대로 보관되어야 한다. 의사나 약사가 지시한 대로 복용법을 잘 지키고, 모든 물약은 복용 전에 충분히 흔들어야 한다. 병원에 갈 때는 복용하고 있는 모든 약물에 대한 정보를 제대로 알려야 한다. 시일이 경과한 약이나 정체를 모르는 약은 과감히 버려야 한다. 함부로 버릴 것이 아니라 약국 수거함을 이용해야 한다. 복합 치료를 요할 때는 약물 간의 상호작용에 유의해야 하고 약물에 뒤따르는 부작용을 사전에 파악하여 효과적으로 대처할 수 있어야 한다. 아울러, 민간에서 통용되는 약초나 약물을 무분별하게 복용하는 것은 매우 신중해야 한다.

잠깐의 실수로 삶이 망가지는 각종 사고와 부상

선배 한 분은 50대 중년에 직장에서 하는 축구 시합에 뛰어들었다가 넘어지는 바람에 삶이 나락으로 떨어졌다. 넘어진 부상으로 척추 수술을 했으나 한 번으로 끝나지 않고 여러 병원을 전전했다. 건강한 체구에 체력이 좋아 부러움을 샀던 몸이지만, 은퇴한 지금 집 안에만 머무는 생활과 줄담배로 몸은 극도로 야위어 갔다. 최근 너무나 초췌해진 모습을 보면서 그때의 축구 시합을 떠올리지 않을 수 없었다. 일상생활 속에서 일어나는 낙상사고 또한 빈번하다. 나이 들어서는 경미한 사고라도 회복이 더디고 쉽지 않다는 것을 명심할 필요가 있다. 노인들은 보행 중 교통사고에도 매우 취약하다. 65세 이상 10만 명당 보행 중 사망자 수가 13.7명이나 된다. OECD 국가 평균인 3명에 비해 4.6배나 되며 단연코 세계 최고 수준이다. 무단횡단을 하는 등 교통규칙을 잘 준수하지 않아 생기는 사고로 삶을 마감한다는 것은 참으로 비극이다. 본인도 그렇고 남은 가족들에도 크나큰 충격이다. 그러니 늘 유념할 일이다.

지지불태知止不殆, 멈출 때를 알면 위태롭지 않다.

규칙적인 운동은 오래 살 수 있는 비결 중의 하나다. 오늘날 '청춘의 샘'에 해당하는 것이 있다면, 그것은 운동이고 건강을 유지시켜주는 활동이다. 근육 단련은 수명 연장에 긍정적인 것으로 알려져 있다. 거울 앞에서 자신의 모습을 보면서 아령을 들었다 놨다 하면, 물리적 근육량뿐만 아니라 심리적인 근육량도 함께 늘어난다. 한없이 작아지는 중년에게 큰 위안이 아닐 수 없다. 그런 이유일까. 중년 남성 중에 격렬한 익스트림 스포츠를 즐기는 이들이 많아졌다. 근육으로 균형 잡힌 몸을 자랑하듯 내보일 때 솔직히 많이 부럽기도 하다. 하지만 목숨 걸고 마라톤을 하는 지인을 오랜만에 만나 기름기 하나 없는 초췌한 얼굴을 볼 때면 걱정이 앞선다. 운동을 조금만 덜 하라고 하면, 몸이 허락하질 않는다고 한다. 필자가 보기엔 몸도 몸이지만 심리적인 요인도 적지 않다. 선망羨望은 차치하고 과도하게 운동에 집착하는 이들에겐 들려주고 싶은 이야기가 있다. 소설 속 이야기지만 세상 밖 이야기는 아니다.

보험회사 소장으로 은퇴한 이 소장(73세), 어디에서나 펼치는 그의 건강론 설교가 때때로 듣는 이를 거북하게 만든다. 특히, 병문안을 갈 때면 그의 펄펄 뛰는 건강한 모습이며, 마음에도 없는 덕담이 어색하기 그지없다. 동민 체육대회가 열리는 날, 그는 턱걸이 시합에 해마다 출전한다. 나이가 많아 노년부 소속이지만 올해는 지원자가 없어 장년부로 편입되었다. 이 소장은 연신 목을 돌리면서 두 주먹을 쥐락펴락 준비운동이 한창이다. 이 소장에 앞서 시합에 나간 선수의 턱걸이 '마흔일곱 번'에 모두 혀를 내둘러 탄복한다. 이 소장 차례가 되어 어느새 서른, 마흔 번을 넘어섰다. 관중들의 입에서는 일제히 수를 헤아리는 함성이 합창처럼 울려 퍼진다.

"마흔하나!"
"마흔둘!"
"마흔셋!"
"마흔넷!"
"마흔다섯!"
"마흔여섯!"
"마흔일곱!"
"하나, 하나만 더!"
"옳지 옳지. 마흔여덟……."
"됐다아. 이겼다아!" 그런데 이게 웬일이람.

이 소장은 계속해서 매달려 버둥거린다. 기어코 쉰을 채울 셈인가.

"그만 그만" 제지하는 사람이 있다.

"마흔아홉!" 할 수 없이 수효를 세는 사람이 더 많다.

"쉬인!" 모두 야단이다. 하지만 영광은 찰나였다. 이 소장이 가까스로 턱을 철봉에 괴었는가 싶더니 이내 스르르 미끄러져 모래 바닥에 털퍽 널브러졌기 때문이다.

—최일남 소설집, 『아주 느린 시간』 '힘' 중에서

앰뷸런스에 실려서 갔고, 어떤 연유인지 둘째 아들만 병원을 찾아왔다. 혼자 살아왔던 이 소장의 과거가 드러나고 만다. 그는 십여 년 전에 당한 교통사고로 하체 기능을 잃었고 아내는 재혼해서 미국에 살고 있다는. 그는 결국 그날 밤을 넘기지 못했다. 대다수 중년 남성이 우상처럼 여기는 '힘'의 발원지가 고작 그거였다는 것만 남겼다.

명상*meditation*하는 사람들

운동하지 말고 명상을 하라는 말이 아니다. 자신에게 맞는 것을 찾으면 될 일이고, 우리 사회 도심 곳곳에 명상센터가 들어서고 있는 것을 보면서 나이 든 사람들이 관심 가질 만한 것이기에 잠시 소개한다. 명상이라고 하면 떠오르는 이미지는 주로 이런 것들이다. 마음, 자연, 호흡, 우주, 불교, 화두, 스님, 가부좌 등등. 명상瞑想의 사전적 의미는 '고요히 눈을 감고 깊이 생각함 또는 그 생각' 또는 '생각을 잠재운다'는 뜻으로도 풀이하고 있다. 하지만 명상을 한마디로 정의하기는 쉽지 않다. 주관적인 관점에서 벗어나 자신의 내면에 대한 몰입을 통해 객관적으로 바라보려는 자아성찰 방법이랄까. 그 시초는 힌두교와 불교, 그리고 인도의 전통 종교로부터 비롯되었다. 인도의 힌두 베다에 명상에 대한 가장 초기의 언급이 있는 것으로 알려져 있다. 조금 더 확대해서 보면 기독교의 기도, 이슬람교의 수피의 춤 등도 명상으로 볼 수 있다. 불교는 명상을 통해 스스로 깨달음, 지혜에 이르는 것이 목적인 종교다. 명상은 인류 역사에 있어 종교적 전통이나 신앙과 함께 존재해왔고 19세기 이래 아시아에서 유럽으로 퍼져 나갔다.

나이가 들면 마음을 살피는 일이 잦다. 명상은 마음을 살피는 일이다. 마음을 들여다보면서 마음을 옭아맨 매듭을 풀고 집착이나 두려움, 자아에 대한 그릇된 인식을 버릴 수 있는 마음 훈련이다. 명상은 본래의 마음을 찾아가는 수련이다. 명상은 스트레스를 줄이며 휴식을 촉진시키기도 한다. 전통적으로는 힌두교, 불교 등 명상을 지도하는 수행단체나 종교단체의 이념과 관계가 깊지만, 현대적 의미의 명상은 마음의 집중을 통해 신체적, 심리적 안정을 얻는 목적으로 대체의학 또는 심리치료 성격이 강하다. 현대 과학에 따라 연구되면서 그 효능이 밝혀지고 있고, 명상하는 사람들이 전 세계적으로 많이 늘어나고 있다. 명상법은 책이나 인터넷을 통해 배울 수 있지만 좋은 지도자를 만나는 것이 중요하다. 명상법에도 여러 종류가 있다. 마음을 특정한 대상에 모아 고요하고 집중된 삼매三昧의 마음을 훈련하는 집중 명상으로 '사마타'가 있고, 세상을 있는 그대로 보는 지혜를 계발하는 명상으로 '위빠사나'가 있다. 위빠사나는 태국, 미얀마 등지에서 행해지던 것인데, 서양의 정신의학과 심리학계에서 이를 변형한 '마음챙김 명상 *mindfulness meditation*'을 널리 보급함으로써 유명해졌다. 그 외에도 몸과 마음의 초월을 추구하는 '초월 명상*transcendental meditation*' 등 다양한 명상기법이 소개되고 있다. 요즘은 온라인 명상 앱을 만들어 운영하는 사례도 있다. 두세 달 정도 하루에 10분씩 명상을 하면 긴장이 두 단계 정도 낮아진다고 하고, 하루 10분 정도 집중하면 몇 시간을 잔 것 같은 효과를 볼 수 있다고 한다. 명상은 마음 복잡한 중년에 관심 가져볼 만한 것이다.

치매 예방수칙

나이 들어가면서 불안해하는 것 중의 하나가 치매이고 전문가들은 한결같이 예방에 힘쓰라 조언하고 있다. 매우 상식적이긴 하지만, 치매 예방을 위한 수칙으로 제안되는 것은 다음과 같다. 첫째, 은퇴 이전부터 미리 노후생활에 대한 보다 구체적인 계획과 준비를 해야 한다. 둘째, 체력과 건강 유지를 위해 적절한 운동과 신체적 활동을 지속해야 한다. 식생활도 중요하고 과도한 음주나 흡연을 삼가고 난청과 시력 장애는 적절한 치료를 받아야 한다. 셋째, 인지 기능을 유지할 수 있도록 적절한 지적 활동을 해야 한다. 독서, 바둑, 장기와 같은 지적인 취미활동을 하는 것이 좋다. 넷째, 즐겁고 유쾌한 정서적 체험을 하도록 노력해야 한다. 주변 사람들과 긍정적인 감정을 교류할 수 있는 좋은 관계를 유지하는 것이 중요하다. 마지막으로 적절한 사회적 활동을 유지하는 것이 도움된다.

국내 치매 전문가로 알려진 나덕렬 성균관대 교수는 치매 환자를 치료하면서 『뇌미인』이라는 책을 썼다. TV 시청 등 수동적인 정신활동만 하면 인지장애에 걸릴 확률이 10% 증가하고, 반대로 사고 집중력,

정확성과 시간적 기한을 요구하는 일을 하면 인지장애에 걸릴 위험이 30%나 낮아진다고 조언한다. 독서나 글쓰기를 생활화한 사람에 비해 이런 활동을 하지 않는 사람이 치매에 걸릴 확률은 4배가량 높다는 것이다. 비만인 사람이 3년 후 치매에 걸릴 확률은 정상 체중인 사람에 비해 1.8배 높고, 40대 복부 비만인 경우 노년기에 인지 기능 상태가 좋지 않을 가능성이 더 높다고 한다. 치매는 생활습관병이다. 유전적 소인보다는 후천적 요인이 더 크게 작용하기 때문에 평소 우리가 어떻게 생활하는가가 매우 중요하다. 나 교수는 치매 예방법으로 '진인사대천명'을 제안하고 있다. '진땀 나게 운동하고*physical activity*, 인정사정없이 담배 끊고*anti-smoking*, 사회활동과 긍정적인 사고를 많이 하고*social activity*, 대외활동을 적극적으로 하고*cognitive activity*, 천박하게 술 마시지 말고*alcohol in moderation*, 명命을 연장하는 식사를 하라*lean body mass and healthy diet*'는 내용을 담고 있다. 녹차를 즐겨 마시면 뇌 건강에 좋고, 중독 수준만 아니라면 커피도 도움이 될 수 있다. 매일 커피를 마시는 사람이 알츠하이머병에 걸릴 확률이 30% 낮다. 여기에 두 가지를 추가한다. 만성 스트레스와 불면증인데, 편안한 상태로 숙면을 취하는 것이 중요하다는 말이다. 어느 분의 책 제목처럼, 습관은 배반하지 않는다.

100세인의 장수 비결

전 세계 100세 노인들을 조사해보면, 유사한 생활양식이 있다고 알려져 있다. 첫째는 식생활인데, 모두 소식을 한다. 과체중 비율이 1% 미만이라니 놀랍다. 장수지역으로 알려진 일본 오키나와 지방에서는

‘배고픔의 80%만 채워라’는 오래된 생활철학이 있다. 또 다른 공통점으로는, 뇌와 몸을 규칙적으로 훈련시키고 낙천적인 성격을 가지고 있으며 자연과 함께하는 것을 즐기는 사람들이다. 아울러, 이들은 퇴행성 질환 등 특정 질병에 대한 면역력을 높이는 유전자를 가지고 있다.

국내 장수 노인 연구로 잘 알려진 박상철 교수는 외국의 장수인들과는 다른 우리나라 장수인들의 식생활 특성을 이렇게 요약해 제시하고 있다. 첫째, 흡연과 음주를 과하지 않게 절제한다. 둘째, 충분한 신체적 활동과 9시간 이상의 수면을 취한다. 셋째, 대부분이 가족과 함께 식사하며 하루 세끼를 일정 시간에 일정량을 천천히, 즐겁게 섭취한다. 넷째, 좋아하는 식품군은 두류, 버섯류, 채소류 등 식물성 식품군으로 나타났으나 실제 섭취량은 채소류가 가장 많다. 죽이나 수프류, 장아찌류, 젓갈류, 튀김류는 즐기지 않는다. 다섯째, 식물성 식품과 동물성 식품의 섭취 비율이 평균 85:15로 쌀밥을 주식으로 하는 식물성 식품 위주의 식사를 한다. 여섯째, 육류나 생선은 구워 먹기보다 국, 탕, 찌개, 조림 등의 형태로 섭취하면서 과일의 섭취 빈도와 섭취량이 매우 낮고 유제품의 섭취는 전혀 없다. 이는 우리의 과거 식생활 환경이 반영된 결과로 보인다.

건강 관련 책을 읽으면서 나름 정리했던 식생활 관련 건강수칙을 소개하면서 마무리하고자 한다. 노화와 관련한 부분에서 소개했던 데이비드 A. 싱클레어 박사 등이 제안한 것을 포함하여 정리했다. 우선, 좀 적게 먹으라는 것이다. 이것은 새로운 것이 아니다. 그동안의 연구결과 다양한 생물에서 ‘영양실조 없는 열량 제한’이 장수로 이어진다는 결과가 반복해서 나왔다. 몸에 필요 없는 열량으로 과부하를 주지 않게 하는 것이다. 둘째, 간헐적 단식 또는 주기적 단식을 제안하고 있다. 그동안 단식이 몸에 '휴식'을 제공한다는 장점을 취했지만, 지금은 단식이 장수 유전자를 활성화할 가능성에 무게를 두고 있다. 셋째, 육식을 줄이는 것이다. 널리 알려진 것처럼 동물성 단백질을 식물성 단백질로 대체할수록 질병에 덜 시달리게 된다. 건강하게 오래 살고 싶다면 사자의 저녁보다 토끼의 점심에 가까운 식단을 즐기라는 것이다. 다양한 색깔이 들어 있는 채소와 과일을 하루 두세 종류 이상 먹으라는 것은 전문가들의 공통적인 조언이다. 사과에 많이 들어 있는 펙틴은 콜레스테롤을 빨아들이는 역할을 하는데, 영국에는 '하루에 사과 한 알이면 의사를 멀리할 수 있다'는 말이 있다. 카레가 주식인 인도인의 알츠하이머병 발병률은 선진국의 8분의 1 수준으로 세계에서 가장 낮아 주목받고 있고, 견과류를 많이 먹으라는 조언도 새겨들을 만하다. 식이성 섬유와 미네랄이 풍부하기 때문이다. 술을 즐긴다면 와인을 마시는 것이 좋고, '신의 선물'로 알려진 석류즙은 이란에서 수천 년 전부터 즐겨 마시는 음료인데, 고혈압 발병을 크게 줄인다고 알려져 있다. 넷째, 땀을 흘리라는 것이다. 운동으로 혈액의 흐름이 개선되기도 하지만 운동을 더 많이 하는 사람일수록 혈구에 있는 텔로미어가 더 길게 나타났다. 텔로미어의 마모는 노화의 징표 중 하나다. 운동 등으로 허기를 느끼는 것은 뇌에서 장수 호르몬을 분비하는 유전자들을 활성화하는 데 도움을 준다. 다섯째, 몸을 차갑게 하라는 것이다. 몸을 편안하지 않은 온도에 노출시키는 것이 장수 유전자를 켜는 효과적인 방법이기 때문이다. 그렇다고 저체온증을 유발시키라는 것은 아니다. 약간의 역경이나 세포 스트레스는 장수 유전자를 자극하기 때문에 후성 유전체에 좋다는 것이다. 이외에도 후성 유전체에 치명적인 화학물질들을 피하라고 한다. 담배, 자외선, 엑스선, 집안의 라돈 등은 DNA 손상을 일으킨다. 건강하게 주어진 수명을 누리겠다면 지금의 습관을 살피고 좋은 방향으로 바꿔나가야 한다. 너무 늦지 않게 관심을 높이고 과학적으로 검증된 정보를 찾아 나서야 한다. 이어 은퇴자나 나이 들어가는 사람에게 꼭 필요한 상식, 국민건강보험과 장기요양보험에 관한 이야기로 넘어간다.

은퇴자에게 꼭 필요한 상식
국민건강보험과 장기요양보험

국민 1인당 평생 지출하는 의료비가 1억 원을 넘었다. 남성이 1억177만 원, 여성이 1억2,331만 원이다. 이 가운데 56% 정도가 은퇴 이후 60세에서 80세까지 사용한다. 건강보험료와 의료비는 실제 은퇴생활을 하시는 분들에 가장 부담스러운 것 중의 하나로 알려져 있다. 이러한 의료비의 부담을 줄일 수 있는 현실적인 방안 가운데 하나가 민간보험의 도움을 받는 것이지만, 사회보험으로 시행되는 국민건강보험의 역할은 아무리 강조해도 지나치지 않다. 우리나라 건강보험은 자랑할 만하다.

세계가 주목하는 우리나라 국민건강보험

코로나 방역의 일등 공신으로 세계의 부러움을 사고 있는 한국 건강보험은 1977년 '의료보험'이라는 이름으로 도입되었다. 이 제도 덕분에 우리는 비교적 '저렴한 비용으로 양질의 진료'를 받고 있다. 이 말에서 우리는, 소득 수준이 낮거나 소득 활동을 제대로 하지 못하는 사람이 아플 경우 그 비용을 낼 형편이 안 되기 때문에 '사회보험'이라는 장치를 통해 아프지 않고 소득 활동을 왕성하게 하는 사람들과 함께 비용을 분담하도록 강제한다는 것과 그것의 사회적 이익이 크다는 사실을 알아야 한다. 꽤 오랜 기간 건강한 사람들의 비용 부담에 따른 불만이 없지 않고, 우리 건강보험제도에 대한 스스로의 평가에 인색한 편이지만, 다른 나라들과 비교해 볼 때 혜택 대비 가장 저렴한 수준의 부담을 하고 있다. 나이 들어 병원 이용이 늘어나면서 또, 해외 교포들이 들려주는 이야기를 듣게 되면 생각이 달라진다. 반면, 미국은 프랭클린 루즈벨트 대통령이 1935년 도입하려던 의료보험이 이익단체의 로비에 막혀 좌절되었고, 전 국민을 가입시켜 가난한 사람들의 목숨을 구하려 한 '오바마 케어'는 트럼프 집권 이후 허물어지고 있다. 2020년 대통령 선거에서 승리한 조 바이든이 어떻게 돌파구를 찾을지 지켜볼 일이다. 민영 의료보험 시스템을 가진 미국은 의료비 수준이 상상을 초월할 정도로 높다는 사실은 이미 잘 알려져 있다. 아프면 하루아침에 지옥으로 떨어질 수 있는 나라가 미국이다. 매년 200만 명이 의료비 때문에 파산한다. 의료보험 개혁을 추진했던 오바마 대통령은 "나의 어머니는 생애 마지막 한 달 동안 회복보다는 의료보험에서 비용을 부담해줄지에 대해 더 걱정하셨다"고 했다. 부러울 것 없어 보이는 미국은 세계 최고 수준의 의료비를 지출하면서도 우리나라보다 영아 사망률이 훨씬 높고 평균수명은 상당히 낮은 보건지표를 가지고 있다.

우리나라 건강보험은 여러 가지 특징을 가지고 있다. 의료 지식이 부족하고 의료 공급자에게 의존적일 수밖에 없는 의료 수요자인 국민과 생명을 다루면서 고도의 전문지식을 갖춘 의료 공급자 간에 '정보 비대칭 현상'이 생겨날 수밖에 없다. 이 사이에 정부가 개입하여 의료 공급자를 견제하면서 의료비 상승을 통제하고 높은 보험 급여율을 유지하는 역할을 하는 것이 건강보험이다. 소득과 재산에 따라 보험료를 차등 부과함에 따라 소득재분배 효과가 있는데, 능력에 따른 부담, 필요에 의한 급여를 실현하고 있다. 직장가입자의 경우는 소득에 따라 보험료(6.67%, 사용자와 균분)가 부과되지만, 지역가입자의 경우는 보험료 부과체계가 복잡하다. 소득, 재산, 자동차 등의 부담 능력을 점수로 환산하여 보험료를 산정하는 구조로 되어 있다. 피보험자가 실제 체감하는 것과 차이가 발생할 수밖에 없는 구조이지만 더 좋은 방안을 찾기는 어려워 보인다. 사회 전체의 의료비 지출을 줄이기 위해 건강검진 사업을 병행하고 있다. 6세 미만의 영유아 건강검진, 30세 이상 자궁경부암 검진, 40세 이상 위암·간암·유방암 검진, 50세 이상 대장암 검진, 만54~74세 폐암 고위험군 검진, 40세~66세 생애 전환기 건강진단이 이루어지고 있다. 현 정부에서 추진 중인 '문제인 케어'의 핵심 내용은 '건강보험 보장성 강화'와 '보험료 부과체계 개편'인데, 보장성은 OECD 국가 평균을 목표로 단계적으로 확대하면서 서민들의 부담은 줄여 형평성을 높이는 정책을 추진하고 있다. 암, 뇌혈관 질환, 심장 질환 및 희귀난치성 질환 등 중증 질환자에 대해서는 '산정특례'를 적용하여 본인의 외래 또는 입원진료 요양급여 비용 총액의 5~10%만 부담하는 등 보장성을 높여가고 있다.

이렇게 좋은 건강보험도 은퇴한 사람에게는 큰 부담이다. 병원 이용이 늘어가는 노년기이지만, 적지 않은 비용을 고정적으로 지출해야 하는 것 중의 하나가 '건강보험료'이기 때문이다. 현재 60세 이상 노인 인구가 전체 의료비 지출의 절반 가까이 차지하고, 그중 많은 부분이 죽기 직전 마지막 3년 동안 지출된다. 건강보험 통계연보에 따르면, 65세 이상 노인 1인당 진료비(본인 부담금 포함)는 2012년 300만 원을 돌파했고 2017년 400만 원을 넘어서면서 2018년 457만 원으로 나타났다. 전체 가입자 1인당 평균 진료비 153만 원의 세 배에 가깝다. 또한, 건강보험 피부양자 자격 유지가 갈수록 어려워지고 있다. 피부양자 자격을 취득하려면 소득, 재산, 부양요건 세 가지를 '모두' 충족해야 한다. 앞으로 국가의 재정적인 대비도 필요하지만, 은퇴를 앞둔 사람이라면 건강보험 피부양자 자격요건이나 부담을 줄일 수 있는 방안에 대해 미리 알아두는 것이 좋다.

갈수록 어려워지는 건강보험 피부양자 자격 유지

건강보험 피부양자가 되기 위해서는 소득요건으로 사업소득이 없어야 하고, 종합과세소득 전체를 기준으로 합산소득이 연 3,400만 원 이하여야 한다. 이 기준을 적용하면 공적연금 소득이 월 283만 원을 초과하는 경우 피부양자가 될 수 없고 별도의 보험료를 내야 한다. 공무원연금, 국민연금은 종합소득에 포함되지만, 퇴직연금·연금저축·개인IRP·연금보험·2천만 원 이하의 금융소득은 포함되지 않는다. 2022년 7월부터 소득 기준이 연 3,400만 원에서 2천만 원으로 조정될 예정이다. 다음은 재산요건인데, 재산과표 5억4천만 원 이하이거나, 5억4천만 원을 초과하면서 9억 원 이하는 연간소득 1천만 원 이하인 경우 피부양자로 등재 가능하다. 2022년부터 재산요건은 더욱 강화되어 3억6천만 원으로 낮아질 예정이다. 마지막으로 부양요건이다. 배우자는 동거 여부와 관계없이 피부양자가 가능하다. 직장을 다니는 자녀와 동거 시 피부양자로 인정될 수 있다. 직장을 다니는 자녀와 동거하지 않을 경우 부모와 동거하고 있는 다른 자녀가 없거나, 있더라도 동거하고 있는 자녀가 소득이 없으면 피부양자로 인정될 수 있다. 이와 같은 소득, 재산, 부양 3가지 요건이 모두 충족될 경우 피부양자로 인정될 수 있고, 그렇지 않으면 지역가입자로 편입되어 건강보험료를 납부해야 한다.

왕성하게 소득 활동을 할 때는 건강보험료에 대한 부담이 크지 않지만, 은퇴 후 지역가입자로 내야 하는 보험료는 또 다른 부담으로 느껴진다. 예를 들어, 연소득 3천만 원 이하에 재산 3억 원과 자동차 1대라면 월 건강보험료가 30만 원을 훌쩍 넘어간다. 여기에 장기요양보험료까지 얹어지니 은퇴자에게 부담되지 않을 수 없다. 건강보험료를 줄이는 방법으로 블로그 「연금이야기」 운영자 차경수의 잘 정리된 조언을 소개한다. 그는 5가지 방법을 소개하고 있다. 첫째, 최저임금을 받더라도 근로소득을 유지할 수 있도록 '재취업'을 권장하고 있다. 직장가입자는 소득에만 보험료를 부과하기 때문이다. 둘째, 직장가입자였던 자가 퇴직할 경우 선택할 수 있는 '임의계속 가입'을 활용하는 방안이다. 지역가입자로 전환되어 보험료 부담이 늘어나는 은퇴자를 위해 마련한 제도로, 종전 직장가입자 수준의 보험료를 3년 동안 납부할 수 있도록 허용하고 있다. 본인이 부담해야 할 직장 보험료와 지역보험료를 비교해서 유리한 쪽을 선택하면 된다. 필요하다면 이 기간을 활용하여 재산을 증여하는 방안도 고려할 필요가 있다. 셋째, 직장 다니는 자녀의 건강보험에 피부양자로 올리는 것인데, 앞서 살펴본 대로 소득과 재산이 일정 규모 이하여야 한다. 넷째, 금융자산이 많은 경우에는 연금저축과 IRP와 같은 절세 금융상품을 활용해야 한다. 이자·배당소득이 연간 2천만 원을 초과하면 초과 금액은 종합과세하고, 종합과세되는 소득에는 건강보험료가 부과된다. 사적연금은 연 1,200만 원을 초과하지 않으면 종합과세되지 않고 건강보험료를 부과하지 않는다. 올해부터는 분리과세 금융소득(이자소득과 배당소득의 합계액이 연 1천만 원 이하인 소득) 및 분리과세 주택임대소득에 대해서도 건강보험료가 부과된다. 다섯째, 차량을 구입할 때는 차종, 배기량, 사용연수를 고려해야 한다. 자동차에도 보험료가 부과되기 때문에 면제되거나 보험료를 줄일 수 있는 선택을 할 필요가 있다.

부가적으로 참고할 만한 사항도 있다. 피부양자 자격이 되는지를 볼 때는 '부부 각각' 따지지만, 피부양자 자격이 박탈되어 지역가입자로 보험료를 부과할 때는 '부부 합산'으로 하여 세대 단위로 부과한다. 소득 기준에 있어 부부 중 한 사람은 요건을 충족하고 나머지 한 사람은 충족하지 못할 경우 두 사람 모두 피부양자로 인정받을 수 없다. 재산 요건에 있어서는 다르다. 부부 각각의 요건 충족 여부에 따라 피부양자 등재가 가능하다. 이자·배당·사업·기타소득은 소득 전체에 건강보험료를 부과하지만, 근로소득과 공적연금 소득은 소득액의 30%에 대해서만 건강보험료를 부과하고 있어 이 점도 참작할 필요가 있다. 은퇴 후 농어촌지역으로 이주하는 경우 보험료 감면 혜택이 있다. 농어업인 등록을 하고 농사를 지을 경우 추가 감면을 받을 수 있어 총보험료의 50%까지 경감을 받을 수 있다. 마지막으로, '본인부담금 상한제'인데, 연간보험료 수준별로 법정 본인부담액(비급여를 제외한 본인부담금)이 일정 금액을 초과할 경우 초과금액 전액을 지원하는 제도이다. 피부양자와 피보험자 자격을 선택할 수 있는 조건에서는 유불리가 생길 수 있다. 건강보험에 관한 이야기는 이쯤에서 마치고, 오래 사는 사회에 필수적인 사회보험이 하나 더 있다. 삶의 마지막 단계에서 대부분의 사람이 장기요양보험을 만나 그 혜택을 입게 된다.

오래 사는 사회, 피할 수 없는 장기요양보험

우후죽순 생겨나는 노인요양시설을 보면서 여러 가지 생각을 하게 된다. 언제까지 얼마나 더 늘어날까. 정작 누구를 위한 시설일까. 일반 병원의 병실이 노인들로 가득차게 되었으니 머리 좋은 젊은 사람들이 만들어 낸 작품이 아닐까 등등. 그러다가 얼마 전 TV를 통해 본 이야기를 떠올리게 되었다. 요양시설에 있는 어느 노모가 자식들과 손자들이 찾아온다는 소식에 목욕하고 단장하기 위해 거울 앞에 앉았다. 요양보호사가 머리 손질을 해주는 장면이 이어지는데, 요양보호사의 다정스런 말과 빗질에도 노모의 얼굴빛은 외려 어두워져 보였다. 왜 그럴까 의아했는데, 요양보호사가 방을 나간 후 노모의 마음이 그대로 드러났다. 가지런하게 단장한 머리를 확 풀어버리더니 다른 방향으로 빗기 시작했다. '이렇게 해야 예쁘게 보인다'며 혼자 중얼거린다. 그 TV 프로그램에서 조명한 것은 아니지만, 돌봄을 받고 있는 사람도 자기만의 생각과 욕구가 있는 것이고 그것이 무시되는 순간을 의미있게 본 것이다. 가족 중에 시설에서 장기요양을 받아야 할 경우가 생기면 고려할 것들이 몇 가지 있다. 시설 요양이 우리 문화에 익숙하지 않은 점을 먼저 잘 살필 필요가 있다. 넘어져서 몸을 다치고 식사를 스스로 할 수 없는 상황이더라도 자기가 살던 주거에서 생활하고 싶은 것이 기본 욕구다. 내 집에서 죽음을 맞이하고 싶어 하는 것은 동서양이 다르지 않다. 부득이한 상황이더라도 이 점이 충분히 고려되어야 한다. 첫째, 집에서 가까운 곳이 좋다. 주기적으로 왕래할 수 있는 거리여야 입소자도 고립감을 덜 느끼고 안심할 수 있다. 둘째, 본인의 의사를 물어보고 될 수 있는 대로 독립적인 공간에서 지낼 수 있도록 해야 한다. 셋째, 전문 의료인력을 충분히 갖추고 있어야 한다. 넷째,

환자와 가족을 위한 상담실을 갖추고 있어야 한다. 다섯째, 복지나 재활치료시설, 프로그램이 좋아야 한다. 여섯째, 호스피스실이 운영되고 있는 곳이 좋다. 마지막으로 대학병원급과 연계되어 있으면 좋겠다. 요양원에 존재하는 3가지 역병疫病으로 불리는 것이 있다. 이를 피할 수 있는 환경을 찾는 것이 좋겠다. 무료함, 외로움, 무력감이 그것이다.

노인장기요양보험은 고령이나 노인성 질병 등으로 일상생활을 혼자 하기 어려운 노인들에게 신체활동이나 가사 활동 지원 등의 서비스를 제공하여 노후생활의 안정과 그 가족의 부담을 덜어주는 제도로 2008년 7월부터 시행되고 있다. 평균수명의 증가로 요양보호가 필요한 노인이 급격히 증가하고 있고 가족 요양의 한계가 있는 것은 피할 수 없는 우리 현실이다. 65세 이상의 노인과 65세 미만 중 치매, 뇌혈관 질환, 파킨슨병 등 노인성 질병이 있는 사람이 그 대상이 된다. 노인 인구가 급격히 증가하고 있고 장기요양이 필요한 사람(장기요양 인정률[30]) 또한, 계속 증가추세 있어, 우리 사회의 중요한 사회안전망 역할을 하고 있다. 장기요양 인정은 인정조사 점수에 따라 등급으로 나누어지는데, 1~4등급과 등급외 A(5등급), 등급외 B·C(인지지원등급)로 운영되고 있다. 예를 들어, 최중증으로 온종일 침대에 누워서 생활하면서 대소변 등 모든 일상생활에 전적인 도움이 필요하거나 중증 치매 등으로 행동 변화가 심한 경우 1등급에 해당하고, 중증으로 스스로 이동할 수 없어 대부분의 일상생활에 도움을 받아야 하는 경우 2등급, 중등증으로 일상생활에 부분적인 도움이 필요한 상태는 3등급에 해당한다. 급여의 종류는 크게 3가지로 나뉜다. 시설급여로서 노인요

30) 장기요양 인정률은 노인 인구 대비 장기요양 수급자 비율인데, 2014년 6.6%, 2016년 7.5%, 2019년 8.8%로 증가추세에 있다.

양시설과 노인요양 공동생활 가정입소가 있고, 재가급여로는 방문요양, 방문목욕, 방문간호, 주야간보호, 단기보호, 복지용구가 있다. 아울러, 특별현금급여로 가족요양비가 있다. 이는 가족이 요양보호사 자격을 취득하고 가정에서 직접 돌봄을 제공할 경우 지원된다. 노인장기요양보험은 건강보험제도와 법체계를 분리 운영하되, 보험료는 건강보험료와 연계하여 부과(건강보험료액의 10.25%)하면서 국민건강보험공단에서 운영을 맡고 있다. 재정 운영은 독립회계로 사회보험방식을 기본으로 하면서 국가와 지방자치단체의 부담을 포함하는 국고지원 부가방식을 취하고 있다. 요양서비스를 받을 경우 재가급여는 급여비용의 15%, 시설급여는 20%의 본인 일부 부담금이 있다.

지금까지는 살펴본 것이 은퇴 후 삶의 기반을 든든히 하는 것들이라면, 지금부터는 활동과 역할 그리고 그와 관련된 것을 살펴볼 차례다. 은퇴 후 무엇을 할 것인가, 어쩌면 가장 본질적인 것에 해당하는 이야기이다.

은퇴 설계의 본질, 역할의 재구성

역할 없이 사는 삶이 있을까. 역할은 정체성에 영향을 미치며 자존감의 근원이다. 전통적으로 보면, 여성은 인간관계 수준으로 정체성을 형성하는 반면 남성은 일이나 업적, 역할 등으로 한다. 남성들은 본능적으로 자신이 건재함을 증명해야 한다는 압박감에 시달린다. 유전자에 박혀있는 거라 좀처럼 벗어나기 어렵다. 은퇴는 역할의 변화를 요구하고, 역할의 상실은 지옥처럼 여겨진다. 그래서 필요한 존재가 되지 못한다는 것은 남자에게 있어 '천천히 찾아오는 죽음'이라고 하지 않던가. 부부간에 은퇴를 바라보는 관점이 다르고, 서로 기대가 어긋나 갈등을 빚기도 한다. 대부분의 남성 배우자는 은퇴 후 가정에서 휴식을 기대하지만, 아내의 생각은 다르다. 하던 일에서 해방되었으니 집안일의 분담을 기대하고, 주부에겐 왜 정년퇴직이 없냐고 하소연한다. 아내를 사랑한다면 아내의 기대에 맞추라는 것이 먼저 살아본 사람들이 전하는 세상의 지혜다.

삶은 길어졌지만, 삶의 만족도는 하락하고 있다. 통계청 2020 고령자 통계에 따르면, 2019년 65세 이상 고령자 중 자신의 삶에 만족한다고 답변한 사람은 전년(29.9%)보다 4.9%포인트 하락한 25.0%였다. 전 연령대의 만족도(39.1%) 대비 15%포인트 낮았다. 2019년 통계청의 사회조사 결과를 보면, 19세 이상 우리나라 국민의 59.5%는 '취미활동'을 하며 노후를 보내고 싶어 한다. '소득창출활동'이 그 뒤를 이었고, '자원봉사활동'은 40대와 50대, '종교활동'은 60세 이상 연령대에서 타 연령에 비해 상대적으로 비중이 높게 나타났다. 자원봉사활동에 참여한 경험이 있는 60대는 8.1%로 감소 추세에 있으며, 성별로는 여자가 남자보다 상대적으로 높게 나타났다. 은퇴 이후 많은 시간을 무엇으로 채울 것인가, 은퇴 설계의 본질적인 문제이다.

여행만으로는 채울 수 없는 긴 시간

삶의 전환점에 있는 은퇴 예정자들이 생각하는 여가생활은 어떨까. 그들은 자유를 찾고 싶어 하는 듯하다. 그동안의 삶에서 지친 심신을 돌보기 위해 은둔과 여행을 떠올린다. 직장에서 '사람'에게 지친 분들은 집이라는 공간에 자신을 가두어 방해받지 않는 삶을 누리기도 하지만, 실제 은퇴를 한 사람들이 가장 먼저 하는 것 중의 하나가 여행이다. 그동안 팍팍하게 살아온 자신의 삶에 대한 보상이라며 공항을 빠져나간다. 그동안 누리지 못한 것을 먼저 떠올리고 실행에 옮기는 것은 당연하고 바람직하다. 코로나-19로 인해 해외여행을 할 수 없는 지금의 은퇴자들은 어디에서 무엇을 할까.

여행은 목적지를 가는 것보다 준비하고 떠나는 그 과정에 더 큰 즐거움이 있다. 또 어디를 가는 것보다 '누구랑' 가는 것이 중요하기도 하다. 나름대로 굳어진 삶이 있는 전업주부에게 오랜 기간 무심했던 남편이 건네는 여행 제안은 아내를 난처하게 만들기 충분하다. 함께 여행한 경험도 없거니와, 같이 여행하는 상대로 남편을 상상하지 않은 탓이리라. 어쨌거나 은둔이든 여행이든 그것만으로 삶을 지속할 수 있는 것은 아니다. 은둔을 선택했다 하더라도 대개 6개월 정도 지나면 다시 사람들 속 일상으로 돌아온다. 여행은 그 목적이 뚜렷할 때 지속할 힘이 생긴다. 대부분은 같이 가는 사람이 끄는 힘에 이끌린다. 은퇴하면 일단 여행이나 좀 하면서 쉬겠다고 하지만, 여행이나 휴식만으로 채우기 버거운 너무나 긴 시간이 기다리고 있다.

그래도 여행은 무료하거나 지친 일상에 활력을 더한다. 여행 또한 상당한 체력을 소모한다. 70대 중후반이 되어 체력이 따라주지 못할 때 자식들의 여행 제안이 고맙기도 하지만 선뜻 나서지 못한다. 따라나서는 것의 '피곤함'과 남겨지는 것의 '서운함' 사이에서, 그나마 떠나는 자식들이 건네주는 '용돈'은 위안이 된다고 한다. 어디를 가고 뭘 보더라도 그저 그렇고 피곤할 뿐이다. 그래서 자식들과 동반하는 여행도 어느 시점에서는 참여를 꺼리게 된다. 이럴 때 삶의 흔적을 찾아 추억을 되새길 수 있는 여행은 의미가 있다. 노년엔 추억이 깃든 장소를 찾아보자. 태어나고 자랐던 곳, 동심을 불러일으킬 수 있는 모교 등을 찾아보는 것이다.

현대사회에 있어 여가의 의미

여가는 삶의 필수적인 시간을 제외하고 남는 시간을 지칭하는 말이지만 다양한 의미가 있다. 본인이 자발적으로 원해서 즐기는 활동으로 자유로운 선택이어야 하고, 몰입을 가져오는 것으로 자기 자신의 목적을 위해 존재하는 내적인 보상을 위한 활동이다. 이러한 여가가 은퇴라는 생애 사건과 만나게 되면 그 의미는 더욱 커지지만, 일부 노인층에는 시간을 보내기 위한 수단에 그칠 수도 있다. 현대사회의 여가활동은 시간, 공간의 제약이 없는 사이버 공간에서의 여가활동이 증가하고 있고, 자연 친화적이고 건강 지향적인 다양한 활동들로 확산하는 경향이 뚜렷하다.

현대인은 '진정한 삶'을 여가에서 찾기 시작했다. 여가가 모든 삶에서 중요한 부분을 차지한 것은 극히 최근의 일이다. 그전에는 일부 유한계층의 전유물 정도로 여겨졌다. 정보통신기술과 인공지능 등의 과학기술 발달로 일하는 시간이 줄어들어 상대적으로 여가는 늘어나고 있다. 여가가 삶의 질을 결정하는 중요한 요소로 받아들여지고 있고, 젊은이나 노인이나 여가생활의 중요성은 큰 차이가 없게 되었다. 그 사람이 어떤 사람인지를 가늠하는 척도 중의 하나가 그 사람의 여가생활이다. 현대사회는 '연령통합사회'라 일컬어진다. 모든 연령층에서 일과 여가 그리고 자기관리의 조화를 꾀하는 시대가 도래했음을 일컫는다. 일에 대한 생각에 큰 변화가 일고 있다. 과거보다 모두들 '즐기는 삶'을 좋은 삶으로 여기는 듯하다. 일하지 않고 살 수 있는 사람이 일하는 사람보다 더 행복하다고 생각하는 것이다. 일없는 삶을 상상하기 어렵다거나 일을 삶의 본질적인 요소로 고집하면 과거를 사는 사람처럼 보일 수도 있겠다. 하여튼 사회는 급변하고 여가생활은 그만큼 중요해졌다.

홀로 지내는 노모를 둔 지인에게 들은 이야기다. 그는 주말이면 노모를 돌보러 가는데, 찾아오는 친구가 없어 혼자 집에서만 지내는 노모를 볼 때마다 매우 안타까웠단다. 궁리한 끝에 노모가 계시는 집에 매주 군것질거리를 사두었더니 저절로 이웃 할머니들의 왕래가 생겼다는 이야기다. 참 지혜롭지 않은가. 고령의 노인에게는 삶 그 자체가 여가활동과 구분되지 않는다. 고립을 피할 수 있어야 건강한 삶을 영위할 수 있는데, 현대사회는 오히려 노인들의 고립이 만연할 수 있다. 코로나 상황은 불가피하게 고립을 더욱 심화시키고 있다. 최근 여가 프로그램이 다양해지고 있는 복지관의 이용이 늘고 있지만, 혼자 지내는 고령의 노인들이 많아지고 있다. 소외로 인한 우울증도 크고 사회적으로 문제가 되는 고독사가 종종 발생하고 있어, 이들에 대한 지역사회의 관심이 더욱 필요한 시점이다. 자살 시도가 있거나 우울증 정도가 심한 독거노인을 지원하는 효과적인 프로그램이 있어 관심 가지고 지켜본 적이 있다. 이들에게 카메라를 쥐여 줘 공원에 나가 사진을 찍으면서 그 과정에서 심리치료를 하는 프로그램이었다. 그 사진들의 전시회가 있어 가봤더니 말을 하지 않던 분들이었다는데 자신의 사진 앞에서 말문이 트인 것을 보고 적잖게 놀랐다. 시선이 머문 어떤 대상을 포착하고 사진을 찍는다는 것은 나름의 이유와 의미를 담고 있었다. 우리나라 노인들의 여가생활에서 가장 많은 비중을 차지하는 것이 'TV 시청'이다. 이는 취향으로 볼 수도 있으나 다른 대안이 없어서 마지못해 선택한 경우가 많고, 치매를 예방하기 위해서도 결코 좋은 선택이 아니다. 배우자와는 '따로 또 같이'하는 여가활동이 바람직하고, 배우자와의 사별 이후도 고려한 여가계획이 필요하다.

일이 갖는 다양한 의미

"그냥 용돈 벌이로 한 달에 100만 원 정도 벌 수 있는 일이 있었으면 좋겠어." 최근 은퇴한 선배와 식사를 하면서 들은 이야기다. 왜 소박하게 100만 원인가 했더니, 오랜 사회생활을 하면서 터득한 것이라 한다. 받는 돈은 결국 그 돈에 상응하는 역할과 책임의 크기와 같고, 자기 전문분야가 아니라면 그 이상은 과욕이라고 했다. 무척 지혜롭다는 생각이 들었다. 식사하는 내내 은퇴와 관련한 이야기가 이어졌다. 그동안 취미로 삼아 해오던 시를 쓰면서 당당한 삶을 살겠다 했고, 건강관리 잘하면서 많아진 여가를 의미 있게 보낼 수 있는 활발한 대인 관계와 사회참여를 계속하고 싶어 했다. 하고 싶은 것이 많고 잘하고 싶은데, 손에 딱 잡히는 구체적인 그 무엇을 이야기하지는 않았다. 당분간은 아무런 생각 없이 쉬고 싶다며, 아직 미혼인 자녀 둘에 대해서는 뭔가 뜻대로 되지 않는다는 걱정을 내비쳤다. 식사를 마쳤을 때 빗줄기가 굵어졌다. 댁까지 태워 드리겠다는 제안에 '남는 게 시간'이라며 한사코 손사래를 친다. 우산을 비스듬히 쓰고 골목길을 내려가는 뒷모습을 물끄러미 지켜보다가 돌아섰다. 연인과의 식사도 아닌데 한동안 머릿속을 떠나지 않았다. 그 선배는 참으로 열심히 일했고 멋지게 살았다. 야간에 대학원 공부를 하면서 전문성을 길러 직장에서 인정받았고, 최근 시집을 발간했을 정도로 자기계발에도 열정을 보탰다. 놓칠세라 꼭 부여잡은 바통을 언젠가는 다음 주자에게 건네주어야 할 것을 몰랐던 것도 아니다. 하지만 마음의 준비가 덜 된 채 운동장을 떠나야 했다. 시선 둘 곳이 마땅찮고 한참은 비틀거려야 할지도. 지금 그 선배의 불안감은 어쩌면 당연하리라. 훗날 알게 된 사실이 있다. 선배를 보면서 느꼈던 불안감은 사실 그 선배가 아니라 내가 불안했던 것이라는 걸.

일을 좋아하는 사람은 일이 없고, 일이 있는 사람은 일을 좋아하지 않는다. 중년에 느끼는 아이러니다. 우리 사회에는 일하고 싶지만 할 수 없는 사람도 있고, 쉬고 싶지만 쉴 수 없는 사람도 있다.[31] 경제적인 이유가 첫 번째이겠지만, 일이 갖는 의미는 참으로 다양하다. 첫째, 경제적 보상이다. 대부분 현대인은 노동력을 제공하고 그 대가로 임금을 받아 생활한다. 경제적으로 넉넉하지 않고 연금소득이 적은 사람은 결국 일을 통해 그 부족분을 해결해갈 수밖에 없다. 일은 경제적 준비가 부족한 경우 선택할 수 있는 효과적 수단이다. 둘째, 일은 우리의 일상생활을 구조화하고 규정하게 된다. 은퇴하면 바로 맞닥뜨리게 되는 어려움이 텅 빈 일상을 견디는 일이다. 셋째, 자아 정체감의 기본이 된다. 어떤 일을 하고 있고 어디에 소속되어 있는 것으로 정체감을 가진다는 의미다. 우리는 낯선 사람을 만날 때도 그가 어떤 일을 하는 사람인지 늘 궁금해한다. 넷째, 사회적 관계의 중요한 창구가 된다. 일을 통해 다른 사람들과 교류하고 관계를 확장해간다. 은퇴자들은 은퇴와 함께 온종일 울리지 않는 휴대폰을 보면서 상심에 젖는다. 이렇게 일이 갖는 다양한 의미와 은퇴를 연결 지어보면 은퇴가 어떤 어려움을 가져다주는지 쉽게 이해할 수 있다.

대부분의 사람에게 있어 일은 삶의 많은 것들과 연계되어 있고, 일은 우리가 어디에 살 것인지, 어떻게 살 것인지 그리고 누구와 함께 시

---

31) 우리나라 노동시장의 실제 은퇴연령은 남성 72.9세, 여성 73.1세로 나타났다.

간을 보낼 것인지 등과 같은 중요한 문제와 연결된다. 또한, 일은 그 사람의 정체성과 자존감에 상당 부분 기여한다. 은퇴로 하던 일에서 벗어나 대체하는 활동이나 그 무엇도 마찬가지다. 사실 은퇴 후에 하는 일은 인생의 특정한 시기에 '그가 노력을 기울이는 대상'이라는 의미로 이해하는 것이 좋다. 현재 이루어지고 있는 인류의 삶의 양식에 있어서의 드라마틱한 변화는 노동이 삶의 중심에서 벗어나 주변적인 것으로 바뀌고 있다는 것이다. 이는 인공지능(AI) 등 자동화기술 확산의 필연적인 결과다. 노동 없는 삶의 보편화는 노인적인 삶의 양식이 보편화된다는 것이다. 노동에 궁극적인 가치를 가지고 살아왔던 사람에게는 당혹스러운 일이다. "그냥 어떻게 놀아. 뭐라도 해야지." 사회적으로도 해결해야 할 과제이지만, 개인적으로는 자아 정체감을 어떻게 가질 것이며 삶의 의미를 어디에 둘 것인지 고민하지 않을 수 없다.

주된 일자리에서 은퇴한 대다수 사람은 여러 가지 이유로 일을 더 하고 싶어한다. 그러나 재취업 시장엔 찬바람이 분다. 전국경제인연합회 중소기업협력센터가 2019년 11월 실시한 조사 결과를 살펴보면, 퇴직 후 재취업에 성공한 사람은 44.6%로 나타났다. 평균 13개 회사에 지원했고 이 중 4개 회사에서 면접을 본 뒤 재취업에 성공했다. 재취업에 성공해도 임금이 절반 이상 줄었다는 사람이 30% 가까이 되고, 더 큰 문제는 불안한 고용이다. 재취업한 직장에서 2년을 채우지 못한 비율이 68.7%나 됐다. 새로운 환경에 적응하는 일이 쉽지 않은 것이다. 부러움을 살 만한 성공적인 개별 사례가 없진 않지만, 은퇴자의 재취업은 여전히 난관이다. 그래도 인내심을 가지고 두드리면 열리는 문은 있게 마련이다.

재취업은 결코, 장기적인 해법이 아니다

은퇴자의 상당수는 재취업을 원한다. 사실 재취업은 자신의 경력과 경험을 최대한 활용할 수 있기에 매력적인 방안이다. 경제적인 준비가 부족하다면 가장 현실적인 선택이기도 하다. 재취업도 하고 싶다고 해서 누구나 할 수 있는 건 아니다. 사람을 고용하는 처지가 되면 젊고 활력이 넘치는 젊은이를 선호한다. 그래서 은퇴하기도 전에 재취업에 성공한 이들은 주변의 부러움을 사기도 하지만, 길어진 삶에서 한 번의 재취업으로 삶의 후반전을 보내는 것은 불가능하다. 운 좋게 재취업에 성공했다 하더라도 그 직장에 적응하는 것 또한 쉽지 않고, 여러 이유로 전직이 잦다. 업무가 낯설어 적응을 어렵게도 하지만, 새로운 조직 분위기에 적응하면서 회사의 기대를 충족시키기 위해 겪어야 하는 스트레스 또한 만만치 않다. 규모가 큰 곳에서 오랫동안 일했던 사람에게는 또 다른 어려움이 있다. 시스템의 힘을 개인의 역량으로 착각하기 때문이다. 큰 조직의 분업화된 시스템에 익숙해 있던 사람이 개인 역량으로 과업을 완수해야 하는 중소기업에서의 적응이 쉽지 않은 이유다. 재취업의 결정적인 문제는 다시 정년을 맞이한다는 것이다. 그런데 그때가 되면 스스로 새로운 일에 도전하기도 어려워 정말로 아무것도 할 수 없게 된다. 재취업이 '기회의 상실'이 될 수 있다는 점에 유념할 필요가 있다. 일정 기간 안도감을 가져 위안이 될 수 있지만, 결국 재취업은 지금 당장 어려움을 조금 유예시키는 방안이다.

창업, 무작정 뛰어들지 마라

재취업이 장기적인 해법이 아니라면 창업은 어떨까? 요즘 창업이 월급쟁이 생활보다 쉽지 않다는 것은 누구나 잘 안다. 2004년 이후 자영업 창업 10년 생존율이 16.4%에 불과하여 6개 창업 중 5개는 실패함을 통계적으로도 확인할 수 있지만, 조금만 관심을 기울이면 사는 동네 곳곳에서 그 실상을 어렵지 않게 볼 수 있다. 진입장벽이 비교적 낮은 업종에 창업이 이루어지고 있고 그 결과 경쟁이 치열해 생존을 어렵게 하고 있다. 이는 시작하기 쉬운 것을 택한 결과라 여겨진다. 오히려 진입장벽이 높은 업종에 관심과 목표를 두고 창업에 접근하는 것이 성공 확률을 높이지 않을까.

직장 근처 소규모 테이크아웃 카페가 있어 점심 후에 자주 들르곤 했다. 늘 손님이 붐비는 곳으로 가끔 여유가 있어 보일 때 카페 주인과 대화를 나누게 되었는데, 기억에 남는 이야기가 있다. 카페를 하고 있으면 많은 사람이 창업 문의를 해오는데, 몇 마디 나눠보면 실패할 사람이 저절로 보인다는 말이다. 첫째는 자본금만 가지고 좋은 길목 점포만 고르면 된다는 생각을 하는 사람이고, 그다음은 아르바이트생을 고용해 매장을 운영하면서 여유를 누리겠다는 사람들이란다. 핵심을 찌르는 말이다. 창업을 만만하게 보고 철저한 준비 없이 뛰어들기 때문이다. 성공했다는 식당을 살펴보면, 주방에 주인이 들어가고 홀 서빙은 가족들이 직접 담당하면서 서비스는 높이고 인건비는 줄이는 전략으로 시작한다. 주인이 앞장서지 않고서는 성공을 기대하기 어렵다. 창업하기 전에 운영 노하우를 얻기 위해 아르바이트나 종업원으로 취업해 직접 일을 해보는 것이 바람직하다. 제대로 준비한다면 나이 들었다고 창업에 도전하지 말라는 법은 없다. 위험 부담이 있는 새로운 시작은 배우자와 함께 고민하고 합의하는 것이 중요하다. 창업에 실패하더라도 가정까지 무너뜨리지는 말아야 한다. 제2의 인생을 살아가려는 방편으로 창업에만 국한할 필요는 없다. 자신이 좋아하고 관심 있는 분야의 전문가가 되어 프리랜서로 활동하는 것도 고려해볼 만하다. 일종의 1인 창업인 셈이다.

10년 전 금융위기의 여파로 대기업을 퇴직하면서 다시 학업을 이어간 자랑스러운 대학 동창이 있다. 그는 박사학위를 취득하고 나이 50이 넘어 국책연구원에 자리 잡더니 최근 모교 교수로 임용되었다. 인생 후반전의 멋진 쾌거가 아닐 수 없다. 40대 후반에 기업 CEO에서 물러나 50대에 조경학 박사학위를 가지고 인생 후반전을 반전의 기회로 삼아 활동하고 있는 이규화 박사는 그의 책『오십, 그 새로운 시작』에 이런 멋진 말을 남겼다. "지리산 천왕봉과 설악산 대청봉을 이어주는 고속 케이블카는 없다. 천왕봉에 올랐더라도 다시 대청봉을 오르고 싶다면, 천왕봉을 내려와 대청봉을 오를 수 있는 오색 약수터까지 이동한 다음 처음부터 다시 힘든 등산을 시작해야 한다. 인생 후반전 역시 마찬가지다." 야트막한 동네 뒷산을 소박하게 오르려고 해도 마찬가지다. 기초지식과 경험을 충분히 쌓으라는 말이다. 과거의 성공은 종종 실패를 자초한다. 나이 들고 경험 많은 사람들의 준비 없는 성급함을 경계하는 말이다. 아무리 바빠도 바늘허리 매어 못 쓴다.

다양한 사회참여와 자원봉사

은퇴를 한 사람이라 해도 사회 구성원으로 살아가기 위해서는 필요한 것들이 있다. 개인적인 차원에서는 생계를 유지하기 위한 소득이 있어야 하고 사회 구성원으로서의 역할이나 건강을 유지하기 위한 활동도 필요하다. 사회적 차원에서도 노년에 대한 부정적인 인식을 개선하고 인구 고령화에 따른 생산성을 높여가야 하며 의료비 등 사회보장 비용을 절감하는 노력이 필요하다. 이를 위한 대안으로 제시되는 것 중에 사회공헌형 일자리나 자원봉사가 있다. 사회공헌형 일자리는 사회적 일자리라고도 하는데 청소, 방범, 교통, 문화 관련 공익형 일자리를 정부나 지방자치단체가 만들어 노년층에 제공하고 있다.

자원봉사*Volunteerism*는 '의지*Will*'라는 의미를 담고 있다. 라틴어 '볼로*Volo*'에서 마음속 깊이 우러나오는 자유의지의 뜻을 가진 '볼론타스*Voluntas*'로 발전한 말이다. 타인이나 제도에 의한 것이 아니라, 자신의 자유의지를 바탕으로 자발적인 행동을 실천하는 것을 의미한다. 그래서 자원봉사는 타인의 어려움이나 사회문제를 자신의 문제로 받아들여 개인의 의사와 주체성에 의해 활동하는 '자발성'을 그 첫째 요건으로 한다. 또한, 경제적 수입이 아니라 활동 자체에 의미를 두는 '무보수성'과 지역사회 복지 향상에 기여하는 '공익성', 마지막으로 일회성이 아니라 계속되는 계획적인 활동으로 '지속성'을 그 요건으로 하고 있다. 이러한 요건을 충족하면서 사회참여를 원한다면, 어디서*where* 무엇*what*을 할 것인지 신중히 선택하고 참여하는 것이 좋다. 자원봉사를 소개하는 기관이 있는가 하면 활동 인증이나 직접적인 수행을 담당하는 기관이 있는데, 알고 있는 별도의 채널이 없다면 1차적으로는 지역별 자원봉사센터나 복지관을 방문해 상담과 안내를 받는 것이 좋다.

은퇴 후 여가는 여분의 시간에 원하는 삶을 찾아가는 것

최근 은퇴한 지인의 이야기다. 그는 지혜롭게 은퇴를 준비했다. 십여 년 전부터 아내와 함께할 수 있는 운동으로 테니스를 선택해 즐기고 있다. 자동차에 늘 테니스 라켓과 운동화를 싣고 다니면서 여행 중 코트가 있는 곳이면 어디든 테니스를 즐긴다. 혼자 하는 여가활동으로는 색소폰과 기타 연주를 하고 있고 지방자치단체로부터 텃밭도 분양받아 채소를 가꿔 먹는다. 그뿐만이 아니다. 몇 년 전부터 영어 공부를 시작했다기에, 무슨 계기가 있었는지 궁금해하자 너무 느슨한 생활이라 치매를 예방하기 위해 했단다. 요즘은 외국 영화를 보면서 영어 대사가 조금씩 귀에 들린다며 즐거워하고 있다. 지혜롭게 은퇴를 준비하는 것은 바로 이런 것이라는 생각이 든다.

특별한 여가활동이 없다는 것은 삶을 무료하게 한다. 지금까지 오랜 시간 해온 것이 있다면, 그것은 그만한 이유가 있을 것이다. 이 활동을 더욱 발전시킬 필요가 있다. 의미를 더하고 가치를 키울 수 있다면 금상첨화다. 틈틈이 배운 기타 연주 실력이 궤도에 올라 공연팀에 합류하거나, 불우이웃을 돕는 성금 마련을 위해 길거리 공연을 하는 지인들이 있다. 아마추어로 즐기던 그림으로 전시회를 열고 전업작가가 된 사람들도 있다. 이들의 공통점은 자신의 삶에 대한 만족감이 매우 크다는 것이다.

문제는 새로운 여가활동을 찾아야 하는 상황이다. 주변 지인들의 권유로 시작하는 여가활동이 보편적이긴 하나, 시행착오가 뒤따른다. 여가는 그저 남는 시간을 소모하는 것이 아니다. 여가활동을 통해 우리는 자신의 정체성을 확인하기도 하고 삶의 활력을 높이기도 한다. 그런 만큼 원하는 삶의 탐색이 먼저다. 자신에 대한 이해를 바탕으로 삶의 지향점이나 소중하게 생각하는 가치 등과 결부시킬 때 만족감도 높고 지속할 수 있는 힘도 생긴다. 혼자 즐길 수 있는 여가활동도 필요하지만, 배우자와 함께할 수 있는 활동도 있어야 한다.

부부간 사랑의 완성을 추구하고자 하는 사람과, 자연과 함께 간소하고 소박한 삶을 추구하는 사람의 여가활동이 같을 수는 없다. 사람들 사이에서 폭넓게 가치 있는 만남을 추구하는 삶과 영성이나 신앙을 추구하는 삶이 다른 것처럼 말이다. 여가활동이 결국 여분의 시간에 어떤 활동 분야를 접목하는 것이라면, 여러 선택지를 만들어보는 것이 가능하다. 여가를 두고 관계나 교제, 영성이나 신앙, 사회봉사, 심신 수련, 일, 배움이나 학습, 전원생활 등을 결부시켜 보면 그 선택지들의 특성이나 할 수 있는 활동들이 나온다. 복수의 선택지를 가질 수도 있으나, 서로 관련된 것들로 시너지를 가질 수 있으면 효과적이다. 예를 들어 전원생활의 경우 텃밭 가꾸기, 정원 화초 키우기, 산야초 발효 등 많은 활동으로 이어질 수 있는 것처럼 말이다. 선호도와 예상되는 만족도, 현실의 제반 여건을 고려한 '실현 가능성' 등을 스스로 평가해보면 구체적인 결과를 얻는 것이 가능하다. 사회봉사는 은퇴자의 여가활동과 잘 접목할 경우 삶의 활력을 유지하는 데 매우 유용하다. 행복을 오래도록 연구한 결과물 중의 하나가 '이타적인 삶이 행복으로 가는 지름길'이라고 하지 않던가. 사회봉사의 동기에도 어느 정도 이기심이 있다. 타인을 돕는 일이 결국 자신의 행복을 키우는 일이니 말이다. 어느 정도 제공되는 실비를 동기로 여기는 것은 자칫 행복이 줄어드는 결과를 초래할 수 있다.

은퇴하면 우선 일상에서 자신을 독립적으로 관리하는 능력부터 키워야 한다. 침체감에서 벗어나 동반자적 부부관계를 형성할 수 있어야 하고, 사회적으로는 연장자로서 젊은이의 발달을 촉진할 수 있는 공감능력을 키워야 한다. 집안에서 생활하는 시간이 늘어가면 새롭게 보이는 것들이 있다. 그중의 하나가 자녀들이다. 그들의 독립적인 삶을 인정하고 관계를 어떻게 맺는가에 따라 삶이 더욱 든든해질 수도 있고 그렇지 않을 수도 있다.

자녀들과의 좋은 관계, 더욱 든든해지는 삶

부모는 자녀 중 가장 '덜 행복한' 자녀만큼 행복하다고 한다. 부모에게 있어 자식은 삶의 가장 큰 과제 중 하나다. 대부분의 부모 특히, 어머니들이 자식을 가슴에 묻고 산다. 자식이 아프면 같이 아프다. 자녀와의 심리적 거리 두기를 강조하지만 어디 뜻대로 되는 일인가. 우리 사회의 문화와 관습으로는 받아들여지지 않는 조언일지도 모른다. 우리는 어린 자식을 가슴에 안고 한 방에 자면서 젖을 먹이고 등에 업고 키웠다. 그만큼 자식에 대한 애착이 클 수밖에 없는 독특한 양육관습을 지녀왔다. 부모가 중년에 접어들면 자식 농사의 결실이 드러난다. 중년이 되어 잘 성장한 자식이 보람이기도 하지만 그것이 유일한 자랑거리가 될 때, 그때부터 '부모의 비극'은 시작된다고 한다. 자신의 삶은 사라져버리고 자식의 삶이 그 자리를 차지하게 되는 것은 슬픈 일이다. 앞서 소개한 바가 있지만, 우리나라 노인들이 '성공적인 노화'라고 생각하는 두 번째 조건으로 '자녀 성공'을 꼽았다. 자신의 삶과 자녀의 삶을 동일체로 인식하고 있다는 거다. 서양과는 다른 관습과 인식의 한 부분이다. 돌이켜보면 그런 애착을 기반으로 오랜 세월 대가족을 이루며 살았고, 핵가족 시대가 되면서도 늙으신 부모를 모시는 것을 당연하게 생각해왔다. 떨어져 살다가 함께 사는 현실적 어려움 때문이었을까. 최근에는 따로 살면서 '국이 식지 않는 거리'를 적당한 거리로 여긴다. 이러한 배경에는 전통적이고 경제적인 부양도 중요하나, 정서적이고 사회 서비스적 부양이 중요시되는 사회 변화가 자리하고 있다. 지금은 이마저도 허물어지는 안타까운 경향이 없지 않다.

최근 아들을 장가보낸 어머니가 전해준 이야기다. 아들이 혼례를 치른 후 지방에서 서울로 전셋집을 얻어 살림을 났다. 따로 살림이 났으니 한 번쯤 부모를 초청하겠거니 기다렸지만 한 달이 지나도록 연락이 없자, 성미 급한 어머니가 주말에 간다고 일방적으로 통지하고 아들 내외가 사는 집에 들어섰는데, 이 일을 어쩐 담? 주방을 둘러보니 밥솥이 보이지 않았던 거다. 밥 먹으러 식당에 가자고 해서 따라가고 카페에 가서 커피도 마셨지만, '밥솥이 보이지 않았던' 그 생각만 하다가 아들이 이끄는 대로 서울역으로 돌아와 예정보다 빨리 내려오게 되었단다. 그날 콩닥콩닥 뛰기 시작했던 가슴이 한 달이 다 되어도 멈추지 않는다는, 말 못하는 가슴앓이 하소연이다. 어디 이뿐이랴. 장가보낸 아들에 대한 실망스러운 이야기는 세상에 널렸다. 자식에 대한 '애착'이 형성되는 것은 본능적이라지만, 어느 정도 성장하게 되면 다른 생활방식에 대한 이해가 있어야 하고, 애착의 '분리'를 위해 스스로 노력을 해야 한다. 이는 결국 자신의 삶을 지키기 위한 것이기도 하다.

좋은 부모라도 훌륭한 스승 되기는 어렵다

역자교지易子敎之, '맹자' 이루상離婁上에 나오는 말이다. '자식을 서로 바꾸어 가르친다'는 말인데, 자식을 키워본 사람이라면 수긍할 수 있는 이야기다. 공자는 하나밖에 없는 아들을 직접 가르치지 않았다. 이를 두고 어느 제자가 스승인 맹자에게 그 이유를 물었고 맹자가 대답한 것이다. 부모가 친히 자기 자식을 가르치지 않는다는 것으로, 부모가 자식을 가르치는 것은 본래 그 자식을 사랑함이거늘, 도리어 그 자식의 마음을 상하게 해 사랑이 다칠 수 있음(古者 易子而教之 父子之間不責善責善則離 離則不祥 莫大焉)을 경계한 것이다. 가르치는 사람은 바르게 되라고 가르치지만, 만일 그대로 행해지지 않으면 노여움이 뒤따르게 되고 그러면 부자간에 정리情理가 상하게 된다. 또, 자식은 속으로 아버지가 내게 바른 일을 하라고 가르치지만, 아버지 역시 바르게 하지 못하고 있다고 생각할 수 있다. 아버지에 대한 존경과 믿음이 사라진다. 그래서 서로 자식을 바꾸어 가르쳤다는 이야기다. 자식을 가르치는 일은 참으로 어렵지만, 그렇다고 소홀히 해서는 안 될 일이다. 지혜롭게 하지 않으면, 득보다 실이 많다.

아들과 딸

지금은 사라진 일이겠지만, 과거 아버지는 첫딸보다는 첫아들을 위해 일을 더 많이 했다고 한다. 아들을 가진 아버지가 딸을 가진 아버지보다 연간 근로시간과 수입이 현저하게 높게 나타난 것인데, 이는 아들이 장차 더 많은 자원을 필요로 한다고 생각했기 때문이다. 독일의 이야기이지만, 우리나라도 크게 다르지 않았을 것이다. 최근 아들보다 딸을 선호하는 경향이 현저히 높아지고 있다. 이슬람 세계는 여전히 아들을 선호하는 것으로 알려졌지만, 고령화되고 있는 사회에서는 딸을 선호하는 경향이 더욱 뚜렷하다. 딸이 잘할 수 있는 '돌봄'과 같은 일들을 아들은 제대로 해낼 수가 없기 때문이다. 딸은 사회가 불안정하면 할수록 더더욱 중요해지는 중심에 있다. 노후에 부양받기를 바라는 부모라면, 아들보다 딸을 더 믿는 것이 좋다. 딸은 부모를 도와줄 뿐 아니라, 다른 지역에 살고 있을지라도 부모와 접촉을 더 자주 한다. 이는 생물학의 유산이자 현실이기도 하다. 그런 이유일까. 그동안 남아를 선호하던 관습은 이제 그 자취를 감추고 있다.

수년 전 장기간 병상에 있으면서 관찰했던 일이다. 병실에 네 명의 환자가 있어 면회 시간이 되면 눈에 들어오는 장면이 많았다. 나는 지방에서 온 터라 문병하러 오는 이도 없고, 딱히 집중할 일도 없기에 따분함을 잊을 수 있는 시간이었다. 사실 TV를 보는 것보다 생생하고 흥미로웠다. 환자와의 대화는 조심스러워 소재가 빈약해지기 쉽고, 말이 이어지지 못하면 어색해지기에 십상이다. 배우자들이 찾아와서 대화를 나누는 표정만으로도 부부 사이가 그동안 어떠했는지 충분히 짐작하고도 남는다. 오가는 대화가 궁해지면 분위기가 금방 가라앉고, 이럴 때 재치 있는 배우자라면 따뜻한 물수건으로 팔다리를 닦으며 살가운 애정을 표현한다. 자녀들의 방문이 있을 때는 보는 재미가 더하다. 딸들은 많은 것들을 묻기도 하고 시키지 않아도 갖은 이야기를 한다. 냉장고를 살펴보기도 하고 먹을 수 있는 것을 나눠 먹기도 한다. 면회 시간이 끝나 가면 '벌써 시간이 다 됐냐'며 아쉬워하고 뒤돌아보면서 떠난다. 문제는 '아들'이다. 몇 가지 의례적인 대화가 오가지만 거의 단답형이다. 병실에 걸린 시계를 힐끔 쳐다보면서 시간이 느리게 가는 것을 난감해한다. 따뜻한 물수건이라도 손에 쥐여줬으면 좋으련만. 이를 눈치챈 아버지가 '인제 그만 가보라'고 하면 한번 돌아보지도 않은 채 병실을 떠난다. 아들에게 서운해할 일이 아니다. 생물학적인 차이가 크다.

아버지와 아들

아들을 둔 중년의 삶이 다 같지는 않을 테지만, 아들과 아버지의 관계는 어머니와는 다른 더 복잡한 감정으로 얽혀있다. 자기 몸으로 자식을 낳아 기르는 어머니와 달리, 아버지와 자식의 관계는 좀 애매하다. 닮은 외모는 다른 증명이 필요하지 않지만, 사실 혈액형이나 유전자 검사를 통하지 않고서는 생물학적으로 증명할 방법이 없다. 모자母子 관계가 본능적이고 생물학적인 것이라면, 부자 관계는 '문화적'이라고 말한다. 이어령 박사는 『한국인 이야기』에서 본능에만 의존하지 않고 문화를 창조한 인류의 특성이 '부자 관계'에서 비롯되었다고 풀이한다. 그는 문명의 붕괴 현상이나 각종 사회적 문제가 '아버지 부재의 사회*fatherless society*', 아버지의 추락과 관련 있다고 하면서, 이 시대의 가장 큰 명제 가운데 하나가 '부자 관계의 회복'이라 말한다. 이 시대 지성다운 말씀이다.

마음치유학교를 개설하고 상담 활동을 하는 어느 스님께서 아버지와 아들의 '어려운' 관계를 5가지 유형으로 소개한 바 있다. 첫 번째는, 아버지가 어린 자녀들에게 애정 표현이 없으면서 지나치게 가부장적이거나 화를 잘 냈던 경우다. 두 번째는, 아버지가 특별한 경제활동이 없거나 외도를 해서 어머니를 힘들게 한 경우. 세 번째는, 아버지가 사회적으로 크게 성공한 경우, 그러면서 자녀에 대한 기대치가 높았을 때다. 네 번째는 반대로, 아들이 매우 뛰어나고 사회적으로 크게 성공한 경우. 마지막 유형은, 어렸을 때 아버지를 잃은 경우다. 이 모든 경우 아버지와 아들의 긍정적인 관계는 기대하기 어렵다. 감히 넘지 못할 두려운 존재로 각인된 아버지, 어머니에 대한 연민과 함께 분노와 상처를 준 아버지, 지나친 기대감으로 자녀의 자존감을 떨어뜨린 아버지, 그리고 역으로 잘난(?) 아들 때문에 소극적이고 위축된 아버지가 그들이다. 또한, 여러 유형이 복합적으로 얽혀있기도 할 것이다. 어떤 이는 이러한 부정적인 감정의 개입이 없더라도, 남성의 본능적인 권력관계를 들어 해석하기도 한다. 어쨌든 아들은 어른이 되어서도 아버지와의 관계가 불편하고 말을 이어가기 어렵다. 종종 대물림되기도 한다. 서로 밀쳐내 저만치 떨어질 수밖에 없는, 같은 극의 지남철처럼 사는 사람들이 적지 않다.

스님의 글에 이런 댓글이 달렸다. “결국, 자식들은 아버지와의 관계에서 불편함을 느낀다는 결론, 위 다섯 가지 이외의 경우가 있기나 한 건지~.” 대체로 지금의 젊은 아버지들은 잘하고 있어 참으로 다행스럽다. 아버지와 아들도 ‘엄마와 딸’처럼 지내는 분들이 없지 않다. 그래야 한다. 아들의 뒤늦은 후회도 눈물겹지만, 아버지 노후의 삶의 질에 미치는 영향이 절대로 적지 않기 때문이다. 아들의 정서적 지원이 함께할 때, 은퇴생활이 더욱 든든할 것은 틀림없다. 노후설계를 공부하다 보면, 장성한 자식은 잊으라고 한다. 책에서나 할 수 있는 이야기다. 우리의 현실이 그렇지 않고 이식移植하기 어려운 서구식 정서다. 기억하기가 차라리 쉽지, 애써 잊어버리기는 어려운 일 아니던가. 한국인의 삶에 있어 자식은 매우 중요한 존재다. 아들로서 아버지로서 그 관계에 주목해야 하는 이유다.

가수 양희은의 '엄마가 딸에게'라는 노래는 가끔 '아버지가 아들에게'로 개사해서 불리곤 한다. 어느 TV 프로그램에서 아버지와 아들이 함께 나와 이 노래를 불렀다. 서울에 집을 두고 강원도 양양이 직장이었던 아버지는 아들이 어릴 때부터 떨어져 살 수밖에 없었다. 은퇴한 아버지에게 남는 건 시간밖에 없고, 성장한 아들은 바빠서 시간이 없다고 한다. 노래에 앞서 아들은 하고 싶은 말이 있다며 이렇게 입을 열었다. "저 그래도 잘 컸죠? 이제는 제가 좀 더 노력하겠습니다." 노래가 시작되자 방청석은 이내 눈물바다가 되었다. 중년의 부모라면 가슴 먹먹해질 노랫말이라 방송된 그대로 옮긴다. 양희은·김창기 작사, 김창기 작곡의 노래다.

난 잠시 눈을 붙인 줄만 알았는데 벌써 늙어 있었고
넌 항상 어린아이일 줄만 알았는데 벌써 어른이 다 되었고
난 삶에 대해 아직도 잘 모르기에 너에게 해줄 말이 없지만
네가 좀 더 행복해지기를 원하는 마음에 내 가슴 속을 뒤져 할 말을 찾지
공부해라 아냐 그건 너무 교과서야
성실해라 나도 그러지 못했잖아
사랑해라 아냐 그건 너무 어려워
너의 삶을 살아라!

난 한참 세상 살았는 줄만 알았는데 아직 열다섯이고
난 항상 멋진 아들로 머물고 싶었지만 이미 미운털이 박혔고
난 삶에 대해 아직 잘 모르기에 알고픈 일들 정말 많지만
아빤 또 늘 같은 말만 되풀이하며 내 마음의 문을 더 굳게 닫지
공부해라 그게 중요한 건 나도 알아

성실해라 나도 애쓰고 있잖아요

사랑해라 더는 상처받고 싶지 않아

나의 삶을 살게 해줘!

〈중략〉

내가 좀 더 좋은 아빠가 되지 못했던 걸 용서해줄 수 있겠니

넌 나보다는 좋은 아빠가 되겠다고 약속해주겠니

조부모와 손주

과거보다 아이를 적게 낳고 나이 든 부모는 더 오래 산다. 이는 오늘날의 '조부모와 손주' 관계가 매우 특별하고 장기간의 관계라는 것을 의미한다. 물론 손주의 나이, 조부모의 건강, 거주지 등 다른 많은 요소의 영향을 받는다. 조부모는 어린 손주와 '더 많은 시간'을 보내지만, 나이 든 손주와는 '더 많은 이야기'를 나눈다. 조부모와 손주 사이가 좋은 것은 부담이 적기 때문일 것이다. 조부모는 부모처럼 아이에 대한 직접적인 책임을 지지 않는다. 그래서 성급한 평가나 비판 없이 아이의 말에 귀를 기울일 수 있다. 또한, 인생의 경험이 많으므로 넉넉한 마음으로 아이를 포용하면서 안정감을 준다.

세상일은 늘 빛과 그림자가 함께한다더니 코로나-19 영향으로 아름다운 이야기들이 곳곳에서 들려온다. 그중에 「고도원의 아침편지」에 소개된 염찬기 님의 편지글 '할아버지가 잡아줄게(2020.4.10)'에는 이 시대 할아버지와 손주의 바람직한 관계와 역할이 보인다.

"아주 오래전 TV에서 유치원생들에게 '자신감'이 무엇이냐고 물어보자, 한 아이가 '자전거를 탈 때, 이것(자신감)이 있으면 보조 바퀴를 뗄 수 있어요!'라고 대답했던 기억을 되살려….

코로나 때문에 개학이 연기되어, 벌써 두 번째 이곳으로 피난을 온 우리 손주 율이에게 이 '자신감'을 함 심어보려고 자전거의 보조 바퀴를 떼고, 뒤에서 붙잡아 주면서 운동장을 달리게 했더니, 용케도 5일 만에 홀로 타기가 이루어졌다.

무척 고무된 얼굴로, 민율이 왈! '할아버지! 딱! 다섯 번 만에 나 혼자 자전거를 탈 수 있으니, 제가 너무 대단하지 않아요? 너무 좋아요!' 그러자 동생 도헌이도, '할아버지! 형아가 혼자 저렇게 자전거를 타요! 정말, 형아가 대단해요!'

처음엔, 보조 바퀴를 떼고 타라고 하니까 타기가 겁나고 망설여지는지 '할아버지 나 혼자 탈 수 있을까요? 무서운데' 말이 많아지기에….

'걱정하지 않아도 돼! 할아버지가 꼭 붙잡아 줄 거니까….' 어렵게 설득해 한 바퀴 돌고 나니 '할아버지, 이렇게 연습하면 되겠네요?' 5일이 지나고 보니…. 온전한 홀로서기가 되고…. 하하

'근데 율아! 넌, 딱 다섯 번이지만 할비는 한 번마다 운동장 열 바퀴씩…. 모두 오십 바퀴나 네 뒤를 뛰며 돌았다. 너의 그 대단한 '자신감'과 '코로나' 때문에 할비는 피가 '코로 나'오것다야! 하하

어디 이뿐일까. 조부모와 손주의 특별한 관계에서 할 수 있는 것은 참으로 많다. 그림책, 동화책을 읽어주고 싶고 손잡고 미술관을 찾아가고 싶다. 아직 결혼할 뜻이 없는지 묵묵부답인 두 아들이 결혼해서 아이를 낳는다면 말이다.

우리는 성장 과정에서 외가와 친가 중 '외가'에 좀 더 끌리는 마음이 있다는 걸 느낀다. 다른 사람들도 대체로 그렇다는 것을 안 순간 그 이유가 궁금했지만, 달리 알아낼 방도가 없었기에 이내 잊고 살았다. 그러던 중 정서적 친밀도, 함께 보낸 시간, 공유하는 자원 등에 따라 조부모의 순위를 매기는 서양의 조사 결과를 책에서 접했다. '외조모'가 가장 앞섰고 그다음은 외조부, 친조모, 친조부 순서였다. 손주는 생물학적 후손이고 그들의 유전자는 새로운 세대로 전달된다는 바탕 위에 진화심리학자들의 주장은 이렇게 전개된다. 현대문화에서 친자 오류 비율[32]이 약 10~15%라는 것을 고려할 때, 100% 확신할 수 없는 아버지 쪽보다 어머니 쪽 혈통이 생물학적 자손 관계가 확실한 점을 그 순위의 근거로 들었다. 재미있는 추론이다. 또 다른 주장들도 있다. 남편의 부모보다는 아내의 부모와 가까이 살게 되면서 '근접성'을 가지게 된다는 것. 여기에는 아내가 자녀와 자신의 부모 간의 관계를 더욱 촉진한다는 점을 이유로 든다. 손주와의 관계에는 '할머니 효과*grandmother effect*'라는 것이 있다. 역사 기록을 통해 살펴보면 조모 특히, 외조모의 존재가 아이 생존의 예측인자가 된다는 것이다. 이런 가설은 우리 인간이 가지는 혜택인 장수의 특성으로서 많은 조부모를 가진 사회집단은, 아이의 출생과 양육을 돕고 지식과 지혜를 제공하며 그들이 더 잘 생존할 수 있도록 돕는 많은 이점을 가진다. 조부모로부터 양육 지원을 받을 수 있는 부모가 더 많은 아이를 출산하는 경향이 있고, 재앙을 피할 수 있도록 노인들이 지혜를 발휘했던 사례들이 이를 뒷받침하고 있다. 할머니는 어머니의 '비장의 무기'라는 말이 있다. 우리 세대 역시 그렇게 살고 있다.

32) 바람난 아내를 둔 남성의 비율(cuckold rate)

쓸쓸한 세상의 아버지들

어느 시골 아흔이 되신 어르신의 생일상이 차려졌고, 중년기에 접어든 서너 명의 아들과 함께 며느리, 손주들이 둘러앉아 덕담을 나누는, 요즘 보기 드문 모습이 TV에 소개되었다. 어떤 대화가 오가는지 놓칠세라 볼륨을 한껏 높이고 머리를 들이밀었다. 교사 생활을 한다는 50대 둘째 아들이 품에서 편지를 꺼내 읽는데, 분위기가 심상찮다. 까마득한 옛날 일을 회고하면서 가부장적이고 엄격해야만 했던 당시 아버지를 이야기했다. 당시 그렇게 해야만 했던 아버지를 이해한다고 했다. 아버지의 어깨를 짓눌렀을 무거운 짐과 그 은혜를 잊지 않고 있다는 말이 아들 입에서 나오는 순간, 어르신은 참지 못하고 오열嗚咽한다. "너희들이 그것을 알았더냐! 너희들이…." 그다음은 예상대로다. 그 아들은 흐느끼며 더듬더듬 편지를 마저 읽었고, 울음바다가 되었다. 감동적인 화해의 순간으로 기억하는 오랜 장면 중 하나다.

생신을 맞이한 그 어르신 댁처럼 내게도 양친이 계신다. 오열하는 그 어르신의 이야기에 빨려들던 나의 두 눈은 사정없이 젖어들었다. 요즘 눈물이 부쩍 잦아졌다. 가족 간 애틋한 정을 다루는 소재에 특히 취약한데, 남모르게 찔끔하는 정도에서 그치지 못하고 속수무책일 때는 참으로 난감해진다. 어느 해 어버이날을 앞두고 시골에 계신 부모님을 도시에 있는 집으로 모셨다. 다음날 새벽 일찍 일어나신 아버지께서는 거실에서 운동 삼아 몸을 흔들고 계셨다. 산책이라도 같이 하면 어떨까 권했더니 그러자고 하셨다. 어쩐지 어색했고, 아버지와의 산책이 '처음'이라는 것을 알았다. 육 남매 장남으로 자라면서 아버지 손을 제대로 잡아본 기억이 없다. 다행히 산책길에는 아침먹이를 찾아무리 지어 다니는 오리도 있고 큼직한 잉어 떼도 있어 대화 소재가 궁하지는 않았다. 느린 걸음에 맞춰 걷고 돌다리를 만났을 땐 팔짱을 끼고 부축해드릴 수도 있었다. 분위기가 한결 편해졌다. 뭔가 대단한 것을 한 것처럼 가슴이 부풀었다.

제 아버지도 그렇고 세상의 많은 아버지는 쓸쓸하다. 고향에 계신 부모님께 해거름 녘 안부 전화를 하면 십중팔구 아버지께서 받으신다. 딱히 드릴 말씀도 없다. 집안에서 소일消日하시는 분인데, 어떻게 지내시냐고? 매번 똑같이 묻고 대답하는 겸연쩍은 순간이다. 수화기를 내려놓을 때마다 이렇게 할 수밖에 없는 자신을 자책하곤 한다. 같은 시간, 어머니는 동네 할머니들과 어울려 지내시는 것을 멈출 때다. 끼니 때가 되면 아쉬운 듯, 귀찮은 듯 헤어진다고 한다. 한때 아버지더러 마을회관에라도 나가 어울려 지내시라 권했다. 남자에겐 어려운 일이라는 걸 이젠 알겠다. 여러 해 전 중소도시에 근무했을 때 복지관 부설 노인대학에 강의하러 갔는데, 학장님을 비롯한 몇 분만 남성이고 나머지는 모두 할머니들이었다. 할아버지들을 대상으로 강의를 준비했던 터라, 순간 많이 당황스러웠고 내용을 급히 수정하느라 머릿속이 복잡했던 기억이 있다. 지금은 좀 달라졌을까.

한때 어느 종교단체에서 홀로 지내는 어르신들을 모셔 점심을 대접하고, 거동이 불편하신 분들에게는 도시락을 갖다 드리는 일에 참여한 적이 있다. 밥과 반찬을 담은 도시락과 따뜻한 국을 주전자에 담아 들고 골목골목을 찾아다녔다. 혼자 사시는 할머니들과는 소소한 이야기를 주고받았지만, 할아버지의 경우에는 많이 달랐다. 오랜 기간 혼자 지내셔서 그런지 건네는 인사에도 묵묵부답, 말을 잊으신 것이 아닌가 하는 생각마저 들었다. 국을 드리려고 국그릇을 찾으니 그제야 어제 드시고 남은 국물을 마당에 휘익 버리신 후 빈 그릇을 내밀고는, 먼 산을 보고 계신다. 오뉴월 염천炎天, 그 빈 그릇에 국을 따르며 가슴이 아려왔다. 이분들은 자녀들이 없을까 궁금해졌다. 나중에 알게 된 사실인데, 자녀가 없는 경우도 있지만 대부분 왕래가 없는 경우라 한다.

중년이 '무거워지는 중년重年'이 되는 것에는 노부모와 자녀에 대한 지원이 동시적으로 필요하기 때문이다. 우리 사회의 아버지들에게 드릴 수 있는 전문가의 의미 있는 조언에는 이런 것들이 있다. 중년의 삶이 되면 아들이 다가올 수 있도록 '정서적 공간'을 허락하라는 것이다. 힘들면 도와달라고 하고, 실수하면 실수했다고 하고, 있는 그대로 약해진 모습을 굳이 감추려 하지 말라는 것이다. 그것이 바로 자녀가 품으로 들어올 수 있는 공간이 되기 때문이다. 많은 경우 나이는 무능력, 부주의에 대한 변명을 정당화한다. 다만 실추失墜라는 쓰라린 감정을 감수해야 하지만, 그 보상은 곱절이니 어쩌겠는가.

자녀 독립, 언제 얼마나 어떻게 지원할까

베이비붐 세대는 그들의 부모와 가졌던 것보다 더 많은 관계를 자녀들과 '주고받는다.' 그들은 대체로 자녀가 필요로 하는 것보다 더 많은 것을 주고 싶어 한다. 이러한 상황에서 요즘 은퇴자들에게 생기는 큰 고민 중의 하나는, 자녀가 경제적으로 독립하지 않고 함께 있는 것이다. 최근 부모와 같이 살면서 진지한 이성 관계를 갖지 않고 경제적으로 독립하기 위해 애쓰지 않는 젊은이들이 늘어나고 있다. 어려운 사회경제적 환경 탓일까, 내 자녀만의 문제일까, 해가 거듭될수록 내놓고 말 못 할 고민은 커진다. 요즘은 제때 취업해서 결혼하는 것이 가장 큰 효도라고 한다. '사회적 시계'라는 것이 있다. 인간의 삶은 사회와 문화가 기대하고 요구하는, 때에 맞는 역할의 전환이 있고 그에 맞게 시기적절한 발달이 이루어져야 한다. 사회적 역할과 발달규범 간의 상관관계가 높을수록 즉, 사회적 시계에 맞는 삶일수록 만족도가 높고 스트레스가 적은 것은 당연하다.

오늘날 부모 역할에서도 절제와 현명한 대처가 필요하다. 대학생이 된 자녀의 수강 신청까지 부모가 해주고, 심지어 군대 간 아들을 따라 부대 옆에 따로 방을 얻어 산다는 어머니 이야기도 있다. 이 또한 선택의 문제라지만 오직 자녀를 통해서만 자신의 존재를 규정하고, 삶의 다른 어떤 영역에도 큰 뜻을 두지 않는 사람은 결국 자신의 삶을 잃어버리는 결과를 초래한다. 안타깝게도 이런 희생을 두고, 모범적인 부모의 역할이라는 착각마저 일으킨다. 진정한 사랑은 자유와 자율을 허락할 때 빛난다.

먼저, 자녀와의 주거 상 독립을 조금 앞당길 필요가 있다. 경제적인 지원이 뒤따르는 일이지만 최소화해서 대학진학 시점이나 늦어도 사회생활을 시작하는 시점에서는 독립적으로 사는 것을 고려해볼 필요가 있다. 함께 살면서 생길 수 있는 스트레스를 줄이고 좋은 관계를 유지하는 데도 도움이 된다. 우리 사회에는 자녀와 함께 사는 과정에서 여러 갈등을 겪고 난 후 자녀의 독립 요구를 수용하는 경우가 많지만, 최근 지혜로운 부모들이 앞서 자녀와의 독립을 선택하는 경우도 늘고 있다. 독립적인 경제를 이끄는 등 자녀 성장에도 긍정적인 영향을 줄 것으로 기대된다. 문제는 자녀의 결혼이다. 잘 알려진 것처럼 우리나라 부모들의 경제적인 노후준비가 제대로 되지 않는 첫 번째 이유가, 자녀에 대한 과도한 지원 때문이다. 이 시점에서 자녀의 결혼에 대한 무리한 지원은 부모의 연령으로 보아 회복하기 쉽지 않아 노후생활 내내 부정적인 영향을 줄 수 있다. 형편이 되어 부모가 자녀의 집과 살림을 다 채워주면 그 자녀의 세상살이는 참 편할 수 있겠지만, 의존적인 삶에는 늘 부정적인 요소가 잠복해 있다. 빛이 강하면 그늘 또한 짙은 것이 세상 이치다. 자녀 스스로 어려움을 해결해가도록 지켜보고 짐짓 외면할 필요도 있다. 이런 가설이 있다. 부모의 소득이 높을수록 자녀와 지속해서 만나는 빈도가 높아진다는 것이다. 무엇을 대물림할 것인지 이 역시 '참 지혜'가 필요한 부분이다.

다름을 인정하면 다 편하다

나이 든 사람은 흔히 말이 많아진다. 다양한 지식과 경험의 산물이고, 이를 전수해야겠다는 생각이 강해진다. 한편, 자녀가 청년기가 되어 자기 삶의 결정권을 갖겠다는 것은 성장의 징표다. 자신이 경험한 것에 대한 확신은 참으로 떨치기 어려운 것인지 이 지점에 잦은 갈등이 생긴다. 역사의 진보를 두고 볼 때, 언제 어디에서나 적용될 수 있는 올바른 답의 존재를 믿는 것은 사실 환상에 불과하다. 그런데도 반론이 없지 않다. 인간의 삶에 수 세기 동안 축적된 가치와 지식이 있고 이것은 후세대에 전수될 필요가 있다는 것이다. 그렇다. 하지만 도와준다는 생각이 넘치면 오해가 생기고, 자녀들이나 젊은이들과 쌓아온 소중한 관계를 해칠 수 있다. 시간이 걸릴 뿐이지 지금의 젊은이들도 기성세대가 걸었던 길에서 얻을 것은 얻을 것이다. 격랑의 바다를 그리워하는 청년과 잔잔한 호수를 좋아하는 노년의 사이에 두고 있는 오랜 세월만큼, 이상과 현실의 간극 사이에서 세상을 바라보는 시선이 같을 수는 없는 일이다. 특히, 믿음이나 신념은 가르쳐서 될 일이 아니다. 지혜로운 이는 일찍이 서로의 다름을 인정한다. 자녀들이 스스로 자기의 길을 개척할 수 있도록 한 발짝 물러서서 조언하고 응원하는 자세가 필요하다. 사랑과 지혜는 엄연히 다른 것이다. 출처를 기억할 수 없지만 이런 말이 있다. "자녀가 잘되기를 바라는 마음은 사랑에서 나오고, 자녀를 부모의 마음대로 바꿀 수 없다는 것을 아는 것은 지혜에서 나온다." 이해와 격려가 사랑이라면, 기대를 내려놓고 기다리는 것은 지혜다. 쉽지 않은 일이지만, 사랑을 절제하고 지혜 쪽을 택하면 조금 편해지지 않을까.

자녀가 어느 정도 자라면 보호의 대상이 아니라, 가족 구성원의 일원으로 받아들이고 인정해야 한다. 가족에 영향을 미치는 일은 그들이 참여할 수 있도록 길을 열어줘야 한다. 자존심 상할 수도 있으나, 어렵고 힘든 문제라도 꺼내놓고 상의하는 것이 좋다. 자녀들까지 고민하게 할 필요가 있을까 생각할 수 있지만, 이런 과정을 통해 자녀는 성장하고 가족관계는 더욱 단단해질 수 있다. 부모의 인생 후반전을 함께 고민한 자녀라면 자신의 삶에 대해서도 시야를 넓혀 고민함으로써 더욱 현명한 삶을 설계할 수 있지 않을까. 우리는 자녀를 늘 '어리고 약한 존재'로 생각하고 사랑과 비난을 뒤섞어 놓는다. 시인 진은영은 '가족'의 부정적인 면을 이렇게 읊었다. "밖에선 그토록 빛나고 아름다운 것, 집에만 가져가면 꽃들이 화분이 다 죽었다." 일상생활에서 의사결정을 위해 자녀들이 의견을 물어오는 때도 있다. 이때 섣부른 결정보다는, 먼저 되물어 자녀들의 의중을 파악하는 것이 좋다. 어른이 결정한 사안을 바꾸는 일은 자녀들에게 큰 부담이고 이를 지켜보는 일도 불편하다. 과정을 지켜보고 적절한 때를 기다리는 것이 현명하다. 얼마나 보고 들어 아는 것이 많은가. 하지만, 굳이 개입해서 좋을 것이 없다면 침묵도 의사 표현의 한 방법이다. 소통에 비언어적인 요소가 55~65%를 차지한다고 한다. 침묵을 적절히 활용하는 것은 어른스러움의 징표다. 지금까지 자녀들과의 관계를 살펴보았다. '아버지와 아들'의 관계는 젊은 아버지들 중심으로 많이 개선되고 있지만, '개발'이 필요한 부분이다. 자녀들과의 좋은 관계로 노년의 삶이 더욱 든든하고 단단해진다면, 개발이 아니라 '창조'인들 못할까. 다음은 노년의 삶의 질을 높일 수 있는 다른 대안들을 살펴보자.

삶의 질을 높이는 사회적 관계 만들기

2019년 통계청의 사회조사 결과에 따르면, 특정 상황이 발생했을 경우 도움을 받을 수 있는 사람 즉, 사회적 관계망은 모든 영역에서 2년 전과 비교하면 감소한 것으로 나타났다. 연령이 높아질수록 도움을 받을 수 있다고 응답한 비중은 감소하고, 도움을 받을 수 있는 사람 수도 감소하는 것으로 나왔다. 도시지역이 농어촌지역보다 도움받을 사람이 있는 비중이 높았고, 남자가 여자보다 도움을 받을 수 있다고 응답한 비중은 작으나, 도움받을 수 있는 사람 수는 더 많았다.

사회생활에 지친 은퇴자가 '은둔'을 선택하여 가족들의 만류에도 불구하고 깊은 산골을 찾아들거나, 살던 곳에 머물더라도 두문불출인 사람들이 있다. 이들을 굳이 서둘러 끌어낼 필요는 없다. 나올 사람이라면 시간이 해결해준다. 사람은 사회를 떠나 관계를 맺지 않고 고립적으로 살기는 쉽지 않다. 사람들은 나이가 듦에 따라 '의미 있는' 사회적 관계를 선호하는 경향이 있고, 일상생활에서도 노년이 될수록 '관계'를 중요시하는 언어를 더 빈번하게 사용한다. 사회적 관계망은 줄어들지만 선택적이 되는데, 이때 제한된 정서적·신체적 자원들은 심리적으로 더 많은 만족감을 주는 작은 관계집단을 위해 사용하게 된다. 사회적 관계의 양은 나이가 들수록 줄어들지만, 대신 질을 높이는 선택을 한다. 젊을 때는 시간을 무한한 것으로 인식하고, 자신이 살아온 것으로 시간을 비교 측정한다. 또한, 정보, 지식 그리고 관계를 추구하는 것에 동기가 부여된다. 반대로 나이가 들어가면 시간을 제한적으로 인식한다. 시간을 자신이 앞으로 살아갈 수 있는 것으로 측정한다. 정서적 만족감과 깊이 있는 관계를 추구하면서 만족스럽지 못한 관계는 중단하고 싶어 한다. 이러한 인간의 사회적 관계를 설명하는 이론인 '사회정서적 선택이론*socioemotional selectivity theory*'과 함께 진화심리학에서 하는 이야기가 있다. 인간의 협동심, 집단에 대한 충성, 규범의 준수, 사회적 소속을 촉진하는 유전자를 가진 개인이 원시 환경에서 살아남았고, 이러한 유전자가 우리에게 전달되었다는 것이다. 오늘날 우리 종의 구성원들은 사회적 관계의 형성과 유지를 증진시키는 '생물학적 시스템'을 가지고 있고, 이것은 일반적으로 '소속의 욕구'로 나타난다. 이러한 욕구는 우리가 돌봄을 주고받는 적은 수의 친근한 사람들과 빈번하고 즐겁게 사회적 상호작용을 하도록 이끈다. 내가 오늘 누군가를 만나 대화를 나누고 같이 밥을 먹고 즐거워하는 일에, 이처럼 놀라운 기원이 있다는 것은 아무리 생각해도 신기할 따름이다. 집을 나서 누군가를 만나고 밥 먹는 일이 의미심장한 이유를 조금 더 살펴보자.

외출과 약속을 늘려야 하는 시기

"외출과 약속 건수가 그 사람의 건강수명이다." 중앙일보 김철중 의학전문기자가 쓴 글의 제목이다. 그의 칼럼 일부를 소개하면 다음과 같다. 은퇴 후에 매일 집을 나가 어딘가를 혼자서 돌아다니는 사람이 있다. 만남이나 모임이 없어도 혼자 외출하는 경우다. 등산하든가 산책을 다닌다. 반면 밖에는 나가지 않고, 집에서 전화로 사람들과 자주 대화를 나누는 사람도 있다. 외출 없이 식구 아닌 사람들과 꾸준히 교제하는 경우다. 그렇다면 앞의 '무無 교류 외출파'와 뒤의 '방콕 교류파' 둘 중 누가 더 건강할까? 교류 없는 외출, 외출 없는 교류, 어느 게 더 인생 후반기 건강에 나쁘냐 하는 문제다. 일본의 도쿄 건강장수 의료센터 노인학연구소에서 이를 연구한 결과, 예상대로 외출과 교류 둘 다 하는 그룹의 건강이 가장 좋았다. 그다음은 교류파가 홀로파보다 조금 낫다는 결과가 나왔다. 내용을 분석해 보니 홀로 외출파는 대개 남자였고, 방콕 교류파는 대부분 여자였다. 즉 남자는 외로이 등산하러 다니고, 여자는 집에 머물며 수다를 떤다는 얘기다. 이웃 일본의 이야기지만 우리 현실과 다르지 않다. 따라서 남성은 나이 들어 타인과 교류·교제에 더 힘써야 하고, 여성은 바깥출입 횟수를 늘려야 더 나은 건강을 누릴 수 있다는 의미다. 칼럼의 주장대로, 외출과 약속 건수가 그 사람의 건강수명을 가늠하는 잣대가 될 수 있다.

사회적 관계를 맺는 동인動因, 말

지금까지 알려진 바로는, 인간을 행복하게 하는 것은 부와 명예가 아니라 '좋은 관계'다. 관계를 잘 맺는 사람들의 특징 중 하나가 그 사람의 뛰어난 언어구사 능력이다. 거짓말을 해서는 안 되지만, 진실을 말해서도 안 되는 경우가 있다. 사람을 해치는 진실이 그것인데, 거짓말보다 못한 진실이 있다는 것을 잊지 말아야 한다. 못 배운 것을 못

배웠다고 하고, 못생긴 것을 못생겼다고 하는 것이 그것이다. 키가 작은 것을 콕 집어 말하는 것도 그렇고, 피부 트러블이 심한 여성을 보고 꼬집어 말하는 것도 그렇다. 진실은 될 수 있을지언정 좋은 말은 아니다. 이런 말은 노년이 될수록 서럽게 느껴진다. 험담은 세 사람을 죽인다고 하지 않던가. 말하는 자, 험담의 대상자 그리고 듣는 자. 병원에 입원해 있거나 병원 문을 나서는 환자에게 긍정적인 표현 한마디 해주지 못하는 것도 참 안타까운 일이다. 오랜 시간 병상에 있으면서 깨닫게 된 것들이 있다. 어쩌면 회복하지 못할 질병으로 병원에 입원하게 되거나 큰 어려움에 처한 사람을 두고, 이에 대처하는 지인들의 유형에 관한 것이다. 첫째는, 직접 찾아오거나 위로 전화를 하는 '적극적인 유형'이다. 가끔 불편을 주는 때도 있지만, 이들의 거침없는 태도는 대체로 좋은 관계를 이끈다. 둘째는, 망설이다가 그냥 있기에는 마음이 불편하니, 위로 문자를 보내오는 '소극적인 유형'이다. 조심스러움을 반영하듯 '뭐라 드릴 말이 없다'는 뜻의 표현이 담긴다. 대부분 아주 정제된 표현을 골라 애쓴 흔적이 역력하다. 마지막 유형은, 불편한 마음을 가진 채 그냥 지내는 '회피형'이다. 모르긴 해도 전화를 할까, 문자라도 보낼까 고심했을 테지만 용기를 내지 못한 경우일 것이다. 관계가 소원해지거나 훗날 어색한 양해를 구하기도 한다. 많은 경우 어려움에 처한 사람을 위로하는 말에 서툴러 생기는 것이리라. 중환자라 절망 속에 빠져있고 위로를 받을 마음의 여유가 없을 거라 여겨 조심스러웠을지도 모르겠다. 중환자에겐 사실 '내일'이 없다. 하루하루 순간을 살며 버틴다. 필자의 경험으로 보면, 그런 순간에도 절망과 희망 사이를 끊임 없이 오가는 '내면의 심리'를 발견할 수 있었다. 그건 아마도 조물주가 애초 인간에게 내린 '은총'이 아닐까. 절망으로만 치닫게 하면 고통에 굴복해 자살을 선택하거나 우울증에 걸릴 테니까 말이다. 아무리 희망이 보이지 않는 상황이라 하더라도, 위로를 받을 수 있는 마음 한구석은 남아 있음을 기억하자. 히포크라테스가 이야기했다는 '의사가 가진 무기 세 가지' 중 그 첫째가 '말'이고, 그다음이 '메스', '약'이라 했다. 말은 의사뿐만 아니라, 관계를 만들고 유지하려는 모든 사람의 강력한 무기임이 틀림없다.

과거에는 노인이 되면서 활력과 매력을 잃는 대신 '존경'을 얻었다. 공자께서 세상을 떠나신 지 너무 오래된 탓일까. 공자의 나라인 중국에서도 노인을 공경하는 관습은 사라졌다고 한다. 오늘날 노인과 젊은이의 관계는 두 가지 위험이 동시에 도사리고 있는 듯하다. 젊음을 너무 좋아하거나, 너무 싫어하거나 하는 것이다. 젊음을 찬양하고 무조건 따라 하는 것을 지켜보는 것도 불편하고, 젊은이를 무조건 배척하면서 분노하는 모습도 안타까울 때가 많다. 사회 공동체에서 다른 사람과 교류 없이 삶을 살아간다는 것은 상상하기 어렵다. 어떤 식으로든 고립되지 않고 살아야 한다. 관심을 가지고 공감할 줄 알고 호기심을 갖는 것이 그 출발이다. 하지만 다른 사람과의 관계를 추구하되 기대를 줄이는 게 좋다. 실망감을 줄이기 위한 감정 조절이나, 가지고 있는 행복을 지키기 위해서라도 현실적인 태도를 보이는 게 바람직하다. 현명한 사람들은 다른 사람들의 관심을 기대하기보다 그들에게 관심을 가진다. 자신의 시선, 웃음, 목소리, 대화를 통해 상대방이 즐거울 수 있도록 노력을 한다. 노력은 확신보다 필요에 의해 생기는 법이지만 여유, 배려, 평정심, 관용이 있을 때 가능하다. 누구를 만나 대화를 나누는 일은 나이가 들수록 즐겁고 삶에 중요한 의미가 있다. 여기에도 부익부 빈익빈이 작용한다. 요즘은 어느 자리를 가든 넉넉하게 상황에 맞는 유머를 날리는 사람이 인기다. 자연스럽게 그 주위에 사람이 모여든다. 그 분위기가 편하기 때문이다. 개인적으로든 사회적으로든 유머는 막힌 체증을 뚫어준다. 노년에 접어들수록 유머 한 마디 던질 수 있는 여유가 필요한 이유다. 최근 은퇴생활을 하는 어느 지인에게 들은 유머가 있다. 산행을 즐기고 온 분이 하는 말, "오늘 등산하면서 진짜 빠른 놈을 봤다네." 어느 정도나 되기에 그럴까 궁금해진 친구가 이야기를 재촉하니 하는 말, "글쎄 산을 타는 데 날아다니면서 내 뒤에 바싹 붙어오더라니까." 자신의 그림자를 두고 한 이야기다. '그 무엇도 내 허락 없이는 나를 불행하게 만들 수 없다.' 참 멋진 말이다. 중년, 노년이 지닌 장점을 잘 활용할 줄 알면, 그 시기는 행복으로 가득 찰 수 있다. 오랜 시간 숙성된 말은 그 향기가 다르다. 말이 갖는 미학, 나이 든 사람만이 가질 수 있는 덕목이다.

행복한 노년에는 화목한 형제자매가 있다

형제자매는 다른 어느 가족원보다 연령대가 비슷하므로 노년기에 함께 생존하며 '서로 돕는 노년'을 맞이할 가능성이 크다. 베이비붐 세대는 자녀보다 더 많은 형제자매를 가지고 있다. 형제자매 관계가 지니는 특징은 매우 다양하다. 특별한 친밀감을 가지고 서로 의지하며 긍정적인 작용을 하는가 하면, 상호 무관심으로 의미 있는 교류 없이 지내거나 지속적인 갈등과 적대관계를 가지며 다투기도 한다. 긍정적인 경우는 성인기 초기 부모와 부족한 관계, 정서적 지지를 보충해줄 수 있다. 나이가 많은 형제자매인 경우 어린 형제자매에게 직접적인 지지를 제공하기도 한다. 성인 초기 결혼과 자녀를 낳고 양육하는 기간에는 형제자매 관계에 거리감이 발생하는 등 그 중요성이 감소된다.

하지만 은퇴는 서로 더 많은 시간을 함께 보낼 수 있게 해주고, 멀리 떨어져 살던 형제자매를 다시 재회하게 한다. 배우자의 사망이나 질병 등이 있을 때 형제자매는 '빈자리를 채워주는' 역할을 한다. 노년기에는 형제자매가 다시 서로에게 중요해지고 유대는 한층 더 강해지며 서로에게 지지를 제공한다. 노년기로 갈수록 가족의 기억을 함께 나눌 수 있는 의미 있는 관계가 된다. 미혼이면서 자녀가 없는 사람은 형제자매와 더 밀접한 관계를 갖는 경향이 있다. 대체로 형제자매 간의 관계는 '자매'가 가장 가깝고 다음은 '남매', 그다음은 '형제' 순이다. 여자이고 여자 형제가 있으면 행운이겠지만, 이 모든 것이 절대적인 것은 아니다. 이런 것의 배경엔 여성들이 가족에게 양육과 정서적 지지를 제공하는 사람들이라는 공통점이 작용하는 것이리라. 대부분 형제자매는 잠재적 자원이며 실제 도움을 제공하기도 하지만, 심리적 안정감을 제공하는 역할 또한 결코 적지 않다.

노년의 행복을 위해서라면 잊지 말아야 할 것이 있다. 중년기에 맞게 되는 부모의 죽음을 두고 벌어지는 일이다. 이때 부모의 유지遺旨를 받들고자 하는 마음이 있어 형제자매 관계를 더 가깝게 만들기도 하지만, 말로는 다 표현하기 어려운 갈등을 빚기도 한다. 형제자매 간에 부모의 상속을 두고 원수처럼 지내는 적지 않은 사례들이 매스컴에 종종 소개되어 눈살을 찌푸리게 한다. 오로지 돈 때문에 벌이는 전쟁 이야기다. 이뿐만 아니라, 부모의 '마지막 돌봄'이라는 과제가 있어 형제자매들 간에 위기가 찾아올 수 있다. 그동안 잘 유지해오던 자녀들 간 우애가 유산의 상속이나 부모의 마지막 돌봄을 두고, 균열을 보이고 더러는 회복 불능에 빠진다. 종종 남보다 못한 사이로 지내는 안타까운 경우를 본다. 부모의 마지막 돌봄에 있어 자식이 여럿일 경우, 경제적인 형편이 괜찮으면 장점이 될 수 있으나 현실은 그렇지 못한 경우가 많다. 부모에 대한 효도를 자식들 간에 서로 비교하고 저울질하는 것이 문제를 만드는 주범이다. 부모의 마지막 돌봄은 자식 된 도리로 '할 수 있는' 만큼 최선을 다할 일이다. 누군가 나서 자식들 간의 역할을 분담하고 조정해가는 노력이 필요하다. 자칫 이런 과정에서 자녀들 간의 우애를 잃는 것은 결과적으로 효도마저 저버리는 것임을 알아야 한다. 떠날 수밖에 없는 부모는 결국 떠나고, 남은 형제자매들 간의 정마저 끊어지고 나면 무엇을 위해 다투었는지 때늦은 후회만 남을 뿐이다. 돌아가신 부모님께서도 저승에서 슬퍼할 일이다. 부모의 돌봄이 시작될 때 자식들 간에 충분히 소통하면서 함께 다짐하기라도 하면, 이런 후회를 피할 수 있을까. 죽음을 잘 준비하지 않으면 죽음보다 더 나쁜 일이 일어날 수 있다.

성인기 우정 *friendship*

가족 관계망이 성인기 동안 규모 면에서 안정적이지만, 우정 관계망은 많은 변화를 겪는다. 중년기에 들어가면 배우자와 자녀에게 집중하게 되고 우정 관계망에 있는 친구의 수는 감소하여 인생 후반기까지 지속하는 것이 일반적이다. 우정이 사회적 맥락 안에서 이루어지는 '자발적인' 사회적 관계라는 점이 그 이유가 될 것이다. 이젠 기다릴 이유가 없다. 기다리면 불편하고 처량해진다. 대신 먼저 연락하고 만나면 될 일이다. 노인들은 작은 우정 관계망을 가질 뿐만 아니라, 친구들과 확실히 덜 만난다. 어느 지인에게 그 이유를 물어보니 친구를 만나는 일이 더는 즐겁지 않다고 한다. 주로 몸이 아프거나 복용하는 약

이야기를 하게 되니 기분이 좋을 수 없다는 거다. 여성은 남성보다 모든 연령대에서 더 넓은 우정 관계망을 가지고 남녀 모두에게서 더 자주 친구라고 여겨진다. 여성과 비교한다면, 남성은 좀 실망스럽다. 새로운 친구를 만나는 것이 매우 어렵다. 우정이 전부 긍정적이기만 한 것은 아니다. 친구에게서도 양가감정을 느끼며 힘들 때 지지를 기대했던 관계에서 스트레스를 받기도 한다. 하지만 중요한 것은 친구의 수가 아니라 '가까운' 친구의 수라는 것이다. 두세 명 정도의 질 높은 절친은 정서적 안녕감을 높이는데 상당한 효과가 있다. 나이 들면서 잘 챙겨야 할 것이 건강과 배우자만이 아니다. 오랜 직업생활에서 평생 함께할 몇 명의 친구를 가질 수 있다면 이는 분명 행운이다.

새로운 형태의 친구들이 있다. 하나는 애완동물, 또 다른 하나는 페이스북 친구다. 애완동물을 키우는 사람들에 대해서는 오해하는 것들이 있다. 외로움이 크고, 친구 대신 애완동물을 선택하는 것이라는 오해가 그것이다. 자료를 찾아보니, 애완동물을 키우는 사람들은 키우지 않는 사람들보다 자아존중감이 더 높고 더 많이 운동하고 더 좋은 신체적 외형을 가지고 덜 외로워한다고 한다. 그리고 애완동물을 키우는 사람들은 키우지 않는 사람들보다 오히려 친구들과 더 가까웠는데, 이것은 애완동물이 친구를 대신하는 것이 아니라는 것을 보여준다. 문제는 있다. 애완동물을 '인격화*anthropomorphizing*'하여 애완동물에게 인간의 사고, 감정, 동기를 부여하는 것이다. 애완동물을 두고 가족 간에 벌어지는 갈등도 적지 않다. 새로운 가족을 맞이하는 것이라면 모든 가족 구성원의 동의가 전제되어야 하지 않을까. 또 하나, 집안 내 서열 같은 것은 농담으로라도 입에 담지 말고 상상조차 하지 말자. 우정의 또 다른 형태는 바로 소셜 미디어를 통한 것이다. 여성이 남성보다 많고 젊은 사람들이 나이 든 사람보다 더 많이 사용한다. 많은 장점에도 불구하고 의도했던 것보다 더 많은 시간을 소비하고 잠도 적게 자게 되어 지친 나머지, 소셜 미디어로부터 몇 주 동안 휴식하고 싶다는 호소들이 있다. 실제 삶의 친구보다 페이스북 친구들에게 더 친근함을 느끼고 중독된 것 같은 느낌이 든다는 것이다. 일반적으로 보면, 사회적인 사람들은 실제적 접촉과 소셜 미디어를 같이 즐기는 반면, 사회적이지 않은 사람들은 둘 다 즐기지 않는다. 소셜 미디어는 보완적인 것으로 사회적 관계를 대신할 수는 없다.

좋은 관계에 늘 따라다니는 불문율이 하나 있다. 상대에게 '내가 먼저' 좋은 사람이 되어야 한다는 것이다. 관계는 그 성격상 상대적인 것이고 현실에서 양극화가 뚜렷하지만, 노년의 삶의 질에 절대적인 영향을 미친다. 이제 은퇴 준비의 마지막 장 '주거'에 대해 살펴본다. 인간은 건물을 짓고 주거는 인간을 만든다고 했다. 그만큼 삶에 미치는 영향이 크다. 일과 자녀 양육을 위해 사는 시기의 삶과 은퇴 이후의 삶이 갖는 주거의 의미는 다를 수밖에 없다.

은퇴 후 주거, 한 번쯤 고민할 일

지금 우리 사회의 집은 거주공간을 넘어 욕망의 결과물이 되었다. 여기에서는 현실의 집, 자산으로서의 집이 아니라 관념 속의 주거가 가지는 본래적 의미를 고찰해보고 은퇴와 관련해 고려할 수 있는 사항으로 논의를 좁힌다. 먼저, 우리가 주로 생활하는 도시에서의 공간을 떠올려보자. 많은 편리와 편의를 추구하는 곳이지만, 부정적인 것 또한 만만치 않다. 먼저, 적지 않은 노력을 기울이지만 '자연'과 많이 멀어졌다. 인위적으로 자연을 흉내 낸 공원을 만들고 조경에 갖은 애정을 쏟지만, 자연과는 다르다. 아파트나 공동주택은 폐쇄와 단절을 오히려 장점으로 하고 당연시해서 이웃이나 타인과의 '교류'도 상실했다. 어쩌면 스스로 고립을 선택한 측면도 있다. 또, 이러한 환경은 필연적으로 시간에 대한 경험의 결핍을 가져오고 계절에 둔감해진다. 계절이 가져다주는 선물조차 거부했다. 도시는 시간을 잊고 24시간 불빛을 즐긴다. 정말 괜찮을까. 일과 자녀 양육을 위해 도시에 살게 되면서 편리한 아파트를 선택했고 평수를 늘려가는 삶을 살아왔다. 그동안의 삶이 그런 선택을 하게 만들었다. 일과 양육에서 해방된 은퇴를 기점으로 해서 주거 문제를 다시 점검해볼 필요가 있다. 자연과 이웃을 조금 더 가까이하고 교류를 넓힐 수 있는 방안을 찾는 것 말이다.

삶의 공간, 주거가 갖는 의미

삶은 시간과 공간의 좌표에서 이루어진다. 공간은 인간의 삶에 많은 영향을 미치고 그 반대로 영향을 받기도 한다. 우리의 삶을 들여다보면, 어떤 행동이나 욕망이 공간에서 비롯되는 경우가 많다. 특정 공간의 느낌을 기억하고 애써 여행하는 이유가 되기도 한다. 인간은 '시간'을 소유할 수 없고 시간 앞에서 나약할 수밖에 없는 존재이니, 대신 '공간'을 탐하는 본능을 가지게 되었는지도 모르겠다. 나만의 공간*agit*, 내 방에 대한 욕망은 일찍부터 싹트고 근원적이다. 무소유를 실천했던 법정 스님마저도 '깨끗한 빈방'에 대한 욕심은 가졌던 듯하다. 동물들의 영역 표시나 그것을 지키려는 것도 같은 본능, 욕망의 반영일 것이다. 삶의 여유가 있었던 사대부들의 '사랑방'도 그렇지만, 서구 근대 부르주아가 출현한 이후 생긴 가장 큰 주거 상의 변화가 '남자의 방'이 출현한 것이라고 한다. 취향과 관심이 공간으로 구체화된 것이다. '집'이란 단지 한 채의 건물만을 의미하지 않는다. 집을 둘러싸고 있는 주변 환경, 이웃, 지역사회의 제반 시설이나 자원 등을 포함하는 것이다. 그래서 '어디에 살 것인가'라는 문제는 삶에서 매우 중요하게 다루어진다. 우리는 평생을 통해 자기 자신을 끊임없이 새롭게 만들어가는데, 장소를 바꾼다는 것은 세상을 보는 시각을 바꿔 거듭나기를 도운다. 서는 자리를 바꾸면 보이는 풍경이 달라지는 법이다.

나이 들수록 삶의 자리는 더욱 중요해진다. 대부분 노인은 독립적으로 살고 싶은 욕구가 있고, 여유가 되고 자신을 스스로 부양할 수만 있다면 배우자 없는 시기에도 혼자 살기를 바란다. 노년을 보내는 사람에게 있어 건강 다음으로 중요하게 여기는 것이 '독립적인 생활'이 아닐까 싶다. 요양시설을 한사코 싫어한다. 격리된다는 의미도 있지만, 개인 공간과 사생활의 상실이 그 주된 이유일 거다. 대도시 근교에 우후죽순 들어선 요양원, 요양병원들이 진정 노인들을 위한 시설일까. 젊은 사람들의 활발한 사회활동을 위한 시설들이 아닐까. 공동체가 건강한 삶에 크게 기여한다는 연구 결과가 있다. '로제토 효과*Roseto effect*'라는 것으로, 유대가 강한 공동체일수록 장수하는 사람이 많다는 것이다. 잘 알려진 것처럼 노년기에는 지역사회나 동네 주민들과의 상호작용이 늘어난다. 이웃 주민의 빈곤율이나 거주 안정성이 우울감 등 건강 수준에 영향을 미친다. 그래서 노년기에는 될 수 있으면 살던 곳에서 지내고, 함부로 거주지를 옮길 일이 아니다. 팔순에 접어든 아버지께서는 양지바른 곳에 잘 가꿔진 묘지들만 눈에 들어온다는 말씀을 종종 하신다. 죽음의 자리, 안식을 가질 어떤 공간을 생각하시는 거다. 삶은 공간을 필요로 하고 공간은 삶을 만든다.

많은 사람이 전원을 그리워한다. 흙에서 멀어진 삶일수록 허전함을 느끼는 것은 아마도 오랜 기간 자연에서 살던 인간의 본능이 드러나는 것인지도 모른다. 내면의 북소리를 듣기 위해 가던 길을 멈추고 월든 호숫가 숲으로 들어가 혼자만의 삶을 살았던 헨리 데이비드 소로*Henry David Thoreau*(1817~1862)는 그 이유를 이렇게 말했다. "내가 숲으로 들어온 것은 깊이 생각하며 살고 싶어서였다. 삶에서 꼭 필요한 것들만 마주하고 싶어서, 삶이 내게 반드시 가르쳐 줘야 할 것들을 숲에서 혼자 살면서도 배울 수 있을지 알고 싶었기에, 그리고 죽음이 다가왔을 때 '나는 나의 삶을 산 것이 아니었다'고 말하지 않기 위해서." 이런 원대한 목표가 아니라 하더라도 도시를 건설했던 인간들이 다시 자연으로 돌아가고자 할 때는 어느 정도 사전 준비는 필수적이다. 먼저, 전원으로 가려는 이유를 붙잡고 꼼꼼히 살펴볼 필요가 있다. 건강상의 이유라면 가야 할 것이다. 여가생활이나 취향의 문제라면 좀 더 따져봐야 한다. 가족의 동의가 필요하고 특히, 배우자의 동반 여부에 따라 삶이 확연히 달라지기 때문이다. 부부가 다른 주거에서 오랜 시간을 보내면 각자의 생활이 고착되어 다시 합치기 어려워질 수 있음을 경계해야 한다.

필자는 도심 아파트를 버리고 전원으로 들어갔다. 서너 평 남짓 아파트의 폐쇄적인 나만의 공간이 지금은 자연과 맞닿아 수평적인 경계가 확장되었다. 내 소유는 아니지만 여기저기 공터가 즐비하고 계곡이 있고 산으로 오르는 오솔길이 있다. 이뿐만이 아니다. 깜깜한 밤하늘을 이고 살면 저절로 하늘에 눈길이 간다. 내가 누리는 공간이 수직적으로도 무한히 확장되는 느낌이다. 가로등조차 없는 깜깜한 집 앞에 이르렀을 때 느끼는 '한적함'까지 도시에서 경험할 수 없는 많은 것을 누리고 있다. 하지만 이는 아주 개별적이고 주관적인 것이다.

은퇴생활에 있어 주거는, 비용적인 측면을 고려해서 '경제적 주거'를 선택하는 것이 바람직하다. 편리한 아파트를 고집하더라도 대도시에서 중소도시로, 농어촌지역으로 옮길수록 경제적 주거가 가능하고 그에 따라 다른 소비도 줄어들게 된다. 은퇴 후에 전망 좋은 곳에서 안락하게 살고 싶은 꿈들이 있다. 하지만 그런 곳에 산다고 하더라도 만족감이 계속되지 않을뿐더러 시간이 지날수록 가성비가 떨어진다는 점을 고려해야 한다. 또 하나, 여가시간이 많은 점까지 고려하면 경제적 주거를 선택하고 '계절성 단기 주거*seasonal migration*'를 계획하는 방법이 있다. 예를 들면, 추위나 미세먼지를 피해 다른 지역에 가서 일정

기간 거주하는 것이다. 미국 은퇴자들의 20% 정도가 따뜻한 날씨를 찾아 플로리다, 애리조나, 네바다 등의 남쪽 지방으로 이동하는 것처럼 계절성 이주나 여행을 곁들이면 무료했던 삶이 달라지지 않겠는가. 필자는 은퇴 후 계절성 이주로, 청정한 울릉도에 살아보는 것을 꿈꾸고 있다.

자연인을 꿈꾸는 중년 남성들

가족과 떨어져 자연인으로 사는 것은 사실 '위험한 일'이다. 자연에서 혼자 지내는 것이 안전하지도 않지만, 한참 후에나 알게 되고 닥칠 어려움을 이야기하고 싶다. 지인 중에 지역 방송사에서 정년퇴임을 하고, 단신으로 산속으로 들어와 표고버섯을 재배하며 사는 이가 있다. 그는 너무나 바쁜 사회생활을 했고 많이 지쳐 있기도 해서 혼자 지내는 은둔을 선택했다. 전원생활을 원하지 않는 아내를 도심 아파트에 남겨두고, 추위를 이겨가며 10여 년 그렇게 살았다. 사람들 속에서 경쟁하며 오랜 세월을 살았던 터라, 상당수 중년 남성들이 그러하듯 이분 또한 자연인의 삶에 대한 로망이 있었으리라. TV 종합편성채널의 '나는 자연인이다'라는 프로그램이 여전히 시청률 고공행진을 하고 있다. 종편 등에서 하루 80여 회 방영되는 것을 보고 꽤 놀랐다. 그 이유를 짐작하기는 어렵지 않다. 다시 그분의 이야기로 돌아가, 지난 겨울이 시작될 무렵 인적 없는 산속이 너무나 춥고 외롭게 느껴지더라는 것이다. 그래서 아내에게 전화해서 너무나 춥고 하니 올겨울은 아파트에 들어가 함께 지냈으면 좋겠다는 뜻을 전했다. 묵묵부답이던 아내는 며칠 후 보일러 업자를 데리고 산속을 찾아와서는 새롭게 난방공사를 하고 갔단다. 그제야 아내의 속마음과 돌아갈 곳이 없어진 것을 알았다는 이야기. 따로 산 오랜 시간이 부부 각자의 둥지를 공고히 한 것이다. 돌아갈 길을 생각하지 아니하고 가는 길엔 위험이 있기 마련이다. 누가 누구를 탓하랴.

무작정 전원으로 내달리지 말자

필자는 수년 전 건강상의 이유로 도심 아파트를 버리고 전원으로 들어갔다. 살기 위해 택한 길이었다. 이유가 그러했으니 아내의 동의는 저절로 이루어졌다. 때마침 양지바르고 풍광 좋은 곳에 잘 지어진 집이 있어 매입했다. 해발 300미터 정도가 쾌적해서 좋다는 조건까지도 충족하는 곳이라 입지가 나무랄 데 없었다. 몸은 아팠지만, 마음은 참 좋았다. 하루 일과는 빈 공간 없이 잔디 심는 일, 빨리 자라도록 수시로 물주는 일, 빈자리마다 나무 사다 심는 일, 텃밭 가꾸는 일로 채워졌다. 돌을 주워 운치 있는 돌담과 그럴듯한 돌탑까지 쌓아 올렸다. 저무는 해가 늘 아쉽고 머릿속은 해야 할 일로 가득 찼다. 손수 농사지은 것이라는 이유로 텃밭에서 나오는 채소는 그 맛이 다르게 느껴졌고 무엇보다 그런 자신이 뿌듯했다. 내가 뿌린 씨앗과 사다 심은 모종에서 싹이 나 먹음직한 채소로 자라고 열매를 맺는 것이 신기하게 느껴졌다. 저절로 눈길이 가고 발길이 뒤따랐다. 제대로 사는 것은 이런 것이라는 생각이 들었다. 그런데 좋은 이야기는 여기까지다. 늘 보면서 감탄을 자아내던 풍광은 더는 눈에 들어오지 않았고, 장마철만 되면 속수무책으로 바라볼 수밖에 없는 잡초와 여름 벌레들에게 힘겨운 저항을 해보았지만, 지금은 두 손 들었다. 그때 돌담 아래, 나무 아래까지 애써 빼곡히 심었던 잔디는 기계로 깎을 수가 없어 지금 와서 캐내는 일을 하고 있다. 또 생각 없이 촘촘하게 심었던 나무들에는 몹쓸 짓을 하기도 한다. 그래도 도심과 멀지 않은 거리에 있고 아내의 불편한 기색이 없어 만족하고 있다. 건강을 회복한 지금, 듣고 나면 감당하기 어려울 아내의 생각을 굳이 물어보지 않는다. '삶의 지혜'를 발휘하고 있는 거라 믿고 있다.

많은 남성이 꿈꾸는 전원생활은 고려할 요소가 참 많다. 함부로 내달릴 일이 아니다. 첫째 중요한 것은, '가족의 동의'다. 배우자와 동반하는 것이 아니라면 권하고 싶지 않다. 앞의 사례처럼 돌아갈 곳이 사라지는, 참으로 어처구니없는 일이 생길 수 있다. 가족들과 멀어지는 것을 원하지 않는다면 자녀들과의 왕래 가능성도 고려해야 한다. 물리적인 거리는 그만큼 왕래를 줄이게 되어 마음마저 멀어질 수 있다. 둘째, '고립감'을 견딜 수 있어야 한다. 결코, 쉬운 일이 아니다. 오랜 직장생활로 지친 경우 스스로 고립을 원하는 경우도 있지만, 오래가기는 힘들다. 이동권의 제약을 극복할 수 있는 방안을 사전에 충분히 점검해야 한다. 셋째, 전원을 선택하더라도 여러 방법을 고려할 수 있다. 부지를 매입하여 집을 짓는 '신축'을 즐겨 하지만, 요즘은 임차할 수 있는 주택도 많다. 임차를 해서 1~2년 살아보고 매입하는 방안을 권하고 싶고, 신축의 경우에도 소규모로 해야 후회를 줄일 수 있다. 규모가 큰 경우 건축비용이 많이 들기도 하지만 매도하기 어렵고 동절기 난방비용이 부담될 수 있다. 아울러, 부지를 매입할 경우 진입로 확보나 그 소유권의 확인을 꼼꼼히 해야 하고, 전기·수도·통신 설비가 용이한지 따져봐야 한다. 그 외에도 입지의 전망을 고려해야 하는데 축사, 공장, 고압선, 조망권 등 주변 환경이 어떻게 변화해 가는지 그 가능성을 내다보고 앞으로 생길 분쟁을 최대한 줄일 수 있어야 한다. 넷째, 무엇보다 연령이 높아질수록 응급상황에 대해 대비를 하지 않을 수 없다. 위급상황에서 골든 타임을 확보하는 것은 생사를 가르는 문제이기도 하고 노년기에 병원을 이용할 일이 많아지는 상황을 충분히 생각할 필요가 있다. 마지막으로, 전원생활을 시작할 때 돌아가는 것을 함께 고려하라는 것이다. 규모와 투입비용을 최소화해야 돌아가는 것이 가능하고 용이하다. 넓은 정원을 가진 큰 저택들 사이를 오갈 때, 오랜 기간 불이 켜지지 않고 잡초만 무성한 것을 보면서 드는 생각이다. 무작정 내달릴 일이 아니다.

은퇴와 관련하여 어디서부터 어떻게 준비해야 하는지, 지금까지 아홉 가지 요소를 간추려 다양한 스토리와 함께 입문 과정 수준의 내용을 담았다. 독자 스스로 필요하다고 생각하는 분야는 개별적인 탐구가 뒤따를 수밖에 없을 것이다. 새로운 삶을 앞에 두고 막막함을 조금이나마 해소하면서, 은퇴라는 문을 주저하지 않고 자신 있게 노크할 수 있기를 기대한다. 이어지는 3부는, 가장 강조하고 싶은 이야기로 자신이 진정 원하는 삶을 살 수 있는 '유일한' 시기를 맞아 '무엇을' 할 것인가. 삶의 지향점과 목표에 관한 이야기가 이어진다.

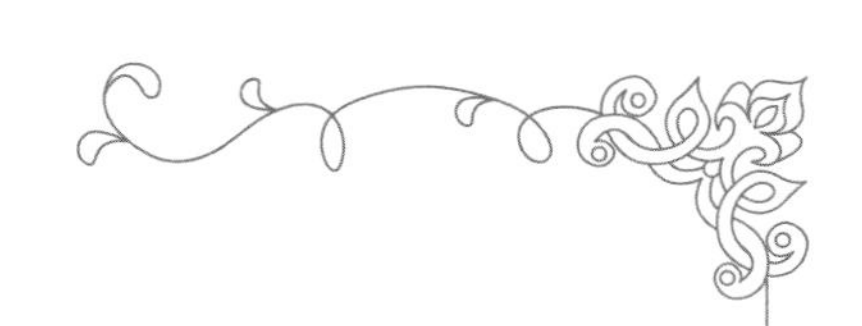

3부

목표가 있는 삶이어야 한다

삶이 단단해지는 죽음 공부

삶은 '위태로운 아름다움'이라 했던가. 삶은 끝이 있고 위태롭기에 영위하는 시간이 더욱 아름다울 수 있다는 말이겠다. 중년은 시간의 진정한 의미를 아는 시기다. 삶의 목표를 다루는 곳에서 느닷없이 죽음 이야기를 하는 이유를 이미 눈치챈 분들이 있을 것이다. 어쩌면 불편할 수 있는 이야기다. 은퇴와 관련한 강의를 하면서도 죽음에 관한 이야기는 망설여질 때가 있다. 금기시하는 사회 분위기가 여전하지만, 독자층이 중년일 것이라 또, 죽음에 대해 말한다고 죽지 않는다는 것을 알기에 용기를 냈다. 삶과 죽음이 교차하는 시간 속에서 죽음을 심각하게 고민해야만 했던 개인적인 경험이 있지만 이를 들춰내고 싶은 것도 아니고 죽음이 가지는, 죽음을 생각하는 것의 의미를 다루고 싶을 뿐이다. 인간은 탄생과 죽음 사이의 존재이고 죽음을 향한 존재라고 하지 않던가. 태어난 순간 죽음은 시작된다. 죽음이 우리의 운명이라는 것을 알고 있고 예외 없이 모든 생명체는 그 끝, 죽음이 있다. 죽음을 미리 생각해보는 기회가 자신의 삶을 더 행복하게 하는 데 도움이 될 거라는 '역설적인' 믿음을 전하고 싶다. 실존주의 철학자 하이데거는 죽음의 의미를 이렇게 말했다.

"인간은 다른 동물과 달리, 죽음이라는 것을 의식하는 존재다. 죽음을 의식하고 앞서 나아가 준비한다. 그래서 공포를 느끼는데, 그 때문에 더욱 본질적인 삶을 살 수 있다. 시간의 유한성이라는 것이 인간의 본질이다. 죽음을 어떻게 받아들이느냐가 인간다운 삶의 출발점이 될 것이다."

– 하이데거 『존재와 시간』

하지만 죽음을 어떻게 받아들이고 준비하여야 하는지, 사랑하는 이를 떠나보낼 때 어떻게 돌봐야 하는지 우리는 너무나 모르고 가진 정보가 보잘 것 없다. 대구골목투어 제5코스(남산 100년 향수길)에는 성모당과 함께 대구지역 사제 묘지가 있다. 그 무덤 입구 기둥에는 라틴어로 이렇게 쓰여 있다.

"HODHI MIHI CRAS TIBI"

"오늘은 나, 내일은 너"

"오늘 내가 여기 누워있지만, 내일은 당신이 될 것이다." 하지만 일상에서 죽음이 정작 '자신의' 운명이라는 생각은 좀처럼 하지 않는다. 갑작스러운 질병이나 사고 등 특별한 경험을 했던 사람은 좀 다르겠지만, 어느 정도 지긋한 연령에서 겪게 되는 구체적 사건을 접한 후에야 죽음을 삶의 일부로 인식하고 받아들인다.[33] 부모가 돌아가시고 난 후 다음 차례를 생각하거나 동년배의 잇따른 사망이 있을 때 죽음은 구체적으로 다가온다. 성직자가 되신 분들은 너무 일찍 죽음을 알게 된 사람들일까.

노년과 죽음은 서로 등을 맞대고 있는 것

사람이 죽음이라는 것을 삶의 정상적인 과정으로 받아들이게 되면 달라지는 것은 무엇일까. 아마 시간에 대한 관념이나 삶의 태도가 아닐까. 큰 위기에 직면하거나 위중한 상태에 맞닥뜨린 사람에게 '내일'은 없다. 죽음을 가까이 인식하게 될 때 우리는 '지금 이 순간' 소중한 것에 집중할 수 있는 힘을 얻는다. 무엇이 중요한 것인지 끊임없이 생각하게 하고 과감한 선택을 하도록 도와준다.

나이 오십 중반에 들어선 어느 날 '시간의 끝'과 마주한 경험이 있다. 치명적인 병을 얻어 삶과 죽음의 경계에 서게 되었다. 언젠가는, 하지

---

33) 마이클 킨슬리Michael Kinsley는 죽음을 받아들이게 되는 나이를 추정했다. 친근한 인간관계는 150명을 넘을 수 없다는 '던바의 수Dunbar's number'와 기대수명 등 미국 사회의 인구통계학적 자료를 기초로, 동년배에서 매년 평균 한 명씩 사라지기 시작하는 나이인 63세 무렵에 죽음을 받아들인다고 주장했다.

만 지금은 아니라고 믿었던 '시간의 끝'이 다가왔다고 시간의 신[神] 크로노스*cronos*가 느닷없이 말을 걸어온 것이다. 당시 망연자실[茫然自失]할 수밖에 없었지만 돌이켜보면 그 시간이 무엇보다 소중하게 다가온다. 순간순간 견뎌내야 하는 얼마간의 시간이 지나자 살아온 삶을 통째로 바라보게 되었다. 의미 없는 일들의 연속이었고, 너무나 하찮은 것들에 중요한 것을 바치고 있었다는 자책감이 몰려왔다. 이후 어떤 일을 결정하면서 후회를 최대한 줄이려는 선택지를 찾으려 했고, 소중한 일이 미뤄지지 않도록 하는 신중함은 더해졌다. 오늘 이 순간 삶이 끝날 수도 있다는 생각에 그날그날 매듭짓고 마무리를 잘하려고 애썼다. 감당하지 못할 어려움은 더는 없을 것처럼 단단해진 느낌이었지만, 애석하게도 이러한 변화가 계속 이어지거나 더 깊어지지는 않았다.

아직은 질병으로부터 완전히 자유로운 상태가 아니라서 그런지 가끔 이런 생각을 한다. 만약에 지금 죽으면 억울할까? 솔직히 억울하고 여전히 두렵다. 죽음에 관한 이런저런 책을 찾아 읽었다. 죽음은 전혀 두려워할 것이 아니라는 철학자들의 항변이 있긴 하다. 에피쿠로스는 "우리가 존재하는 동안 죽음은 없고 죽음이 왔을 때는 우리가 존재하지 않는데, 왜 죽음을 두려워하느냐." 말장난처럼 들린다. 죽음에 들어선 순간에는 이미 죽음을 느낄 의식이 없을 테니 죽음을 두려워할 이유가 없다는 것이다. 우리가 죽음을 두려워하는 이유는 죽는 순간의 고통을 떠올리지만, 가족을 포함한 사랑하는 사람들과의 영원한 이별이나 존재의 박탈 같은 것 때문이지 않을까. 곰곰이 생각해보면, 언제 죽을지 모른다는 '그 사실'이 가장 두렵다. 죽음은 비극이고 여전히 두려운 사건이다.

여하튼 죽음을 직면하는 일은 사람을 성숙하게 한다. 하이데거는 이렇게 말했다. "죽음을 외면하고 있는 동안에는 자신의 존재에 마음을 쓸 수 없다. 죽음이라는 것을 자각할 수 있느냐 없느냐가 자신의 가능성을 바라보고 살아가는 삶의 방식에 영향을 준다." 이 책이 주제로 삼는 중년의 2차 성장과 은퇴 이후의 삶을 이야기하면서 굳이 죽음을 이야기하는 이유가 여기에 있다. 많은 사람이 '버킷리스트*bucket list*'를 만들고 실행하려는 이유와 크게 다르지 않다. 다만, 충분한 시간을 가지고 보다 진지하게 자신의 내면을 파고들어 자아를 실현시킬 알맹이를 찾아가자는 것이다. 키케로는 지혜로운 사람에겐 삶 전체가 죽음에 대한 준비라고 했다. 죽음의 효능을 조금은 이해하고 있기에 삶을 변화시킬 수 있는 단 한 권의 책을 고른다면 단연코 죽음에 관한 책을 고르겠다.

죽음을 이야기하고 배우면 두려움이 줄어들까

죽어볼 수 없으니 사실 죽음은 간접적으로 배울 수밖에 없다. 20여 년 알고 지내던 지인께서 최근 돌아가셨다. 그분은 84세의 정신과 의사로서 불과 몇 개월 전까지 그림을 그리면서 정상적인 활동을 하시던 분이었고 장마가 길었던 지난여름 기력을 잃었다. 까다롭던 식성을 맞춰줄 마땅한 보호자가 없던 터라 그분이 선택한 것은 병원이었다. 그러던 어느 날 전화가 걸려왔고 부탁과 함께 자초지종을 듣게 되었다. 용건은 지금 죽어가고 있는 듯하니 괜찮은 죽음 자리로 요양병원을 알아봐 달라는 것이었다. 자기 죽음을 정연하게 살피면서 세상을 떠난 지인으로는 그분이 처음이다. 의사라서 그럴 수 있었을까.

아툴 가완디*Atul Gawande*는 삶의 마지막 순간을 현대 의학이 놓치고 있다며 죽음에 관한 책, 『어떻게 죽을 것인가』를 썼다. 현대화는 젊은이와 노인 모두에게 더 많은 자유와 통제력을 누리는 삶의 방식을 제공했다. 노인들에 대한 공경이 줄어들었지만, 그것이 젊음에 대한 존중이 아니라 독립적인 자아에 대한 존중으로 대체된 것이라 주장한다. 이러한 삶의 방식에 있어 독립적인 삶이 불가능해지는 때가 오면 어떻게 되는가. 가족의 죽음을 돌보면서 이런 문제의식에 대한 답을 찾아가는 과정을 그는 책에서 자세히 그리고 있다. "몸의 쇠락은 넝쿨이 자라는 것처럼 진행된다. 하루하루 지내면서는 눈에 띄는 변화가 나타나지 않을 수 있다. 그런대로 적응해가면서 산다. 그러다가 뭔가 일이 벌어지면 모든 게 예전 같지 않다는 걸 깨닫게 된다." 그가 쓴 책은 바람직한 죽음의 과정을 시간 순서에 따라 구성했는데, 핵심 내용이 목차에 잘 나타나 있다. 첫째, 독립적인 삶을 지속하고자 하나 혼자 설 수 없는 순간이 찾아온다. 둘째, 모든 것은 결국 허물어지게 마련이다. 셋째, 삶에 대한 주도권을 잃어버리고 의존상태가 된다. 넷째, 치료만이 전부가 아니다. 다섯째, 누구나 마지막까지 가치 있는 삶을 살고 싶어 한다. 여섯째, 내려놓고 인간다운 마무리를 위한 준비가 필요하다. 일곱째, 두렵고 어렵지만 꼭 나눠야 하는 이야기들이 있고 마지막으로는, 끝이 있다는 것을 용기 있게 받아들여야 할 순간이 있다고 했다. 그는 현대 요양원*nursing home*이 노년에 접어들어 도움이 필요한 사람들에 의해 만들어진 것이 아니라, 일반 병원의 병실을 비우기 위해 시작된 것이라며 현대사회가 노인 문제에 대처하는 변함없는 패턴을 꼬집는다. 굳이 가완디의 책이 아니더라도, 우리는 죽음을 배워야 한다. 어떻게 죽을 것인가는 분명 어떻게 살 것인가의 또 다른 표현이니까.

'좋은 죽음'이란 것이 있을까. 사후 장기기증을 하면 좋은 죽음일까. 가끔 좋은 죽음이 거론되기는 하지만 법륜 스님은 좋은 죽음 같은 것은 없다고 일축한다. 다만 '조금 더 편안한 죽음'이 있을 뿐이라고. 미국의 한림원에서 정의한 '좋은 죽음'은 이렇다. "환자와 가족이 피할 수 있는 고통과 괴로움에서 해방되고, 환자와 가족의 바람에 전체적으로 조화되며 임상적·문화적·윤리적 기준에도 상당히 부합되는 것"이라고 규정했다. 일반적으로 좋은 죽음에는 죽어가는 사람이 자기 운명을 받아들이는 것을 전제로 한다. 죽음에 관한 기억하고 싶은 또 한 권의 책을 고른다면, 호스피스 돌봄 간호사이자 작가인 샐리 티스데일*Sallie Tisdale*이 쓴 『인생의 마지막 순간에서*Advice for Future Corpse*』라는 책이다. 이 책은 죽음에 대해 가졌던 몇 가지 통념을 깼다. 80% 이상이 병원이나 요양원에서 죽음을 맞이하는 현실이 바람직하지 않다고만 여겼는데, 이 책을 읽으면서 죽음과 죽어가는 과정에 대한 이해가 부족했음을 느꼈다. 우리는 환자와 제대로 의사소통하는 법을 알아야 하고 죽음에 이르는 과정 전반에 대한 이해와 훈련이 필요하다. 죽음의 과정에 대처하는 일은 보호자 한 사람만으로는 불가능한 일이다. 전문시설이 가지는 장점을 가정에서는 실현시키기 어려운 것들이 많다. 한 사람의 죽음으로 가정이 파괴될 수도 있다. 그만큼 엄청난 사건이며 남겨진 가족들이 남보다 못한 사이로 멀어질 수도 있다. 죽음 이후에 죽음보다 더 나쁜 일이 생길 수 있다. 죽음이 찾아들기 전까지 우리는 가족의 참된 의미가 무엇인지, 간병이 무엇을 뜻하는지, 상실감과 비통함 너머에 어떤 고통과 혼란이 도사리고 있는지 예측하고 알아야 한다. 임종을 앞둔 환자의 '간병'은 훈련받지 않은 사람이 감당하기엔 너무 벅차다.

가완디는 다루지 않았지만, 티스데일은 죽음의 결과물인 '시신'에 대해서도 많은 것을 전하고 싶어 한다. 시신은 시간이 갈수록 경직된다. 그래서 자세를 바르게 잡아주는 일이 필요한데, 두 팔을 가슴 앞에서 교차시키거나 두 손을 맞잡게 하려면 천으로 묶어놓거나 손깍지를 끼워 놓아야 한다. 눈을 뜨고 있다면 깨끗한 천이나 거즈로 눈을 가리고 그 위에 작은 쌀 주머니를 올려놓으면 된다. 지체할 경우 틀니를 끼우거나 제거하는 게 어려울 수도 있다. 매장이나 수장, 풍장, 동결건조 아니면 퇴비로 만드는 다양한 연구가 이루어지더라도 결국 인간의 몸은 자연의 분해 과정을 거친다. 곤충학자로 잘 알려진 장 앙리 파브르 *Jean Henri Fabre*가 인간의 몸에 대해 한 말은 매우 적절해 보인다. "우리는 지금 한 동물의 몸이 다른 동물의 몸으로 스며드는 것을 목격하고 있다. 구더기 앞에선 누구나 평등하다. 동물과 인간, 거지와 왕이 모두 똑같다. 거기서 당신은 진정한 평등을, 우리가 사는 이 세상에서 유일한 평등을 얻는다." 예외는 없다. 구더기가 몰려와 즙과 흙으로 바꿔놓으면서 대지로 스며든다. 내 몸이 분해되어 없어진다고 생각하면 마음이 편하다. 사실은 내가 더는 존재하지 않으니 더이상 두려워할 까닭이 없다. 조상의 묘를 이장移葬하는 일에 참여해본 사람이라면 한 줌 흙으로 돌아간다는 사실은 굳이 설명할 필요가 없다.

죽음을 결정짓는 순간은 언제일까. 사망 시점을 이야기할 때 크게 세 가지의 시점이 거론된다. 마지막 호흡의 순간, 심장 박동이 멈춘 순간, 뇌파가 정지된 시점을 일컫는다. 사망 시점을 결정할 때는 임상적 합의 못지않게 사회적 합의도 중요하다. 일본에서는 환자 본인이나 환자를 대리하는 가족이 어떠한 정의에 따라 사망을 선택할지 가능하도록 하고 있다. 일반적으로 호흡과 혈액순환이 영구적으로 끝나는 심폐 정지를 사망으로 보고 있으나, 뇌사를 사망으로 인정하는 까닭이 있다. 뇌사를 사망으로 인정할 경우 장기이식을 할 수 있는 범위가 커지는 등의 사회적 이익이 있기 때문이다.

죽음의 불안을 줄여가는 사람들

신앙생활을 통한 구원이나 영성을 추구하는 사람들의 이야기다. 이들은 죽음을 다른 차원으로 받아들인다. 죽음을 궁극적인 소멸, 종말 같은 것으로 보는 것이 아니라, 마치 '낡아서 해어졌을 때 갈아입는 옷 같은 것'이라고 생각한다. 삶과 죽음을 둘로 나뉠 수 없는 하나로 여기고 '구원이나 환생'을 믿는다. 사후의식의 연속성, 흐름은 대부분 종교에서 가지고 있는 계시적 교리다. 현생 이전과 죽음 이후까지 이어지는 의식이 존재하며 그래서 죽음을 삶의 한 단계로 본다. 어떤 수행자는 명상 속에서 죽음의 과정을 반복해서 인지함으로써 자신이 실제로 죽는 순간을 커다란 영적 깨달음을 얻으려는 방편으로 활용한다고 한다. 명상을 깨달음으로 통하는 길이라 여기고 이를 통해 진정한 본성에 이를 수 있다고 주장한다. 이는 삶과 죽음 또한 마음속에 있으며 그 밖의 어디에도 실체가 없다는 불교적 통찰로서, 마음의 본성을 보는 것을 통해 죽음의 공포에서 벗어나 삶의 진리를 체득하고자 한다. 오늘날 대부분의 사람이 죽음을 상실과 소멸을 뜻하는 것으로 여기고, 현재의 삶을 '전부'라고 여기니까 두려움과 불안이 있다고 해석한다. 실제 임사 체험자들은 죽음에 대한 공포가 줄어들고 영적인 차원의 삶을 추구하는 경향을 보인다. 임사 체험의 다양한 측면에 관한 연구들도 삶이 죽음과 더불어 끝나지 않으며 그 삶 이후에 또 다른 삶이 실재한다는 희망을 인류에게 제시하기도 한다. 불교문화가 주류인 티베트 속담엔 이런 말이 있다. '내일 또는 다음의 생生 중에 어느 것이 먼저 올지 우리는 결코 알지 못한다.' 어떤 사람에게는 진리처럼 다가오는 이야기지만 또 어떤 사람에게는 '물 위에 손가락으로 그린 그림'처럼 여겨지기 충분하다. 인간은 신을 만들고, 그 신이 인간의 사후세계를 만든 것일까. 죽음을 말하는 것은 '몸짓으로 단맛을 설명하는 것만큼'이나 어렵다더니 역시.

죽음에 대한 반응과 작별 인사

퀴블러 로스*Kubler-Ross*의 죽음에 관한, 죽어가는 5단계 이론은 고전처럼 널리 활용되고 있다. 부인*denial*, 분노, 협상*bargaining*, 우울 그리고 수용의 단계를 말한다. '부인否認'은 불치병 진단을 받았을 때 대부분의 환자가 보이는 첫 반응인데, 현 상황에 대한 부정으로 이는 환자에게 충격에 대처할 다른 전략을 사용할 수 있는 일련의 시간을 제공하며 가치 있고 건설적인 첫 방어기제라고 했다. '분노'는 고전적인 두 번째 반응으로, 환자는 건강한 사람들에게 분개하고 자신을 이러한 상황에 있게 한 운명에 분노한다. '협상'은 분노가 새로운 유형의 방어기제로 바뀌는 것인데 환자는 이제 의사, 간호사 그리고 신과 협상을 맺으려고 시도한다. 그다음은 '우울'인데, 앞 단계의 협상은 한동안만 작용할 뿐, 질병이 계속 진행되고 육체의 쇠락 신호가 더 명확해지면서 환자는 보통 우울감에 빠져든다. 이는 자신의 삶뿐 아니라 관계의 상실에 대한 일종의 애도에 해당한다. 마지막 단계는 '수용'인데 조용한 이해, 죽음에 대한 준비가 이루어진다. 환자는 더는 우울하지 않지만 조용하고 심지어 평화롭기까지 하다. 저항하는 것이 쓸모없다고 여긴다. 이러한 죽음의 단계이론보다 더 중요한 것으로 제시된 것이 있다. 죽어가는 사람은 여전히 살아 있으며 그들이 다루기 원하는 해결되지 못한 욕구를 지닌다는 것. 죽어가는 사람들의 이야기를 적극적으로 경청하고 그들의 욕구를 파악하여 효과적으로 도움을 제공해야 한다는 말이다. 대부분 삶의 마지막 날에 '작별 인사'를 하고 싶어 한다. 이는 편지나 선물의 형태로 행해지기도 하는데 모든 작별 인사는 일종의 선물이다. 누군가에게 작별 인사를 함으로써, 죽어가는 사람은 그 사람이 작별 인사를 받을 만큼 소중하다는 신호를 보내게 된다. 작별 인사를 하는 것은 또한 죽음을 현실로 만들고, 어렵고 힘든 과정을 쉽게 만들 수 있다. 작별 인사 정도는 할 수 있는 죽음을 준비할 수 있으면 좋지 않을까.

중환자실에서 죽는다는 것

우리나라 정부는 1983년부터 사망원인통계를 작성, 발표하고 있는데 2018년 조사 결과, 남녀 모두 전 연령대에서 폐렴에 의한 사망률이 뇌혈관 질환보다 높게 나타났다. 80세 남자의 경우 사망확률이 악성 신생물(암), 폐렴, 심장 질환 순으로 높은 반면, 80세 여자의 경우는 심장 질환, 악성 신생물(암), 폐렴 순으로 나타났다. 요즘은 시골이든 도시이든 대부분 병원에서 마지막 순간을 맞이한다. 2018년 기준 의료기관 사망 76.2%, 자택 사망 14.3%로 나타나고 있다. 장기간 병상에서 지낼 때의 일이다. 심각한 상황이었으니 죽음을 떠올리지 않을 수 없었다. 어쩌면 '고맙다'는 말, '사랑한다'는 말 한마디 하지 못하고 생을 마감할 수 있다는 절박한 생각에 이르렀다. 뭐든 남기고 싶어 메모지를 꺼내 적다가 지우기를 반복했다. 건강을 되찾게 되면서 그 몇 마디는 아직 수첩 속에 갇혀있다. 만약 병세가 악화되어 병원에서 삶을 마감했다면 마지막 순간은 어땠을까? 호흡기를 비롯한 온갖 장치들이 몸을 감고 있을 것이고 그토록 전하고 싶었던 말은 과연 할 수 있었을까. 병원에서 중환자가 되는 시간은 고독과 공포, 소외, 배제, 분노의 마음으로 점철된 순간일 수 있다.

병상에서 환자가 삶을 마감하려 할 때 그 징후를 알아채는 의료진의 예감은 놀랍다. 그 순간 의료진은 보호자를 찾아 임종臨終하게 하는 등 바빠진다. 그 징후는 '임종 현상*deathbed phenomena*'이라는 것인데, 육체와 정신의 모든 곳에서 변화가 감지되지만 알아둘 만한 것으로 몇 가지가 있다. 신장기능 저하로 소변 생성이 느려지고 소변의 색과 농도가 어둡고 진해진다. 무호흡과 과호흡이 일어나기도 하고 호흡이 불규칙적으로 변한다. 가래 끓는 듯한 소리가 계속되면 보통 하루 안에 사망에 이른다. 현대인은 가정보다 병원의 중환자실에서 죽음을 맞이한다. 그런 중환자실에서 일어나는 일 몇 가지를 살펴보자. 첫째, 환자는 가족들로부터 소외된다. 자신에 관한 일을 자신에게만 알려주지 않는 어처구니없는 상황이 빚어진다. 팔뚝이나 가슴에 주삿바늘이 꽂히는 순간 주사액이 담긴 비닐 팩이나 유리병이 주렁주렁 거꾸로 달린다. 통증이나 불편을 호소하면 주사액 비닐 팩은 어김없이 늘어난다. 만일 비닐 팩이 하나둘씩 줄어들면 이것은 매우 희망적인 일이고, 곧 일반병실로 옮긴다는 뜻이다. 둘째, 중환자가 된다는 것은 자신에 관한 결정에서 철저히 배제된다. 호스가 코를 파고들기도 하고, 숨이 조금이라도 가쁘면 산소 흡입을 이유로 입이 봉해져 불가항력적인 상황이 되고 만다. 이때부터는 말을 할 수 없는 사람이 된다. 병원에서는 어떤 대가를 치르더라도 환자의 생명을 유지하는 것이 유일한 목표다. 이처럼 중환자실은 긴박하고 일방적이고 가혹하다. 문제는 중환자실에서 죽는다는 것은 앞서 살펴본 것처럼 이별을 어렵게 한다는 것이다. 자기 결정권이 사라지고 작별할 시간이 주어지지 않는다. 꼭 전해야 할 이야기가 있고, 얼마나 말이 하고 싶은지 그 상황을 경험한 사람들만 아는 것일까. 한림대병원 김현아 교수는 현대인의 죽음을 고찰한 그의 책 『죽음을 배우는 시간』에서 병원은 생의 마지막을 보내는 장소로 전혀 바람직하지 않다고 잘라 말한다. 특히, 가장 가까운 가족들과의 접촉조차 금지되는 중환자실에서의 죽음은 더욱 그렇다고 했다. 생전에 결정해두어야 좋을 것들을 미처 하지 못하고 생을 마감했을 경우 남은 자들을 어렵게 한다. 중환자실에서 본 가난한 사람들의 마지막은 더 고단하다. 이제 자연스러운 죽음은 사라지고 없는 것일까.

죽어가는 사람을 어떻게 케어해야 할까?

아름다운 죽음도 없지만 완벽한 돌봄도 과욕이다. 죽어가는 사람을 돌보는데 정해진 법칙은 없지만, 티스데일이 그의 책에서 강조하는 몇 가지가 있다. 죽음으로 가는 길은 갖가지 미신과 의례적인 진부한 문구로 포장되어 있다. 임종 과정은 병상에 누워있는 사람이 주도해야 한다. 그의 뜻에 따라 해야 한다는 것인데, 법칙이라면 바로 이것 정도다. 가족과 돌보는 사람은 자신의 바람이나 믿음을 강요하지 않도록 주의해야 한다. 죽어가는 사람 앞에 지나치게 관여하고 싶어 하면서 모든 일의 '해결사'를 자처하거나, 많은 사람의 예를 들이대며 비교를 즐기는 것은 금물이다. 함부로 약속해서도 안 되고 거짓말로 둘러대지 말아야 한다. 종종 죽음 앞에서는 선의로 포장된 거짓말이 만연하다. 요청받기 전에 함부로 조언하지 말아야 하며, 환자가 조언을 구해오면 친절하고 솔직하게 조언하되 다른 의견이 있을 수 있다는 여지를 남기는 것이 좋다. 헛된 희망으로 기운을 북돋우려 해서도 안 된다. '범사에 감사하라'는 말도, '당신을 위해 기도할게'. '이건 위기가 아니라 전화위복의 기회가 될 거라'는 말도, '이 모든 것이 하늘의 뜻'이라는 말도, '내가 너라면'이라는 말도 적절치 않다. 침묵이 어색해서 괜한 말로 위로하려 들지 말고 환자가 수락했을 경우 병상 생활의 불편을 해소해주면서 입을 다무는 것이 좋다. 따뜻한 물에 적신 수건과 사랑의 시선과 경청이면 된다. 자신의 편견을 강요하지 말고 환자의 모든 것을 알려고 하지 말아야 한다. 여전히 살아 숨 쉬는 사람 앞에서 '당신은 내게 너무나 소중한 사람이었어'라고 말하는 우를 범하지 말아야 하고 곁에서 지켜보기 힘들다고 푸념하거나 불평하지 말아야 한다. 죽어가는 사람이라도 희망을 다 잃지는 않는다. 그 희망이 조금씩 바뀔 뿐이다. 진단이 실수이기를 바라기도 하고 새로운 치료제가 나오고 기적이 일어나길 바란다. 환자의 의사를 고려하지 않고 억지로 음식물을 먹이려는 것도 피해야 한다. 환자는 흔히 식음료를 끊은 뒤에 몸과 마음이 더 편해지고 죽을 때도 더 평온하다. 동물들은 먹는 것을 언제 멈춰야 하는지 알고 먹이활동을 중단한 채 한적한 곳에 가서 생을 마감한다. 환자 옆에 메모지를 두고 누구든 듣거나 본 내용을 적어두라고 하는 것이 좋다. 환자가 보내는 신호는 다 중요한 메시지다.

환자가 혼수상태에 빠져있을 때 특히 유의해야 할 것이 있다. 환자가 의식이 없으면 듣는 기능도 사라진 줄 안다. 혼수상태이더라도 뇌간 유발반응 청력검사*Brain stem auditory evoked response*를 실시해보면 정상으로 나타나고 혼수상태에서 깨어난 사람도 방에서 이루어진 대화를 기억한다. 환자가 차마 들을 수 없고 듣지 않아야 할 경솔한 이야기를 하는 경우가 생긴다. 가끔 가족들 간에 벌어지는 볼썽사나운 일이 벌어지기도 한다. 이럴 때 병상에 누워 조용히 죽음을 기다리는 사람의 마음은 어떨까. 꼭 유념할 일이다.

죽을 수밖에 없는 죽음이나 죽어 마땅한 죽음은 없다

우리나라는 노인 자살률이 매우 높다. 그것도 OECD 국가 중 1위라는 불명예를 갖고 있다. 자살은 좌절에 굴복하는 것이다. 자살은 우울장애와 밀접하게 관련되어 있는데, 노인의 경우 자살을 유발할 수 있는 심리 사회적 요인들에 더욱 취약하다. 어느 연령이든 남자가 여자보다 자살률이 높은데, 노인의 경우 더욱 심한 것으로 알려져 있다. 노인은 자신의 자살계획을 다른 사람에게 알리거나 암시하는 경향도 낮고 훨씬 더 치명적인 방법을 사용한다. 음식이나 약을 제때 먹지 않거나 건강을 돌보지 않음으로써 수동적으로 죽음을 선택하기도 한다. 폐지를 주워 생계를 이어가던 중 아내에게 치매가 찾아와 '함께' 극단적인 선택을 할 수밖에 없었던 노부부 이야기는 아직도 기억에서 지워지지 않는다. 최근에도 아파트 경비업무를 하던 노인이 입주민과의 갈등으로 심리적 압박을 느껴 자살을 택한 사건이 있어 사회적 파장이 크다. 사람들이 자살을 혐오스럽고 무서운 행동으로 여기고 있으므로, 자살에 대한 객관적인 논의가 쉽지 않아 보인다. 자살은 도덕적으로 용납할 수 없는 행동으로 여기고 있고, 극단적인 선택을 한 노년의 이야기도 깊이 있게 다루어지지 못한다. 치명적인 질병으로 가족에게 부담되는 것을 피하고자 하는 안락사가 허용되지 않는 현실에서 환자 스스로 음식을 끊는 경우도 가끔 있다. 자발적 식음중단VSED *Voluntary Stopping Eating and Drinking*이 그것이다. 맹자 이루 편에는 이런 말이 있다. "죽어도 될 것 같지만 실은 죽어서는 안 되는 경우인데 죽는다면 진정한 용기를 해치는 일이다可以死, 可以無死, 死傷勇." 세상에 죽어 마땅한 그런 죽음은 없다.

사전연명 의료의향서와 웰다잉

지난 2016년 1월 '호스피스·완화의료 및 임종 과정에 있는 환자의 연명 의료결정에 관한 법률'이 통과됨에 따라 말기 환자들의 '존엄하게 죽을 권리'가 보장되었다. 사전연명 의료의향서는 스스로 결정할 수 없을 때를 대비해 자신의 생명을 구하거나 연장하기 위해 행해졌으면 하는 사항을 기술한 문서를 말한다. 19세 이상이면 등록할 수 있는데, 여기에는 산소 호흡기, 경관 영양, 항생제, 기타 생명을 유지하는 치료에 관한 질문이 들어있다. 추가로 호스피스 이용, 사망 전 의향서 열람 허용 여부 등이 포함되어 있다. 지역별 보건소, 국민건강보험공단 등 전국에 459개 기관이 사전연명 의료등록기관으로 지정되어 있고 의료기관 265개도 포함되어 있다. 관련 업무를 총괄 지원하는 곳으로 국립연명의료관리기관(www.lst.go.kr)이 설립되어 있다. 사전연명 의료의향서 작성자는 최근 57만 명을 넘었다. 아직은 그 뜻에 따라 생을 마감하는 사례가 적긴 하지만, 작성자는 꾸준히 늘고 있다. 하지만 우리는 김현아 교수의 지적에 다시 한 번 주목할 필요가 있다. 그는 사전연명 의료의향서가 효력을 제대로 발휘하려면 어느 시점에서는 더는 병원에 가지 않겠다는 선언까지 뒤따라야 한다고 강조한다. 가정에서 임종 과정을 지켜보는 것이 바람직하지만, 환자의 고통스러운 모습에서 느껴지는 죄책감, 죽음을 방치했다는 주변의 시선 등을 의식해 결국 응급실을 찾게 되는 경우가 많다는 것이다. 이러한 이유로 현실에서는 사전연명 의료의향서가 한낱 휴짓조각밖에 안 된다고 주장한다.

호스피스 운동은 퀴블로 로스가 '좋은 죽음a good death', 즉 존엄을 유지한, 최대한 의식이 있고 최소한의 고통을 지닌, 환자와 환자 가족이 죽음의 과정에 대한 완전한 정보와 통제력을 지니는 죽음의 중요성을 강조했기 때문에, 이에 상당한 자극을 받았다. 호스피스 케어는 1960년대 영국에서 시작되어 1970년대 미국 등지로 파급되었다. 자료를 찾아보니 우리나라에서 본격적인 죽음 교육은 1990년에 들어서면서 시작되었다. 노인들의 죽음을 준비하는 교육프로그램을 만들어 운영하는 기관으로 각당복지재단(www.kadec.or.kr)이 있고, '삶과 죽음을 생각하는 회'나 지역별 웰다잉 협회가 생겨 강연회나 세미나를 개최하면서 '웰다잉*well-dying*'에 관심을 높이고 있다.

웰다잉이 추구하는 목표는 크게 세 가지로 나눠볼 수 있다. 첫째는 육체적 생명의 아름다운 마무리로 연명치료를 거부하기 위한 사전연명 의료의향서 작성, 호스피스 완화치료, 장기기증 등이 이에 해당한다. 둘째는 사회적 관계의 아름다운 마무리인데 엔딩 노트와 유서 쓰기, 장묘문화 개선, 가끔 화제가 되는 생전장례식 등이 있다. 셋째는 사회적·물질적 유산의 아름다운 마무리로 유품의 사전 정리, 사회적 유산 기부, 성년후견제도 등이 이에 해당한다. 죽음은 누구에게나 두려운 것이다. 죽음의 과정에서 속수무책인 참담한 상황을 피하려면 연명 의료에 대한 자신의 의향서를 사전에 남기고, 소통할 수 있고 최대한 평화로운 상태로 죽음을 맞이하는 것이 그 목표가 되어야 한다.

애도의 과정

장례의 과정이나 이후에 찾아올 슬픔, 충격, 분노, 혼란, 애통함은 어떤 말로도 표현하기 어렵다. 시간의 흐름을 잊기도 하고 어떤 때는 너무 느리게 어떤 때는 너무 빠르게 간다. 장례를 마친 다음 순간, '안도감'을 느낀다는 사실에 놀라 죄책감에 휩싸이기도 한다. 애도하는 사람을 어떻게 도울 수 있는지 아는 사람은 흔치 않다. 부적절하게 어떻게든 감정을 통제하려 들기도 한다. 티스데일은 그의 책에서 상실감을 완전히 털어내지 못한 사람에게 이런 섣부른 위로를 하지 말라고 조언한다. "그래도 너희 어머니와 아버지가 다시 함께 있게 됐잖아." "그는 더 좋은 곳으로 갔어." "넌 좋은 사람을 만나 다시 결혼하게 될 거야." "울지마. 그래 봤자 기운만 빠질 거야." "넌 왜 울지도 않니? 울고 나면 기분이 한결 좋아질 텐데." 울기 시작하면 보통은 울면서 말도 하라고 권한다. 감정은 말에 담겨 있지, 눈물에 담겨 있지 않기 때문이다. 놀랍게도 생각과 감정을 말로 토로하다 보면 어느새 눈물이 사라진다는 것이다. 애도하는 사람에게 해주면 좋을 말은 어떤 것일까. "널 사랑해." "정말 안타까워." 그녀가 꼽은 가장 좋은 말은 바로 이거다. "혹시 하고 싶은 이야기가 있니? 무슨 이야기든 괜찮아." 죽음을 앞둔 사람이나 애도하는 사람에게 있어 위로하고 싶은 마음으로 하는 섣부른 수다보다는 침묵하면서 편안하게 들어주는 태도가 바람직하다.

죽음을 배우면 오히려 단단해지는 삶

삶이 소중한 이유는 언젠가 끝나기 때문이다. 삶이 원하는 무언가로 채워지는 것은 인생이 짧기 때문이고 삶의 경계를 설정해주는 죽음 때문이다. 인간이 늙고 쇠약해져서 더는 스스로 돌볼 수 없게 되었을 때도 삶을 가치 있게 살아가게 하는 것은 무엇일까. 그것은 바로 '삶에서 추구하는 목표'라는 것에 많은 사람이 동의한다. 삶의 마지막 단계에서조차 '안전과 생존'이라는 가장 원초적이고 기본적인 목표를 가질 때 삶은 가치 있게 느껴질 것이다. 죽음을 고려할 때 사람은 자신의 삶을 성찰하면서 진지해진다.

유언장을 작성해야 하는 경우가 있다. 앞에서 살펴본 것과 같이 병원 중환자실에서의 죽음은 유언을 할 수 없는 상황으로 치닫는다. 꼭 남기고 싶은 말이나 유산의 분배 특히, 법정상속인 외의 다른 이에게 유산을 남기고자 할 때는 법적 효력이 있는 유언이 반드시 필요하다. 호스피스 병동에서 근무한 오츠 슈이치의 책, 『죽을 때 후회하는 스물다섯 가지』에 나오는 상위 다섯 가지는 이러하다. 사랑하는 사람에게 고맙다는 말을 더 많이 했더라면, 진짜 하고 싶은 일을 했더라면, 조금만 더 겸손했더라면, 친절을 더 베풀었더라면, 나쁜 짓을 하지 않았더라면…. 죽음의 과정이 덜 외롭게 사랑이 함께할 수 있는 삶이어야 한다. 메멘토 모리*memento mori*. 라틴어로 '그대는 죽어야 할 운명임을 기억하라', 죽은 이를 추억하면서 동시에 우리도 결국 죽는다는 사실을 늘 기억하라는 말이다. 메멘토 모리*memento mori!*

목표를 뚜렷이 가지고 사는 사람들

중년이 흔들리는 이유는 매우 복합적이다. 경제적인 문제, 건강상의 문제, 관계에서 생기는 문제도 있겠지만 여기서 이야기하고 싶은 것은 삶의 지향점에 관한 것이다. 어디로 가는지, 무엇을 위해 어떻게 해야 하는지 확신이 없을 때 무력감이 찾아오고 삶은 흔들린다. 주변에는 멋진 삶이라고 엄지손가락을 치켜세울 만한 사람들이 있다. 그들은 어떻게 멋진 삶을 살고 있고 좋은 평가를 받을까. 그들의 삶은 대부분 돈이나 사회적 명예, 권력을 추구하는 것과는 다소 거리가 있다. 그들을 가까이에서 살펴보면, 홀로 가기도 하고 여럿이 함께 가기도 하지만 이정표가 분명하고 흔들리지 않는 뿌리 깊은 삶을 살고 있다. 자신의 삶을 완성해가겠다는 분명한 목표가 엿보이고 상당 기간 준비과정을 거쳐 그것을 하루하루 실현하고 있다. 길어진 삶, 새로운 목표가 필요하다. 그동안의 사회생활에서 주어지는 목표로 힘겹게 살았으니, 이제는 그런 구속 없이 자유롭게 살고 싶기도 하겠다. 하지만 그동안 가졌던 그런 피곤한 목표를 가지라는 것이 아니다. 지치고 무력해진 삶에 활기를 불어넣을 그런 색다른 목표를 찾으라는 것이다. 삶은 그림자처럼 후회가 뒤따른다지만, 꿈과 목표를 가지고 사는 삶이 그래도 후회를 줄이지 않을까.

남은 삶은 아내에게 헌신하며 살겠다는 J씨

경북 모처에는 남은 삶을 아내에게 헌신하겠다는, 보기 드문 은퇴남 J씨(77세)가 있다. 그가 공직생활을 하던 중 교사로 있던 아내에게 우울증이 찾아왔다. 그때부터 은퇴하면 아내를 데리고 전원생활을 해야겠다는 생각을 했단다. 아내를 위해 뭘 할 수 있을까 고심하던 차에 요리를 생각했고 한식 요리학원에 나가 조리사 자격증까지 땄다. 산 좋고 물 좋은, 그것도 아내가 태어난 곳을 찾아와 한옥을 지었다. 쌀을 제외하고는 자급자족할 정도로 농사를 지으면서 아내를 위해 양봉養蜂까지 하고 있다. 그 집을 인사차 방문했을 때 하루는 처가 쪽 사람들과 함께 김장하고 있었고, 또 하루는 설 명절을 앞두고 송편을 손수 빚고 있었다. 모든 밑반찬부터 살림을 그분이 전담하고 있다는 걸 알게 되었다. 틈틈이 아내와 함께 붓글씨와 그림을 배우고 있다. 어쩌면 저렇게까지 할 수 있을까. 그분들의 깊은 내막을 알지는 못한다. 언젠가 툭 던지듯 한 이야기는 이렇다.

"그 옛날 옆집에 살던 소녀를 좋아했고, 아내로 얻기 위해 무릎 꿇고 행복하게 해주겠다고 약속했었는데, 나와 살면서 병이 났으니 남은 세월은 아내를 위해 사는 게 맞다고..."

노력이 지극했던 걸까, 다행히 그분 아내의 건강은 많이 좋아졌다. 그는 이곳에 정착하면서 마을 주민들과의 교류를 위해 특별한 노력을 기울였다. 먼 길을 나가야 하는 동네 할머니들을 병원까지 모셔다드리고 모시고 오고, 그런 일을 하다 보니 아내와의 삶이 조금씩 알려지게 되었는데, 여기서 문제가 생겼다. 시골에 사시는 어르신들에게는 이 부부의 삶이 정상적으로 보이지 않았던 거다. 시골이라 말이 많이 오간다지만 아내에 대한 험담들(?)이 오가는 것을 듣게 되면서 큰 고민에 빠졌다고. 이를 어쩐담? 하지만 아내에게 헌신하겠다는, 내가 아는 그분의 삶은 숭고하다. 그분은 지금 자신의 삶을 완성하고 있다.

바느질하는 남자, 김훈동

경북 안동 상남자가 바느질하며 연 인생 2막의 이야기다. 2년 전 봉사단을 이끄는 모습으로 그분을 처음 접했다. 다양한 사회봉사 활동을 하고 계셔서 은퇴 생활을 멋지게 하는 분으로 기억하게 되었는데, 그분의 삶을 알게 될수록 엄지손가락이 저절로 치켜세워졌다. 모 방송국에서 오랜 직장생활을 하셨던 분으로 여느 은퇴하신 분들과는 많이 달랐다. 그와 개인적으로 대화를 나누어보면 금세 기분이 좋아진다. 잔잔하고 섬세하고 참 다정다감하다. 늘 미소를 머금은 백발의 외모에는 연륜과 멋이 묻어나고 사뿐사뿐 가벼운 걸음걸이는 활력이 넘친다. 역시 그랬다. 바르게 걷기 사회운동에 참여하고 계셨고, 발목을 꺾으며 바르게 걷는 습관만으로도 건강을 유지할 수 있다는 것이 그의 지론이다. 또 어르신들이 새벽 운동을 하는 곳에 나가 '바르게 걷기' 강좌를 펼쳐 큰 호응을 얻고 있다. 최근에는 우울증이 있고 자살 위험이 큰 독거노인들을 대상으로 상담 자원봉사를 하고 있다. 은퇴 후에 일상의 절반을 사회봉사로 채운 분이다. 봉사단체를 이끌고 있으면서 그의 손길은 지역사회 곳곳에 미치고 있다.

이 정도는 그분을 절반만 소개한 것이다. 그는 퇴직 이후 금남의 영역처럼 여겨지는 '규방 공예'를 통해 또 한 번의 전성기를 맞이했다. 5년 전 반찬 배달 봉사를 하던 날 우연히 골목에서 발견한 공방, 그는 문을 두드렸고 무작정 가르쳐달라고 요청했다. 자신보다 나이 많은 남성의 요구에 당황했을 법도 한데 공방 주인의 흔쾌한 수락으로 그의 바느질 인연은 시작되었다.

"한 땀이 모여서 하나의 작은 조각이 되고 그 조각이 모여서 작품이 되는 과정에서 얻는 기쁨과 보람이 선물 같았어요. 바느질하다 보면 한여름에 에어컨이 꺼져 있어도 덥다는 걸 느끼지 못하고 집중을 하게 돼요. 근심이나 잡념이 사라지고 오롯이 하나에 몰입하는 매력이 있달까요?" 어느 언론과 했던 인터뷰 내용이다.

시작한 지 4년 만에 10년 정도 공예를 한 사람만큼 작품활동을 열심히 했다. 2017년 기대 없이 출품한 전국 규방 공예 공모전에서 우수상을 받았다. 나중에 알게 된 일이지만 작은 논란이 일고 있었단다. 수상자가 '남자'라는 사실을 다들 믿지 못한 것이다. 전통적으로 여성 공예가들의 영역인 곳에 60대 남성의 등장은 논란이 될 만했다. 의심의 눈초리에 오기가 생겨 다음 대회를 준비했고 지난해 대상의 영예를 안아 문화체육관광부장관상을 받았다. 8회 대회를 이어온 공모전에서 남성이 대상을 차지한 것은 그가 처음이었다.

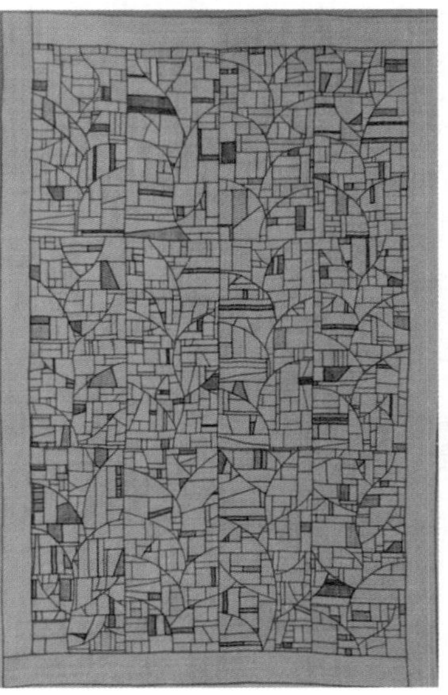

바느질하는 김훈동 씨의 모습과
제8회 전국 규방 공예 공모전 대상 작품'가을정원'(110cm×175cm)

'가을 정원'은 가을걷이가 끝난 어느 가을날 오후 거실에 앉아 창밖 정원을 1,500여 개의 삼베와 모시 조각으로 표현한 조각보 작품이다. 이 작품에서는 바느질의 풀림을 방지하기 위해 전통 바느질 방식인 '쌈솔기법'을 사용했고 작품을 완성하는데 꼬박 2년이 걸렸다.

그는 대금과 장구, 서예에도 재능을 발휘하고 있다. 규방 공예를 중심으로 서예와 그림 등 자신의 취미활동을 엮은 개인전 개최를 꿈꾸고 있다. 꾸준한 작품활동을 위해 등산을 즐기며 건강관리를 하고 있다. 자신을 위한 취미활동과 타인을 위한 봉사활동에 집중하면서 스스로 사회에 필요한 존재라는 것을 느껴야 자존감이 높아질 수 있다고 그는 강조한다. 은퇴 후 사회적 관계를 줄이는 것이 아니라, 오히려 외부활동을 늘리는 것이 바람직하다고 조언한다. 그는 등산하면서 자연스럽게 기후변화나 미세먼지 문제에도 관심을 두게 되었다. 또, 일찍이 와인에 대해 관심이 많고 공부를 했던 터라 이를 기반으로 음식과 와인의 궁합을 찾을 수 있는 레스토랑 일을 해보고 싶다고 한다. 그분의 삶은 호기심의 연속이다. 하고 싶은 일에 어떤 장벽도 없다. 내가 만나본 은퇴하신 분 중에, 닮고 싶은 분으로 단연코 그분이 최고다.

향토사 정리에 열정을 다하는 삶

이런 사례도 있다. H 씨(63세)는 태어난 고향에서 학교에 다닌 후 그곳을 떠나지 않고 평생 공무원 생활을 했다. 일찍이 고향에 대한 애착이 남달라 지역 근현대사에 관심을 두고 한국사를 더 공부하기 위해 대학원을 다녔다. 학업이나 사료를 찾는 일에 매달리기 위해 남들은 원치 않는 현장 사업소 일을 택하기도 했다. 중년에 향토사학자로 사는 삶을 미리 선택하고 준비한 것이다. 그는 주로 일제 강점기에 활동했던 지역 인물을 탐구하는 일에 뛰어들어 그들의 행적을 좇아 전국을 돌며 자료를 모으고 책을 썼다. 지금까지 문경 출신의 독립운동가 박열의 삶을 발굴 정리했고, 일제 강점기 의열단에서 활동했던 문경 출신 황

옥의 삶을 세상에 알렸다.

사료를 모으고 행적을 좇는 것은 방대한 일이었지만, 퇴직하면서 그의 애착은 더해갔다. 지금은 을미 사변 때 의병을 일으켰던 한 말 의병장 운강 이강년의 삶을 캐고 있다. 기념관에 상주하면서 기념사업회 운영을 맡고 있고 지난 10월엔 운강문화제를 개최하기도 했다. 그가 그동안 연구한 결과로 엮어진 책은 영화 「박열」과 「밀정」을 제작하는 대본의 바탕이 되었다. 머지않아 우리는 이강년의 삶도 책으로 또 영화로 보게 될 것이다. 참으로 멋진 은퇴 생활이 아닌가.

어디 이분들뿐이겠는가. 치매를 앓고 있는 아내를 돌보기 위해 91세에 요양보호사 자격증을 취득한 분도 있고, 은퇴 후에 시를 쓰고 그림을 시작해 동심童心으로 다시 돌아간 분들도 적지 않다. 이들이 추구하는 목표는 사회적 성공을 위한 것이 아니다. 삶의 참 의미를 갖기 위한 것이다. 노년에 갖는 목표는 살아야 할 이유를 찾는 것이기도 하다.

후회하지 않을 삶을 위한 중년의 탐색

수년 전 지방 중소도시에서 만나기로 한 사람이 있어 서둘러 갔고, 한 시간 정도를 기다려야 할 만큼 일찍 도착했다. 이것도 나이 든 탓인가 생각하며, 문을 막 여는 카페를 발견하고 들어섰다. 카페 벽면 곳곳에는 유럽 국가들의 국기, 관광지 사진, 박물관과 미술관 티켓, 여행 지도, 수첩, 심지어 영수증까지 전시되어 있어 주문한 커피가 나올 때까지 관심 있게 둘러보고 있었다. 커피를 들고 온 중년의 사장님께 전시된 것을 가리키며, 이 여행의 주인공이 누구인지 물었더니 빙그레 미소 짓는다. 자신도 내려놓은 커피를 가지고 오겠다 해서 함께 마시게 되었다. 그는 오랜 기간 유럽에서 지냈고 나이 들면서 고국이 그리워 몇 년 전에 들어왔단다. 아는 것이 커피뿐이라 할 수 있는 것이 카페였고, 카페를 연다고 손님이 저절로 올 것 같지는 않아 고민 끝에 유럽에서 다녔던 여행지와 그곳에서 마셨던 커피 등에 대한 자료를 모아 전시했다는 거다. 괜찮은 아이디어였다는 생각이 들었다. 대놓고 물어보지는 못했지만, 카페 운영은 괜찮아 보였고, 그냥 진하게만 느껴졌던 커피가 왠지 향이 그윽하게 느껴질 때쯤 유럽에 처음 어떤 일로 가게 되었는지 여쭤보았다. 미소 띤 표정이 참 여유로워 보였다. 공부하러 가긴 했으나 공부를 한 적은 없단다. 국내에서 대학을 마친 후 부모의 권유로 나갔는데, 공부에 뜻이 없어 학업을 미루면서도 언젠가는 하게 될 거라고 자신을 믿었지만 오랜 시간이 흘렀고 결국 허송세월한 거라 했다. 하지만 지금은 행복하고, 많은 시간이 걸렸지만 '돌고 돌아' 제자리로 돌아온 느낌이란다. 괜한 질문 하나 더 했더니, 짐작대로 여태 미혼이었다.

삶은 참으로 다양하게 전개되고 그 끝을 예견하기 어렵다. 중년은 문득문득 허전하고 쓸쓸하다. 부질없다는 느낌 앞에 스스로 묻곤 한다. 나는 '제자리'를 찾아 '좋은 삶'을 사는 걸까. 진정 원하는 삶이었나. 지나치게 돈, 돈하며 사는 것은 아닐까. 땀 흘리고 고생하며 애써 산에 올랐는데, 오르고 보니 정작 오르려고 했던 '그 산'이 아니라는 걸 알아버린 느낌. 하지만 이 세상에 자기가 원하던 삶을 사는 이가 과연 얼마나 될까, 그런 생각으로 위안 삼는다. 돈을 숭배하는 세상에 살면서 새로운 삶을 꿈꿀 때, 돈과의 관계 설정을 고민하지 않을 수 없다. 돈은 늘 삶을 쥐락펴락하는 존재이니까. 우리는 더 많은 돈을 가지고 싶어 하지만, 노골적으로 드러내지는 않는 경향이 있다. 어쨌든 현대사회를 살아가는 우리 삶의 기반이 '돈'이라는 점을 부정하기는 어렵다. 하지만 중년의 허전함을 채우기 위해서는 우리가 그동안 살아온 삶의 근원을 다시 살펴야 할 듯하다. 돈으로 직조된 세상의 그물에 갇혀있지는 않은지. 돈 이야기가 나왔으니 카피라이터 정철의 『사람 사전』에는 어떻게 풀이했는지 살펴보면 이렇다. "돈, 땀이 번다. 꿈에 쓴다." 돈의 과거는 땀이어야 하고, 돈의 미래는 '꿈'이어야 한다고 강조하고 있다. 또 하나. 중년의 삶, 그 쓸쓸함의 이면에 혹시 다른 누군가를 위해 살아가는 것은 아닌지 돌아볼 필요가 있다. 매우 헌신적으로 보이긴 하나, 누군가를 위한 삶은 그 누군가를 위한 것도 아니고, 자신을 위한 일은 더더욱 아니다. 누구도 대신할 수 없는 자신의

'온전한' 삶을 살아야 한다. 타고난 '재능'을 발견하고 '열정'을 쏟으며 소중하게 생각하는 '가치'를 실현하는 그런 삶 말이다. 이렇게 쓰고 보니 매우 교과서적인 내용이 되었지만, 각자의 삶에서 잊힌 꿈을 이참에 소환하고 싶었던 거다.

『혼자 사는 즐거움』의 저자 사라 밴 브레스낙*Sarah Ban Breathnack*은 '제대로 산다는 것'의 의미를 이렇게 말한다. "당신 자신의 내면에서 들려오는 목소리에 귀 기울이는 삶이다. 당신 영혼의 속삭임을 따라가는 삶이다." 영혼의 부름에 답하는 삶을 살라고 한다. 인권운동가로 존경받는 삶을 살았던 엘리너 루즈벨트도 같은 이야기를 했다. "누구나 부름에 응답하는 삶을 살아야 한다. 즉 당신이 할 수 없다고 생각한 일에 도전하는 것, 그것이 당신 삶의 부름에 응답하는 것이다." 중년에 일어나는 삶의 변혁은 대체로 이 지점에서 시작된다.

우리 대부분은 복잡한 관계 속에서 과중한 업무를 안고 살지만, 중년에 유독 빛나는 사람들이 있다. 앞서 소개한 바와 같이 원하는 일, 좋아하는 일을 하는 사람들이다. 흔들림 없이 자기 삶의 완성을 향해 가는 이들이다. 중년 이후의 삶은 철저히 혼자 떠나는 여행이라 하지 않던가. 하지만 대다수 중년이 이 문제 앞에서 길을 잃는다. 진정 길을 찾고자 한다면 길을 잃어야 할지도 모르겠다. 길을 잃게 되면 모든 감각을 열어놓고 자신의 내면에 귀 기울이며 마음이 가리키는 곳을 살필 테니까 말이다. 이를 도와줄 수 있는 인공지능이나 프로그램을 개발할 수 있다면 대박을 터트릴 것이지만, 그렇게 단순한 일은 아닐 것이다. 어떤 일이 우리를 행복하게 하거나 불행하게 하는 근원에는 그 일 자체에 있는 것이 아닌 때도 있다. 영감을 불러올 수 있는 환경을 먼저 조성하고, 삶을 변화시킬 수 있는 방법론을 동원해야 원하는 삶에 한 걸음 다가가지 않을까.

노년에 관한 공부를 하면서 은퇴 후 가장 바람직한 삶은, 진정 자신이 원하는 것을 찾아 이를 실현해가는 삶이라고 생각했다. 지금도 그 생각에는 변함이 없다. 다만 달라진 점은 진정 원하는 것을 찾아가는 방법이다. 그동안은, 하고 싶었으나 하지 못했던 일이나 취미를 찾는 것에 방점을 두었다면 지금은 생각이 좀 달라졌다. 살아온 삶의 궤적이 있는데 그 궤적에 머물면서 과연 다른 궤도에 있는 것을 찾아 접목할 수 있을까 하는 의문을 갖게 되었다. 인생 어느 지점엔 열차를 갈아타야 할 순간이 온다. 내륙으로 향하는 열차를 타고 있으면서 바다를 볼 수는 없을 테니까 근본적인 삶의 진로를 바꿔야 한다. 삶이라는 밥상에 색다른 반찬 하나 추가한다고 해서 건강밥상이 되는 것은 아니다. 밥상을 통째로 바꿀 수 있는 용기와 전향轉向이 필요하다. 영감을 불러올 수 있는 산책이나 명상 등을 통해 삶의 궤도를 갈아탈 수 있는 환경을 만들어가는 과감한 선택이 필요하다. 그 과정에서 종종 머뭇거리고 무기력해지기도 하겠지만, '성장통'쯤으로 여겨야 한다. 그렇다 쳐도 그 길을 안내할 수 있는 내비게이터는 따로 없다. 혼자 걸으며 내면의 자아와 대화를 시도하고 떠오르는 영감을 기록하는 일부터 시작해볼 일이다.

혼자 걷고 지내며 내면의 자아와 대화하기

젊었을 때는 삶은 곧게 뻗은 길이라 여겼다. 열심히 공부하고 좋은 직장 찾아 들어가 성실하게 일하면, 은퇴 후 꿈에 그리던 삶이 펼쳐질 줄 알았다. 그러나 안타깝게도 어떻게 살아야 하는지 '길'을 잃었다. 과거에 대한 회한悔恨과 미래에 대한 불안에 짓눌렸다. 바쁘다는 이유로 수십 년 동안 내면의 자아를 보살피지 못하고 살았다. 굳이 기억을 더듬어보면 청년 시절의 탐색을 마지막으로 더는 떠오르는 것이 없다. 혼자 있으면서 침묵할 때 우리는 자신과 마주할 수 있고, 내면의 목소리를 들을 수 있다. 중년에 들어 명상하는 이들이 느는 이유다. 침묵은 자신이 처해 있는 상황이, 혹은 관계 맺고 있는 사람들이 나에게 가르쳐 주려는 게 무엇인지 생각할 수 있는 공간과 여유를 만들어 준다. 사실 침묵보다 혼자 있는 일이 어색하고 견디기 어렵다. 혼자 지낼 수 있는 능력을 되찾을 때가 왔다. 혼자서 보내는 시간을 즐기려면 우선 혼자 있는 시간에 익숙해져야 한다. 멍하니 지내기가 쉽지 않으니 많은 이들이 걷는다. 나 홀로 걷는 것은 내면의 자아와 대화할 기회이고, 그 자체로 명상이 된다. 걷는 것은 어떤 목적지에 이르기 위해서가 아니라, 자신을 변화시켜 새로운 삶을 살기 위해서이다. 산책 몇 번 하는 것은 누구나 할 수 있는 일이나 진정한 자아를 직면하는 일은 절대 쉽지 않다. 인내심을 가지고 부단히 지속할 때 어느 순간 내면의 자아가 드러나 자신을 똑바로 볼 기회가 찾아온다. 이렇게 혼자 거니는 것이 성장의 시간이라는 느낌이 오기 시작하면, 혼자 카페도 찾고 새벽시장이나 중고책방 등을 두루 다니며 진정한 자아와 대화하는 경험을 확장할 수 있다. 오래 걸으면 진정 다른 인생을 만날 수 있다고 조언하는 사람들이 점점 많아졌다. 그런 이유에선가 전국 어디에나 걷기 좋은 길들이 만들어지고 있다.

어쩔 수 없이 강요된 상황에서 혼자 있는 것은 도움이 되지 않는다.

갈 곳이나 만나야 할 사람이 있음에도 자발적으로 혼자 갖는 시간이어야 한다. 혼자 있더라도 처리해야 할 일의 스케줄을 갖는다면, 자신에게 다가갈 수가 없다. 이 부분이 참 어렵다. 너무나 바쁜 삶을 살아온 탓일까. 어느새 머릿속을 가득 채우는 일상을 떨치느라 다시 바빠지곤 한다. 그런데도 짧게라도 텅 비워진 시간을 주기적으로 보내다 보면, 잠재되어 있던 열정과 갈망이 표면으로 올라오는 것을 자각할 수 있다. 인내심을 가진다면 내면의 북소리에 맞춰 상상력을 키우고 영혼을 보살피는 방법을 발견할 기회가 생긴다. 그동안 하지 못했던 상상력을 발휘하기 시작했다면 매우 희망적이다. 당장 갖추면 좋겠다 싶은 솜씨, 다른 사람들에게는 비밀로 하고 해보고 싶은 엉뚱한 활동, 직접 시도하기는 망설여지지만 흥미로운 생각이 드는 과감한 활동, 휴가를 준다면 가고 싶은 곳 등등 이러한 수많은 상상 속에는 가능성과 실험이 선택을 기다리고 있다. 그동안의 삶에서 익힌 이성으로 이러한 상상력을 억누르지만 않는다면, 혼자서 즐기는 활동은 천부적인 재능을 깨달을 기회를 부여한다. 무기력해지고 수동적인 삶에 '능동'이라는 씨앗을 심는 일이다. 상상력과 호기심은 역시 신의 선물임이 틀림없다.

떠오르는 단상斷想 기록하기

대부분 전문가가 공통으로 하는 제안 중의 하나가 떠오르는 영감을 놓치지 말고 기록하라는 것이다. 자기만의 수첩을 마련해서 늘 가지고 다니면서 문득 뭔가 떠오른다 싶으면 그 내용을 빠짐없이 적으라 한다. 이는 생겼다 사라지는 자신의 모든 욕망을 적어보는 것이고, 내면의 자아와 대화를 하는 것이다. 이러한 기록들 사이사이로 어느 순간 자신이 서서히 드러나는 것을 보게 된다. 창작하는 사람들은 흔히 이런 식으로 삶에 대한 단상을 메모하려 애쓴다. 그 메모나 낙서들이 모이고 쌓여 위대한 작품으로 탈바꿈한다. 수첩의 메모는 자신과의 약속으로 활용할 수도 있고, 원하는 삶을 찾아가는 이정표로 삼을 수도 있다. 기록하는 것은 하루하루의 발자국이 모여 길이 되고, 어디에 머물고 있는지 어디로 향하는지를 여실히 보여준다. 글이 삶에 미치는 의미나 영향은 결코 적지 않다.

진정 자신이 좋아하고 사랑하는 게 무엇인지를 파악하고 있다면 삶이 얼마나 명쾌해질까. 하지만 영혼을 깨우고 창조성을 키울 그 무엇을 찾는 일은 참으로 어렵다. 제법 알려진 방법 중에 그림이 들어간 '발견일지'를 만들어 보는 것이 있다. 마음 가는 대로 아름다운 이미지를 모으는 활동을 통해 상상력을 키우고 진정한 자신을 발견하는 것인데 이렇게 시작한다. 좋아하는 잡지를 보면서 마음에 드는 이미지가 있으면 오려내 스케치북 여기저기에 자유롭게 붙인다. 특정한 방식으로 그림을 배열하지 않고, 만들고 있는 콜라주가 서서히 완성되게끔 자연스럽게 내버려 둔다. 자신이 좋아하는 것을 즐겁게 찾을 수 있는 과정에 초점을 둔 것으로 아주 어두운 미지의 영역, 즉 자신의 내면세계로 들어가려 할 때 탐험가의 기록일지와 같은 역할을 한다. 얼마 지나지 않아 콜라주는 당신의 마음이 가고 싶은 방향을 제시해 줄 것이고 자연스럽게 스토리가 만들어진다. 눈에 들어오는 시각 이미지는 그 자체로 이미 많은 정보를 담고 있어 연상작용을 일으키면서 창의력이 활성화되고 통찰력이 생겨난다. 이는 새로운 영역을 탐색하거나 창의력 계발을 위한 프로그램으로 자주 활용되는 방법이다. 이 콜라주를 보관하면서 자주 들여다보는 과정을 통해 진정 좋아하는 것들이 구체화하고 그 모습이 드러난다.

이노우에 가즈코는 그의 책 『50부터는 물건은 뺄셈 마음은 덧셈』이라는 책에서 '일정표'를 활용하는 효과적인 방법을 제안하고 있다. 은퇴 후 공식적인 일정이 없더라도 의도적으로 일정표를 짜고 관리하기를 권한다. 원하는 것을 찾고 좀 더 풍성한 일상을 보내는 데 필요한 것이 바로 일정 관리이기 때문이다. 방법은 간단하다. 하루를 세 칸으로 나눠서 첫 번째 칸에는 가족 생일이나 기념일, 행사, 약속 등 매월 정해진 일정을 적는다. 가운데 칸은 제일 넓게 만들어 일단 비워둔다. 세 번째 칸에는 그날 구입해야 할 물품이나 쇼핑 목록 등 소소한 정보를 적는다. 문제는 '가운데 칸'인데, 무엇으로 채우느냐에 따라 일상의 품질이 결정된다. 주로 '해야 하는 일'보다 '하고 싶은 일'을 적는데, 보통 일주일 단위의 계획을 미리 연필로 적은 다음, 하루하루 실제로 실천한 것이 있을 때만 그 위에 볼펜으로 겹쳐 적는다. 계획에는 없었지만 우연한 기회에 하게 된 것도 볼펜으로 적어 넣는다. 일주일이 지나면 하고자 했던 것과 실제로 실천했던 것이 얼마나 일치하는지 확인할 수 있다. 이렇게 일정을 관리하면서 '하고 싶은 일'을 찾아가고 그 비중을 늘려가라고 조언하고 있다. 우리 삶은 특별히 계획하고 결심하지 않으면 정말 중요한 일이 아니라 눈앞에 닥친 일 위주로 하게 된다.

진로선택이론을 통해 자신의 진로 탐색하기

평생 일을 하다가 은퇴에 직면한 사람들은 다시 일을 찾는 경우가 많다. 그동안의 경험을 활용하는 것도 좋지만, 자신의 적성을 찾아 진정 좋아하고 원하던 것을 하면 얼마나 좋을까. 삶의 진로를 결정하는 일은 인생 어느 시기에서나 어려운 일이다. 진로선택이론을 가지고 이 문제를 풀어가 보자. '직업 역할'이 삶에서 갖게 되는 유일한 역할은 아니며, 따라서 다른 역할과 직업 역할을 서로 동떨어진 것으로 여겨서는 안 된다. 진로는 오랜 시간에 걸쳐 발전하며 그 경로는 선형적인 것이 아니다. 우리나라도 평생 갖게 되는 직업의 수가 빠른 속도로 늘어나고 있다. 직업 심리학자 존 홀랜드*John Holland*는 사람들은 개인의 태도, 능력 그리고 가치에 의해 정의되는 직업 흥미와 잘 맞는 직업 환경을 추구한다고 주장했다. RIASEC로 표현되는 6가지 유형과 함께 그 특성, 선호되는 직업 환경을 제시했고 널리 활용되고 있다. 이 방법은 다양한 질문지와 답변에 주어지는 점수를 가지고 수행하는 방법이지만, 여기에서는 6가지 유형 중 자신과 가장 가깝다고 생각되는 유형 2~3개 정도를 찾아보는 정도에 만족해야겠다. 만약 사회형(S), 탐구형(I), 예술형(A)이 선정되었다면, 그 범주에서 진로를 향해 나아가는 것을 도울 것이다. 사회에 진출하면서 제대로 경험하지 못한 것이라면, 새롭게 출발하는 중년의 시기에 해보는 것도 의미가 있으리라 생각된다.

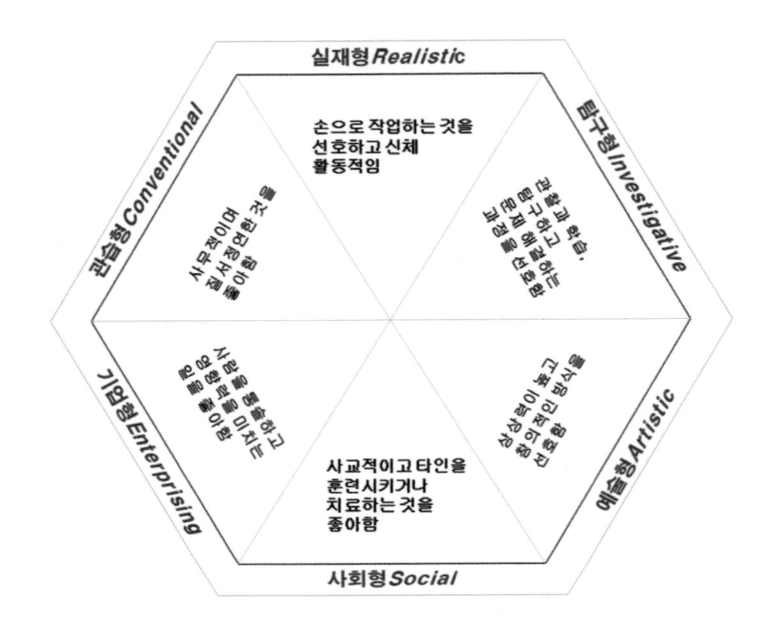

그림에서 나타난 것처럼 서로 반대되는 유형을 비교하면서 보면 이해하기가 쉽다. '실재형*Realistic*'은 기계적이고 신체 활동적이다. 운동을 좋아하는 사람들로 무언가를 만들고 수리하기 위해 기계로, 혹은 손으로 작업하기를 선호한다. 안정적이고 솔직하며 실용적이고 효능을 중시한다. 반면, 교육적이거나 치료적인 활동, 자기표현, 사람들과 일하는 것 그리고 새로운 아이디어 내는 것은 그다지 좋아하지 않는다. 실재형과 반대되는 유형으로 '사회형*Social*'은, 다른 사람들에게 친절하고 도움을 주고 훈련하고 안내하고 그들을 발전시키거나 치료하는 것을 좋아한다. 이해심이 많고 사교적·협조적이며 재치 있고 도덕적이다. 기계적인 것과 신체적인 운동은 좋아하지 않는다. '탐구형*Investigative*'은 추상적인 문제 해결자들로, 흔히 과학 관련 분야에서 관찰하고 학습하고 탐구하고, 그리고 문제를 해결해가는 것을 선호한

다. 분석적이고 독립적이며 호기심이 많고 정확한 것을 추구한다. 반면에 반복적인 활동이나 사람들과 함께 일하는 것은 좋아하지 않는다. 탐구형과 반대되는 것은 '기업형*Enterprising*'이다. 이들은 사람들에게 영향력을 미치는 일을 하는 것을 선호하면서 그들을 통솔하고 경영하는 것을 좋아한다. 지배적이고 열정적이며 야심과 설득력을 가지고 있지만, 정확성을 요구하거나 체계적인 활동 그리고 집중을 요하는 지적인 작업을 좋아하지 않는 경향이 있다. '예술형*Artistic*'은 아이디어 창조자들로 상상력이 높고 혁신적이며 창의적인 방식으로 일하는 것을 선호한다. 이들은 이상적이고 독창적이며 직관에 따른 많은 표현을 한다. 반면, 구조화된 상황, 규칙, 신체적 작업은 좋아하지 않는 경향이 있다. 예술형의 반대 유형으로 '관습형*Conventional*'은 사무적이며 빈틈이 없는 사람들로 숫자 등 정교한 방식으로 일하는 것을 선호한다. 질서정연하고 방어적이며 양심적이다. 이들은 모호하거나 구조화되지 않고 체계화되지 않은 활동은 좋아하지 않는다.

진로 선택에 있어 그동안 주요한 역할을 하는 보편적 요인 중 하나는 '성별'이다. 남성과 여성의 전형적인 일이 존재하고 있지만, 많이 희석되고 있다. 앞서 소개한 바느질 하는 남자는 은퇴 후 새로운 삶에서 성 고정관념을 뛰어넘은 의미 있는 사례다. 성 고정관념이 내재화되는 정도는 성장 과정과 양육환경에서 많은 영향을 받는 것으로 알려져 있다. 성별과 함께 영향을 미치는 요인으로 가족을 들 수 있다. 가족은 교육적 성취에 많은 영향력을 발휘하지만 일을 선택함에서도 부모의 양육방식이나 기대 등이 많은 영향을 미친다. 강조하고 싶은 것으로 마지막 요인은 유전자의 영향이다. 타고난 다양한 인지적 장점과 신체적 능력들은 결국 이와 유사한 특성을 가진 일을 가지게 한다. 연예인이나 장인들의 가계도를 보면 유사한 직업에 종사하는 사람들을 세대 안에서 찾는 것은 크게 어렵지 않다. 연령과 관련해서도 전문성과는 별개로 일하는 일반적 능력은 다소 떨어질 수 있으나, 직무 전문성으로 보완할 수 있고 나이가 들수록 태도나 만족도는 높아지는 것으로 알려져 있다. 주된 일터에서 은퇴한 후에 갖게 되는 일이나 활동은 굳이 나이나 성별 등을 따질 것이 아니라, 마음이 가리키는 대로 하는 것이 좋지 않을까. 이제 그 마음을 찾아가도록 안내하는 소명 카드 활용법을 알아보자.

소명 카드*calling card* 활용법

오프라 윈프리는 소명을 이렇게 이야기했다. "나는 우리가 모두 목적을 갖고 태어난다고 믿어요. 우리가 누구든, 무슨 일을 하든, 혹은 얼마나 먼 길을 가야 하든, 우리는 우리보다 더 큰 힘으로 선임됐어요. 신이 주신 소명으로 발을 내디딜 수 있도록 말이에요. 우리는 저마다 인류에게 꼭 필요한 역할을 담당합니다." 내면의 부름, 소명은 우리가 태어나면서 이미 운명지어진 고유의 목적과 재능을 의미한다. 이러한 목적과 재능이 제대로 발휘될 때 우리의 삶은 풍요로워질 것이다. 내면의 부름을 어떻게 알아차릴 수 있는가? 살아 있는 한 내면의 소리는 영원히 멈추지 않지만, 현실을 마주하고 있는 상황에서는 갈등과 외면으로 가려져 있을 뿐이다.

진정 원하는 삶을 찾아가는 것과 관련해서, 리처드 J. 라이더와 데이비드 A. 샤피로가 그들의 책, 『마음이 가리키는 곳으로 가라』에서 제안한 것을 소개한다. 자신이 정말 무엇을 원하는지 모르거나 왠지 남의 인생을 사는 것 같은 느낌이 든다면 이 이야기에 귀를 기울일 필요가 있다. 내면의 소리에 귀 기울이고 그 부름에 따라가는 길을 안내하고 있다. 그들은 내면의 부름을 '소명*calling*'이라고 하면서, 우주에서 유일한 존재인 '나'의 재능을 발휘하라는 '근본적인 욕망'으로 표현했다. 소명을 찾아가는 여행은 어느 날 갑자기 내면의 목소리를 듣는가 하면, 환영幻影이나 꿈의 현시顯示, 혹은 죽음의 고비를 넘기거나 아니면 사색의 힘 등 제각각의 매우 극적인 방법이 요구되는 것이지만, 일상에서 벗어나 자기만의 시간과 공간을 만들 것을 제안하고 있다. 앞에서 소개한 것처럼 혼자 걷고 일상에서 떠오르는 단상을 기록하라는 제안도 같은 맥락을 갖고 있다. 재능, 열정, 가치라는 소명 카드를 형성하는 세 가지 본질을 찬찬히 들여다보면 그 안에서 이정표를 발견해갈 수 있다. 좋은 직장, 일, 삶에서의 중요한 선택이 모두 이 세 가지 요소와 긴밀히 연관되어 있다. 자신의 소명을 찾아가는데 이정표 역할을 할 수 있도록 그들이 고안한 '소명 카드*calling card*'는, 6개 카테고리와 52개 항목으로 구성되어 있는데 그 항목과 활용법은 이렇다.

〈소명카드 리스트〉

현실적	전통적	분석적
·건물을 짓는다	·숫자를 계산한다	·사고가 깊다
·고장 난 것을 고친다	·올곧게 일한다	·정보를 분석한다
·키우는 것을 좋아한다	·일을 관리한다	·근원을 찾는다
·일을 원활하게 한다	·사람들을 조직한다	·늘 질문거리가 있다
·분위기를 형성한다	·일을 진행시킨다	·문제 핵심에 다가간다
·문제를 해결한다	·얽힌 문제를 푼다	·사람들을 연결시킨다
		·화합을 이끌어낸다
		·조사를 한다
		·외국어를 번역한다

진취적	사회적	예술적
·잠재력을 발굴한다	·영혼을 일깨운다	·웃음을 창조한다
·사람들에게 힘을 준다	·사람들에게 기쁨을 준다	·관행을 깬다
·방법을 연구한다	·관계를 만든다	·새로운 것을 창조한다
·거래를 한다	·이야기를 이끌어나간다	·음악을 작곡한다
·조직을 관리한다	·신뢰를 쌓는다	·주변을 디자인한다
·첫발을 내딛는다	·변화를 유도한다	·우주산업에 종사한다
·사람들을 설득한다	·다양한 일에 참여한다	·이벤트를 진행한다
·무형재화를 판매한다	·주위 사람을 돌본다	·가능성을 찾는다
·과감히 일을 시작한다	·상처를 치유한다	·큰 그림을 본다
	·장애 극복을 돕는다	·글을 쓴다
	·사람들을 가르친다	
	·논쟁을 해결한다	

먼저 52개 리스트를 꼼꼼히 훑어보고 본인에게 해당하는 정도에 따라 1,2,3 숫자로 구분하여 분류한다. 이때 그룹 1은 '자신의 재능이

나 소질과 어울리는 것', 그룹 2는 '어울리는지 아닌지 확신할 수 없는 것', 그룹 3은 '전혀 어울리지 않는 것'으로 구분한다. 다음은 '1'로 표기된 것 중에서 자신의 재능이나 소질과 가장 어울리는 것 '베스트 5'를 고른다. '베스트 5'는 당신이 천성적으로 좋아하는 일을 가장 적합하게 표현한 것들이다. '베스트 5'를 다시 살펴 '넘버 원'을 고른다. 다른 방법도 있다. 52개의 항목을 두 개씩 짝지은 뒤 자신의 소명에 어울리는 것을 하나씩 가려내는 것이다. 실제 카드로 만들어 활용하면 편리하다. 다른 사람의 도움을 받아 상대방이 두 개의 소명을 제시하면 3초를 넘기지 말고 선택하는 것이 좋다. 이렇게 해서 끝까지 살아남은 카드가 '소명 카드'가 되는 것이다. '넘버 원' 카드가 자신의 소명과 딱 맞아떨어지지 않을 때는 그 표현을 바꾸고 다듬을 수 있다. 이렇게 해서 그 소명으로 할 수 있는 일들을 찾아가는 방법이다. 필자의 경우 접착식 메모지로 소명 카드를 만들어 적용해본 결과, 수긍할 만한 소명을 발견할 수 있었고 다만, '베스트 1'을 선택하기는 쉽지 않았다. 그래서 사회적인 것과 예술적인 소명 카드 중 '베스트 3'를 선정하고 그에 맞는 일과 활동을 찾아가고 있다.

중년에 다시 생각하는 삶의 지향

나이 먹는 것과 지혜가 느는 것 간의 관계는 전 세계 모든 문화권에서 전통으로 이어져 왔다. 모든 경험의 궁극적인 결과는 경험 그 자체가 아니라, 주로 우리가 부여한 의미에 의해 결정된다. 경험 자체보다 경험에 부여하는 의미가 중요하다는 말이다. '의미 추구'는 인류 공통의 기본적인 특성이고, 성인 삶의 중심 주제다. 유명한 정신과 의

사 빅토르 플랭클*Viktor Frankl*은 의미에 대한 의지가 기본적인 인간의 동기라고 주장했다. 대부분 문화는 연령이 증가함에 따라 영성과 지식이 늘어난다고 믿고 있다. 정신분석가 칼 융*Carl Jung*은 성인 초기는 관계를 맺고 가족을 만들고 직업에 좀 더 집중하여 외부로 향하는 시간이라고 했다. 그러나 중년기에는 성인들이 죽음에 대해 인식하면서 내부로 방향을 돌리고 자아의 인식을 확대하기 위해 노력하는데, 삶의 후반부에 내부로 향하는 초점에 의해 삶의 균형을 이루고 자기실현의 과정을 완성한다고 했다. 종교와 영성의 추구에 있어 65세 이상 노인의 종교예배 참석률은 젊은 성인들보다 높게 나타나고 성별로는 여성의 참여율이 더 높게 나타난다. 중년 이후 삶을 완성해가는 과정에서 의미 추구는 삶의 주제가 되기에 충분하고 살아야 할 이유가 된다. 단순한 '오락거리'를 찾는 것으로는 진정한 행복이나 원하는 지점에 이를 수 없다. 지금 맞이한 시간이 진정 원하는 삶을 살 수 있는 '유일한' 시기다. 중년 이후의 삶은 더욱 '개별적'이고, 그래서 더 늦기 전에 후회하지 않을 삶을 위한 탐색은 중요한 의미가 있다.

첫째, 과거로의 여행을 통해 지나온 삶을 '회고'하는 것이다. 삶의 후반부는 희망과 절망이 교차하는 내적 긴장의 시기다. 과거를 회고한다는 것은 자신과의 관계 맺기다. 지금 해야 할 일은, 지난날을 더듬어 가장 행복했던 순간이 언제였는지, 무엇 때문에 기뻐했는지 추적해보는 방법이다. 오래된 사진, 편지, 상장, 졸업앨범, 결혼기념 선물 등을 보면서 과거로 여행하는 것이다. 기억은 때로 과장되기도 하고 왜곡되어 있다. 기억하는 방식이나 내용, 그 이유는 자신의 특성이기도 하다. 일과 사랑의 삶을 점검하면서 유년기로 돌아가고 학창시절을 거슬러 올라가야 한다. 방해받지 않고 혼자만의 여유로운 시간을 가지고 하나하나 탐색해야 한다. 화두를 들고 산책도 하고 음악도 듣고 스케치북에 그림도 그려볼 필요가 있다. 어릴 적 겪었던 조그마한 사건 사고도 놓치지 말고, 수치심과 열등감에 시달렸던 순간도 기억해내야 한다. 반대로 희열과 승리의 순간도 놓치지 말아야 한다. 과거로 여행하면서 떠오르는 것들을 메모하고 거기서 실마리를 찾아야 한다. 이러한 과정에서 묘하게 다가오는 것들에 주목하면 된다. 거창한 것이 아니어도 괜찮다. 좋아하는 것은 아니어도 상처받았던 과거의 삶을 치유하는 의미가 있으면 이 역시 괜찮다.

둘째, 특별한 공간을 만들어 일정한 시간을 정해 그곳에 홀로 있어 보는 방법이다. 나만의 아지트를 갖고자 하는 것은 본능적이다. 공간 마련이 어려우면 탁자와 의자 하나만으로도 괜찮다. 내면을 찾아가는 여행에 집중할 수 있는 공간이면 된다. 자기 혼자만의 공간은 창조성을 키운다. 소박하게라도 이러한 공간을 만들면 지금껏 생각지 못한 변화의 에너지를 느낄 것이다. 여러 가지 일이나 활동에서 진정 만족하는 삶을 살면서 의미 있는 성과를 낸 사람들의 비결은 물리적인 공간이 아니더라도 여러 개의 방을 가지고 있었다. 인도의 속담에 따르면, 모든 사람은 육체, 정신, 감정, 영혼이라는 네 개의 방을 갖고 있다고 한다. 인생을 풍요롭게 살아가려면 한 방에서만 머물지 말고 날마다 네 개의 방에 규칙적으로 들어가라는 조언은 새길만 하다.

셋째, 시간적인 여백, 자신만의 '텅 빈 날'을 정해 지켜가는 것이다. 세상을 만든 전지전능한 조물주도 일곱 번째 날에는 '안식'을 취한다. 오늘날 많은 사람은 마음 놓고 편안한 휴식을 취할 시간이 절대 부족하다. 현대인들의 주요 사망원인 중의 하나가 과로와 심장마비다. 자만은 굴욕을 데리고 다니는 법이라 했다. 휴식을 소홀히 한다는 것은 사실 몹시 자만한 삶을 사는 것이다. 인생의 오후에 들어선 중년이라면 휴식 또한 중요한 과업으로 받아들여야 한다. 어떠한 스케줄도 가지지 않고 텅 빈 시간에 철저히 혼자 있기를 권한다. 휴식, 소생, 회복, 위안으로 자신을 돌보는 시간이 되어야 한다. 또한, 지금의 존재와 누리는 시간에 감사함을 떠올리는 날이면 좋겠다. 마음을 가꾸는 것만큼이나 몸에 대한 예의도 갖출 수 있어야 한다. 몸은 마음의 입구다. 자신조차 돌보지 않는 몸에서는 어떤 신호도 감지되지 않는다. 몸이 무거운데 마음 가벼운 사람은 없지 않겠는가. 심하게 아파 병상에서 장기간 지내본 사람은 안다. 어려운 일이 있을수록, 지치고 힘든 일상일수록 몸이 보내오는 신호에 적극적으로 화답해야 한다. 너무 늦기 전에 몸과 마음을 돌볼 수 있는 계기를 가졌다면 이는 분명 행운이다. 그래서 휴식은 자신에게 줄 수 있는 가장 값진 선물이다. 만일 시간이 충분하지 않다고 생각한다면 기본적으로 할 수 있는 것은 두 가지다. 시간을 좀 더 확보하기 위해 수입을 늘리는 것이고, 더 많은 시간을 갖기 위해 생활을 단순화하는 것이다. 중년이라면 후자 쪽을 선택하는 것이 바람직하지 않을까.

넷째, 칼 로저스는 바람직한 삶이란 어떤 상태가 아니라 과정이며, 목적이 아니라 방향이라고 했다. 앞에서 원하는 삶의 중요한 지향을 탐색하는 여러 가지 방법을 소개했지만, 이렇게 간단하게 해볼 수도 있겠다. 사람은 누구나 머릿속에 어렴풋이 그리는 '원하는 삶'이 있다. 중요하게 생각하는 가치와 지향을 차근차근 살피는 것으로 예를 들면, '간소하고 소박한 삶', '겸손과 절제를 중시하는 삶', '언행의 일관성을 지키는 삶', '증오와 분노·탐욕을 줄이는 삶', '자연과 더불어 사는 삶', '사람들과 소통하며 가치를 나누는 삶', '육신의 건강을 지키는 삶', '우주적인 힘에 대한 이해를 넓히는 삶', '영적인 성장을 도모하는 삶' 등등. 이렇게 메모해가면서 자신을 알아가는 것이다. 그러면 그 너머의 가야 할 길이 보이지 않겠는가. 사람들 곁으로 가야 할지 아니면 산속으로 들어가야 할지. 너무 사소해서 땀 흘릴 만한 가치가 없는 일이란 존재하지 않는다는 믿음을 가져야 한다.

다섯째, 중년의 마음가짐과 관련된 것이다. 이제는 무엇을 하든 선두에 서거나 일등을 하지 않아도 된다. 남을 이길 필요가 없고 열심히 손뼉을 치면 될 일이다. 자신의 최고의 모습이 되기 위해 노력하고 만족하면 그것으로 충분하다. 그동안 우리가 의식하든 못하든 간에, 세상은 자신이 아니라 다른 사람이 되라고 끊임없이 강요해왔다. 다른 사람이 되어 자신에게 냉정한 평가를 내리는 삶을 지속하면, 우리가 인생에서 얻을 수 있는 즐거움은 없다. 우리는 누구나 자기 이야기의 주인공이다. 중년 이후의 삶은 스스로 '열매'가 되고 '작품'이 되는 것이다. 세계적 패션 디자이너 코코 샤넬은 이렇게 말했다. "자기 자신이 되기로 하면 신께서 그에 걸맞은 달란트를 반드시 선물한다." 은퇴해서까지 남들이 뭘 하는지 기웃거리는 모습은 아름답지 못하다. 어렸을 때 우리는 자유분방한 에너지로 놀고 배우고 다양한 아이디어를 생각해냈다. 우리 안에 모든 것이 깊숙이 묻혀 있을 가능성이 크다.

여섯째, 은퇴 후에 흔히 나타나는 패턴을 염두에 둘 필요가 있다. 누구나 멋진 계획을 세우고 실행할 것을 꿈꾼다. 하지만 채 실행도 하기 전에 건강문제라도 생기면 몸에 매달리느라 계획은 물거품이 되고 만다. TV 앞에 앉아 시간을 보낼 수밖에 없는 상황을 만든다. 우리 사회 은퇴자들의 여가생활에서 TV 시청이 가장 큰 비중을 차지하고 있다. TV 시청이 표면적으로 나타나는 부작용은 없어 보이나 차츰 수동적인 자세로 변하고 다른 활동에 흥미를 잃게 한다. '바보상자'라고 부르는 이유다. 그러면 뭐가 문제였을까. 물론 질병이 생기면 치료를 해서 회복해야 한다. 나이 들면서 자연스럽게 찾아오는 노화에 대해 사전에 충분히 이해하면서 계획을 세워야 할 것이고, 그에 맞게 실행해야 한다. 노년에 완벽해질 필요는 없다. TV 앞을 과감히 벗어나 숲길을 걷고 공터에 나무 한 그루라도 심어볼 일이다. 자연 친화적인 삶으로 돌아가면 분명 내면 깊은 곳에서 우러나오는 것이 있음을 느낄 것이다. 자연과 하나 될 때 무한한 자신의 세계를 만나게 된다. 자연과의 유대감을 느낄 때 사람은 온전해진다. 우리는 자연에서 왔고 자연으로 돌아가게 된다. 생로병사에 관한 큰 지혜는 자연에서 발견된다.

마지막으로, 자신이 좋아하는 것이 무엇인지조차 모르겠다며 좀처럼 첫발조차 내딛지 못하는 사람들이 있다. 막연히 무언가를 찾아야 한다는 생각만으로는 우리를 실제 행동으로 이끌지 못한다. 틀에 박힌 일상에서 벗어나기 위해 삶을 흔들어도 보고, 허용되는 범위 내에서 규범을 일탈해보기도 하자. 아주 작은 것이라도 계기가 만들어지고 동기가 생겨난다면, 과감히 발품을 팔아야 한다. 요즘은 사는 동네 곳곳에 무료나 아주 저렴한 비용으로 참여할 수 있는 다양한 취미활동이나 강의를 제공하는 곳이 많아졌다. 새로운 탐색에 대한 두려움을 일컫는 말로 '제테오포비아*zeteophobia*'라는 말이 있다. 삶과 일에 관한 결정이 너무나 중대해서 갖는 불안 심리나 두려움을 말한다. 뭐든 시작하면 길은 열린다. 모르는 것이라 하더라도 일단 경험을 하고 나면 그 너머 새로운 것이 보인다. 시작이 반인 셈이다. 삶과 죽음에 대한 인간의 태도를 연구한 엘리자베스 퀴블러 로스*Elizabeth Kubler-Ross*는 사람들이 자신의 삶을 되돌아볼 때, 그것이 의미가 있는지 없는지를 알기 위해 세 가지 질문을 떠올린다고 한다. 첫째, 살면서 사랑을 주고받았는가? 둘째, 살면서 할 수 있는 모든 것을 했는가? 셋째, 살면서 이곳을 조금이나마 더 살기 좋은 곳으로 만들었는가? 인간이 두려워하는 것은 죽음 그 자체가 아니라, '무의미한 삶'을 살았다는 뼈아픈 자각이라고 했다. 그래서 우리는 지금 중년의 삶을 살펴야 한다.

|에필로그|

바로 지금이 삶을 새롭게 시작할 때

삶은 언제나 과거와 미래라는 시제를 포함한다. 노년을 어떻게 경험하는가는 젊었을 때 어떻게 살았는가와 밀접하게 관련되어 있다. 노년을 맞이하기엔 너무나 많은 시간이 남았다고 생각할 일이 아니다. 살펴보건대, 은퇴 생활이나 노년이 멋진 사람들은 대부분 젊은 시절부터 은퇴나 노년을 염두에 두고 살았던 사람들이다. 인생 전반기에 돈이나 직장에서의 성공, 명예나 권력에 집중했던 사람일수록 인생 후반기 적응이 쉽지 않아 보인다. 그 반대의 경우도 그렇다. 인생의 전반기를 열정적으로 살아보지 않은 사람, 내면의 자신과 대면하기를 기피했던 사람, 삶의 갈등을 피했던 사람도 인생 후반기 여유를 갖기는 어려워 보인다. 내면적 가치를 등한시한 삶에 남는 것은 외면적 가치뿐이다. 이 외면적 가치를 내려놓을 수 없는 상황이 삶을 두렵게 하고 초라해져 자기과시로 이어진다. 자신의 진정한 모습과 직면할 때 자신을 더욱 사랑하고 자신에게 너그러울 수 있다. 인간의 삶이 지금처럼 계속 길어진다면 후반기 삶의 준비를 더욱 일찍 할 수 있도록 개별적인 노력과 함께 그것을 뒷받침할 수 있는 사회시스템을 갖춰야 하지 않을까.

회복하고 다시 시작할 수 있는 힘

삶은 오르막과 내리막이 있다. 고난과 역경에 처했을 때 이에 적응하면서 수용할 것은 수용하고 성장을 지속할 힘이 필요하다. 노년의 몸과 마음의 회복력에 관한 연구를 해온 에릭 B. 라슨*Eric. B. Larson*은 건강한 노화는 얼마나 많은 의료 서비스를 받느냐에 달린 것이 아니라, 오히려 변화하는 환경에 적응하는 능력을 개발하는 법 즉, 병이나 부상 혹은 손상처럼 인생에 차질이 되는 것들로부터 회복하는 능력에 달렸다고 했다. 이러한 '회복 탄력성*resilience*'를 가질 때 삶은 다시 영위되고 창조된다. 특히, 중년 이후의 삶에서 회복력을 갖는 것은 매우 중요하며, 그 동인動因이 되는 것이 바로 '삶의 목표'다. 은퇴 생활에 있어 가장 큰 실패는 아무것도 하지 않는 것이다. 아무런 시도 없이 시간을 낭비했다는 것은 죽음을 앞둔 상황에서 가장 후회하는 일 중의 하나로 손꼽히지 않을까. 라슨 박사의 조언처럼 본인의 삶을 스스로 주도할 수 있는 '능동성*pro-activity*'을 되찾고, 사회의 변화를 수용하고 적응해가는 '수용성*acceptance*'을 가져야 한다. 새로운 선택은 언제나 어렵고 용기가 필요하다. 포기는 선택의 다른 이름이기도 하다. 익숙한 뭔가를 포기해야 새로운 것으로 채울 수 있다. 은퇴한 사람들이 흔히 소일거리로 무엇을 한다거나 힐링, 휴식을 운운한다. 주로 뚜렷한 목표가 없을 때 하는 이야기다. 중년 이후의 삶의 위기는 다양하게 찾아온다. 실직하기도 하고 건강문제가 생기기도 한다. 이럴 때 오히려 새로운 삶을 찾을 기회로 생각하고 목표를 세워 도전, 반전을 도모해야 한다.

세계적 영성가 안젤름 그륀*Anselm Grün*신부는 노년의 기술로 '선별', '최적화', '균형'을 든다. 우선 선별의 과정을 거쳐 자신이 중요하다고 생각되는 것으로 관심을 좁힌다. 예를 들면, 연주자가 좋아하는 작품 몇 가지만으로 레퍼토리를 구성하는 것처럼 말이다. 그리고 선별된 것에 예전보다 더 많은 시간과 에너지를 집중적으로 투입하는 것이다. 이렇게 하면 기술적으로도 많은 발전을 이룰 수 있다. 이것이 최적화 과정이다. 마지막으로는 전체적으로 균형을 맞추어 보완해가는 것이다. 쇠락의 계절로만 여겨지는 노년에 대한 선입견을 뒤엎어야 한다. 목표의 수위를 낮추고 집중된 에너지로 그 목표를 달성하기 위해 자원을 집중하고 적합하게 균형을 맞추는 것이 노년의 전략이라는 것이다.

호기심과 감수성

호기심은 대상에 다가가는 힘이고 감수성은 그 대상으로부터 느끼고 받아들이는 능력이다. 이는 진정한 젊음의 상징이고 활력있는 삶을 보장한다. 내면의 젊음을 유지하는 것에 관심을 높이고 노력할 일이다. 어른 옷을 입는다고 어른 되는 것이 아닌 것처럼, 젊은이의 옷을 입는다고 젊어지는 것은 아니다. 동안童顔을 추구하고 미용 성형美容成形 만능의 시대를 살고 있지만, 젊음을 유지하는 비결은 오히려 늙어가는 것을 즐기면서 그 장점을 활용하는 데 있다. 무엇인가 증명해야 한다는 강박에 시달리지 않고 내면의 자유를 확장하면서 내적 젊음과 활기를 유지하는 것이 그것이다. 호기심과 감수성은 젊음의 징표다. 깨어있는 마음과 열린 태도, 작은 일에도 감동할 힘은 내적인 젊음에서 나오는 것들이다. 좋은 삶엔 늘 새로움을 발견하고 새로운 시작이 있다. 알버트 슈바이처는 이렇게 말했다. '일정한 햇수를 살았다고 해서 늙는 것이 아니다. 사람은 이상理想에 작별을 고할 때 늙는다. 살아온 햇수가 늘어나면 피부가 쭈글쭈글해지지만 감동하기를 포기하면 영혼이 쭈글쭈글해진다'고.

느림, 허용하고 열매 맺기

수년 전 회전문을 급히 이용하면서 적잖이 당황했던 경험이 있다. 마음은 회전문 안으로 용케 들어섰는데 몸이 제때 뒤따르지 못해 크게 부딪혔다. 남들은 축구를 즐기기도 하는 나이라 수치심이 느껴지기도 했지만, 하여튼, 그때 이후로 회전문 앞에서는 일단 정지한 후 마음과 몸의 타이밍을 먼저 살핀다. 오십 중반에 회전문으로부터 한 박자 느림을 삶의 곳곳에 허용하라는 충고를 받은 셈이다. 직접 물어보지 않아도 현대인이라면 재빠르고 바쁘게 살았다. 사회변화에 뒤처지지 않고 따라가기 위해 발버둥 치며 살았을 테다. 빠름은 젊음의 상징이다. 젊음에 빠르게 발맞출 것이 아니라, 느린 어린아이의 영혼을 되찾는 것이 낫다. 이젠 좀 느려도 괜찮다. 노년에겐 느림의 감각을 익히고 여유를 누릴 수 있는 특권이 있다.

노년은 결코 겨울이 아니다. 지혜로운 사람에게는 수확의 시간이다. 노년의 수확은 젊은 시절에 이룬 성과와는 다른 차원의 것이다. 진정한 존재로 거듭나는 것이고, '스스로 열매가 되는 것'이다. 무엇을 하느냐보다 어떻게 존재하느냐가 더 중요하다. 진정한 자유를 누릴 수 있어야 한다. 다른 사람의 요구와 평가에 휘둘리지 않는 마음의 평정이 그 출발점이지 않을까. 죽음을 자각할 수 있을 때 진정으로 사는 것이라는 칼 융의 말을 떠올리자. 죽음은 삶을 강하게 한다. 죽음에 대한 생각은 삶의 기술을 깨닫게 한다. 죽음은 삶의 존엄성을 부각시킨다. 사람은 늙어 죽는다는 사실을 아는 것으로부터 지혜가 싹튼다. 이처럼 중년은 우리에게 점점 더 내면을 향할 기회를 얻게 하고 더욱 성숙해질 것을 요구한다.

무엇을 위하여 어떻게 살 것인가?

노년학을 공부하면서 얻은 중요한 결론 중의 하나는 이것이다. 은퇴 생활이나 노년은 생각하고 결심하고 준비하기에 따라 인생의 가장 축복받은 시기이거나, 혹은 가장 불행한 시기일 수 있다는 것. 그래서 그 시기에 접어들기 전에 '무엇을 위하여 어떻게 살 것인가?' 스스로 질문하고 답할 수 있으면 그야말로 축복 그 자체라는 것이다. 나이 들어간다는 것은 자신의 진정한 모습을 대면해야 하는 도전이다. 정해진 좋은 삶이란 없다. 자기만의 지도를 가지고 살아가는 각자의 삶이 있을 뿐이다. 인생의 정점에서 삶을 마칠 수 있으면 얼마나 좋을까. 인생의 정점에서 삶을 마치는, 삶의 마지막 단계를 황금기로 만드는 것이 어느 순간 목표가 되었다. 그래서 이 책은 사실 나 자신과의 약속이기도 하고 염원이기도 하다.

삶은 광대한 우주에 점을 찍는 일이다. 삶은 운명과 순간순간 선택의 점을 찍고 그렇게 찍은 점들을 의미로 연결해가는, 점과 선으로 그려가는 그림이다. 누군가의 몸을 받아 태어나는 일부터 그렇다. 운명이라는 보이지 않는 힘으로 같은 근원의 점이 생기기도 하고, 또 다른 점들과 인연이라는 선으로 이어지면 그 조합을 우리는 '가족'이라고 부른다. 무엇을 배우는 학습 또한 그렇다. 지점 지점의 극히 일부 경험과 사실들에 점을 찍으며 배우고 익힌다. 경험과 받아들인 사실들에 찍은 점들을 연결 지으면 생각이 되고 그 생각은 살아가는 방향을 결정한다. 일을 하고 사랑을 찾는 모든 것들이 시간과 공간의 좌표에 점을 찍고 선으로 연결되는 것처럼 그렇게 우리 삶은 직조되어 간다. 이러한 점과 선들이 시간과 뒤섞여 어떤 그림의 형태를 갖출 때 그것이 바로 그 사람의 삶이고 자화상인 것이다. 이 책의 도입부에서 드러낸 불안감의 실체는 사실 이렇다. 영원할 것 같던 중천中天의 해가 기울어

하늘이 불그스레한 것은 '차면 기우는' 자연의 섭리이고 긴 그림자를 짙게 드리우는 것 또한 마찬가지다. 그렇다면 이 시대 중년은 어떠해야 할까. 허둥대지 말고 주어진 시간에 그리던 그림을 차분하게 잘 마무리하여 자신의 삶을 완성해나갈 책무가 있을 뿐이다. 다행스럽게도 우리에겐 꽤 긴 시간이 기다리고 있다.

|후기|

중년,
산책길 돌탑을 쌓는 것처럼

사는 곳 가까이 즐겨 찾는 산책길이 있습니다. 산속 깊은 곳까지 이르는 한적한 임도林道로서 1시간 반 정도 소요되는 구불구불한 길에 적당한 경사까지 갖춘 운동 효과 만점인 곳입니다. 길 전체가 숲을 이루고 있어 여름철에도 그늘 속을 걸을 수 있는 참으로 고마운 길이지요. 어느 날 길섶에 있는 돌 몇 개 주워 가장자리에 모아놓기 시작했습니다. 다음날 돌은 몇 개 더 얹어졌고 쉽게 무너지지 않도록 맞물리게 쌓았습니다. 그런 날이 계속되자 제법 돌탑의 모습을 갖추게 되더군요. 그저 그 길을 거닐며 마음 가는 대로 한두 개, 어떤 날은 수십 개도 쌓았을 것입니다. 왜 그렇게 했을까. 당시 SNS에 남긴 글을 보면, 아마도 인적 드문 그 길을 발견하게 된 기쁨과 고마움 그리고 사람의 손길이 보태지면 길을 걷는 누군가에게 더 정겨울 거란 생각을 했던 것 같습니다. 이 책을 쓰면서 돌탑 쌓던 일을 떠올립니다. 어느 누가 시킨 일도 아니고 기한을 두고 해야 하는 일도 아니지요. 글 쓰는 일이 이와 흡사했고, 책으로 만들어내는 일도 돌탑 쌓는 것처럼 하면 되겠다고 생각했습니다. 온전한 문장을 갖추는 것이나 눈이 따갑도록 오·탈자를 줄이기가 쉽지 않은 일이었지만, 중년이라 조급해하지 않고 즐기면서 마음 가는 대로 할 수 있는 만큼 했습니다. 어쩌면 돌탑을 통해 '중년의 힘'을 발견했고 그것이 원동력이 되었는지도 모르겠습니다. 돌탑이 제 모습을 갖추었을 때 그 길을 찾은 어느 이웃이 말을 걸어왔고 노간주나무, 소사나무, 물박달나무, 굴참나무, 졸참나무를 알게 해주었던 그분이 어느 날 돌탑을 보고 지은 시라며 보내왔습니다.

탑塔

바람이 사는
남루한 모퉁이
실없이 걸어온
외길 그 끝에
어진 세월
잠시 숨 내리고
흩어진 염원
합장으로 모아
가고 없을 먼 날의
전설을 쌓는다

'중년'에 눈 뜨는 일은 하루하루가 새로웠습니다. 삶에 대한 이해가 여전히 부족하지만 조금씩 속도가 붙기 시작했지요. 저는 어릴 적 그림을 즐겨 그렸고 미술대학 진학이 꿈이었습니다. 하지만 용기를 낼 만큼 집안 사정이 넉넉하지 못했고 얼마간의 방황이 뒤따르기도 했습니다. 그토록 동경憧憬했던 미술과는 거리가 먼 대학생활을 하면서, 또 직장생활을 하면서 한시도 붓을 놓지 못했고 그림을 그려야 했습니다. 못한 것에 대한 강한 열망과 집착, 오기傲氣도 한몫했을 것입니다. 나이 마흔 즈음 이상한 일이 벌어지고 있다는 걸 어쩌다 알았습니다. 미술대학을 진학했던, 늘 부러움을 샀던 친구들이 오히려 저를 부러워하고 있다는 걸 알게 된 것입니다. 아마 안정적인 직장생활과 함께 아마추어로서 마음껏 그림을 즐길 수 있다는 그 '자유로움' 때문이었을 것입니다. 여기에 전혀 예상치 못한 '반전의 쾌감' 같은 것이 생겼습니다. 미술을 전공했던 여러 친구는 안타깝게도 그림이 생업이 되지 못했거나 재능의 한계를 느껴 붓을 꺾고 말았던 겁니다. 반전은 또 있습니다. 은퇴를 앞둔 저는 요즘 청년 시절 꿈에 그리던, 그러나 그 길로 들어서지 못해 가슴에만 품고 살았던 그 '전업 작가'의 꿈을 키우고 있습니다. 돌고 돌아 그림만 그릴 수 있게 된 겁니다. 오래 살게 된 삶이라 이런 반전이 가능하다고 생각합니다. 이렇게 '반전의 반전'을 이야기하는 것은, 중년은 '삶의 전환'이 이루어지는 시기라는 것을 강조하기 위함입니다. 충분히 준비할 시간만 가진다면 길은 누구에게나 열려 있습니다. 돌탑을 쌓는 것처럼 내면의 북소리에 맞춰 마음이 가리키는 대로 용기를 내고 차분히 따라가면 될 것이라 믿습니다. 어디로 어떻게 전환할 것인지는 당연히 본인 선택의 몫이겠지요.

글을 맺기 전에 감사를 드려야 할 분들이 있습니다. 먼저, 제 삶을 열어준 부모님께 존경과 감사의 인사를 올립니다. 두 분의 삶은 고난의 연속이었지만, 운명에 굴복하지 않았고 끝내 해피엔딩으로 엮어내셨습니다. 슬하에 둔 육 남매, 그들은 제 삶의 균형추가 되기에 충분했고 숨겨둔 보석 같은 존재입니다. 지금까지도 더할 나위 없이 좋았지만, 앞으로의 삶에 서로 든든한 동반자가 될 것이라 믿습니다. 저의 작은 울타리에는 아내와 아들 둘이 있습니다. 아내의 명석함과 헌신은 제 삶과 가족을 뒷받침하기에 늘 바빴고 힘겨웠습니다. 다행스러운 것은 최근 조금은 편안해진 낯빛이 보이기 시작한 것입니다. 멋지게 성장해서 제 갈 길을 열어가고 있는 아들 둘은 제게 언제부턴가 든든함을 안겨주더니 중년의 더 나은 삶을 향한 동기를 갖게 했습니다. 많이 부족했던 아버지로서 미안함을 보태 그들이 원하는 삶이 펼쳐지기를 기대하고 응원합니다. 이 모든 이들께 감사의 인사를 올립니다. 아울러, 교정작업을 도와준 몇몇 직장 후배들이 있습니다. 이들에게도 깊은 감사의 인사를 전합니다.

비슬산 자락에서

2020년 12월

참고문헌

- 국민건강보험공단(2020.9), 『자격관리 업무처리지침』
- 국민연금공단(2015), 『노후설계 콘텐츠 매뉴얼』
- 국민연금공단(2017), 『국민연금법 해설』
- 국민연금사편찬위원회(2015), 『실록 국민의 연금』, 국민연금연구원
- 김현아(2020), 『죽음을 배우는 시간』, 창비
- 나덕렬(2013), 『뇌美인』, 위즈덤스타일
- 데이비드 A 싱클레어·매슈 D. 러플랜트(2020), 『노화의 종말』, 이한음 옮김, 부키
- 리처드 J. 라이더·데이비드 A. 샤피로(2012), 『마음이 가리키는 곳으로 가라』, 김정홍 옮김, 위즈덤하우스
- 마이클 킨슬리(2017), 『처음 늙어보는 사람들에게』 이영기, 책읽는수요일
- 바바라 R. 비요크 룬드(2016), 『성인 및 노인 심리학The Journey of Adulthood』 이승연 외 옮김, 시그마프레스
- 박상철(2010), 『노화혁명 고령화 충격의 해법』, ㈜하서출판사
- 보건복지부(2020), 『기초연금 사업안내』
- 사라 밴 브레스낙(2011), 『혼자 사는 즐거움』, 신승미 옮김, 토네이도
- 샐리 티스테일(2020), 『인생의 마지막 순간에서』, 박미경 옮김, 로크미디어
- 설순호·임선영(2016), 『노년기 정신장애』, 학지사
- 스튜어트 올샨스키 외(2002), 『인간은 얼마나 오래 살 수 있는가』, 전영택 옮김, 궁리
- 스티븐 어스태드((1997), 『인간은 왜 늙는가』, 최재천·김태원 옮김, 궁리
- 아툴 가완디(2015), 『어떻게 죽을 것인가』, 김희정 옮김, 부키
- 안젤름 그륀(2010), 『노년의 기술』, 김진아 옮김, 오래된미래
- 에릭 B. 라슨·조안 데클레어(2017), 『나이듦의 반전』, 김혜성·김명 옮김, 파라사이언스
- 원시연(2020), 『노후준비 지원사업의 현황과 과제』, 국회입법조사처

- 윌리엄 새들러(2015), 『서드 에이지, 마흔 이후 30년The Third Age』, 김경숙 옮김, 사이
- 이규화(2017), 『오십, 그 새로운 시작』, 전략시티
- 이노우에 가즈코(2020), 『50부터는 물건은 뺄셈 마음은 덧셈』, 김진연 옮김, 센시오
- 이인재 외(2001), 『사회보장론』, 나남출판
- 이어령(2020), 『한국인 이야기』, 파람북
- 정민승(2011), 『성인학습의 이해』, 에피스테메
- 정철(2020), 『사람사전』, 허밍버드
- 조엘 드 로스네 외(2014), 『노인으로 산다는 것』, 권지현 옮김, 계단
- 차경수(2020), 『알기 쉬운 연금 이야기』, 하나로애드컴
- 최일남(2001), 『아주 느린 시간』, 문학동네
- 프랑크 베르츠바흐(2016), 『무엇이 삶을 예술로 만드는가』, 정지인 옮김, 불광출판사
- 프랑크 쉬르마허(2006), 『가족, 부활이야 몰락이냐』 장혜경 옮김, 나무생각
- 하워드 S. 프리드먼·레슬리 R. 마틴(2011), 『나는 몇 살까지 살까The Longevity Project』, 최수진 옮김, 쌤앤파커스
- 한혜경 외(2019), 『노년학』, 신정
- 헨리 데이비드 소로(2010), 『월든』, 더클래식
- 헬렌 니어링(2009), 『아름다운 삶, 사랑, 그리고 마무리』, 보리
- 홍숙자(2015), 『노년학 개론』, 하우
- 홍승표 외(2013), 『동양사상과 노인복지』, 집문당